Maria Wachter

Café Buchwald

W0404267

PIPER

Maria Wachter

Café Buchwald

Roman

PIPER

Unser Versprechen für mehr Nachhaltigkeit
• Klimaneutrales Produkt
• FSC®-zertifiziertes Papier
• Hergestellt in Europa

FSC
www.fsc.org
MIX
Papier | Fördert gute Waldnutzung
FSC® C083411

Originalausgabe
ISBN 978-3-492-31802-0
September 2022

Dieses Werk wurde vermittelt durch die
Literaturagentur Dorothee Schmidt, Berlin.
Redaktion: Christine Neumann
Satz: Satz für Satz, Wangen im Allgäu
Gesetzt aus der Adobe Garamond Pro
Druck und Bindung: CPI Books GmbH, Leck
Printed in the EU

FAKT UND FIKTION

Das traditionsreiche *Café Buchwald* befindet sich in einem Haus in Berlin, an der Moabiter Brücke, das um 1900 im Zuge der Entwicklung des Hansaviertels erbaut wurde. Noch immer backen Nachfahren des Gründers dort ihre Baumkuchenspezialitäten. Die historisch belegten Daten des Cafés (siehe Chronologie) sowie die Lebensdaten von Gustav Buchwald Vater und Sohn sind Eckpfeiler in diesem Roman. Das ist jedoch kein realhistorischer Bericht, ebenso wenig wie ein Geschichtsbuch als Roman zu lesen wäre. Alles »Drumherum«, also Handlung und Charaktere, sind reine Fiktion.

Maria Wachter

VORWORT

Herbst 1882

Glaubst du, wir werden eine Prinzessin sehen?«, fragte Emma hoffnungsvoll.

»Eher nicht«, lachte Vater. »Wir liefern nur unseren Baumkuchen. Aber Lakaien in schönen Uniformen werden wir begegnen, auch Soldaten, Dienern und hohen Herrschaften in eleganten Kleidern ... Vielleicht erhaschen wir sogar einen Blick auf unseren Auftraggeber, Prinz Friedrich Leopold von Preußen.«

Enttäuscht lehnte sich Emma in die Bank im Wartebereich des Cottbusser Bahnhofs zurück. Lakaien ... hohe Herrschaften ... vielleicht Prinz Friedrich Leopold ... Viel lieber wäre sie einer echten Prinzessin über den Weg gelaufen. Ob die ständig ein Krönchen auf dem Kopf trugen, wie es einem das Märchen vom Froschkönig weismachen wollte? Erneut schaute sie zum Horizont, wo demnächst die Eisenbahn aus Görlitz kommend auftauchen und sie nach Berlin bringen sollte. Ein wenig unheimlich war ihr der Gedanke, in so ein schwarzes, dampfendes Ungetüm zu steigen.

Sie baumelte mit den Füßen und betrachtete dabei die frisch geputzten Schuhe. Seit Vater zum Königlichen Hoflieferanten ernannt worden war, war vieles anders. Ständig kamen Kunden und Bekannte im Café vorbei und gratulierten. Ein edles Dekret mit dem königlichen Wappen hing nun eingerahmt an der Wand hinter der Theke. Neue Etiketten mit dem Schriftzug »Hoflieferant« klebten auf den Spanschachteln, und auf jedem Papierwerk prangte das königliche Wappen, sogar auf dem Rechnungsblock. In der Konditorei gingen die Baumkuchenspitzen weg wie nie zuvor, weil alle das Gleiche essen wollten wie die Königlichen Hoheiten in der Reichshauptstadt. Und obwohl heute ein Schultag war wie jeder andere, hatte Vater endlich beschlossen, sie ins Schloss mitzunehmen. Lange genug hatte sie darauf gedrängt, doch wenn's gerade jetzt nach ihr ginge, könnte sich die Eisenbahn ruhig noch mehr Zeit lassen.

Als sie schon gar nicht mehr an die Eisenbahn dachte, näherte sich auf einmal ein Stampfen und Zischen, eingehüllt in eine stinkende Rauchwolke.

»Zurücktreten von der Bahnsteigkante!«, brüllte ein Schaffner, eine Frau hielt ihren Hut fest.

»Na endlich!« Vater packte die zwei großen Spanholzschachteln. Das Kreischen der Bremsen war ohrenbetäubend. Dann kamen die Waggons genau da, wo Emma auf der Bank saß, zum Stillstand. Türen wurden geöffnet, und einige Passagiere entstiegen.

»Komm, mein Mädchen!« Vater erklomm die steile Stufe als Erster. Oben legte er die Spanschachteln ab. Jetzt war Emma dran, doch ihr war mulmig zumute. Fast hüfthoch war die erste Stufe! Wie sollte sie da rauf, ohne das schöne Kleid zu beschmutzen? Und die frisch geputzten Schuhe?

Lächelnd hielt Vater ihr die Hand hin. »Du wirst dich doch nicht fürchten?!«

Sie schluckte. Doch dann dachte sie ans Schloss und an die Prinzessinnen, die dort lebten. Schließlich warf sie die Zöpfe in den Nacken und ergriff Vaters Hand. Er zog sie hoch, in den eisernen, schwarzen Waggon hinein.

Wider Erwarten sah's drinnen ganz angenehm aus: Lauter Bänke, Haltegriffe und Klapptischchen vor den Fenstern gab es dort, und sie fanden gleich freie Plätze mit Ausblick. Der Schaffner blies in seine Trillerpfeife. Dann fuhr der Zug an, mit Zischen, Stampfen und Dröhnen, genauso laut, wie er gekommen war. Angespannt saß Emma in der Ecke und starrte aus dem Fenster, wo die Menschen auf dem Gleis immer kleiner wurden, doch nach und nach fügte sie sich in das gleichförmige Gestampfe ein. Sie blickte hinaus, wo die Häuser von Cottbus wie Spielblöcke vorbeiglitten, immer schneller. Vater hatte recht: Es war lustig, mit der Eisenbahn zu fahren. Noch großartiger fand sie jetzt, dass er Hoflieferant war und sie heute gar keine Pflichten hatte! Und vielleicht würde ihr ja doch noch eine Prinzessin über den Weg laufen …

SOMMER 1896

1

Die Strahlen der aufgehenden Sonne fielen flach über die Dächer von Cottbus, drangen durch die Kellerluken in die Backstube und tauchten sie in goldenes Licht. Bis in die hintersten Winkel leuchteten sie und ließen die frisch geputzten Fliesen am Fußboden, den Marmor des Arbeitstisches wie die kupfernen Kuchenformen an den Wänden sanft glänzen. Vom Vortag hing noch der süßliche Duft von gebackener Butter und gebranntem Zucker in den Mauern und verbreitete wohlige Behaglichkeit. Später, wenn Gesellen, Lehrlinge, Spülfrauen und Mägde ihren Pflichten nachgingen, würde er sich weiter aus den Backöfen nähren, langsam hinauf ins Erdgeschoss ziehen, gegen Mittag bis ins zweite Obergeschoss wabern, zuletzt gar bis unters Dach, und würde nicht nur Wohlbefinden, sondern auch Hektik ins Haus bringen. Nur morgens herrschte noch friedliche, süße Ruhe.

»Da kommt ja mein Augenstern!«, rief Vater gut gelaunt und krempelte die Hemdsärmel hoch. Jeden Morgen begrüßte er Emma so, wenn sie sein Reich betrat. Oder so ähnlich. »Mein liebes Kind«, rief er manchmal, oder: »Mein Mädchen.« Jedenfalls bekundete er jahrein, jahraus seine Freude, sie als Erste von allen zu sehen, und es waren diese zärtlichen Worte, die sie Tag für Tag fröhlich stimmten. Emma drückte einen dicken Kuss auf seine Wange. Wie immer fühlte sie sich warm und füllig an, und sie schmeckte Kakaostaub in seinen Bartstoppeln.

»Alles Gute zu deinem Geburtstag, vor allem Gesundheit und viel Lebensfreude!«

»Ich danke dir.« Sie drückte Vater so fest an sich, dass sie das Mehl in seinem Konditorenhemd roch. Sein Bemühen, diesen besonderen Tag noch heiterer für sie beginnen zu lassen als alle anderen, rührte sie. Wie eine Glocke stülpte er unerschütterliche Liebe über sie.

»Ich habe mir morgen freigenommen und mir etwas Besonderes für dich ausgedacht. Aber mehr verrate ich nicht.«

»Kannst du mir nicht einen kleinen Hinweis geben?«

»Nix da!« Grinsend streifte er mit der Spachtel noch ein Butterstück in eine Kupferschüssel. »Das bleibt meine Überraschung.«

Vater und seine Überraschungen. Meist konnte er sie nicht lange für sich behalten. Emma überlegte, wie sie ihm doch eine Andeutung entlocken könnte.

»Morg'n!« Die Tür flog auf. »Auch von mir das Allerbeste!« Geräuschvoll deponierte Fritz einen Korb mit Eiern auf dem Arbeitstisch. »Du altes Haus!«

»Selber altes Haus«, knurrte Emma zurück, lachte aber dabei. Vaters bester Geselle war genauso alt wie sie, deshalb durfte er sich die Fopperei erlauben, wenngleich er einen wunden Punkt traf.

»Schluss jetzt mit den guten Wünschen. Morgen nach der Kirche werden wir ausgiebiger feiern. Jetzt müssen wir ran an die Arbeit. Wir haben Bestellungen für drei große Baumkuchen, und zum Kaffee am Nachmittag wollen wir selbst auch ein paar ordentliche Schnitten haben. Tempo also, ihr zwei!« Vater wandte sich wieder der Kupferschüssel zu. »Sobald der Frühstücksplunder im Ofen ist, werde ich mich den Baumkuchen widmen. Fang du schon mal mit dem Eiertrennen an, mein Mädchen.«

Emma kannte jeden Handgriff. Auch wenn die Eltern deshalb manchmal aneinandergerieten, hatte Vater sie immer ermuntert, überall anzupacken, und ihr das Handwerk genauso beigebracht wie ihrem ein Jahr jüngeren Bruder Gustl und den Lehrlingen. Sie holte drei Behältnisse, stellte zwei davon neben den Eierkorb, eins vor sich auf den Boden, und gab sich eine Weile den Geräuschen hin, die sie verursachte: dem Klacken der Eierschale am blechernen Schüsselrand, dem Glitsch des Eiweißes in die eine, dem Platsch des Dotters in die andere Schüssel und dem Knacks der leeren Schalen, die sie in das Behältnis auf dem Boden warf. Glitsch, Platsch, Knacks ... rhythmisch untermalte es die morgendliche Idylle. Dreißig Eier mussten für einen Baumkuchen getrennt werden. Dabei warf Emma immer wieder einen Blick zur Stiege, wo bald die Lehrlinge und Mägde auftauchen würden. Dicht an dicht kneteten und walkten sie dann mit großem Getratsche am Arbeitstisch, fachten das Feuer in den Backöfen an, wischten den Boden und spülten am Waschtisch. Bis zur Mittagszeit war schließlich so viel zu tun, dass einen das Mehl in der Nase kitzelte und einem manchmal sogar die Sicht raubte, noch aber herrschte diese ruhige, konzentrierte Betriebsamkeit der frühen Morgenstunden, die sie liebte.

Eiweiß triefte von ihren Fingern. Glitsch, Platsch, Knacks ... Nur langsam wurde der Eierberg kleiner. Endlich konnte sie die vollen Schüsseln beiseiteschieben.

»Mhm, die sind schon recht braun«, murmelte Vater nach einem Blick in den Ofen vor sich hin, nahm Plunder für Plunder vom Blech und legte sie auf einen Rost. Die Prozedur gäbe ihnen Luft zum Atmen und mache sie knusprig, erklärte er oft.

»So spann mich doch nicht auf die Folter«, versuchte Emma es doch noch einmal, während sie die klebrigen Finger abspülte.

»Kommt nicht infrage.« Er schüttelte den Kopf. »Kein Wort.«

Im Moment war da nichts zu machen, Emma gab's auf.

»Dann geh ich jetzt frühstücken. Die kann wer anderer schlagen.« Mit einem koketten Achselzucken schob sie ihm die Schüssel mit den dreißig Eiweißen zu. »Aber das Plundergebäck nehm ich mit rauf.«

Oben roch es nach Schmierseife und frisch gemahlenen Kaffeebohnen.

»Guten Morgen!«

»Morg'n.« Mutter, die hinter der Theke Kaffee braute, sah kaum auf. Benji hing noch verschlafen an deren Rockzipfel. »Auch dir, Bruderherzchen!«

Das Tablett mit den Plunderstücken balancierend, wich Emma Lotti aus, die wie jeden Morgen die schwarz-weißen Bodenfliesen schrubbte. Sie setzte es auf der Theke ab und half Frida, in Schokolade getunkte Baumkuchenspitzen und Nussschiffchen in die Serviertassen zu schichten.

»Nimm dir, was du möchtest.« Mutter klang geschäftig, wie immer.

Emma ging zum Herd. Aus einem bereitstehenden Topf goss sie heiße Schokolade in eine Tasse, nahm eins der Plunderstücke und setzte sich damit an ihren gewohnten Platz, einen runden Marmortisch in der Ecke des Gastraums. Es war ein Frühstück für Prinzessinnen: Das ofenfrische Gebäck knusperte bei jedem Bissen, die Schokolade dampfte süß, und das Beste war, dass es beides tagtäglich für sie gab, nicht nur zum Geburtstag. Es war ihr Privileg als Tochter des Hauses Buchwald, und sie wusste es zu schätzen.

Als sie aufblickte, stand Mutter vor dem Tisch. Wie immer war sie von Ehrfurcht gebietender Strenge umgeben. Das Haar trug sie straff im Nacken zusammengebunden, das Kleid war schwarz und hochgeschlossenen. Seit Emma denken konnte, trug Mutter Schwarz, im Sommer wie im Winter, aufgelockert nur durch weiße Krägen, die Frida oder Lotti penibel plätteten und stärkten. Der heutige war mit zarter Spitze umrandet.

»Alles Gute wünsche ich dir«, sagte Mutter in ihrer trockenen, hölzernen Art und legte etwas ungelenk ihre Hand auf Emmas Schulter. »Ich wünsche dir viel Glück und gute Gesundheit. Mögen alle Wünsche, die du ans Leben hast, in Erfüllung gehen.«

Emma, unangenehm berührt, ließ das Gebäck sinken. Mutter war nie besonders herzlich. Zärtliche Gesten, Umarmungen oder Küsse, wie sie es von Vater gewohnt war, waren nicht ihre Umgangsformen, und ihre Hand auf der Schulter fühlte sich befremdlich, ja irgendwie peinlich an.

»Danke«, sagte sie und meinte es ehrlich. In der Hoffnung, Mutters Hand unauffällig wieder loszuwerden, rutschte sie auf dem Stuhl ein wenig zur Seite. »Für alles.« Sie war natürlich dankbar, obwohl Mutter und sie oft aneinandergerieten.

Anstatt Benji zu packen und kehrtzumachen, zog Mutter jetzt auch noch den zweiten Stuhl zu sich und setzte sich an den Tisch. Steif und mit schmalen Lippen saß sie ihr gegenüber. Das Prinzessinnenfrühstück würde wohl noch eine Weile warten müssen, dachte Emma, legte das Gebäck zurück auf den Teller und wischte einen Krümel aus dem Mundwinkel.

Indes fummelte Mutter in ihren Röcken. Umständlich griff sie mit jener Hand, die nicht von Benji in Beschlag genommen war, in die Tasche, langte weiter darin herum und holte schließlich ein Schächtelchen hervor. Es war alt und abgegriffen, mit dunkelblauer Atlasseide überzogen und sah aus, als würde es etwas Kostbares enthalten.

»Das wollte ich dir schenken ... zu deinem zweiundzwanzigsten Geburtstag.« Wieder klang sie seltsam, beinahe verlegen, als wäre ihr dieser Moment der Nähe unangenehm.

Emma hatte noch nie etwas Wertvolles von Mutter zum Geburtstag geschenkt bekommen. Wenn es überhaupt ein Präsent gegeben hatte, waren es kleine, nützliche Dinge gewesen, so wie personalisierte Taschentücher oder eine schöne Haarspange. Aber ein Teil, das in einem seidenen Schächtelchen aufbewahrt wurde? Womöglich gar ein Schmuckstück?!

»Du kannst es ruhig öffnen.« Mutter hörte sich an, als würde sie etwas preisgeben, das sie eigentlich lieber für sich behalten hätte.

Zaghaft nahm Emma das Schächtelchen auf und drückte mit dem Daumen gegen den Verschluss. Der Deckel sprang auf, und eingebettet in dunkelblauen Samt kam tatsächlich ein goldener, reich verzierter Anhänger an einer zarten Gliederkette zum Vorschein.

»Ich habe ihn als junge Frau getragen«, sagte Mutter leise, fast verschämt.

»Er ist wunderschön ...«

»Es freut mich, dass er dir gefällt. Es ist ein Medaillon, man kann es öffnen. Ich habe Vaters und mein Hochzeitsfoto hineingesteckt.«

Der Anhänger glänzte kostbar in Emmas hohler Hand, die zarten Verzierungen glitzerten im Sonnenlicht. Sie schluckte.

»Hat Vater es dir geschenkt?«

»Nein.« Mutter räusperte sich. »Ich hatte das Medaillon schon länger. Es stammt aus meiner Familie, meine Mutter hat es mir gegeben. Als dein Vater und ich heirateten, war ich genauso alt wie du heute. Das Medaillon erinnert mich an diesen Lebensabschnitt, deshalb wollte ich es dir heute schenken.«

Sie ließ Emma Zeit, die Kette anzulegen, im Nacken zu schließen, und rückte das Medaillon in der Grube beim Halsansatz zurecht. Sie betrachtete ihr Werk und setzte mit rauer Stimme nach:

»Du wirst über deine Zukunft nachdenken müssen, Emma. Du bist jetzt schon zweiundzwanzig Jahre alt.«

Nein, nicht schon wieder! Der Moment der Eintracht war vorbei. Schlagartig und so plötzlich, wie er gekommen war. Emma wollte nichts mehr hören, heute überhaupt nicht.

Obwohl sie Emmas Zusammenzucken bemerkt haben musste, fuhr Mutter unbeirrt fort: »Natürlich haben wir dich gern bei uns, Vater und ich. Du bist uns auch eine große Hilfe. Aber in deinem Alter musst du entscheiden, was du möchtest im Leben, und dafür die Weichen stellen. Du willst doch nicht als alte Jungfer enden, oder?!«

Emma starrte auf das leere Futteral, griff sich an den Hals und spürte die Rillen im Medaillon zwischen den Fingern. Mutter hatte recht, sie wusste es. Ihr Leben, auch wenn sie alles genau so liebte, wie es war, konnte nicht ewig gleich weitergehen. Für eine Veränderung brauchte sie aber einen Mann. Und da lag das Problem: Woher einen geeigneten nehmen, einen, den sie mochte? Der Mutters Ansprüchen gerecht wurde und noch dazu ihr Faible für die Backstube teilte?

»Lass mich!«, erwiderte sie schroffer als beabsichtigt. »Es ist mein Leben, nicht deins.«

Sie schob das letzte Stück Plunder in den Mund und erhob sich, obwohl das furchtbar ungezogen war, weil Mutter ja noch saß, und brachte Tasse und Teller zur Spüle. Ohne sich umzusehen, ging sie zur Stiege und zurück in die Backstube, zu Vater und Fritz, wo sie ihre Ruhe hatte. Den Gedanken, dass andere junge Frauen in ihrem Alter schon längst einen eigenen Haushalt führten, während in ihrem Leben noch nicht einmal im Entferntesten ein geeigneter Heiratskandidat aufgetaucht war, schob sie beiseite. Damit wollte sie sich nicht belasten, schon gar nicht an ihrem Geburtstag.

2

Drei Mal schlug die Glocke der nahen Sankt-Nikolai-Kirche durch die Mittagshitze, metallen und hell. Wie jeden ersten Samstag im Monat verließ Fritz die Café-Konditorei im schmucken Bürgerhaus mit dem hohen Dach und den kleinen Fenstern durch die Seitentür und machte sich auf den Weg in Richtung Bahnhof, um nach Berlin zu fahren.

Nachdem alle Schüsseln, Töpfe, Spachteln, Schneebesen und anderen Utensilien gesäubert und weggeräumt waren und die Lehrlinge und Hilfskräfte die Backstube für das Wochenende verlassen hatten, hatte er sich am Brunnen gewaschen, rasiert und geschniegelt, dann den Sonntagsrock angelegt, den er penibel sauber hielt. Nun war er auf dem Weg zu Muttchen und den Brüdern. Auch zu Vater – falls der da war. Die Hälfte des Gesellenlohns, den er am Vortag ausbezahlt bekommen hatte, trug er im Hosensack, die andere Hälfte, die er für seine eigenen, alltäglichen Notwendigkeiten zurückbehielt, lag versteckt unter der Matratze in der Schlafkammer.

In der Rückentrage waren zwei große Baumkuchen für Buchwalds Dependance, die der Meister letztes Jahr in der Nähe des Schlosses Bellevue einer alten Bäckerwitwe ohne Nachkommen abgekauft hatte. Vielleicht wollte er den Hauptsitz einmal dorthin verlegen, vielleicht einfach eine Zweigstelle betreiben, Fritz wusste es nicht. Unter den Angestellten munkelte man, dass der Meister einen hohen Kredit dafür aufgenommen hätte. Große Pläne habe er in Berlin, sagten alle, aber keiner kannte sie, nur, dass einmal die Woche Baumkuchen aus der Cottbusser Backstube an der Sandower Straße in die Dependance gebracht wurde. Das Tagesgebäck, Kuchen und einfache Torten produzierten sie selbst in der lokalen Backstube, doch die Spezialitäten kamen aus Cottbus – so hatte Meister Buchwald es nach der Übernahme des Hauses eingeführt, um die Qualität des dortigen Betriebs hochzuhalten. Auf derselben Fahrt belieferten sie auch das königliche Stadtschloss auf der Spreeinsel, wie ohnehin schon seit Jahren. Buchwalds Baumkuchen waren eine begehrte Spezialität, sogar in der Großstadt. Meist war es der Meister selbst, der die zweistündige Zugfahrt für die Lieferungen auf sich nahm, nur wenn Fritz heimfuhr, bat er ihn darum.

Fritz querte den Marktplatz. Mittwochs, wenn Wochenmarkt war, war der Platz mit dem großen Brunnen in der Mitte mit Buden zugepflastert. Oft stand auch er hier an einem der langen Markttische zwischen den zuckerbunten Häusern mit Schweifgiebeln, adretten Blumenkästen und schmiedeeisernen Türschildern und verkaufte Buchwalds Leckereien. Jetzt war der Platz menschenleer. Nur eine Postkutsche wartete beim Brunnen, wo der Fuhrmann seine Pferde wässerte und währenddessen den Wagen polierte. Er sah auf, und Fritz nickte ihm zu, da sie sich oft begegneten.

In der gepflegten Grünanlage vor dem Bahnhof begann Fritz, leise vor sich hin zu summen. Es war eine Melodie, die jeder in Berlin kannte. Der neueste Gassenhauer, und er ging auch ihm nicht aus dem Kopf: *Im Grunewald, im Grunewald ist Holzauktion.* Er passierte das Stadttheater, immer noch summend. Endlich erreichte er den Bahnhof – die Lebensader, die das Städtchen, in das es ihn vor Jahren als Lehrling verschlagen hatte, mit der Berliner Metropole verband. Die meisten Menschen zogen *in* die Großstadt – ihn hat es jedoch aus Berlin *hinaus* verschlagen. Das hatte auch damit zu tun, dass man vom Görlitzer Bahnhof, wo er als Kind oft herumstrawanzt war, bequem herkam. Am Schalter kaufte er eine Fahrkarte und erreichte den Bahnsteig gerade, als der Zug aus Görlitz einfuhr, schnaufend und quietschend. Dampf vernebelte die Luft.

»Einsteigen, bitte!«, brüllte der Schaffner und blies so energisch in seine Trillerpfeife, dass einem die Ohren wehtaten. Fritz zog sich am Eisengriff hoch, schneidig schwang er sich über die Stufe in den Waggon. Nach einigem Suchen ließ er sich auf einen freien Fensterplatz der Holzbank sinken, die Rückentrage mit den Baumkuchen stellte er neben sich auf den Bretterboden. Schwerfällig fuhr der Zug wieder an.

Fritz lehnte sich in die Ecke und streckte die Beine von sich. Zwei Stunden Zugfahrt lagen vor ihm. Zwei Stunden Zugfahrt hin, und morgen zwei Stunden wieder retour – das waren die Zeiten, die ihm ganz allein gehörten; Zeiten, in denen ihm keiner was anschaffte, niemand was von ihm wollte. Es waren die besten Stunden im ganzen Monat. Ganz besonders, wenn die Sonne schien, so wie heute.

Felder, Wälder und die Hütten von Tagelöhnern flitzten vorbei. Wie armselig sie waren im Gegensatz zu den imposanten Villen an den großen Avenuen Berlins. Der schäbige Hinterhof eines Gehöfts reichte bis zur Bahntrasse, trist, verkommen und verdreckt. So mochte er nicht mehr leben. Wie gut, dass er als Lehrling im *Café Buchwald* in Cottbus gelandet war, dachte Fritz. Muttchens Bleibe war ja nicht viel besser. Seine Gedanken wanderten weiter und landeten bei den nagelneuen Villen in den feinen Gegenden Berlins. Aufgereiht wie Perlen an einer Kette lagen sie an den mit Steinquadern oder Kopfsteinen gepflasterten Straßen. Grandiose Anblicke waren das, diese monumentalen Gebäude mit und ohne Vorgärten, frisch lackierten Eingangstoren, sauberen Fassaden und schweren Vorhängen hinter den hohen Fenstern. Wie Festungen wirkten sie, undurchdringlich waren sie für Menschen wie ihn. Höchstens betretbar durch den Lieferanteneingang, den es unweigerlich irgendwo seitlich gab. Wie es wohl war, in so einem Haus zu wohnen? In Gedanken sah er sich im eleganten Anzug mit steifem Zylinder durch einen Vorgarten schreiten, Treppen zur Eingangstür hochsteigen, einen glänzenden Türknauf betätigen. Ein Hausmädchen mit weißem Spitzenhäubchen im Haar öffnete die Tür für ihn …

Er schreckte auf und schaute um sich. Das war nur ein Traum. Ein Luftschloss. Ein Hirngespinst. Wolkenkuckucksheim. Sein Traum. Er blickte aus dem Fenster. Jetzt passierten sie riesige Fabrikgebäude mit rauchenden Schloten, und schließlich fuhr der Zug in den Görlitzer Bahnhof ein. Fritz schulterte die Trage, querte den Bahnsteig und ging ein paar Schritte zum Schlesischen Bahnhof, wo er in die Stadtbahn stieg. Der Zug zuckelte durch Berlin, und er träumte weiter vom Leben in einer Villa als reicher Mann. Träumen durfte man ja in dieser Zeit im Zug, die einem ganz allein gehörte. Bis er die Station Bellevue erreichte, wo ihn mit dem schrillen Pfiff des Schaffners das echte Leben wiederhatte.

Am Weg, den er einschlug, standen vereinzelt solche herrschaftlichen Villen und feinen Wohnhäuser mit gepflegten Vorgärten, die ihm soeben vorgeschwebt waren. Er ging weiter, querte die Spree über die neue Bärenbrücke und bog in eine schmale Straße mit alten Häusern wie dem Bäckerhaus, das Buchwald kürzlich gekauft hatte. Die Stufen zu den Hauseingängen waren brüchig und eng, Türen und Fenster Hexenhäuschen-klein, die Fassaden verwittert.

Vor der Dependance angekommen spähte er durch eins der kleinen Fenster zwischen den Spitzenvorhängen hindurch. Im Gastraum war fast jeder Tisch mit Pärchen oder Damenrunden besetzt, überall standen Kuchenteller und Kaffeetassen herum. Das Mobiliar hat auch schon bessere Tage gesehen, dachte er, aber wenn das Gemäuer und die Einrichtung aufpoliert wären, könnte die Konditorei wohl nicht nur für Ausflügler, die den Schlosspark besuchten, interessant sein, sondern ein eigenes Ziel werden. Vielleicht war das ja Meister Buchwalds Vision.

Fritz öffnete die knarrende Tür, das Glöckchen bimmelte, die Dielen, sicherlich Jahrzehnte alt, knarrten bei jedem zweiten Schritt. Herr Quandt, Buchwalds Geschäftsführer, kam ihm entgegen.

»Gut, dass du da bist! Wir haben schon auf die Lieferung gewartet.« Er nahm die Baumkuchen entgegen.

»Gern geschehen.« Fritz tippte sich an die Kappe. »Gibt's noch besondere Aufträge für nächste Woche?«

»Nee, alles wie immer. Grüße an den Herrn Patron.« Herr Quandt machte auf dem Absatz kehrt, und Fritz war so schnell wieder draußen, wie er hereingekommen war.

Jetzt ab nach Hause zu Muttchen. Der Himmel war noch immer strahlend blau, die Sonne schien. Er könnte die Stadtbahn nehmen, die zwischen Bellevue und Spandauer Damm pendelte, entschied dann aber, ein Stück durch den Tiergarten zu Fuß zu gehen. So sparte er die Münzen, von denen Muttchen jede einzelne benötigte, zudem genoss er den Fußmarsch. Aber er musste achtsam sein, Pferdeäpfel verschmutzten alle naselang die Straße, obwohl der Kehrjunge mit seinem Leiterwagen sich bemühte, sie zügig aufzulesen. Herren in feinen Anzügen und Damen in gerüschten Sommerkleidern passierten ihn, auch Reiter und Kutschen mit hohen Leuten. Wie ein wuselndes Wespennest kam Fritz das Leben hier vor, verglichen mit dem ruhigen Dasein in Cottbus.

Eine Pferdestraßenbahn ratterte vorbei, hielt gerade an, und ein Schaffner gemahnte zum geordneten Einsteigen. Bis zum Kottbusser Tor war's noch ziemlich weit, einen Teil des Fußmarsches wollte er sich nun doch ersparen, wenigstens bis ans Ende des Tiergartens. Also stieg er ein und bezahlte zwei Münzen. Hufgeklapper hallte in den Ohren, ebenso das Geschwätz der anderen Passagiere. Der Schweißgeruch des Kerls neben ihm stieg ihm in die Nase, vergeblich versuchte er abzurücken. Bäume und gepflegte grüne Wiesen zogen vorbei, der große Park war beeindruckend.

Beim Brandenburger Tor sprang er wieder ab, denn der Boulevard Unter den Linden zog ihn jedes Mal magisch an. Wie erhebend war es, inmitten all der feinen Herren und eleganten Damen mit Hüten und Sonnenschirmen dort entlangzuspazieren. Deshalb trug er auch das Sonntagsjackett, um in der noblen Umgebung möglichst nicht aufzufallen. Die luftige Weite, das saubere Straßenpflaster, die Ehrfurcht gebietende Ruhe, durchbrochen nur vom Hufgeklapper der Pferde, die edle Kutschen zogen – all das zu sehen war schon eine Verzögerung seines Heimwegs wert. Die vornehmen Häuser, das monumentale Hotel und die schönen Geschäfte ließen ihn wieder fantasieren, über die Erreichbarkeit der Damen wagte er gar nicht nachzudenken. Er bummelte unter den Schatten spendenden Bäumen entlang, die Augen auf den edlen Gebäuden, hie und da einen verstohlenen Blick zu den Fräuleins, und pfiff leise wieder den Gassenhauer vor sich hin.

Hinter der Brücke erhob sich das königliche Schloss. Ein wahrlich prächtiger Anblick war das: majestätisch, monumental und ordentlich. Der Kaiser residierte hier. Viel würde Fritz geben, wenn er einmal nur ein Auge auf ihn hoch zu Ross oder in einer vorbeifahrenden Droschke werfen könnte. Ein Infanterieregiment übte für eine Parade, die Soldaten in dunkelblauen Waffenröcken, schwarzen Hosen und Pickelhauben stelzten im Stechschritt, ihre Hacken hallten über den Vorplatz. Wie eindrucksvoll sie aussahen. Er hatte den Wehrdienst schon abgeleistet, mit siebzehn war er eingerückt. Zwei Jahre hatte er in der Stube gewohnt, den Offizieren die Knobelbecher geputzt, ihnen den Kaffee serviert und manchmal auch davon geträumt, einer der ihren zu sein – auch das waren Hirngespinste gewesen.

Nach dem Werderschen Markt war es mit dem sanften Rauschen der Lindenblätter vorbei. Ab hier wurde es rauer. Fritz bog in eine Seitenstraße ein, wo die Häuser desolat und die Gesichter der Vorbeigehenden fahl waren. Von stämmigen Gäulen gezogene Transportwagen rumpelten über das Kopfsteinpflaster, der Gestank von Pferdepisse stieg ihm in die Nase.

»Platz da! Haste keene Oogen inne Omme, du Flitzpiepe?!«

Erschrocken sprang er zur Seite und machte den Weg für den Fuhrmann frei, benommen von der Hektik um ihn herum. Er dachte ans gastliche Haus der Konditorei Buchwald in Cottbus, und Dankbarkeit erfüllte ihn für alle Zufälle, die ihn als jungen Burschen vor einer gewöhnlichen Bäckerlehre in Berlin bewahrt und zu Meister Buchwald geführt hatten. Süßwarenbäckerei war kunstvoller und edler als normales Brotbacken, wo man nur stupide Mehl, Wasser und Sauerteig zusammenwarf und womöglich schon dafür gelobt wurde, keine Mäusekacke mitgebacken zu haben. Außerdem war Buchwald grundanständig und fähig. Bei ihm hatte er gesehen, dass das Leben auch anders sein konnte, als er es von zu Hause gewohnt war.

Nun ja, eine Villa mit Vorgarten oder eine Wohnung in einem der Häuser beim Tiergarten oder gar Unter den Linden lag natürlich völlig außer Reichweite für ihn. Aber so wie Buchwald irgendwo die eigene Backstube zu betreiben – das könnte auch für ihn möglich sein, überlegte Fritz voller Zuversicht. Wo er doch das Handwerk gut gelernt hatte und ihm die Zuckerbäckerei Freude machte. Seit Jahren war er Buchwalds wichtigster Mitarbeiter. Die Meisterprüfung sollte nur mehr eine Formalität sein, Buchwald würde sie ihm sicher nicht verwehren. Danach wäre er berechtigt, eine eigene Konditorei zu eröffnen.

Ein verwegener Gedanke drängte sich ihm auf: Vielleicht könnte er es ja wie andere machen und einfach die Tochter des Meisters heiraten?! Ein Lacher entwich ihm. Nein, das war absurd. Auch wenn er Emma gut leiden konnte: Die Patronin würde nie zustimmen, sie hatte Besseres für ihre Tochter im Sinn. Von Emma selbst ganz zu schweigen. Die sah einen guten Kameraden, aber keinesfalls einen Mann zum Heiraten in ihm. Oder vielleicht doch? In letzter Zeit meinte er manchmal, dass sie ihn beobachtete und dabei eigentümlich ansah. Oder bildete er sich das ein? Und dann gab's ja auch noch Buchwalds großen Sohn Gustl, der zwar bei Verwandten in Breslau das Handwerk lernte, aber sicherlich eines Tages wiederkommen würde.

Jetzt war er schon fast beim Kottbusser Tor. Am Straßenrand tat sich eine riesiges Erdloch auf – wieder eine neue Baugrube anstelle wuchernden Gestrüpps. In seiner Kindheit hatten hier überall Baracken gestanden, mittlerweile waren sie nach und nach endlosen Zinshäuserfluchten gewichen. Ganze Häuserblocks waren anstelle der Baracken aus dem Boden gestampft worden: Mietskasernen für Wohnungssuchende, unerschwinglich für die Bewohner der Hütten. Fritz pfiff wieder die Grunewald-Melodie, wenn auch inzwischen einen Tick freudloser.

Die Gassen wurden enger. Kein Wagen kam mehr vorbei,

kein Pferd – nur Leute zu Fuß, wie er. Fummeltrinen und Homolulus, wie man sie augenzwinkernd nannte, hingen vor halb verfallenen Mauern und schiefen Eingangstüren mit rosa Schriftzügen darüber. Arme Teufel waren das, die sich im Viertel versteckten, wo sich kein Polizist hertraute. Nur schnell durch, dachte Fritz. Die musternden Blicke dieser Leute waren ihm unangenehm.

Lieber nicht nach den Sternen greifen, mahnte er sich, während er sich zwischen stinkenden Müllbergen, hängenden Dachrinnen und versteckten Kellerkneipen mit Besoffenen davor seinen Weg bahnte, und alle Zuversicht war wieder dahin. Besser, sich mit dem zufriedengeben, was er hatte. Die Backstube in Cottbus war sauber und ordentlich, zudem durfte er die Kammer im Nebengebäude neben dem Pferdestall in Logis bewohnen. Verglichen mit dem finsteren Loch, wo Muttchen und die Brüder ihr Dasein fristeten, war seine Kammer eigentlich ein Schloss.

Er bog in die nächste Seitengasse ein. Ab hier war endgültig alles ganz anders als in Cottbus oder gar in den feinen Stadtteilen Berlins: Die Männer hemdsärmelig und unrasiert, die Frauen in dreckigen Schürzen, die Kinder bloßfüßig. Ein Bettler kauerte im Eck, im Rinnstein verrotteten Küchenabfälle, Ratten huschten von einem Spalt im Kanal zum anderen, davor stauten sich Müll und Unrat. Gülleartiger Gestank waberte durch die Abendluft, heute ganz besonders, wahrscheinlich wegen der Hitze.

Muttchen und die Brüder – und Vater, wenn er mal auftauchte – lebten im hintersten Teil des Viertels, wo noch letzte Baracken standen. Hier wusste Fritz immer ganz sicher, dass alles, von dem er träumte, nichts als ein Wunschtraum war. Die eigene Konditorei würde niemals Wirklichkeit werden. Das unüberwindbare, banale Hindernis war ihm gerade wieder eingefallen: Ihm fehlte das Geld, einen eigenen Betrieb zu kaufen. In Wahrheit besaß er nicht einmal genug, um eine eigene Rührschüssel zu erwerben. Längst schon hätte er sparen müssen, und wenn er nicht sehr, sehr bald, praktisch sofort damit begann, würde er sein Leben lang Buchwalds Geselle bleiben. Aber Muttchen war von seinem Lohn abhängig, sie bezahlte damit das Holz oder die Kohlen für den Ofen im feuchten Loch, in dem sie wohnte.

Ein scharfer Pfiff ließ ihn aufhorchen.

»Na, findet der feine Pinkel ooch mal wieder nach Hause?« Es war Willy, der Mittlere von ihnen. Mit seinem markanten Hüftknick lehnte er an der bröckelnden Hauswand eines der wenigen geziegelten Häuser, die Zigarette im Mundwinkel, die Schirmkappe schief in die Stirn gezogen.

»Wie jeden ersten Sonnabend im Monat.« Fritz verlangsamte seine Schritte. »Alles jut bei dir?«

»Jeht so.« Willy zeigte sein schönstes Lächeln und sog an seiner Zigarette. »Jibt's wieder Penunse vom Fatzke?«

»Nee.« Wer weiß, auf welche Ideen der Bruder käme, wenn er von ihm was bekäme. »Bestimmt nich für dich.«

Willy war schon immer anders gewesen. Niemand wusste, wo er seine Tage und Nächte verbrachte und mit welchem Geld er seine Zigaretten kaufte, auch Fritz nicht. Hin und wieder tauchte er bei Muttchen auf, rein zufällig meist sonntags, wenn Fritz auch da war, oft zur Mittagszeit, wenn es was zu essen gab. Muttchen steckte ihm dann wohl noch was zu. Er war seit jeher ihr Liebkind gewesen.

Einmal hatte Fritz ihn unbemerkt in der Gasse mit den Kneipen für die Fummeltrinen gesehen, und da war ihm ein Licht aufgegangen. Mit einem Mal hatte er alles verstanden: Willys Versteckspiel, seine Unsicherheit, die Schwierigkeit, eine Stelle in einer Fabrik oder auf einer Baustelle zu halten. Seit dieser unglückseligen Entdeckung machte er sich trotz allem Riesensorgen um den Bruder. Denn die Polizei führte Listen. »Rosa Listen« hießen die. Sie fassten lange Gefängnisstrafen aus für solche wie Willy, für ihre Perversitäten, wie das Gesetz sagte. Vor wenigen Jahren noch wäre er hingerichtet worden dafür. Ob Muttchen Willys Veranlagung ahnte? Ob sie ihm deshalb alles nachsah? Hielt er sich von ihr fern, damit ihn die Polizei bei ihr nicht schnappte? Um Muttchen nicht in Verruf zu bringen? Viele Fragen schwebten über Willy, und Fritz hütete sich, das Thema mit ihm anzuschneiden.

Dritte Bude links vor einer neuen Baustelle. Der Eingang zur elterlichen Hütte lag nur mehr wenige Schritte entfernt. Vater hatte sie noch aus den Brettern der alten Hütte gebaut, während ihre Siedlung, die sie »Barrackia« genannt hatten, für richtige Häuser plattgemacht wurde. Eine feste, selbstbestimmte Gemeinschaft mit den anderen Bewohnern hatten sie in ihrem kleinen »Staat« gehabt. Diese paar Hütten hier waren nur mehr elend. Irgendwo hämmerte jemand, vielleicht ein Schuster, und es roch nach verbranntem Kohl. Die Hitze war unerträglich, dass die Sonne schien, mutete gänzlich unmöglich an, so düster, wie es drinnen gleich sein würde.

Fritz öffnete die klapprige Tür, krachend fiel sie hinter ihm zu. Angespannt blickte er in den Raum, seine Augen mussten sich erst an die Dunkelheit gewöhnen.

Schließlich entdeckte er Muttchen an der gewohnten Stelle, wo von draußen getrübtes Licht durch das blinde Fenster einfiel. Sie mühte sich mit einem Tischtuch ab. Seit er denken konnte, holte sie Weißwäsche von einer Wäscherin zum Flicken. Wenn sie nicht gerade kochte oder fegte, saß sie vornübergebeugt auf ihrem hölzernen Stuhl, hielt den Stopfpilz in der einen und webte mit der anderen knochigen Hand weißes Garn so fein über durchgescheuerte Stellen, dass man sie schließlich kaum mehr erkennen konnte. So fand Fritz sie auch jetzt vor. War sie noch ein wenig buckliger als sonst?

Er ging zu ihr. »Tag, Muttchen.«

Seltsam, dass sie nicht antwortete. Sie umklammerte nur weiter den Stopfpilz. Dann blickte sie doch von unten auf, ohne den Kopf zu heben. Und da erschrak er. Ihr Gesicht sah so schief aus, wie entstellt.

»Was ist mit dir?!«

Jetzt bemerkte er auch, dass die Hand, die das Tischtuch hielt, seltsam kraftlos an ihr herabhing.

»Ist dir nich jut, Muttchen?«

»Ick werd alt«, nuschelte sie kaum verständlich, noch immer in sich gesunken. »Wenn ick die Wäsche bis morjen nich fertig hab, jibt's keen Jeld.« Ihre Augen füllten sich mit Tränen. »Vadda is ooch nich mehr nach Hause jekommen.« Sie seufzte. »Nich, dass er mir viel jejeben hat … aba jeholfen hat's doch.«

»Und Hans?« Fritz dachte an den jüngeren Bruder, der als Taglöhner auf einer Baustelle arbeitete – von Willy war nichts zu erwarten.

»Ja, ja, der steuert bei, aba dit Jeld reicht trotzdem nich.«

Die Eisenplatte, auf der normalerweise ein Topf stand, war leer.

»Hab's nich jeschafft … det Been lahmt.« Verstohlen wischte sich Muttchen eine Träne ab.

Fritz legte eine Hand auf ihre Schulter, mit der anderen strich er über ihr graues Haar. Behutsam nahm er das Tischtuch und den Stopfpilz aus ihren Händen und legte beides auf den Tisch. »Lass dit mal bleiben.«

Der Schlag hatte sie getroffen. Zum zweiten Mal in diesem Jahr. Und Vater war anscheinend endgültig auf und davon.

»Inne Ecke hab ick noch 'n paar Kartoffeln«, sagte sie undeutlich. »Für 'ne Suppe.«

Er fand die Schüssel und den Sack im dunklen Winkel, schälte die Kartoffeln, schnitt sie in Stücke und warf sie in den Topf. Nun benötigte er nur noch Wasser, doch der Krug, der normalerweise gefüllt bereitstand, war leer – wie alles hier.

»Bin gleich wieder da.«

Er ging hinaus zur Pumpe an der nächsten Ecke, wo auch die Wäscherin wohnte, von der Muttchen die Flickarbeit bekam. Dort füllte er den Krug, ging wieder zurück und goss das Wasser in den Topf. Dann legte er ein paar Holzscheite in den Ofen und entzündete sie. Während ihm das Feuer den Schweiß aus den Poren trieb, kreisten seine Gedanken um Muttchen: Sie konnte sich nicht mehr allein versorgen, geschweige denn arbeiten. Wie sollte es nur weitergehen mit ihr?

3

Kannst du schon was sehen?«, fragte Benji, während er ungeduldig auf Zehenspitzen hin und her tänzelte und sein Gesicht in den freien Raum zwischen Emmas und Mutters Rock steckte.

»Noch nicht. Aber es wird bestimmt gleich losgehen. Sobald es so weit ist, nehme ich dich hoch auf den Arm.« Sie tätschelte sein Haar, und fürs Erste fügte er sich in die angespannte Ruhe der vielen Zuschauer, die auf die »Aerostat«, Doktor Wölferts steuerbares Luftschiff, warteten. Emma nahm ihn an der Hand, denn sie sorgte sich, dass der kleine Bruder in der unüberschaubaren Menschenmenge verloren gehen könnte.

Vater hatte sich als Geburtstagsgeschenk einen Ausflug in die Berliner Gewerbeausstellung ausgedacht. Damit hatte er den Nagel auf den Kopf getroffen. Die Präsentation der modernsten Maschinen, die Kolonialausstellungen aus fremden Ländern und das längste bewegliche Fernrohr waren in aller Munde, jeder redete davon. Mindestens so toll wie die Weltausstellung in Paris vor sechs Jahren sollte sie sein. Die Leute kamen aus ganz Europa, um deutschen Fortschritt zu bewundern, besonders das steuerbare Luftschiff, das aufsteigen sollte.

Gleich nach dem Gottesdienst waren sie mit der Görlitzer Bahn nach Berlin gefahren, mitsamt Charlotte, und in der eigens für die Ausstellung errichteten Station Treptower Park ausgestiegen. Dass ihre beste Freundin seit drei Monaten verlobt war, war Salz in Emmas Wunden, deshalb hatte sie ihr schon vor der Zugfahrt klargemacht, dass sie in der Gegenwart ihrer Eltern kein Wort über Verlobung oder ihren Bräutigam hören wollte. Bis jetzt hatte sich Charlotte daran gehalten.

In den Vormittagsstunden waren sie mit Heerscharen von Menschen durch die Ausstellungspavillons gewandert und hatten unzählige quietschende, tosende, dampfende Ungetüme betrachtet. In Emmas Augen sahen sie alle gleich aus, doch Vater, von dem sie ihre unersättliche Neugier geerbt hatte, liebte moderne Technik und studierte jedes Detail. So kamen sie nur langsam voran, was nicht nur Benjis Geduld arg strapazierte. Dann hatten sie sich durch Menschenmassen gedrängt und einen Platz direkt am Ufer des Neuen Sees, eines riesigen, künstlich angelegten Wasserbassins, ergattert. Wenn der Start tatsächlich dort erfolgte, wo alle sagten, hätten sie fast freie Sicht, vorbei an nur wenigen Damenhüten, Zylindern und geöffneten Sonnenschirmen.

»Es tut sich was!«, rief Charlotte. Emma suchte den Horizont jenseits der vielen Menschen ab, konnte aber nach wie vor nichts Ungewöhnliches entdecken.

»Da vorn!« Ein junger Mann wedelte mit seiner Schirmkappe.

»Mir scheint auch, dass es gleich losgehen könnte.« Vater streckte sich. Wär ja auch bald an der Zeit. Emma fürchtete Benjis ungeduldiges Zappeln, das sich unweigerlich nach wenigen Minuten Untätigkeit einstellen würde. Sie packte ihn um die Körpermitte und hob ihn hoch. Der Junge legte seinen Arm um ihren Nacken und spielte mit dem Verschluss der Kette mit dem Medaillon, die sie morgens angelegt hatte.

»Ist die neu?«

»Mutters Geburtstagsgeschenk«, antwortete Emma stolz.

Benji hatte einen speziellen Platz in ihrem Herzen, nicht nur, weil er das Nesthäkchen war, sondern wahrscheinlich noch mehr, weil seine ersten Tage auf der Welt so schwierig gewesen waren. Mutter hatte seine angeborene Hasenscharte von einem Spezialisten in Berlin operieren lassen, und mittlerweile war zwar nur mehr eine zarte Operationsnarbe zu sehen, aber die nasale Aussprache war ihm geblieben.

»Kannst du das Luftschiff schon sehen?«

Angestrengt schaute er in die Ferne.

»Nöö, da is nichts.«

Auch Emma sah nichts.

»Da!« Auf einmal warf er den Zeigefinger in die Luft – und tatsächlich: Langsam und kerzengerade stieg ein länglicher Ballon hinter den Baumkronen himmelwärts. Ein riesiger Schatten legte sich nach und nach über die Zuschauermenge.

»Das ist er!«, rief Vater, den Kopf im Nacken und dunkelrot im Gesicht vor Aufregung. »Das ist Doktor Wölfert, der Erfinder!« Die Menge war still vor lauter Erstaunen. Am Ballon hing ein im Vergleich winziger Korb, in dem zwei Männer auszumachen waren.

»Kinder, Kinder …« Ergriffen schüttelte Vater den Kopf. »Ich sag's euch: Die historische Bedeutung dieses Spektakels können wir heute noch gar nicht abschätzen. Bald werden Menschen wie Vögel durch die Lüfte fliegen, über Wälder, Seen und Berge hinweg. Überall, wohin der Fahrer lenkt, alles mit der Energie des Benzins.«

»Genial. Und diese tolle Erfindung kommt aus unserem schönen Berlin«, hauchte Charlotte beeindruckt. Sie war schnell zu begeistern, vor allem für moderne Technik. Mit den meisten Frauen ihres Alters konnte Emma nur über Kleider und Stadtklatsch reden, aber Charlotte war anders und nahm Anteil an allem, was auf der Welt vor sich ging. Der Anblick dieses Luftschiffs war wirklich unglaublich. Wo doch eigentlich die zwei Männer, die sich im Korb befanden, allein aufgrund ihres Körpergewichts schnellstens in Richtung Erde sausen müssten … Dass sie aufstiegen und in der Luft unabhängig vom Wind in jede erdenkliche Richtung fliegen konnten, schien einfach wider die Natur.

»Ich weiß nicht«, meinte Mutter, die für Modernität nicht viel übrighatte. »Mir ist das Ganze unheimlich. Wenn der Mensch zu Gott in den Himmel steigt … was kommt denn als Nächstes? Wird er womöglich bald danach streben, seinen Platz dort einzunehmen?«

»Fortschritt nennt man das, meine liebe Adele!« Vater holte tief Luft. »Da sieht man mal, wozu der Mensch fähig ist. Er kann Naturgesetze bezwingen, sich über Schwerkraft hinwegsetzen. Befähigt vom lieben Gott, vergiss das mal nicht! Um Rechtmäßigkeit und Moral musst du dich nicht sorgen. Womöglich werden wir eines Tages sogar Ozeane überfliegen. Vielleicht kann man dann mir nichts, dir nichts irgendwann einmal sogar bis in die Neue Welt fliegen?!«

»Aber wie sollte das denn möglich sein?« Diese Vision schien Emma nun doch zu weit hergeholt. »Man würde Wochen dafür benötigen und müsste Proviant mitnehmen. Abgesehen davon, was sollte in der Luft besser sein als auf dem Boden eines Dampfers?« Moderne Weiterentwicklungen faszinierten sie wie Vater, nur konnte sie deren Sinnhaftigkeit nicht immer sofort erkennen. Dazu brauchte sie ihn, er konnte alles immer so gut erklären.

»Wirst schon sehen, mein Mädchen. Mit Einfallsreichtum und Scharfsinn wird einer herausfinden, wie es schneller gehen kann. Der Vorteil liegt auf der Hand: Es gibt nichts, das einem Luftschiff im Weg ist. Und keine hohen Wellen, die einen womöglich unter Wasser spülen.«

»Dafür aber Stürme, die einen durch die Luft wirbeln«, bemerkte Mutter. »Ich weiß wirklich nicht, was daran besser sein sollte. Ganz abgesehen davon: Warum sollte man den Ozean überhaupt überqueren wollen? Und dann untergehen, wie die armen Passagiere der *Durmont Castle*, die jetzt alle mausetot auf dem Meeresgrund liegen.«

Das Luftschiff befand sich nun genau über ihren Köpfen. Emma konnte den Korb gut ausmachen, auch die Gesichter der Männer, die unaufhörlich von oben herabwinkten. Vater, Charlotte, Benji und Emma winkten zurück, nur Mutters Blick in den Himmel blieb sorgenvoll.

»Wenn der Wölfert nur nicht abstürzt, mitsamt seiner Erfindung – und womöglich auf uns drauf …«

»Ach was!«, wiegelte Vater ab, puterrot im Gesicht. »Sei nicht immer so ängstlich, Adele. Endlich können wir den Franzosen zeigen, was wir alles mit moderner Technologie schaffen. Das nenn ich mal deutschen Erfindungsgeist!«

Das Luftschiff schwebte in einiger Distanz in östlicher Richtung weiter. Der riesige Ballon hoch über den Baumwipfeln wirkte irreal, ganz und gar unwirklich, wie in einem Märchen aus *Tausendundeine Nacht*. Benji, der sich noch immer an Emmas Nacken klammerte, starrte mit offenem Mund hinauf und machte keinen Muckser. Langsam bewegte sich das Luftschiff wieder fort. Immer kleiner wurde es am Himmel, bald war es nur mehr ein kleiner Punkt am Horizont.

»Dort hinten wird Wölfert es in einem großen Feld landen lassen«, erklärte Vater. »Leider werden wir ihm dabei nicht zusehen können. Das Feld liegt zu weit weg von hier.«

»Schade. Ich hätte zu gern gesehen, wie der von da oben wieder runterkommt und aus dem Korb steigt«, sagte Charlotte. Das hätte Emma zwar auch gern beobachtet, aber im Moment war sie nicht allzu unglücklich darüber, dass das Spektakel nun bald vorüber sein würde, da Benji immer schwerer wurde. Trotz seines Protests stellte sie ihn auf den Boden.

Die Zuschauermenge kam in Bewegung. Die Menschen gingen entlang der Promenade in Richtung Ausstellungshallen und schoben sie mit. Schließlich erreichten sie eine Haltestelle der elektrischen Rundbahn, wo schon viele andere warteten.

»Lasst uns die Cheopspyramide ansehen«, schlug Emma vor. »Die wird auch Benji gefallen.«

»Meinetwegen. Es ist ja dein Geburtstagsgeschenk, also darfst du bestimmen, wohin wir gehen.« Vater strich mit beiden Händen über das Wams, das seinen dicken Bauch umspannte – ein untrügliches Zeichen dafür, dass er zufrieden war. Nur, dass er ab und zu ungewöhnlich heftig schnaufte, bereitete Emma ein wenig Sorge.

Als die dritte Bahn einfuhr, waren sie endlich an der Reihe einzusteigen. Benji saß ganz ruhig auf Emmas Schoß und steckte die Nase aus dem Fenster.

»Vielleicht wirst du ja mal ein Lokführer?«, fragte Emma, aber Benji konzentrierte sich so sehr auf die vorbeiziehende Umgebung, dass er keine Antwort gab. Vor allem das Eismeerpanorama mit lebenden Eisbären, Walrossen und echten Eskimos hatte es ihm angetan. Bei der Station Cheops-Pyramide stiegen sie aus, mit unzähligen anderen Menschen.

»Dass du mir ja nicht abhaust, Kleiner!« Emma packte ihn wieder fest an der Hand. Benji schaute bitterböse drein, wie immer, wenn ihm etwas nicht passte.

»Ich will nicht zur Pyramide! Lieber will ich mit dem Zug fahren!« Er zerrte zurück. Emma fing Mutters sorgenvollen Blick auf.

»Ich pass schon auf ihn auf«, murmelte sie ihr zu. Benji gab jedoch keine Ruhe und zerrte weiter an ihrem Arm.

»Können wir wieder in den Zug einsteigen? Biiitte!«

»Später, kleiner Mann.«

Er gab erst auf, als die Trillerpfeife des Schaffners ertönte und die Bahn mit Getöse die Haltestelle verließ.

Die Menschenmenge schob weiter, mitten in die Deutsche Kolonial-Ausstellung. Sie kamen an einer afrikanischen Hütte vorbei, wo ein Kolonialwarenhändler Kamerunkakao, Usambarakaffee und Neuguinea-Zigarren anpries. Und endlich erhob sich die Cheopspyramide vor ihren Augen.

»Eine Mauer hat man komplett nachgebaut«, staunte Vater. »Der Rest ist nur gemalt. Aber insgesamt sieht sie täuschend echt aus, findet ihr nicht?«

Links und rechts säumten Stände von Händlern die sandige Straße. Menschen in wallenden Gewändern und mit umwickelten Häuptern verkauften Tee und arabische Süßwaren.

»Echte Beduinen sind das. Für die Dauer der Ausstellung wurden sie extra nach Berlin gebracht.«

»Man könnte glauben, man sei in Kairo«, rief Charlotte. Emma konnte die Augen nicht von einem kleinen Affen nehmen, der auf der Schulter eines Beduinenmannes saß. So menschlich sah er aus, fast wie Benji vorhin auf ihrem Arm. Er hielt ein Apfelstück zwischen den Fingern und knabberte daran. Seine Bewegungen waren menschengleich – er war zu komisch anzusehen.

Ein Händler stellte sich in ihren Weg, mit einem Bauchladen voller Gewürzsäckchen.

»Frischer Zimt, beste Qualität! Muskatnuss, Safran, Kardamom!« Um wenige Pfennige kaufte Emma ihm ein kleines Säckchen mit Sternanis ab. Es duftete so fremdländisch, und sie überlegte, ob man es Plätzchen beigeben könnte.

Die Gewerbeausstellung war ein großartiges Geburtstagsgeschenk, so viel Neues, Exotisches und Unbekanntes! Eine Weltreise würde sie niemals unternehmen, das wusste Emma, aber diese Ausstellung vermittelte zumindest ein Bild von fremden Ländern. Sie hakte sich bei Vater unter.

»Na, gefällt dir dein Geburtstag?«, fragte er.

Sie schmiegte sich an ihn.

»Es ist der aufregendste, den ich je hatte! Danke dir dafür.«

»Gern, mein Mädchen«, lachte er. »Und jetzt lade ich alle ins Zelt vom *Café Bauer* ein, auf 'n Eis oder 'nen Kaffee, was jeder möchte.«

Im selben Moment erschrak Emma bis auf die Knochen. Vor lauter Schwelgen in der Exotik des Ausländischen war ihr entgangen, dass Benji sich von ihrer Hand gelöst hatte. Sie starrte in Mutters Richtung. Die verstand ihren Blick sofort und wurde kreidebleich.

»Benji?!« Emma heftete die Augen auf Hüfthöhe der Umstehenden und suchte den blonden Schopf ihres Brüderchens zwischen den dunklen Wollröcken der Besucher und den weißen Kleidern der Beduinen.

»Was machen wir nur …«, stammelte Mutter. Es war einer jener seltenen Momente, in denen ihre kontrollierte Fassade Risse zeigte. »Wie sollen wir ihn in der Menge je wiederfinden?«

Immer und immer wieder rief Emma Benjis Namen.

»Habt ihr ein Kind verloren?«, fragte ein Mann.

»Ein kleiner Junge, knappe fünf Jahre alt. Haben Sie ihn gesehen?« Der Mann zuckte nur mit den Achseln und ging weiter. Vater und Charlotte standen wortlos herum, als würden sie nicht wissen, was sie tun sollten. Bei Charlotte war das klar. Sie hatte keine Geschwister, auch sonst keine Erfahrung mit kleinen Kindern. Aber Vater?! Manchmal verstand Emma ihn nicht. Gleichzeitig wusste sie, dass etwas geschehen musste, und zwar geschwind. Sie musste Benji finden, bevor er zu weit weg war.

»Der Junge wird schon nicht vom Erdboden verschluckt werden«, brummte Vater.

»Ihr bleibt hier. Ich laufe zur Rundbahn, vielleicht ist er ja dort.« Emma rannte los, so schnell sie konnte. Wenn die Rundbahn Benjis Ziel und er womöglich schon eingestiegen war, würden sie ihn nie mehr finden. Sie drängte durch die Massen, zwängte sich an den Menschen vorbei, alle paar Schritte stand jemand im Weg. Sie stieß gegen eine Frau, die sich beschwerte, entschuldigte sich flüchtig, rannte weiter. Endlich erreichte sie die Station und überblickte keuchend den Bahnsteig. Unzählige Menschen warteten auf der Plattform auf den nächsten Zug, darunter waren auch viele Kinder, aber keins glich Benji auch nur im Entferntesten. Eine Bahn fuhr ein, Emma lief näher. Ein Schaffner ermunterte die Fahrgäste zum Einsteigen. Binnen Minuten fand sie sich in einem Gewirr von aus- und einsteigenden Menschenströmen, sie war mitten im Gedränge. Wie sollte sie hier je Benjis Blondschopf finden?

4

Max rannte los, er war spät dran. Um ein Uhr wurde zu Hause das Mittagessen serviert, und jedes Mitglied der Familie Kolte hatte pünktlich zu erscheinen, da gab's kein Pardon. Am späten Vormittag hatte er noch einige Kommilitonen in einem Kaffeehaus getroffen und mit ihnen die Vorlesung von Professor Wehle, Fachgebiet Hochbau an der Technischen Hochschule Berlins, vom letzten Freitag diskutiert. Sie sollten eine Hausarbeit zum selben Thema schreiben, und der Ideenaustausch half in der Vorbereitung. Als er mittendrin auf die Uhr geschaut hatte, war es schon fünf nach eins gewesen.

Obwohl Sonntag, war der Verkehr am Kurfürstendamm dicht und laut. Er schlängelte sich zwischen Passanten hindurch, die Anstrengung trieb ihm den Schweiß auf die Stirn. Er erreichte eine Kreuzung, gerade wollte er sie queren. Im selben Augenblick fuhr ihm ein Pferdefuhrwerk vor die Füße. Er sprang einen Schritt zurück. Das war knapp gewesen, fast wäre er unter die Räder gekommen. Er ließ das Fuhrwerk, ein paar Reiter und eine Droschke passieren und lief weiter. Mittendrin schnitt ihm auch noch ein verträumtes Mädchen den Weg ab.

»Obacht!«, rief er laut. Sie huschte zur Seite, dabei fielen ein paar Zündholzschachteln aus ihrem Bauchladen auf die Straße. Er bückte sich, hob sie auf, hielt sie ihr hin und blickte in tief liegende Augen. Die arme Kleine, sie gehört hinter eine Schulbank und nicht mit dem Bauchladen auf die Straße, dachte er kurz und hetzte weiter vorbei an den Passanten auf dem anderen Bürgersteig, bis er endlich die Koenigsallee erreichte. Es kam ihm jedes Mal so vor, als hätte er plötzlich die Stadt verlassen. Hier herrschte Ruhe. Hier war kein Verkehr. Er kam flott voran, und bald konnte er zwischen dem dichten Laub der alten Bäume die ockergelbe Fassade seines Elternhauses ausmachen. Sicherlich war es schon hoffnungslos spät, daher beschleunigte er noch einmal seine Schritte, bevor er außer Atem den Gehflügel des großen Gittertors öffnete und ins Kolte'sche Anwesen trat.

Mit exzellentem Riecher für vielversprechende Immobilien und dank hervorragender Verbindungen in der Branche hatte Vater einen der ersten Baugründe in Grunewald gekauft, noch bevor die Bäume ringsum gerodet worden waren. Damals waren Max und sein älterer Bruder Edmund noch Kinder gewesen. Das Grundstück hatte zwar keinen Seezugang, was Mutter schmerzte, aber dafür besaßen sie eine Gartenanlage von ansehnlicher Größe, in deren Mitte Vater sein Lebenswerk erschaffen hatte – eine Villa, die einem kleinen Schloss glich, inklusive Türmchen, spitzem Dach, Erker und Wintergarten. Als Kind hatte Max die Schönheit des Hauses nie infrage gestellt, er war immer stolz darauf gewesen, in so einem schlossähnlichen Haus zu wohnen. Erst seit er Architektur studierte, sah er den historisierenden Zierrat mit anderen Augen und fand ihn kitschig und prätentiös. *Sein* Haus würde einmal anders aussehen – schlicht, reduziert, mit klaren Linien. Vieles würde er einmal anders machen als Vater.

Er rannte durch die breite Einfahrt, der Kies knirschte unter den Schuhen. Dann hastete er die ausladende Steintreppe hinauf, zwei Stufen auf einmal nehmend, und betätigte ungestüm den Klopfer am Eingang – es wäre schlimm, wenn Marie ihn nicht gleich hörte, da es ohnehin schon so spät war.

»Ihre Eltern sitzen schon bei Tisch«, flüsterte sie ihm zu, als sie die schwere Tür öffnete. »Beeilen Sie sich, Herr Max.«

»Danke, Marie.« Die gute Seele – was täte er ohne sie? Seit seiner Kindheit war sie seine Verbündete. Er übergab ihr den Strohhut und rannte über die Marmortreppe weiter hinauf in die Beletage, wieder zwei Stufen auf einmal. Vor dem Speisezimmer wischte er schnell mit dem Taschentuch den Schweiß von der Stirn, fuhr mit den Fingern durchs kurz geschnittene, dichte Haar, zupfte die Hemdmanschetten unter dem leger sitzenden Jackett zurecht, bevor er endlich die massive Messingklinke mit dem üppigen Blumenmuster drückte.

Alle saßen bereits um den Esstisch, jeder am gewohnten Platz. Sie starrten ihn an: Vater zornig, Mutter vorwurfsvoll, Edmund belustigt.

»Ich bitte um Verzeihung«, murmelte Max, während er den Raum über den dicken Perserteppich durchquerte und seinen Platz gegenüber von Edmund einnahm. »Wir haben Professor Wehles Vorlesung Revue passieren lassen, und ich habe die Zeit übersehen. Ich hoffe, ihr habt nicht allzu lange auf mich gewartet.«

»Doch. Haben wir. Deine notorische Unpünktlichkeit ist nicht tolerierbar!«, bellte Vater, zog seine goldene Uhr aus der Westentasche und warf einen Blick auf das Ziffernblatt. »Geschlagene zwanzig Minuten. Was denkst du dir eigentlich dabei?!« Energisch klappte er den Deckel zu. »In einer halben Stunde muss ich im Klub sein, Otto wartet schon unten mit der Droschke. Auch deine Mutter hat Besseres zu tun, als ihre Zeit mit Warten auf den werten Herrn Sohn zu verschwenden.«

Schuldbewusst griff Max zur Serviette und breitete sie aus.

Es war besser, wenn er jetzt den Mund hielt. Edmund hüstelte. Zwei Jahre älter als er, war er gleich nach dem Abitur in die Konrad Kolte'sche Terraingesellschaft eingetreten und arbeitete seither an Vaters Seite. Gleich wird der auch noch seinen Senf dazugeben, dachte Max. Aber zum Glück blieb er still.

Mutter warf ihm einen bösen Blick zu. Die riesigen Ballonärmel ihrer hochmodernen und sicherlich brandneuen Bluse streiften das Tischtuch, während sie an ihrer schlanken Zigarette sog und kleine, kunstvolle Wölkchen in die Luft blies, mit denen sie wohl elegante Weltläufigkeit demonstrieren wollte.

»Dein Vater hat recht.« Mit fein manikürten Fingern zog sie den silbernen Aschenbecher heran und drückte die Zigarette aus. Der Ring mit dem riesigen Saphir und den Diamanten ringsum, den Vater ihr an letzten Weihnachten geschenkt hatte, glitzerte im Sonnenlicht, das durch die Gardinen schien. Die Luft war wieder einmal zum Schneiden dick, nicht nur wegen des Zigarettenrauchs. Mutter betätigte die elektrische Glocke, die vom Lüster über der Mitte des Tisches hing, während Vater weiterschimpfte:

»Flausen ... nix als Flausen setzen sie dir an der Universität in den Kopp, und noch dazu auf meine Kosten«, schlug er wieder einmal, wie so oft, in die gleiche Kerbe. »Deine werten Herren Professoren haben doch keene Ahnung vom Geldverdienen. Dass du in solche Vorlesungen gehst, ist Zeitverschwendung. Ich hab's schon oft genug gesagt.«

»Nicht ganz, Vater«, wehrte sich Max nun doch. »Immerhin lerne ich, wie die Häuser der Zukunft aussehen sollen.«

»Firlefanz. Bei mir kannste was lernen und sonst nirgendwo.«

In ebendiesem Moment betrat Marie mit der Suppenterrine den Raum, und eine Weile war nur das Klirren der silbernen Kelle am Porzellan zu hören, dann die Löffel in den Schalen.

Es gab Bouillon mit Eierstich. Max warf einen Blick in Vaters Richtung, hoffend, dass ihn die heiße Brühe beschwichtigen würde. Tatsächlich verlor der alte Herr kein Wort mehr über das leidige Thema, sondern löffelte nur stumm. Mutter läutete wieder. Marie kam, räumte ab, Berta brachte die Hauptspeise: Kohlrouladen mit Kartoffeln, sicherlich Vater zuliebe, der das Deftige liebte. Mutter schenkte allen Wein ein. Von jetzt an würde er nur mehr freundlich konversieren, nahm Max sich vor, den braven Sohn geben und keinen Streit mehr provozieren. Er räusperte sich und legte das Messer ab.

»Ist die Palme neu?« Die mannshohen Wedel in der Ecke beim Fenster waren ihm soeben ins Auge gestochen.

»Schön, dass sie dir auffällt.« Mutters Miene erhellte sich, sie war immer um perfekte Dekoration bemüht. »Eine Aroca-Palme ist das – der letzte Schrei. Ich hatte Mühe, beim Gärtner noch eine zu ergattern, sie sind zurzeit äußerst beliebt.« Dann erzählte sie von ihren Plänen, einen Fünfuhrtee abzuhalten, weshalb sie auch die Palme gekauft hatte.

»Köstlich, die Roulade. Hat sie wieder mal gut hingekriegt, unsere Berta«, bemerkte Vater. Die Zornesröte war aus seinem Gesicht gewichen. Er nahm noch einen Schluck Wein. »Mmm. Ein guter Tropfen. Findest du nicht auch, Gertrud?« Er prostete Mutter zu. Dann wandte er sich an Edmund. »Wie kommst du eigentlich mit den Grundstücksankäufen voran?«

»Geht so«, antwortete er zwischen zwei Bissen. »Das Problem sind nur die vielen Menschen.«

Vater warf ihm einen fragenden Blick zu.

»Die Gegend ist ja nicht gerade unbewohnt, wie du weißt«, erklärte Edmund. »Die Huren, die Juden, das ganze Gesindel muss erst mal weg, bevor wir mit dem Abriss beginnen können. Aber nach dem Ziehtag am 1. Oktober werden wir leichteres Spiel haben.«

»Ach ja? Wie das?« Interessiert sah Vater von seinem Teller auf. Edmund hüstelte verlegen.

»Nun ja … du weißt schon … Die Aborte übergehen lassen, bis der Gestank unerträglich wird, den Müllwagen abbestellen, das Brunnenwasser austrocknen, ein paar Backpfeifenjesichter reinschicken … das ganze Programm eben. Dann zieht jeder weg und niemand mehr hin.«

Vater nickte zufrieden, aber Max war hellhörig geworden.

»Was habt ihr vor? Wo soll das Ganze sein?«

»Im Barackenviertel beim Görlitzer Bahnhof. Wir haben eins der letzten Lote gekauft. Die Baracken werden wir dem Erdboden gleichmachen, breite Straßen ziehen, Kanäle legen. Dann werden wir den Grund parzellieren und mitsamt Plänen für Mietshäuser an Investoren weiterverkaufen. Wie es Salomon Habermas mit seiner Berlinischen Bodengesellschaft seit Jahren erfolgreich macht. Der schmächtige Jud weiß eben, wie man fetten Reibach macht …« Edmund lachte über seinen vermeintlichen Witz. »… und guten Kies«, stimmte Vater ein, lehnte sich zurück und strich zufrieden über seine Weste.

»Aber Habermas kauft Ackerland, Wald und grüne Wiese«, warf Max ein. Er konnte sich nicht beherrschen, obwohl er um das Streitpotenzial wusste. »Von wo höchstens Hasen vertrieben werden, nicht *Menschen!*«

»Das Resultat, lieber Bruder, ist aber dasselbe: Neue Mietshäuser kommen hin, Tausende Wohnungen für Abertausende Leute. In zwei Jahren werden auf dem Areal lauter fünfstöckige Häuserblöcke stehen, alle nagelneu. Da sag noch einer, dass das keine gute Sache ist.«

»Häuser mit Wohnungen? Dass ich nicht lache!« Max machte eine abfällige Handbewegung. »Kasernen werden das, wie überall, mit Wohnlöchern für Maulwürfe.« Es war genau das, was Professor Wehle in der Vorlesung angeprangert hatte:

Bodenspekulation zum Profit der Investoren, zum Schaden der kleinen Leute. Das Resultat waren hässliche Ungetüme, die dann für immer dastanden und die Stadt verschandelten. »Finstere Ziegelbunker, in denen die Lebensqualität nach zwei, drei Jahren genau gleich schlecht sein wird wie in den alten Baracken. Nur dass die Leute dafür auch noch hohe Mieten zahlen müssen. Da sind die windschiefen, selbst gebauten Baracken vielleicht noch besser als die ständige Wiederkehr des ewig Gleichen.«

»Uns kann's wurscht sein. Uns wird's Kies in die Kassa spülen, und zwar ordentlich.« Edmund grinste. »Hobrechts Stadtentwicklungsplan ist noch immer Gold für uns: Bauen, bauen, bauen …«

»Laut Professor Wehle sollten Mietshäuser aber großzügig, menschenwürdig, gesund geplant werden. Mit ästhetischem Anspruch, und zwar von Architekten konzipiert. Nicht von den Zeichnern der Terraingesellschaften, die nur Grundfläche maximieren. Größere Innenhöfe, mehr Licht für die Bewohner, mehr Toiletten, vielleicht sogar ein wenig Grün dazwischen – damit müsste man sich auseinandersetzen.«

»Genug!« Vater schlug mit der flachen Hand auf den Tisch. »Hör auf mit diesem Tamtam. Wir haben unsere Abmachungen mit der Bank und den Investoren. Die bebaubare Fläche muss optimal genutzt werden, bis in den letzten Winkel. Das bedeutet dichte Verbauung, und zwar so dicht wie möglich. Wenn du deinen Kopf nicht in luftigen Höhen hättest, wüsstest du, dass wir uns an die Vorgaben der Investoren halten müssen. Vom Geld, das wir dabei verdienen, ganz zu schweigen. Davon leben wir alle sehr gut. Auch du, wenn du daran erinnert werden musst.«

Betreten schaute Max auf seinen leeren Teller. Bis er nicht mit dem Studium fertig und finanziell unabhängig war, hatte es keinen Sinn zu diskutieren. Er biss sich auf die Lippe, um des lieben Friedens willen.

Inzwischen hatte Marie abgeräumt und das Dessert gebracht: Berliner Luft – eine seiner Leibspeisen.

5

»Benjiii!« Emma schrie sich die Seele aus dem Leib. Sie hatte ihn endlich entdeckt, auf der zweiten Stufe zur Tür des Waggons, sein Händchen hatte er schon am eisernen Haltegriff.

»Haltet ihn!«, rief sie dem Schaffner zu und wühlte sich durch die Menge, so schnell sie konnte. Jetzt begriffen auch die Umstehenden, dass es um den kleinen, blonden Jungen ging, der gerade mutterseelenallein in den Zug einstieg. Der Schaffner sprang zum Trittbrett, packte ihn um die Mitte und stellte ihn auf den Bahnsteig.

»Da haben wir ihn ja, den Ausreißer.«

Emma, mittlerweile schweißgebadet vor Aufregung, hob Benji auf den Arm.

»Was tust du nur?!«, schimpfte sie und gab ihm gleichzeitig einen Kuss. Sie hielt ihn so fest, als wollte sie ihn nie mehr loslassen. Im Gehen bedankte sie sich beim Schaffner, dann trug sie Benji zurück zu den anderen.

Mutter schloss ihn sofort in die Arme, der strenge Zug um ihre Lippen schien für einen kurzen Moment weicher zu sein.

»Da ist er ja wieder«, brummte Vater fast wie nebenbei und gab Benji eine wenig ernst gemeinte Kopfnuss, die der Junge stoisch hinnahm. »Jetzt aber gehen wir zum *Café Bauer* Eis essen.«

»Jaaa!«, freute sich Benji, wahrscheinlich hatte er gar nicht begriffen, was er angestellt hatte.

»Ob das Gefrorene dort genauso gut ist wie unseres?«, fragte Vater in die Runde, wo doch alle schon die Antwort wussten. Denn die Eiscreme, die er herstellte, war für alle Buchwalds die beste. Nicht einmal die aus dem *Café Bauer* konnte mithalten.

»Bestimmt nicht«, lachte Charlotte. »Mir wird sie trotzdem schmecken.«

»Gibt's bei denen auch Stanitzl wie bei uns?«, meldete sich Benji.

»Aber ja.« Emma packte seine Hand, immer noch erleichtert, dass er wieder da war. Charlotte nahm die andere, und im Takt mit der Marschmusik, die von irgendwo hertönte, folgten sie Mutter und Vater in den Gastgarten.

Nach dem Eisessen bewunderten sie die venezianischen Gondeln auf dem Teich, die elektrischen Errungenschaften der Firma Siemens in deren Pavillon und noch mehr Maschinen in den Wandelhallen. Danach wähnten sie sich mitten in Tirol, als sie in einer nachgebauten Almhütte vor einem gemalten Alpenpanorama bei Sonnenuntergang Limonade tranken. Zuletzt aßen sie noch in einem der Restaurants zu Abend.

Dann gingen sie zur Bahnstation, es dämmerte bereits. Wieder mussten sie lange in der Schlange stehen, mit Hunderten anderen Besuchern, die den sonnigen Tag auf dem Ausstellungsgelände ebenso wie sie bis zum Einbruch der Dunkelheit genossen hatten. Vater äußerte nicht nur einmal seinen Unmut darüber, dass er Fritz, der gelegentlich auch den buchwaldschen Wagen manövrierte, gewohnheitsmäßig wie jeden Sonntag freigegeben hatte:

»Herrje, in den Hintern könnt ich mich beißen, dass der jetzt nicht dasteht.«

Benji lachte über den Ausdruck, und Mutter warf ihrem Gemahl einen ihrer rügenden Blicke zu.

Vater ging zu einer nahen Bank und ließ sich ächzend darauf nieder. »Diese lange Warterei! Da steht man sich ja die Beine in den Bauch.« Er wischte sich den Schweiß von der Stirn. »Und diese Hitze …«

Emma wunderte sich, war es doch bei Weitem nicht mehr so heiß wie mittags. »Ist dir nicht gut?«

»Doch, doch, mein Mädchen.« Er zwinkerte ihr zu. »Aber es war ein langer Tag, nicht wahr? Da kann man schon mal erschöpft sein.«

Endlich fuhr die Görlitzer Bahn ein und brachte sie nach Cottbus. Als sie zu Hause ankamen, war es finstere Nacht.

6

Nachdem sie Benji zu Bett gebracht hatte und die Eltern schlafen gegangen waren, legte Emma hinter dem Paravent in ihrem Zimmer das Straßenkostüm ab und schlüpfte ins Nachtkleid. Abgesehen davon, dass sie Benji verloren hatten, war es ein herrlicher Geburtstag gewesen. So viele moderne Dinge und neuartige Entwicklungen hatten sie gesehen. Vater, der sich sonst gern unten in der Backstube am Arbeitstisch verkroch, hatte die weiße Konditorenkluft abgelegt und war in den schweren Anzug geschlüpft, der wahrscheinlich fast so alt war wie sie selbst, um ihr, Mutter, Benji und Charlotte einen schönen Tag zu bescheren. Eine Welle der Dankbarkeit überkam Emma.

Sie hängte das Kostüm an den Haken. Dann setzte sie sich an den Frisiertisch, öffnete im Schein der Nachtkerze den Knoten im Haar und entfernte die Nadeln. Ihre kastanienbraune Mähne fiel ihr über die Schultern, und sie begann mit dem Ausbürsten. Hundert Mal morgens und abends, hatte Mutter ihr beigebracht, damit das Haar ordentlich glänzte. Auch wenn das Bett noch so sehr lockte – einmal, zweimal, dreimal … Wenn nur Vater etwas mehr Wärme für Benji aufbringen könnte, wünschte sie sich, während sie einen Bürstenstrich nach dem anderen setzte. Der Junge kam schon bald in ein Alter, wo er dessen Nähe suchen würde. Aber Vater behandelte ihn seit jeher distanziert, ganz anders als Gustl und sie. Vielleicht war es die Hasenscharte, mit der er nicht zurechtkam. Das war einfach zu traurig, denn Benji konnte doch nichts dafür. Er war so ein lieber Junge. Neunzehn, zwanzig, einundzwanzig … Während Emma das Haar kräftig bearbeitete, glitt ihr Blick wieder zu ihrem Spiegelbild. Die Müdigkeit war in den Augen zu sehen, es war höchste Zeit für einen Schönheitsschlaf. Und sie hatte erst ein Drittel der Bürstenstriche hinter sich. Unverdrossen bürstete sie weiter. Dreiundsechzig, vierundsechzig … Vielleicht glänzte ihr Haar ja tatsächlich mit jedem Strich intensiver. Neunundneunzig. Hundert. Endlich. Sie legte die Bürste zur Seite.

Ein Lichtstrahl fing sich im goldenen Medaillon, das sich seit dem Morgen an der zarten Kette in ihre Halsgrube schmiegte. Es blitzte im Spiegel auf, und jener besondere Moment beim gestrigen Frühstück kam ihr wieder in den Sinn. Als Mutter es ihr überreicht hatte, war keine Zeit gewesen, aber jetzt wollte Emma es genauer ansehen. Sie öffnete die einfache Gliederkette, griff nach dem ovalen Schmuckstück und ließ es mitsamt der Kette in die Handfläche fallen. Das Medaillon war etwas größer als ihre Daumenkuppe. Filigrane Verzierungen am Deckel schimmerten im flackernden Kerzenlicht.

»Ich habe es getragen, als ich so alt war, wie du jetzt bist«, hatte Mutter dazu gesagt. Sosehr sich Emma über das Schmuckstück freute – es waren noch mehr diese Worte. Mutter erzählte nie aus ihrer Kindheit und Jugend, fast so, als läge ein Zauber über ihrer Vergangenheit. Als Kind war es ihr nie aufgefallen, aber seit sie sich öfter in Charlottes Haus aufhielt, deren Mutter ständig von ihren Kindheitserlebnissen erzählte, war ihr bewusst geworden, dass sie über ihre eigene kaum etwas wusste. Und es war merkwürdig, dass sie das Medaillon nie an ihr gesehen hatte. Emma betrachtete es noch immer, als läge ein Geheimnis darin.

»Ich habe unser Hochzeitsfoto hineingegeben«, hatte Mutter auch gesagt. Der Verschluss war so zart gearbeitet, dass er kaum sichtbar war. Emma drückte darauf, ganz leicht. Mit leisem Klicken sprang der Deckel auf. Da war das winzige Abbild ihrer Eltern, von dem Mutter gesprochen hatte. Es war eine Schwarz-Weiß-Fotografie, offenbar in einem Studio aufgenommen. Vaters und Mutters Köpfe steckten eng beieinander, beide waren festlich gekleidet, Mutter in Weiß. Sie trug eine Blume im Haar, und als Emma genau hinsah, meinte sie, auch das Medaillon als Schatten am Hals zu erkennen. Das Foto war unscharf und erinnerte sie an die große Fotografie, die im Silberrahmen auf dem Kaminsims im Wohnzimmer stand – das Motiv war dasselbe. Vermutlich war das kleine Bild ein Ausschnitt aus einem Probedruck – das erklärte auch das winzige Format.

Sie besaß ein besseres, schärferes Foto von ihren Eltern, fand Emma. Eine Fotografie, die anlässlich ihres Schulabschlusses vor sechs Jahren angefertigt worden war. Auch davon gab es Probedrucke, und wenn sie sich recht erinnerte, sollte der Ausschnitt mit beiden Eltern klein genug für das Medaillon sein. Sie öffnete die Lade des Frisiertisches und stöberte, bis sie die Serie fand: lauter kleine, identische Aufnahmen von ihren Eltern, die Grautöne auf jedem einzelnen nur in Nuancen etwas heller oder dunkler, schärfer oder unschärfer. Jedenfalls gefielen ihr die Eltern darauf besser. Wenn sie eins davon ausschnitt und die Ecken abrundete, würde es hervorragend ins Medaillon passen, nur das Hochzeitsfoto müsste sie davor entfernen.

Sie nahm eine Haarnadel und stocherte behutsam zwischen dem goldenen Rahmen und der alten Hochzeitsfotografie, doch es gelang ihr nicht, das Papier herauszulösen. Sie verbog die Nadel zu einem Haken und versuchte es noch einmal, schob sie zwischen den Rahmen des Medaillons und das Fotopapier. Endlich hatte sie sich eingehakt, und das Hochzeitsfoto sprang heraus.

Emma stutzte. Unter dem verschwommenen Bild ihrer Eltern war ein zweites, ebenso winziges Bild zum Vorschein gekommen: das Porträt einer jungen Frau. Sie rückte das Medaillon näher ans Kerzenlicht. Was sie sah, war eindeutig Mutter, als sie jung gewesen war, mit dunklem, dichtem, welligem Haar und mandelförmigen Augen, die sie selbst von ihr geerbt hatte. Aber es war der Blick, der sie störte. Mutter, die sie immer nur besonnen kannte, sah ihr fordernd, vielleicht herausfordernd, sogar ein wenig kokett und trotzig entgegen. Je länger Emma das Bildnis betrachtete, desto befremdlicher wirkte es. Die abgebildete Frau war Emma nicht vertraut, ja sogar fremd – wenn da nicht das wellige Haar und die mandelförmigen Augen wären. Dann entdeckte sie noch etwas: Auf Mutters Schulter rastete eine Hand. Eine Männerhand, die durch den Bildausschnitt am Gelenk abgeschnitten war. Kräftig sah sie aus. Emma schaute noch genauer hin und entdeckte einen Punkt auf dem kleinen Finger. Er sah aus wie ein massiver Ring, vielleicht eine Art Siegelring. Vater trug nie Ringe. Es war auch nicht vorstellbar, dass er je einen getragen hätte. Abgesehen davon, dass ihn Ringe bei der Arbeit stören würden – er war nicht der Typ dafür.

Die Müdigkeit war auf einmal verflogen. Wie Mutter als junge Frau gewesen war, fragte Emma sich. Und was könnte es mit der Männerhand auf ihrer Schulter auf sich haben? Gehörte sie vielleicht ihrem Großvater? Das schien am wahrscheinlichsten. Ihre mütterlichen Großeltern hatte Emma nie kennengelernt. Sie wusste nichts über sie. Nur, dass Mutter irgendwo in Berlin aufgewachsen war. Großeltern waren für sie immer nur Marie und Hermann Buchwald gewesen – Vaters Eltern, die sie regelmäßig in Breslau besucht hatten, bis sie starben.

Großmutter war eine gütige Frau mit weißem Haar gewesen, und Großvater hatte die beste Konditorei am Hauptplatz von Krakau betrieben, sie gehörte längst nicht mehr der Familie, das Haus war nach Großvaters Tod verkauft worden. Gustl lernte zurzeit in einer kleinen, sehr angesehenen Konditorei am Stadtrand. Vater war der einzige Sohn von Marie und Hermann gewesen. Sie waren heute noch überall im Haus präsent: Auf gerahmten Fotografien, in Namenszügen, und über dem Kamin hing sogar ein Ölporträt von Großvater. Anders Mutters Vater: Emma kannte nicht einmal seinen Namen.

Sie beschloss, Mutter am nächsten Morgen zu den unbekannten Großeltern zu befragen. Dann schnitt sie den Probedruck der Schulabschluss-Aufnahme mit der Schere zurecht und drückte den Ausschnitt über das alte Foto mit Großvaters Hand ins Medaillon. Seltsam, dieser Ring am kleinen Finger, dachte sie noch einmal. Sie schloss das Medaillon, legte es vorsichtig in die Kristallschale beim Spiegel und ging endlich zu Bett. Todmüde nach dem langen Tag, glitt sie gleich hinüber ins Reich der Träume.

7

Einen Mokka bitte«, bestellte Max beim Kellner. Den gestrigen Abend hatte er mit Arthur und Emil in einer Kneipe verbracht, und es war spät geworden. Total übermüdet brauchte er jetzt dringend eine Tasse starken Kaffee zum Aufwachen. »Und einen Bienenstich dazu.«

»Sehr wohl, der Herr.«

Max saß mit Emil im Gastgarten vom *Kleinen Café*, im Schatten üppiger Ranken von Wildem Wein und eines alten Kastanienbaumes. Emil hatte seine rote Studentenkappe abgenommen, die nun neben dem Aschenbecher lag, und paffte an einer Zigarre. »Du und dein süßer Zahn ... du bist ja wie ein Bübchen.«

»Na und? Jeder hat sein Faible. Für dich sind's kolumbianische Zigarren – für mich Torten. Lass mir doch mein unschuldiges Laster.« Schon allein beim Gedanken an die vanillige Sahnecreme mit den karamellisierten Mandeln obenauf lief Max das Wasser im Mund zusammen. Wie gut, dass es in ihrem neuesten Treffpunkt Bienenstich gab.

»Wo ist eigentlich Arthur?«

»Weiß nicht.«

»Es wird ihm doch nichts passiert sein?«

»Ach wo, er ist nur spät dran, wie so oft.« Emil sog wieder genussvoll an seiner Zigarre, dunkler Rauch vernebelte sein Gesicht. Er lugte durch das Fenster in den Nebenraum des Cafés, wo die Billardtische standen, und zog seine Uhr aus der Tasche. »Bist du bereit für 'ne Runde? Ich hab 'nen Tisch reserviert, in zehn Minuten.«

»Klar. Wenn Arthur nicht bald kommt, spielen wir eben ohne ihn, die Reservierung werden wir sicherlich nicht aufgeben«, sagte Max.

»Hoffen wir nur, dass sie uns den Tisch überlassen. Sind nämlich alles Stammgäste, die jetzt spielen.«

Max zuckte mit den Schultern. »Hab ich auch schon bemerkt.« Wie jeder andere Gast wusste er, dass Stammgäste nicht nur hier besonders privilegiert waren.

Das *Kleine Café* existierte erst seit Kurzem. Herr Kirchner hatte es im Erdgeschoss eines neuen, hochherrschaftlichen Wohnhauses am Kurfürstendamm eröffnet. Drinnen wie draußen war es leger und bohemien – anders als das *Café Bauer* Unter den Linden, wo Max manchmal mit Mutter und Vater, und nur im besten Anzug, hinging. Dort waren die Reichen und Schönen, aber im *Kleinen Café*, dem manche den Beinamen »des Westens« gaben, war es gemütlicher. Max und seine Freunde saßen hier oft stundenlang beieinander – allerdings im sogenannten »Nichtschwimmerbecken«, ein wenig abseits der Stammtische. Denn das »Schwimmerbecken«, eine Tischgruppe beim Fenster, war nur berühmten Künstlern wie Max Reinhardt, Max Liebermann oder Alfred Döblin vorbehalten. »Schwimmer« konnte man oft an ihren Bärten und Nickelbrillen erkennen, und die dazugehörigen Damen trugen Kurzhaarfrisuren und avantgardistische Reformkleider, die lose wie japanische Gewänder unter der Brust zusammengezogen wurden. Ohne Korsett, was oft einen interessanten Anblick gab, fand Max. Alle rauchten, Damen wie Herren – Zigaretten oder Zigarren – mit Spitze oder ohne Spitze – deshalb roch es immer ganz speziell im *CdW*, wie sie ihren neuen Treffpunkt auch nannten. Hierher kam, wer sehen und gesehen werden wollte, wer schon wer war und vor allem: wer noch etwas werden wollte. Max schmunzelte. So wie Emil, Arthur und ich. Er schielte hinüber zu den Stammtischen. Eines Tages wollte er auch zum Schwimmerbecken gehören, zusammen mit seinen Freunden. Nämlich dann, wenn sie fertig ausgebildete Architekten waren. Emil und Arthur hatten ähnliche Ambitionen wie er, und er schätzte ihre Fähigkeiten: Emils wunderbares Gefühl für Ästhetik und Arthurs brillantes Mathematikerhirn.

»Bitte sehr, einen Mokka und den Bienenstich.« Der Kellner stellte das Silbertablett ab. Der Kaffee dampfte, und die karamellisierten Mandelsplitter glänzten verführerisch, Max war im Himmel vor Wonne.

»Da kommt Arthur endlich!«, rief Emil, und auch Max entdeckte ihn beim Eingang, wie er sich suchend umsah und auf sie zukam. Im Vorbeigehen griff er nach einer Zeitschrift vom Ständer, dann ließ er sich neben Emil auf den Stuhl fallen.

»Ich komm grade von meiner ersten Paukstunde.«

»Und? Hast du was gelernt?« Max schob noch einen Bissen vom Bienenstich auf die Gabel.

»Ich kann schon ganz gut stechen, wenn du das meinst. Fast wie ein Profi. Und es ist gar nicht so gefährlich, wie's aussieht. Man wird so sehr eingewickelt, behelmt und bebrillt, dass eigentlich nichts passieren kann. Du könntest es ruhig auch probieren.«

»›Furchtlos und treu‹ – der Spruch der Verbindung gefällt mir ja. Und die roten Kappen sind auch ganz ansehnlich. Aber ob ich mir so 'nen Schmiss verpassen lassen möchte – ich weiß nicht …«

»Sei nicht so ein Hasenfuß!«, warf Emil ein, auf dessen

Wange schon eine dicke, rote Narbe prangte. »Der Schmiss muss einfach sein, wenn du aufgenommen werden willst.«

»Aber was ist, wenn der Degen des Gegners einen Nerv trifft und ich danach mein Leben lang schief grinse? Oder, noch schlimmer: beim Tortenessen Speichel sabbere?« Max schob umgehend noch einen Kuchenbissen in den Mund.

»Hasenfuß«, äffte Emil. Alle drei lachten.

»Die alten Herren in der Verbindung sagen, dass du bei der Mensur lernst, die Contenance zu bewahren«, versuchte Arthur zu erklären. »Es ist ein Einüben von Tapferkeit. Man setzt sich mit einer bedrohlichen Situation auseinander, muss die Angst überwinden und ihr schließlich gefasst entgegentreten.«

»Gemäß dem Verbindungsspruch: furchtlos und treu.« Voller Stolz strich Emil mit dem Finger über seine Narbe.

»Wie hat denn dein alter Herr auf deine Mensur reagiert?«, fragte Max.

»Erfreut war er nicht, aber mittlerweile hat er sich daran gewöhnt.«

»Meiner hat selbst 'nen Schmiss«, sagte Arthur.

»Und meiner würde mir vermutlich die Tür weisen, wenn ich mit so einer Verunstaltung im Gesicht nach Hause käme.« Max schob den letzten Bissen des Bienenstichs in den Mund. »Er hält nichts vom Studium. Geschweige denn von studentischen Bräuchen.« Er lachte kurz auf. »Aber vielleicht wär ja grade das ein guter Grund, es doch zu probieren?!« Langsam wirkte der Kaffee, seine Lebensgeister kamen wieder. Er schaute hinüber ins Billardzimmer.

»Mir scheint, unser Tisch wird nie mehr frei, lauter Schwimmer sind dort. Lasst uns stattdessen eine Runde Domino spielen.« Arthur nahm die Schachtel auf, die auf dem Marmortisch stand, leerte die Steine aus und verteilte sie auf der Tischfläche.

»Ich hab die Doppel-Sechs«, sagte Emil.

»Dann beginne!«

Die hölzernen Steinchen klackten, als sie sich mit dem Spiel bis spätabends die Zeit vertrieben, über Gott und die Welt diskutierten und weiter das Für und Wider des Mensurschlagens abwogen.

8

Wie jeden Morgen riss die Glocke der Oberkirche von Sankt Nikolai mit metallenen Schlägen Emma aus dem Tiefschlaf, aber diesmal war sie nicht gleich ganz wach, sondern träumte im Dämmerzustand noch von der mächtigen Cheopspyramide und den Marktleuten in weißen Gewändern im Treptower Park. Sie sah sich durch den Ägyptischen Suk bummeln und trank vom Tee, den Beduinenfrauen mit hennaverzierten Händen reichten – fremdländisch und süß schmeckte er. Die bunten Tücher der Frauen wehten im Wind, der Duft von Jasmin und Gewürzen schlug ihr entgegen. Vor ihr lief Benji, übermütig wie immer und so schnell, dass seine kleinen Füße Sand aufwirbelten. Verschwommen nahm sie wahr, dass er immer schneller und schneller wurde, vielleicht wollte er Vater nachlaufen, der aber nirgends zu sehen war. Die Sandwolke zwischen ihm und ihr wurde immer dichter, sie kam nicht mehr nach, seine Umrisse verloren sich. Die Angst, ihn völlig aus den Augen zu verlieren, wurde größer und größer, aber da ertönte der letzte Schlag der Glocke von Sankt Nikolai noch lauter als die vorhergehenden – und erlöste Emma von der inzwischen quälenden Ohnmacht. Sie riss die Augen auf – und stellte fest, dass zum Glück alles nur ein Traum gewesen, Benji sicher zu Hause und heute ein ganz gewöhnlicher Arbeitstag war.

Erleichtert blinzelte sie in Richtung Fenster. Wie tags zuvor schien auch heute die Sonne durch die Vorhänge und beleuchtete die alten Dielen auf dem Fußboden. Jede Ritze war vertraut, jedes Stuhlbein, jede Falte im Stoff. Die Frisierkommode stand da wie eh und je – der Alltag hatte sie wieder. Der Tag in Berlin auf der Gewerbeausstellung erschien ihr plötzlich gänzlich unwirklich, als hätte es den Suk nur im Traum gegeben. Der Ausflug lag kaum zurück, doch jetzt kam es ihr vor, als wären sie nie dort gewesen, während alles im Zimmer, die grünen Vorhänge, der Frisiertisch und der Paravent, umso echter wirkte. Erinnerungen konnten einem manchmal ganz schön ein Schnippchen schlagen, und ganz besonders, wenn sich Träume dazumischten.

Emma wischte den Gedanken weg, erhob sich, kleidete sich in eines ihrer blauen Alltagskleider und schlüpfte in die bequemen Schuhe. Das Medaillon, das in der Kristallschale vor dem Spiegel lag, glänzte im Licht. Es war zu kostbar, um es täglich anzulegen, entschied sie. Während sie es im Schächtelchen verstaute, fiel ihr wieder ein, dass sie Mutter nach den Großeltern befragen wollte. Bei nächster Gelegenheit, nahm sie sich fest vor.

Sie verließ das Zimmer. Einzelne Stufen knarrten an den altbekannten Stellen, schon im Vorhinein wusste sie, welche es sein würde. Der Duft des allmorgendlichen Plundergebäcks wehte ihr entgegen. Je nach Tageszeit und Backwaren, die unten erschaffen wurden, nahm die Luft im ganzen Haus die herrlichsten Aromen an: Vanille, Zimt, Schokolade, Haselnuss, Marzipan … Es war wie im Schlaraffenland. Schon allein deshalb wollte Emma sich nicht vorstellen, je woanders zu wohnen. Natürlich lockten fremde Städte und ferne Länder, oft träumte sie von weiten Reisen, manchmal sogar von einer Seefahrt nach Übersee – aber leben wollte sie nur im elterlichen

Konditorenhaus im idyllischen Cottbus. Hier war ihr Platz, und hier wollte sie bleiben – am besten für immer.

Mutter, immer pflichtbewusst, stand schon an der Theke.

»Du bist aber spät dran heute«, murmelte sie und sah kaum von den Papieren auf, auf denen sie die Arbeitseinteilung notierte.

»Entschuldige bitte.«

Emma ging zur Kochstelle, schöpfte etwas von der heißen Schokolade aus dem Topf in eine Tasse und griff im Vorbeigehen nach einem Plunder. Wie immer setzte sie sich mit ihrem Prinzessinnenfrühstück an *ihren* Tisch in der Ecke beim Eingang. Die Tasse klackte auf dem Marmor, und das Gebäck knusperte delikat, alles war wie jeden Morgen. Das Medaillon kam ihr wieder in den Sinn und auch, dass sie sich vorgenommen hatte, nach den Großeltern zu fragen. Doch der Zeitpunkt war nicht der richtige, fand sie, Mutter war zu beschäftigt. Aber war es nicht immer so? Um über gewisse Themen zu sprechen, schien der Zeitpunkt nie der richtige zu sein. Gedankenverloren tunkte sie das Gebäck in die Schokolade und steckte es in den Mund, es zerging auf der Zunge. Nach wenigen Bissen wähnte sie sich in himmlischem Glück und gratulierte sich wieder einmal selbst, dass sie die Tochter der besten Süßwarenbäckerei in ganz Cottbus, ja, in ganz Brandenburg war.

»Spaziergänger werden heute wohl wenige vorbeikommen. Wer hat mitten in der Woche schon Zeit für Müßiggang«, grummelte Mutter nach einer Weile, in der nur das Knuspern des Plunders, das Klirren ihrer Tasse auf der Untertasse und das Blubbern des kochenden Brühwassers zu hören gewesen waren. »Es wird also ruhig bleiben. Vater hat aber bestimmt Arbeit für dich. Und am Nachmittag kümmerst du dich dann bitte um Benji.«

Emma nickte. Diese Anweisung war ihr ganz recht. Anstatt Tabletts mit leeren Tassen vom Gastraum in die Küche zu räumen, schnitt sie lieber in der Backstube Konfekt und verzierte Baumkuchen. Sie liebte es, die süßen Kuchen auch optisch zu vervollkommnen, die dann an Unternehmen und in große Häuser für Familienfeiern ausgeliefert wurden. Und Vater schätzte ihre geschickte Hand. Sie stellte die leere Tasse in die Spüle und stieg die Treppe hinab in den Keller.

»'nen schönen Morgen«, rief Fritz ihr entgegen. »Hast du deinen Geburtstag gut verwunden?« Er stand mit aufgekrempelten Ärmeln am Holzofen und sah kurz von der ellenlangen Backwalze auf, auf der eine Schicht Teig langsam vor dem offenen Feuer bräunte und dabei den üblichen Wohlgeruch verbreitete. Felix, ein Lehrling, drehte sie und war puterrot im Gesicht vor Anstrengung und Hitze.

»Morg'n, ihr beiden.« Die Walze, mit der sich Felix abmühte, war die dickste und größte, die sie besaßen. »Was wird das?«

»Ein Hochzeitskuchen«, brummte Fritz, ohne die Augen noch einmal von der Teigschicht zu nehmen, die langsam eindickte. »Die Tochter des Apothekers heiratet den Sohn des Bürgermeisters. Der Kuchen muss perfekt werden.«

»Hochzeitskuchen« ... das Wort weckte wieder die Erinnerung an das unangenehme Gespräch mit Mutter am Geburtstag.

»Darf ich ihn verzieren, wenn er fertig ist?« Gerade Hochzeitskuchen verzierte sie besonders gern, denn da gab's in puncto Zuckerguss keine Grenzen.

»Nach der Glasur, wenn dein Vater einverstanden ist.«

Die Teigschicht hatte eine zarte Bräune erreicht, Fritz begoss die Walze neu, überschüssiger Teig tropfte in die Wanne darunter. Emma bewunderte ihn dafür, dass er immer den richtigen Moment des Begießens erwischte, nämlich ohne dass die frische Teigmasse den halb gebackenen Kuchen von der Walze mitriss. Inzwischen buk er Baumkuchen wie Vater. Damals, als er vor mittlerweile sieben Jahren als schmächtiges Bürschchen seine Lehre begann, hatte sie ihr Haar noch in Zöpfen getragen und ihn um einen halben Kopf überragt. Seitdem er aus dem Militärdienst zurückgekehrt war, schaute er auf sie herab, seine Schultern sprengten die Konditorhemden, seine Stimme war sonor geworden, und der süßliche Duft der Bäckerei, der ihn immer umgab, mischte sich manchmal mit einem Hauch von typisch männlichem Odeur. In der Backstube gehörte er praktisch zum Inventar. Er war Vaters Stütze, ein Pfeiler im Betrieb, der nicht wegzudenken war.

»Da ist ja mein Augenstern … endlich, könnte man sagen«, neckte Vater von der Speisekammer kommend mit einer Schüssel voller Eier in den Armen und riss Emma aus den Gedanken. »Hast du dich ausgeschlafen, nach unserem Abenteuer?«

Er war also doch wahr gewesen, der Ausflug in die weite Welt.

»Wie kann ich dir heute zur Hand gehen?« Emma hoffte, dass er das Verzieren der Hochzeitstorte erwähnen würde, obwohl diese noch nicht einmal fertig gebacken, geschweige denn glasiert war. Doch er hatte anderes im Sinn.

»Kannste, Kind, kannste …«, antwortete er und schnaufte wieder so schwer, dass ihr bang wurde, aber es war gleich wieder vorbei. »Die Spitzendeckchen zum Anrichten sind uns ausgegangen. Geh neue holen, für den Hochzeitskuchen des Bürgermeistersohnes brauchen wir ein besonders schönes.«

Das war zwar nicht, was Emma hatte hören wollen, denn Frau Juhnkes Laden für Posamentierwaren lag am anderen Ende der Stadt. Der Weg dorthin zog sich. Im selben Moment hatte sie jedoch eine Idee, wie sie aus der Not eine Tugend machen könnte. Sie stimmte zu – nicht, dass sie eine Wahl gehabt hätte – und nahm die Münzen, die Vater ihr reichte.

Anstatt wie üblich über die Stiegen und durch die Konditorei das Haus zu verlassen, drückte sie sich dann an der Speisekammer vorbei durch die Hintertür in den Hof, wo sich die Wagenscheune mit Fritz' Kammer und der Holzschuppen befanden. Dort, unter dem Dach und an die Wand gelehnt, stand ihr bislang größter Schatz: ein Fahrrad. Vater hatte es ihr letzte Weihnachten geschenkt, mitsamt der Vereinbarung, nur Wanderfahrten entlang des Mühlgrabens oder der Spree zu unternehmen. Radfahren für junge Damen wurde nach wie vor von vielen als unschicklich angesehen, und er wollte nicht, dass sich die Kunden ihr Maul über sie zerreißen. Besonders Mutter wachte mit Argusaugen, dass Emma sich an die Abmachung hielt. Sie aber konnte die Bedenken der Eltern nicht verstehen, und das Reden der Leute kümmerte sie ohnehin nicht. Immerhin näherten sie sich dem 20. Jahrhundert, und mittlerweile sollte es sich herumgesprochen haben, dass Fahrradfahren Frauen nicht unfruchtbar macht. Unter den Fenstern der Konditorei und Mutters wachsamen Augen, die oft genug durch die Spitzenvorhänge lugte, schob sie das Fahrrad so leise wie möglich in Richtung Straße.

»Wohin des Wegs?!«

Emma wandte sich erschrocken um – und atmete auf. Zum Glück war es nur Lotti, die das Wischwasser im Rinnstein entsorgte.

»Geht's vielleicht auch ein bisschen leiser?« Emma warf ihr einen verschwörerischen Blick zu, dann in Richtung Fenster. »Verrat mich nicht. Ich soll Spitzendeckchen holen – mit dem Fahrrad bin ich schneller. Außerdem macht's mehr Spaß.«

Lotti lachte verhalten. »Mensch, wie ich dich bewundere, ich würd auch gern mal auf so 'nem Drahtesel sitzen.«

»Ich lass es dich mal ausprobieren. Aber jetzt muss ich los. Sag meiner Mutter, dass ich zu Frau Juhnke … gegangen bin«, flüsterte Emma.

»*Gegangen.*« Lotti grinste. »Mach ich.«

Emma schob das Rad weiter in Richtung Straße und zur Sicherheit auch noch ein paar Schritte am Mühlgrabenufer entlang, bevor sie aufstieg und mit hoch erhobenem Kopf und wehenden Röcken davonzog.

9

Herrlich war das, so hoch oben im Sattel zu sitzen, die Uferstraße entlangzurollen und alle Fußgänger zu überholen, überhaupt in dieser Affenhitze. Der Fahrtwind kühlte.

Es war einige Wochen her, dass Emma bei Frau Juhnke gewesen war, und sie freute sich darauf, sie wiederzusehen. Beim Spremberger Turm begegnete sie Frau Neuwirth mit ihren zwei kleinen Töchtern, die schöne Grüße für Mutter bestellte. Beim Bahnhof fuhr sie am alten Herrn Grün vorbei, der charmant seinen Hut lüftete. Viele Bürger der Stadt waren Kunden in ihrer Café-Konditorei und kannten Emma, seit sie klein war. Sie hoffte, dass niemand Mutter gegenüber das Fahrrad erwähnen würde.

Sie fuhr weiter aus der Stadt hinaus. Von Kindesbeinen an war sie alle paar Wochen zu Frau Juhnkes Posamentenladen gegangen, erst mit Mutter, später in Begleitung einer der Servierfräuleins, die letzten Jahre allein zu Fuß, und jetzt fuhr sie mit dem Fahrrad dorthin. Den Weg kannte sie in- und auswendig. Immer schon war sie es gewesen, die die adretten Spitzendeckchen auswählen durfte, um das edle Flair der besonders aufwendigen Festtagstorten zu unterstreichen. Sie hatte schon das Glöckchengeklingel im Ohr, das beim Betreten von Frau Juhnkes Ladens ertönen würde.

»Mädchen, wie schön, dass du wieder mal zu mir findest!«,

würde sie bestimmt gleich wie immer empfangen werden. Dann würden sie gemeinsam ein paar Dutzend Spitzendeckchen aussuchen und danach sicherlich noch ein wenig über das Wohlergehen der Eltern, den letzten Cottbusser Tratsch, Frau Juhnkes Kinder und so weiter und so fort plaudern.

»Und grüß mir die Frau Mama und den Herrn Papa!« Das waren immer Frau Juhnkes letzten Worte, bevor das Glöckchen wieder bimmelte, und so würde es auch heute sein.

Emma erreichte die enge Gasse, in der Frau Juhnkes Laden lag. Es war schwierig voranzukommen, also stieg sie ab und schob das Fahrrad neben sich her. Das Haus mit dem Posamentenladen war nur mehr wenige Schritte entfernt, doch je näher sie kam, desto mehr störte etwas. War es, dass niemand vor dem hübsch dekorierten Schaufenster stand? Dass niemand die Schritte verlangsamte – als gäbe es ihn nicht?

Schließlich stand Emma fassungslos davor: Es war das altbekannte Haus – aber eine Bretterplanke versperrte die Tür, und der Rollladen vor dem Schaufenster war heruntergezogen. Sie sah hinauf zu den Fenstern im ersten Stock, wo die Familie wohnte. Auch dort waren alle Läden fest verschlossen.

»Suchen Sie etwas, Fräulein?«, sprach eine Frau sie an.

»Frau Juhnke … die Inhaberin des Posamentierwarenladens …«

»Ach, wissen Sie's noch nicht? Die Juhnkes sind vor ein paar Wochen nach Berlin gezogen. Das Geschäft ist nicht mehr gut gegangen, deshalb wollten sie ihr Glück in der Großstadt probieren.«

Emma warf noch einen Blick auf den abgewetzten Rollladen. Ganz Berlin war eine Baustelle, sagte man. Ob das der richtige Ort für eine Familie mit drei kleinen Kindern war? Aber vielleicht hatte ja Herr Juhnke dort eine gute Stellung bekommen. Sie hoffte es. Jedenfalls blieb ihr nichts anderes übrig, als unverrichteter Dinge wieder nach Hause zu fahren. Sie wendete das Fahrrad und schob es zurück zur Hauptstraße, wo sie sich wieder in den Sattel schwang. Vater und Mutter würden Augen machen, wenn sie erzählte, dass Juhnkes nach Berlin gezogen waren.

Sie erreichte das Spreeufer, wenig später plätscherte das Mühlgrabenwasser vorbei. Bald würde sie ihr Elternhaus erreicht haben. Spatzen zwitscherten in den Ästen der Bäume, Enten zogen auf dem Wasser ihre Bahnen. Schon von Weitem sah sie das hübsche Kupferschild »*Café-Konditorei Buchwald*« über der Tür.

Emma stieg ab. Von hier aus wollte sie gehen, um sich möglichst an Mutter vorbeizudrücken. Sie schob das Fahrrad auf dem schmalen Weg zwischen ihrem und dem Nachbarhaus nach hinten in den Hof. Beim Schuppen stellte sie es ab und betrat das Café wieder durch den Hintereingang. Mutter, die wie immer hinter der Theke stand und ihre Augen überall vom Verkaufsraum bis zum hintersten Winkel des Gastraums hatte, war ihre Ankunft natürlich nicht entgangen.

»Bist du wieder mit dem Fahrrad gefahren?! Ich seh's an deinen glänzenden Augen und dem verwehten Haar! Wenn ich gewusst hätte, was das für Ausmaße annimmt, hätte ich Vater davon abgehalten, dir eines zu kaufen. Einfach so durch die Straßen zu fahren ist viel zu gefährlich. Und zudem unschicklich, wie du genau weißt«, schimpfte sie sofort los, ohne Rücksicht auf die beiden Damen, die am Tisch in der Ecke vor appetitlich angerichteten Baumkuchenschnitten mit Eiscreme saßen.

Emma schlüpfte zur Stiege und ging in die Backstube. Warum nur konnte Mutter nicht verstehen, dass manche modernen Dinge nützlich waren und gleichzeitig Spaß machten?

10

Fritz besprengte Gesicht und Oberkörper mit dem kalten Brunnenwasser, die Erfrischung tat gut. Eine Amsel trällerte ihr Lied, weithin hörbar durch die frühmorgendliche Stille, und irgendwo krähte ein einsamer Hahn. Schemenhaft traten in grauen Umrissen das Haupthaus, der Schuppen und der niedrige Anbau der Wagenscheune aus dem düsteren Nichts der Dämmerung hervor, ebenso der Kirschbaum neben dem Brunnen. Kein Lüftchen regte die Zweige, und auch im Haus, wo die Familie Buchwald im Obergeschoss schlief, war an diesem Morgen noch alles ganz ruhig.

Über Nacht hatte die Luft kaum abgekühlt, und es schien, als würde wieder ein Sommertag mit großer Hitze bevorstehen, unter der man im Laufe des Tages besonders in der Backstube mit den Öfen litt. Hoffentlich kam er bald, der kühlende Regen! Er trocknete sich, rasierte sich, nahm das weiße Konditorenhemd mit den schwarzen Kugelknöpfen, das er jeden Abend auswusch, von der Leine und schlüpfte hinein. Prüfend strich er die Falten glatt und war zufrieden – das Hemd war makellos weiß, mit Flecken vom Vortag würde er niemals an die Arbeit gehen. Er krempelte die Ärmel hoch, setzte die weiße Mütze auf und querte den Hof in Richtung Backstube.

Normalerweise war Meister Buchwald vor ihm da. Nur heute war Fritz früher dran als sonst, die Sorgen um Muttchen hatten ihn nicht schlafen lassen. Drei Wochen und drei Tage waren noch hin bis zum nächsten freien Wochenende. Drei Wochen und drei Tage: Es erschien ihm wie eine halbe Ewigkeit.

Er betrat das Haupthaus durch die Hoftür. Sie war unverschlossen, wie immer, denn Einbrecher musste man in Cottbus keine fürchten. Er stieg die finstere Treppe hinab. Auch hier lag alles noch im Halbdunkeln, und das bestätigte ihm endgültig: Er war an diesem Morgen der Erste, der Meister war wirklich noch nicht da. Das störte ihn keineswegs, im Gegenteil.

Die einsame Stille half ihm über seine schlechte Nacht hinweg. Er hatte die Backstube gern für sich allein. Dann konnte er sich vorstellen, wie es wäre als Meister: Wie es wäre, wenn die Öfen, die Knetschüsseln, die Walzen, die Schneebesen und Pinsel ihm gehörten; wenn er nach eigenem Gutdünken schalten und walten und anschaffen könnte und die Lehrlinge nur auf ihn hörten. Wenn er selbst der Patron wäre und Herr im eigenen Haus …

Er ging zum Arbeitstisch, wo das Auftragsbuch aufgeschlagen dalag. Drei Bestellungen waren für heute in der fein säuberlichen Handschrift der Frau Meisterin eingetragen. Drei Baumkuchen sollten sie backen: einen mittelgroßen für eine Firmenfeier, zwei kleine für Kindergeburtstage. Zuerst wollte er sich aber dem Teig für das Frühstücksgebäck widmen, so, wie es der Meister immer machte. Er pfiff eine kleine Melodie, während er Mehl, Eier, Zucker und Hefe aus der Vorratskammer holte. Dann stellte er sich damit an den Arbeitstisch, vermischte alles und pfiff wieder, während sich zwischen seinen Fingern alles nach und nach zu einer geschmeidigen Masse verband. *Im Grunewald, im Grunewald ist Holzauktion …*

Er stellte den Teig in einer Ecke zum Rasten ab und holte aus der kühlen Vorratskammer noch einen Batzen Butter fürs spätere Tourieren. Mitten in den monotonen Bewegungen des Ausrollens holten ihn die Sorgen um Muttchen wieder ein. Zwar hatte Willy sich bereit erklärt, verlässlich morgens und abends vorbeizukommen und nach ihr zu sehen. Der Bruder war offenbar auch besorgt um Muttchen und kümmerte sich, so gut er eben konnte. Meistens war sie jedoch allein in der dunklen Bude, die sie Wohnung nannten. Was, wenn sie beim Gang zum Abort, der sich draußen befand, stürzte? Oder wenn sie aus dem Bett auf den kalten Lehmboden fiel? Mit der lahmen Körperhälfte könnte sie sich aus eigenen Kräften kaum wieder aufrichten. Und dass sie den ganzen langen Tag niemanden hatte … Er drückte den aufgegangenen Teig zusammen, faltete die Masse, rollte sie wieder aus mitsamt der Butter. Mittlerweile erhellten erste Sonnenstrahlen die Backstube, und die Hitze breitete sich vom Ofen kommend überall aus. Seltsam, dass der Patron noch immer nicht da war, wo er doch schon die Kirchenglocken von Sankt Nikolai gehört haben müsste …

Stattdessen stürmte Felix die Stufen herunter.

»Morgen, Junge. Du kommst grad recht. Wir haben viel Arbeit heute«, empfing Fritz ihn.

»Bist du allein? Wo ist …«

»Der Meister ist noch nicht da«, schnitt ihm Fritz das Wort ab und rollte den Teig erneut aus. »Aber hol doch schon mal den Eierkorb. Heute kannste Schlagen üben, Junge. Zwanzig Eiweiß brauchen wir für 'nen mittelgroßen Baumkuchen.«

Felix murrte.

»Es ist doch immer der Meister, der uns sagt, was zu tun ist. Sollen wir nicht auf ihn warten?«

»Ich wundere mich selber, aber das ist kein Grund, faul rumzusitzen. Hol die Eier, und kremple die Ärmel hoch. Das Schlagen ist anstrengend, aber Übung macht den Meister. Los geht's!«

Felix folgte widerstrebend, und es dauerte nicht lange, bis er mit dem Besen kräftig auf das Eiweiß in einem Kupferkessel einhieb. Bei der Menge würde er wohl einige Zeit beschäftigt sein.

Fritz zerteilte den Teig, formte die Plunderstücke und arrangierte sie in regelmäßigen Abständen auf dem Backblech. In Gedanken war er wieder bei Muttchen. Drei Wochen und drei Tage noch. Ob er diesen Samstag ausnahmsweise nach Feierabend schnell nach Berlin fahren sollte, um nach ihr zu sehen? Ob spätabends noch Züge fuhren? Und Sonntag frühmorgens wieder nach Cottbus, rechtzeitig, damit er für die Fahrt der Familie Buchwald in die Kirche wieder bereitstand? Ein freies Wochenende hatte er jedenfalls erst wieder in drei Wochen.

Das bisher regelmäßige Kratzen des Besens am Schüsselboden klang immer zögerlicher.

»Was macht der Schaum? Wirft er schon Berge?«

Felix, hochrot und schweißgebadet, wirbelte den Besen immer ungelenker. »Ich kann bald nicht mehr«, stöhnte er.

»Ach was! Bist doch ein kräftiger Bursche. Wird schon werden. Musst nur Geduld haben!«

Während Felix wieder mit etwas mehr Krafteinsatz auf das Eiweiß einschlug, formte Fritz weiteres Gebäck und schob das Blech ins Rohr. Jetzt kamen die Baumkuchen für die Kindergeburtstage an die Reihe, sie waren sein nächstes Vorhaben. Er machte im Wandofen Feuer und richtete die mittelgroße Walze ein.

Da hörte er endlich die vertrauten schweren Schritte auf der Stiege. Aus dem Augenwinkel sah er den Meister herabsteigen. Er hatte sich schon fast Sorgen um ihn gemacht.

»Bin spät dran«, brummte der Patron und wischte mit dem Sacktuch über seine Stirn. »So 'ne Hitze schon so früh am Morgen. Ist der Frühstücksplunder schon im Rohr?«

Fritz nickte, während er Mehl in eine große Rührschüssel siebte.

»Gut so«, knurrte der Meister. Schon wieder perlte der Schweiß zwischen seinen buschigen Brauen. Irgendwie sah er anders aus als sonst. War er fahler? Vielleicht sogar grünlich im Gesicht? Es war wohl das Mehl in der Luft, dachte Fritz dann. Oder die Hitze.

Der Meister begutachtete den weißen Flaum, den Felix inzwischen produziert hatte.

»Nur weiter so.« Er klopfte ihm wohlwollend auf die Schulter.

Fritz, immer noch Mehl siebend, kehrte in Gedanken zu seinem Plan zurück, am Sonnabend nach der Arbeit nach Berlin zu fahren. Es blieb lange hell dieser Tage. Vielleicht könnte er nach einem kurzen Besuch bei Muttchen wieder zum Bahnhof zurück, und wenn am nächsten Morgen die Kutsche für die Familie rechtzeitig für den Gottesdienst bereitstand, würde keiner seine Abwesenheit bemerken. Wenn er nur wüsste, dass Muttchen versorgt war, würde er auch besser schlafen können.

Er vermengte das gesiebte Mehl mit den fein geriebenen Mandeln, den zwanzig Dottern, die Felix beiseitegestellt hatte, und gestoßenem Zucker, dann fügte er noch zwei Löffel von der Gewürzmischung aus dem blauen Tiegel dazu. Zimt, Muskat und Kardamom – fix und fertig gemischt wurde das duftende Pulver in einem Keramikgefäß in der Vorratskammer aufbewahrt. Die Rezeptur war streng geheim, aber natürlich kannte er alle Zutaten und deren Verhältnis zueinander. Nach sieben Jahren in der buchwaldschen Backstube wusste er jedes Detail, manchmal mischte er sie auch selbst und schmeckte sie nach dem Original ab. Er rührte die dickflüssige Masse, die nun vertraut nach den kostbaren Aromen roch.

»Wie sieht's aus mit dem Schaum, Felix? Sobald du fertig bist, können wir alles vermischen und mit dem Gießen beginnen.«

In diesem Moment hörte Fritz ein merkwürdiges Geräusch aus der Vorratskammer. Ein dumpfer Aufprall, er ging durch Mark und Bein. Lautes Scheppern und Klirren folgte. Dann beklemmende Stille. Er hielt inne und sah sich um, konnte nichts Ungewöhnliches ausmachen, nur, dass auch Felix das Eiweißschlagen unterbrochen hatte und ihn mit großen Augen über den Arbeitstisch hinweg anstarrte. Aber wo war der Patron? Fritz stellte die Rührschüssel ab und ging zur Vorratskammer, deren Tür offen stand. Da sah er ihn: den Meister, längs auf dem Boden ausgestreckt, zwischen leeren Milchkanistern, Butterblöcken, Gewürzsäckchen, Zuckerhüten, Rührschüsseln und Kuchenformen, den Kopf bei den Mehlsäcken.

Fritz lief zu ihm hin. »Meister, was ist mit Euch?«

Buchwald antwortete nicht. Seine Augen stierten ins Nichts. Fritz befürchtete das Schlimmste. Er bückte sich, schob eine Kupferschüssel zur Seite und ergriff Buchwalds Hand. Sie war kalt. »Meister!«, rief er noch einmal aufgeregt, in der Hoffnung, dass der Patron nur bewusstlos war und er ihn wieder zum Leben erwecken könnte. Er hob dessen Kopf ein wenig an und sprach weiter auf ihn ein. Und tatsächlich: Nach einer Weile vernahm er ein leises Stöhnen. Buchwald begann zu hüsteln – schwach zwar, aber er lebte.

»Ich weiß nicht«, stammelte er kraftlos, aber für Fritz klang es wie eine Erlösung. »Mir war schon in der Früh so komisch.« Der Meister griff sich an die Brust. Zum Glück war er wieder bei Sinnen.

»Bleibt ganz ruhig«, redete Fritz auf ihn ein. Er brauchte Hilfe. Einen Doktor. Die Patronin. Felix war nutzlos, so gelähmt, wie der noch immer dastand. Oben in der Konditorei hörte er flinke Schritte – das war Lotti. Sie war patent, sie wusste immer sofort, was zu tun war, ihr musste man nicht viel erklären. Er rief hinauf:

»Lotti?! Bist du da?«

»Ja … was ist?«

»Lauf rasch rauf, und hol die Meisterin. Sag ihr, wir brauchen den Doktor! Schnell!« Tu's einfach, und frag nicht viel, beschwor er sie noch in Gedanken. Wenige Augenblicke später hörte er schon ihr Gepolter auf der Treppe, und noch ein wenig später das Glöckchen, das an der Tür bimmelte.

11

Kraftvoll trat Emma in die Pedale und klingelte, um beim Vorbeifahren Fußgänger zu warnen. Sie war auf dem Weg nach Hause von der Papierfabrik Kunze, die die Café-Konditorei seit Jahren mit bedrucktem Packpapier und Kartons belieferte. Und sie war in Hochstimmung, denn ihre Unterredung mit dem jungen Herrn Kunze war überaus vielversprechend verlaufen. Gestern hatte sie den ganzen Tag nach Ersatz für Frau Juhnkes Spitzendeckchen gesucht, aber alle Deckchen, die andere Posamentiergeschäfte verkauften, waren viel zu aufwendig und teuer, daher unbrauchbar für ihre Zwecke. Dann hatte sie die Idee gehabt, gestanzte Deckchen aus Papier herstellen zu lassen, und der junge Kunze wollte ihr bis übermorgen Muster liefern.

Fabelhaft wäre das, Spitzendeckchen aus Papier, Kunze könnte sie in allen Größen und Farben herstellen, hatte er gesagt. Sie waren billig genug, dass man sie großzügig verwenden könnte, und diese Lösung würde auch Vater gefallen. Während sie über den Marktplatz strampelte, stellte sie sich in Schokolade getunkte Baumkuchenspitzen gebettet in schneeweißer Stanzfolie vor und Baumkuchenschachteln je nach Anlass dekoriert mit roten, blauen oder goldenen Schleifen.

Die Hitze drückte, und sie war schweißgebadet, als sie, wie immer, an der Kreuzung vor ihrem Elternhaus abstieg. Was für eine Schwüle! Die Tür zur Konditorei behielt sie angespannt im Auge, während sie das Fahrrad in Richtung Hoftür schob. Sie mochte Mutter nicht begegnen und sich abermals deren Moralpredigt anhören.

Sie war noch außerhalb von Mutters Blicken, im sicheren Bereich am Mühlgraben bei den Weißgerberhäusern, als sie von der Ferne ein Mädchen aus der Tür der Konditorei stürmen sah. Sie meinte, Lotti im dunklen Kleid mit der grauen Schürze, dem blauen Kopftuch und blonden Zöpfen zu erkennen, die die drei Stufen hinabstürzte, mit wehenden Röcken in die Straße lief und um die Ecke verschwand. Die Tür zur Konditorei hatte sie sperrangelweit offen gelassen. Diese Eile … was sie wohl angetrieben hatte? Emma schüttelte den Kopf. Sie war nun beim Hoftor angelangt, schaute sich vorsichtshalber um, und als sie sich vergewissert hatte, dass die Luft rein war, schob sie das Fahrrad am Haus vorbei in den Hof und stellte es am gewohnten Platz beim Schuppen ab. Niemand war da, weder am Brunnen noch im Hof, was seltsam war, aber sicherlich waren alle in der Konditorei und der Backstube in ihre Arbeit vertieft.

Sie betrat die Konditorei durch den Hintereingang. Auch hier war niemand. Langsam dämmerte ihr, dass etwas nicht stimmte. Mutter war weit und breit nicht zu sehen, kein Gast, auch Frida und Lotti nicht. Nur das neu eingestellte Servierfräulein, das sie noch nicht einmal namentlich kannte. Mit hochrotem Kopf polierte diese das Thekenglas, das ohnehin blitzblank glänzte.

»Wo ist meine Mutter?«

Das Mädchen schluckte und deutete mit dem Kinn in Richtung Kellerstiege.

»Unten?« Emma lief zur Stiege, die Tür zur Backstube stand weit offen. Sie hörte Mutters Stimme, dann eine Männerstimme, die vage bekannt klang. Noch während sie auf der Treppe war, kamen sie ihr entgegen: Vater, aschgrau im Gesicht, schwer gestützt von Fritz auf der einen, Mutter auf der anderen Seite, dahinter packte Doktor Bleibtreu sein Stethoskop in die Tasche.

»Aus dem Weg!«, schnaufte Fritz ungewöhnlich schroff, den Vater halb tragend, halb schleppend. »Wir müssen da rauf.«

Emma stockte der Atem.

»Was ist geschehen?« Sie versuchte, die Situation zu erfassen. Sie bekam keine Antwort, während sich Fritz, Mutter und Vater weiter hinaufkämpften. Emma lief voraus, drückte sich an die Wand und sah zu, wie Mutter und Fritz den schweren Vater langsam die zwei Treppenabsätze hinauf ins Elternschlafzimmer stemmten, gefolgt von Doktor Bleibtreu.

»Ein Herzanfall … dein Vater hatte einen massiven Herzanfall. Bete für ihn, Mädel.«

»Wird er … leben?«, flüsterte sie.

»Es ist ernst, sehr ernst. Alles Weitere wird die Zukunft weisen und der liebe Gott entscheiden.«

Emmas Hände suchten das Treppengeländer. Ihr war, als würde sie in ein tiefes Loch sinken. Vater … würde er womöglich sterben?

12

Da lag er also, ihr Gatte Gustav, wie auf einem Totenbett. Den ganzen gestrigen Tag und die Nacht hatte Adele im Lehnstuhl an seiner Seite gesessen und zugesehen, wie sich im sanften Licht der Nachtlampe sein Brustkorb mit seinem regelmäßigen Atem senkte und hob. Ein Herzanfall. Jetzt war sie da, die Katastrophe. Schon seit Langem hatte Adele sie kommen sehen. Zum wer weiß wievielten Mal strich sie sorgenvoll die Falten im schwarzen Rock ihres Kleides glatt, änderte die Sitzposition, um Beine und Rücken zu entlasten, suchte im Dunkeln das Fenster, um zu sehen, ob die Sonne bald aufging. Wie oft hatte sie Gustav gebeten, er solle ein wenig leisetreten, mehr schlafen und vor allem weniger Süßes essen, aber er war ihren Ermahnungen immer ausgewichen. So wie er immer allen Konfrontationen auswich. Sich mit Unangenehmem auseinanderzusetzen – das war nicht seine Stärke. Lebensfroh, sonnig und liebenswert war er, ihr Gustav, aber kein Kämpfer. Keiner, der Widrigkeiten erkannte und sich in deren Weg stellte. Über die Jahre war er immer dicker und dicker geworden, zuletzt gar schwammig und weich, sie hatte ihn kaum mehr anschauen können.

Gestern Morgen, nachdem sie in der Zeitung gelesen hatte, dass Otto Lilienthal, genauso ein Spinner wie dieser Doktor Wölfert, mit seinem Fluggerät abgestürzt und ums Leben gekommen war, hatte sie schon so eine düstere Vorahnung gehabt, dass auch ihr Leben vor einer unglücklichen Wendung stehen könnte. Recht hatte sie gehabt. Leider. Ein Herzanfall … Gustav war sterbenskrank. Aber es gab noch Hoffnung, hatte Bleibtreu gesagt. Und daran wollte sie festhalten, vielleicht würde sich ja doch alles wieder zum Guten wenden. Sie schickte das hundertste Gebet in den Himmel.

Langsam dämmerte es, und die Möbel im ehelichen Schlafzimmer wurden besser erkennbar. Es war der größte Raum im Obergeschoss und Gustavs und ihr Refugium. Außer dem Stubenmädchen, das täglich die Betten richtete und sauber machte, ließ sie niemanden herein, auch die Kinder nicht. Zögerlich drang die Sonne durch die Gardinen zwischen den seitlich zusammengebundenen, schweren Brokatvorhängen und zeichneten helle Muster auf dem dicken, exquisiten Teppich, der die unansehnlich abgetretenen Dielen bedeckte. Adeles Blick glitt zum massiven Paravent, der hinter dem Ehebett stand, in dem Gustav wie aufgebahrt dalag. Der Paravent und der Teppich – diese Stücke hatte sie in die Ehe gebracht, ebenso wie die Spiegelkommode aus dunklem Holz und den schmalen Schrank, der ihre spärliche Garderobe beherbergte. Und die Chaiselongue hinter dem Paravent. Sie war das Wichtigste: ein edles Möbelstück mit Samt bezogen, genauso bequem wie ein Bett. Kurz sehnte sie sich danach, sich darauf auszustrecken. Dann seufzte sie und blieb doch sitzen, wo sie war. Wenn Gustav bloß wieder gesunden würde. Ihre Gedanken kreisten allein um ihn.

Schließlich nickte sie ein. Es mochten nur wenige Minuten gewesen sein, bis sie das Poltern von Kinderfüßen auf der Treppe weckte. Sicherlich war das Benji, der Emma unten in der Konditorei suchte. Adele wurde bewusst, dass sie doch länger gedöst haben musste, denn inzwischen war es taghell, außerdem meinte sie, einen Hauch von Kaffeeduft wahrzunehmen. Emma, das gute Mädchen … Offenbar hatte sie in der Konditorei das Kommando übernommen. Gustav lag nach wie vor wie versteinert zwischen den weißen Leintüchern, mit geschlossenen Augen, die knollige Nase blasser als sonst, und sein verschwitztes Doppelkinn war voller kratziger Borsten.

»Gustav?«, sprach sie ihn leise an, vielleicht hörte er sie ja.

Nach wie vor zeigte er keine Regung.

Leise ächzend erhob sie sich aus dem Lehnstuhl, ging mit lautlosen Schritten hinter den Paravent, wo sie sich notdürftig erfrischte und die Schnüre des Korsetts, die sie Stunden zuvor gelockert hatte, wieder fester zog. Korsetts waren ein Segen, kam es ihr. Sie halfen Frauen, Haltung zu bewahren, auch in schweren Lebenslagen. Im Gegensatz zu diesen Reformsäcken, die neuerdings von solchen Frauen, die meinten, sie könnten die Weltordnung verändern, am Körper aufgehängt wurden, gerade wie er gewachsen war. Nein, lieber schwitzte sie und atmete flach, weil die Korsage auf die Lunge drückte, behielt aber Haltung und Würde.

Sie nahm wieder ihren Platz im Lehnstuhl ein, nun etwas förmlicher, wegen des gestrafften Korsetts.

»Gustav, mein Lieber?«, versuchte sie es noch einmal. Wenn er nur ein Lebenszeichen gäbe, wäre ihr leichter. Aber er rührte sich nicht. Nur sein Atem war weiterhin zu hören, regelmäßig und schwer. Adele sank tiefer in den Stuhl, glättete abermals ihren Rock und wartete weiter. Sie würde nicht von seiner Seite weichen, nie und nimmer. Sie wusste, dass er auf sie zählte. In dieser schweren Stunde brauchte er sie wie keinen Menschen sonst. Sie, nur sie. Sollten sie nur unten in der Konditorei und der Backstube ohne sie werken – keine zehn Pferde würden sie von ihm wegholen.

Einmal klopfte es – es war Emma, die eine Tasse Kaffee und ein Plunderstück durch die Tür reichte.

»Wie geht es ihm?«

»Gleich wie gestern.«

Die Stunden vergingen.

Irgendwann meinte Adele aber doch, eine Veränderung am Zustand ihres Mannes wahrzunehmen. Sein Atem ging schneller.

»Gustav?«, sprach sie ihn wieder an, diesmal etwas lauter. Da öffnete er die Augen und schaute sie an. In ihrer Brust pochte es vor Aufregung.

»Adele … wie gut, dass du da bist«, sagte er mit schwacher Stimme. Gottlob, er war bei Sinnen und konnte sprechen. Sie beugte sich zu ihm vor, griff nach seiner Hand und hielt sie fest, in einer für sie seltenen Geste.

»Möchtest du etwas essen? Trinken? Was kann ich für dich tun?« Ihre Worte überschlugen sich fast vor lauter Freude darüber, dass er wach war.

»Nichts, meine Liebe … gar nichts.«

»Du musst wieder gesund werden.«

»Ich weiß … der Kredit …«

»Sorg dich doch nicht *deshalb!* Werd nur gesund. Ich brauche dich.«

Er nickte kaum merklich, schloss die Augen und war wieder still. Nur atmen konnte sie ihn hören und zusehen, wie sich seine Brust unter dem Bettlaken und seinen verschränkten Händen senkte und hob.

»Adele«, krächzte er nach einer Weile, und seine Lider flackerten. »Du musst es mir versprechen …«

»Keine Angst«, fiel sie ihm ins Wort. Sie wusste, was ihn plagte. Sie hatte seine Panik vorhergesehen. »Kein Wort wird je über meine Lippen kommen. Es bleibt ein Geheimnis. Unser Geheimnis. Solange ich – wir leben. Das weißt du doch …«

Er drückte ihre Hand, wurde unruhig unter dem Laken,

hüstelte und räusperte sich, anscheinend wollte er noch etwas sagen. Endlich fand er die Kraft: »Ich habe Schuld auf mich geladen, Adele. Unendliche Schuld …«

»Das ist nicht wahr! Das stimmt nicht!«, widersprach sie und drückte seine dicken Finger. »Du hast alles richtig gemacht! Der Herr wird dich nicht verurteilen, davon bin ich fest überzeugt. Vergiss auch nicht, was du für mich getan hast. Ich werde es dir ewig danken. Alles ist gut, wie es ist, Gustav. Und ich schwöre dir, bei allem, was mir lieb und heilig ist: Keiner wird je ein Sterbenswörtchen erfahren.«

»Wenn nur …« Er wollte den Namen sagen, sie wusste es.

»Nicht! Sprich nicht!«, fiel sie ihm ins Wort. »Er hat keinen Platz bei uns. Niemand weiß, dass es ihn gibt. Und so wird's auch bleiben. Für immer. Er kann nichts mehr ausrichten. Niemals.«

Ermattet von der Anstrengung schloss Gustav die Augen und drückte noch einmal Adeles Hand. Ihr war, als wurde er ruhiger. Bald schlief er ein. Zärtlich streichelte sie sein Gesicht, rutschte tiefer in den Lehnstuhl und wachte weiter. Wenn er nur wieder gesunden würde …

13

Die Stimmung im Haus war gedrückt, unheilschwanger, bedrohlich, die Luft noch schwüler als in den vergangenen Tagen. Wenige Stunden, nachdem Vater zusammengebrochen war, war Emma im Elternschlafzimmer bei ihm gewesen. Mutter hatte ihr ausnahmsweise erlaubt, hereinzukommen, denn normalerweise war der Raum der Eltern ihr sehr privater Rückzugsort.

Als sie eintrat, war sie kurz überrascht, wie großzügig und elegant das Zimmer eigentlich war, in dem sie zum letzten Mal vor Jahren als kleines Kind gewesen war, doch dann widmete sie Vater gleich ihre ganze Aufmerksamkeit. Minutenlang saß sie an seinem Bett, hielt seine vertraute, sonst so starke, jetzt aber schlaffe Hand, betete und redete leise auf ihn ein, alle Kräfte aufzubieten, um zu überleben. Er durfte einfach nicht sterben. Allein beim Gedanken verkrampfte sich alles in ihr. Er zeigte zwar keine Regung, während sie ihn streichelte und ihn beschwor, aber sie war sich sicher, dass er sie hören konnte. Wenig später scheuchte Mutter sie wieder hinaus.

»Er muss sich schonen. Wir müssen ihn schlafen lassen.«

Also war Emma in ihr eigenes Zimmer gegangen, zitternd und bebend aus Sorge. Später hatte sie den nach der ganzen Aufregung verstörten Benji zu sich genommen, der jetzt nach wie vor in ihrem Bett schlief.

Vielleicht war die Ruhe im Haus ja ein hoffnungsvolles Zeichen, dachte Emma jetzt. Vielleicht würde doch noch alles gut ausgehen. Mutter war sicherlich an Vaters Seite, aber Emma selbst konnte im Moment nichts zu seinem Wohlbefinden beitragen, nur den Eltern die Sorgen um das Geschäftliche nehmen. Und das wollte sie nach Kräften tun, um ihn in seinem Überlebenskampf zu stärken. Also machte sie sich daran, deren Aufgaben zu übernehmen: In der Konditorei brühte sie den Kaffee, wies Lotti an, den Boden zu wischen, und Frida, die Tische einzudecken. Dann ging sie hinunter in die Backstube, wo Fritz und Felix schon geschäftig Teigmassen mischten und Öfen einheizten. Die Spülerin stand am Wasserbecken, zwei Lehrjungen, die erst seit Kurzem bei ihnen waren, stapelten Holz in den Ofen.

Der Duft von Plundergebäck schlug ihr entgegen – das morgendliche Aroma, das sie sonst so sehr liebte. Doch diesmal empfand sie es alles andere als angenehm. Sachlich und konzentriert ging sie mit Fritz das Auftragsbuch durch, die Ablenkung tat ihr gut. Fritz, Vaters Stütze, hatte die Backstube fest im Griff. Das Geschäft sollte weitergehen. Vater sollte sich keinesfalls sorgen müssen. Emma wollte anpacken, wo immer es ging, und das sollte ihr Beitrag zu seiner Genesung sein, die sie herbeiwünschte – mit jeder Faser ihres Wesens.

14

Lass den Herrn Patron doch nur bald wieder gesund werden, flehte Lotti den Herrgott an, während sie die schwarz-weißen Bodenfliesen in der Konditorei wischte. Er war so ein guter Herr, und das Wesen des Hauses war ohne ihn ganz anders.

Die Böden im Erdgeschoss wischen war immer das Erste, das sie in der Früh zu erledigen hatte, denn die Fliesen mussten trocken sein, bevor die ersten Frühstücksgäste kamen. Als Nächstes war die Treppe dran. Lotti schnappte den Eimer, stieg ins Obergeschoss, kniete nieder und arbeitete sich rutschend Stufe für Stufe treppab. Die Kanten drückten hart ins Schienbein, das kalte Wasser und der grobe Wischlappen schnitten in die raue Haut ihrer Hände.

Schrecklich, was vor zwei Tagen passiert war. Noch immer klopfte ihr Herz wie wild, wenn sie an den furchtbaren Moment dachte. Der arme Herr Patron … Und seither war alles, einfach alles aus den Fugen: Der Meister lag sterbenskrank im Bett, die Patronin bewegte sich nicht von seiner Seite, die Stimmung im Haus war totenstill. Alle gingen zwar dienstbeflissen ihren Arbeiten nach, aber die Freude, das Schnattern, die Stimmen von überall fehlten. In der Küche hinter der Theke klapperte Auguste wortlos mit Töpfen, offenbar war sie schon mit den Vorbereitungen für das Mittagessen beschäftigt. Im Gastraum ging Frida, die sonst bei der Arbeit gern vor sich hin summte, tonlos von Tisch zu Tisch, strich die weißen Deckchen glatt und stellte kleine Vasen mit zierlichen rosa Nelken in die Mitte. Lotti würde auch lieber Blumen arrangieren als die Treppe wischen, aber als Zweitmädchen war sie eben nur für die Drecksarbeit zuständig. Sie musste den lieben langen Tag Böden wischen, Kohle holen, Nachttöpfe leeren, Wasser die Stiegen rauf- und runterschleppen.

Frida rückte einen Stuhl zurecht, das Schaben der Holzbeine über die Dielen hallte durch das stille Haus. Gestern waren kaum Gäste gekommen, fiel Lotti ein, während sie die Ecken auswischte. Wahrscheinlich hatte sich das Unglück in der Stadt schon herumgesprochen, und deshalb waren nur wenige Kunden gekommen, die an der Theke Tortenstücke, Nussbeugel und andere Leckereien mitgenommen hatten. Kurz angebunden waren sie gewesen. Und die wenigen, die doch an den Tischen Platz genommen und dort Kaffee und Kuchen bestellt hatten, waren Ortsfremde gewesen.

Wieder begab sie sich eine Stufe hinunter, spülte den Lappen im kalten Wasser, wrang ihn aus und wischte von Ecke zu Ecke. In Gedanken war sie beim Meister. Wenn der nur bald gesund werden würde, das wünschte sie sich inständig. Sie hatte ihn immer nur gütig und freundlich kennengelernt.

In diesem Moment trappelten Kinderfüße von oben. Das konnte nur Benji sein. Lotti rückte zur Seite.

»Pass auf, dass du nicht ausrutschst! Die Stufen sind noch ganz feucht«, rief sie ihm zu. Aber er polterte weiter, als hätte er sie gar nicht gehört.

»Wo ist Emma?«, fragte er stattdessen im Vorbeilaufen.

»Wahrscheinlich ist sie unten, in der Konditorei. Oder in der Küche, bei Auguste«, rief Lotti ihm hinterher und wischte weiter. Was für ein Segen, dieses Kind im Haus. In seiner Lebhaftigkeit erinnerte er sie an Hänschen, den jüngsten ihrer

Brüder. Hach, wie sehr sie alle zu Hause in Mulknitz vermisste! Alle fünf Geschwister, die großen und die kleinen, und die Eltern sowieso. Überhaupt, das Leben auf dem Hof, das Hühnergegacker, die zwei Kühe, den Ochsen, das Gemüsebeet, den Apfelbaum, den Kater, das gemeinsame Heuen und die Flachsernte … die Lebendigkeit und den Frohsinn. Lotti seufzte. Dass sie unter Heimweh leiden würde, hatte sie nicht bedacht, als sie nach dem Ende der Schulpflicht Vaters und Mutters Vorschlag angenommen hatte, in Cottbus in Stellung zu gehen. Ja, ein wenig mulmig war ihr gewesen, als sie zum Herrn Pfarrer auf den Wagen gestiegen war und ihr die Geschwister, auch Hänschen, hinterhergewinkt hatten. Aber die Neugierde auf die Arbeit in einer Konditorei hatte darüber hinweggeholfen. Bestimmt würde Süßes für sie abfallen, hatte sie sich gesagt: Allerlei Leckereien, die sie im Dorf gar nicht kannten, hatte sie gedacht, und sich auf die Arbeit gefreut. Natürlich hatte der Herr Pfarrer während der Fahrt davon geredet, dass Zweitmädchen für die einfachsten Tätigkeiten zuständig waren. Da müsse sie durch, hatte er gesagt. Nur vom Heimweh hatte er nicht gesprochen. Wenigstens hatte sich das mit den Resten bewahrheitet: Torten, Kuchen oder süßes Gebäck vom Vortag gab's oft genug zu essen, auch für sie.

»Meine warme Schokolade«, rief Benji von unten. »Emma ist gar nicht da.«

»Beruhige dich, ich mach sie dir.« Lotti warf den nassen Lappen in den Eimer, trocknete die Hände an der Schürze, erhob sich und stieg die letzten Treppenstufen hinab. Sie nahm Benji an der Hand und zog ihn mit sich hinter die Theke. Sie mochte ihn gern, den Kleinen.

Der Herd, die Theke – hier sollte sie sich ohne Aufforderung nicht aufhalten. Aber jetzt, wo im Haus alles drunter und drüber lief, hatte die Frau Patronin sicherlich nichts dagegen, wenn sie ausnahmsweise hier aushalf. Der arme Kleine hatte doch Hunger, außerdem sorgte er sich bestimmt auch um seinen Vater. Lotti strich über den blonden Haarschopf. Dann füllte sie die Kohlen in den Ofen, entfachte die Glut und stellte einen kleinen Kupfertopf auf die Herdplatte.

In dem Augenblick öffnete sich die Hintertür. Lotti schoss das Blut in den Kopf, wie ein Schwall ergoss es sich vom Scheitel bis zum Busen. Da stand Fritz! Ihr geheimer Schwarm. Lottis Schläfen klopften, die Wangen glühten, ihr Mund wurde so trocken, dass garantiert kein gescheites Wort mehr über ihre Lippen kommen würde. Hach, warum musste ihr das immer passieren?! Der Kupfertopf auf dem Herd erschien ihr jetzt wie ein Anker. Hoch konzentriert goss sie einen Schuss Milch hinein, dazu einen halben Löffel gestampften Zucker aus der bereitstehenden Dose und ein paar Stück Schokolade.

»Der Plunder.« Fritz stellte ein Blech auf die Thekenablage. »Wenn du ihn runternimmst, kann ich das Blech gleich wieder mitnehmen.«

Lotti schluckte. »Äh ja … mach ich«, schaffte sie zu sagen. Ihre Wangen glühten noch immer, hoffentlich bemerkte er es nicht. Die Finger gehorchten ihr kaum, als sie das Gebäck in die Auslage einordnete. Währenddessen bemerkte sie auch noch aus dem Augenwinkel, dass Fritz ihr zusah. Das machte alles noch schlimmer. Und im Gastraum wackelte Frida auf einmal besonders auffällig mit dem Hintern, die Masche der Schürzenbänder wippte aufdringlich hin und her. Bestimmt tat sie es, um sie zu ärgern. Oder – noch schlimmer – sie wollte Fritz' Aufmerksamkeit auf sich lenken.

»Die Milch kocht!«, beförderte Benji sie wieder auf den Boden der Tatsachen.

Sie schäumte über den Topfrand und zischte schon auf der Herdplatte. »Oje!« Mit zittrigen Fingern füllte Lotti einen

Schuss kalte Milch nach. Wenn nur Fritz ihr nicht andauernd auf die Finger schauen würde!

Endlich war der letzte Fruchtplunder eingeräumt. Er nahm das leere Blech und querte den Gastraum wieder in Richtung Hintertür. Lotti sah ihm nach. Einfach himmlisch sah er aus: Die Haare unter der Konditorenmütze versteckt, die muskulösen Schultern, das blitzweiße Konditorenhemd …

Keines Blickes hatte er sie gewürdigt. Nur ihren Fingern beim Arbeiten zugeschaut. Frida sah zu ihr herüber, grinste provokant und wackelte wieder mit dem Hintern. Diese Hexe!

»Warum bist du so rot im Gesicht?«, fragte Benji.

»Ach, bin ich das?« Lotti zuckte mit den Schultern, während sie mit klammen Fingern noch ein paar Stück Schokolade brach und in die Milch einrührte, hoffend, dass das Glühen im Gesicht endlich nachließ. Frida kam vorbei, noch immer grinsend. Sie ging in die Küche, wahrscheinlich um sich bei Auguste einzuschmeicheln. Lotti goss die Schokolade mit noch mehr Milch auf, füllte alles in eine Tasse und bestreute sie mit ein wenig Kakaopulver. Das Getränk duftete herrlich, und sie verwöhnte Benji gern damit.

Unvermittelt baute sich Frida vor ihr auf, mit ihrem Spitzenhäubchen und der weißen Schürze:

»Auguste braucht Kohle.« Sie drückte Lotti die Kanne in die Hand. »Jetzt.«

Natürlich. Die schmutzige Arbeit fiel ihr wieder zu. Frida putzte sich immer ab an ihr. Grün und blau könnte Lotti sich ärgern. Nur drei Jahre war Frida älter, aber mit ihren siebzehn führte sie sich auf, als wäre sie die erste Hausdame in einer Villa oder gar in einem Schloss.

Da fiel Lotti aber ein, dass das Kohleholen auch etwas Gutes hatte: Um nämlich in den Kohlenkeller zu gelangen, musste sie durch die Backstube gehen. Und dort war *ER*, von dem sie sich angezogen fühlte wie die Maus vom Speck. Sie packte den schwarzen Henkel der Kohlenkanne. Zwar durfte sie sich als Zweitmagd mit Kopftuch und grober Leinenschürze im Gastraum nicht blicken lassen, schon gar nicht mit der Kohlenkanne, aber da weder die Patronin noch Frida noch ein einziger Gast da waren, querte sie entschlossen den Raum und kletterte die schmale Stiege hinab.

Und da stand er schon wieder vor ihr, ihr Schwarm! Hach, wie gut er auch in der Backstube aussah: die Ärmel aufgekrempelt, einen Riesenballen Teig knetend, Mehl an den Händen bis hinauf zu den Ellbogen … Lotti wurden die Knie weich. Sie stolperte durch die Backstube und an der Vorratskammer vorbei. Reiß dich zusammen, ermahnte sie sich, während sie die schwere Eisentür anpeilte. Die Tür quietschte beim Öffnen. Schwärze empfing sie. Einfach alles war schwarz wegen der Kohle. Und die Luft stickig und rußig. Sie befüllte die Kanne, schwarzer Staub stob auf. Hustend nahm sie die volle Kanne auf und schloss die Tür rasch hinter sich. Sie wischte mit dem Ärmel über das Gesicht und richtete die Zöpfe, so gut es mit den schmutzigen Fingern ging. Die Backstube lag wieder vor ihr.

Lächerlich. Führ dich nicht auf wie ein dummes Huhn. Sie querte die Backstube und erklomm die Stiege. Natürlich hatte er sie wieder keines Blickes gewürdigt, sich nur auf den Teig in der Schüssel konzentriert. Fritz hat keine Augen für dich. Lotti spürte, wie ihr Tränen in die Augen stiegen. Vor lauter Liebeskummer – vielleicht war aber auch Heimweh dabei. Er weiß nicht einmal, dass es dich gibt.

Aber da, mitten auf der Stiege, während Tränen ihre Wangen benetzten, fiel ihr auf einmal wieder dieser denkwürdige Moment ein, der zwar schrecklich gewesen war, aber auch etwas Gutes gehabt hatte. Etwas sehr Gutes sogar. Etwas, das

Lotti sich seither immer wieder ins Gedächtnis rief, ganz besonders, wenn sie wach im Bett lag und sehnsüchtigen Träumen nachhing. Jener Augenblick vor zwei Tagen, in dem Fritz aus der Backstube hinauf nach ihr gerufen hatte. Nicht nach Frida, auch nicht nach Felix hatte er gerufen, nein, nach ihr! »Lotti!«, hatte er durchs ganze Haus gebrüllt. Jetzt klopfte ihr Herz wieder wie verrückt, aber diesmal nicht vor Schrecken, sondern vor freudiger Erregung. *Sie* war es gewesen, an die er sich gewandt hatte. In der Küche war sie gewesen, mitten im Kohle-in-den-Ofen-Schieben, als sie sein Rufen erreicht hatte.

»Lotti!«, hatte sie ihn von unten gehört. »Lotti, lauf, die Patronin holen! Und dann den Doktor.« *Sie* war es gewesen, das vierzehnjährige Zweitmädel, der er sich in diesem gefährlichen Moment anvertraut hatte. Er wusste also doch, dass es sie gab!

Natürlich hatte sie da sofort alles fallen gelassen und der Frau Patronin Bescheid gesagt. Dann war sie auf die Straße gesaust, hatte flugs das Doktorhaus gefunden und Doktor Bleibtreu alarmiert, der dann auch gleich gekommen war.

Stunden später, als der Patron und die Patronin schon im Zimmer oben gewesen waren, hatten sich alle Dienstboten in der Küche an den Tisch gesetzt. Und da hatte Fritz sie sogar vor allen angesprochen und gelobt.

»Das hast du gut gemacht, Lotti«, hatte er gesagt und ihr zugezwinkert. »So flink und so geistesgegenwärtig. Sehr tüchtig bist du gewesen.«

Lotti seufzte wieder. Hach, dieses Augenzwinkern! Wie sehr sie ihn bewunderte … er war so stark, so klug, so *männlich*. Aber welche Chance hatte sie bei ihm? Sie war ja viel zu jung, eine Bauerngöre, ein Backfisch mit Zöpfen. Was gäbe sie dafür, wenn's anders wäre!

»Füll den Ofen nach«, befahl Auguste, bei der sie inzwischen angelangt war. Lotti öffnete das Türchen, es qualmte heraus.

Sie schüttete die Kohle hinein und wischte den Ruß aus ihrem Gesicht.

»Die Kanne mit der restlichen Kohle kannst du stehen lassen. Nun geh weiter den Boden wischen. Wir machen alles wie immer. So helfen wir der Patronin am besten«, sagte Auguste.

Lotti ging zurück in den Flur, wo der Eimer mit dem Schmutzwasser noch immer stand. Die Böden der oberen Zimmer hatte sie noch vor sich, nur das Zimmer vom Herrn Patron und der Frau Patronin würde sie auslassen, denn dort durfte jetzt niemand hinein. Wenn er doch nur wieder gesund wird, der Herr Patron, wünschte sie inniglich und schickte noch ein Stoßgebet in den Himmel.

15

In der Nacht hatte es zu regnen begonnen. Dicke Tropfen fielen vom Himmel, trommelten gegen die Fensterscheiben, klatschten auf die trockene Erde vor dem Haus und vertrieben langsam, aber stetig die allgegenwärtige, drückende Schwüle. Erdiger Geruch zog durchs Haus, lehmig und bodenständig, alles überlagernd. Es war ein Odeur, das in Emma normalerweise Erinnerungen an unbeschwerte Kindheitszeiten weckte. Es hätte sie daran erinnern können, dass Sonnenschein wie Sommerregen kamen und gingen wie das Leben selbst, aber der Gedanke funktionierte nicht. Heute nicht. Die Sorglosigkeit der Kindheit war vorbei.

Vater war tot. Drei Tage nach seinem Zusammenbruch in der Backstube hatte er in der Nacht auf einmal aufgehört zu atmen – so hatte es Mutter erzählt. Am gestrigen Morgen war sie in Emmas Zimmer gekommen, hatte sie geweckt und ihr hölzern, wie sie eben war, Bescheid gegeben, sachlich, steif und spröde. Nur an den geröteten Augen hatte Emma gesehen, dass sie im elterlichen Schlafzimmer, allein und im Verborgenen, wohl geweint hatte.

Für Emma war in diesem Moment eine Welt eingestürzt. Vater war tot. Sie wollte es nicht wahrhaben, konnte es einfach nicht glauben. Sie wusste, dass sie das Ausmaß der Tragödie noch nicht erfasste, gleichzeitig scheute sie sich, sich mit der

Wahrheit zu konfrontieren. Aber es war so: Vater war tot. Jedes Mal, wenn sie daran dachte, überkam sie ein Schaudern, ein Frösteln, ein Zittern. Nur kein Weinen. Weil sie es noch immer nicht wirklich begriff.

Im mit weißem Seidensatin ausgelegten Sarg lag er jetzt da, gekleidet im schwarzen Sonntagsanzug, die Augen geschlossen. Links und rechts von ihm brannten Kerzen, die Flammen funkelten in der Dunkelheit und erhellten sein Antlitz. Wie in Trance hatte Emma zugesehen, wie die Bestatter, die wenige Stunden nach seinem Tod gekommen waren, routiniert und fachmännisch das Wohnzimmer zum Aufbahrzimmer umfunktioniert hatten: Das Kanapee, die Sessel und den Tisch hatten sie an eine Wand geschoben, die Vorhänge zugezogen und den Sarg auf Pflöcken inmitten des Raums aufgestellt.

Sie faltete die klammen Hände und studierte sein fahles Gesicht: Nie mehr würde er ihr sein Augenzwinkern schenken, nie mehr »mein Mädchen« sagen. Nie mehr scherzen, nie mehr lachen. Es war einfach unvorstellbar. Sanft entschlafen wäre er, hatte Mutter gesagt, und jetzt an einem besseren Ort, sagte der Herr Pfarrer. Ach, Vater, hoffentlich war's so.

Emma vermisste ihn jetzt schon: seine Fröhlichkeit, sein freundliches, manchmal etwas polterndes Wesen, seine mitreißende Abenteuerlust, seine unerschütterliche Vaterliebe. Wie würde die Zukunft ohne ihn sein? Ohne seine lustigen Einfälle, seine interessanten Gedanken und packenden Ideen, seine Herzlichkeit, seine beschützende Liebe? Wie würde es sein, wenn, abgesehen von den Angestellten, nur mehr Mutter, Benji und sie im Haus waren? Und wie würde es mit dem *Café Buchwald*, seinem Lebenswerk, weitergehen?

Es klopfte. Im Bewusstsein, dass das Zimmer in diesen Tagen ein heiliger Ort war, den niemand ohne triftigen Grund störte, wandte Emma sich um.

Die Tür knarrte, das Kerzenlicht flackerte. Und dann erhellte trotz der schwarzen Stimmung ein Funke ihr Gemüt: Auf der Schwelle stand Gustl, der ältere ihrer beiden Brüder. Er schloss die Tür sanft hinter sich, ging auf sie zu und nahm sie in die Arme.

»Es ist so traurig …«

Sie hielten einander fest. Und endlich kamen die Tränen. Emma weinte und weinte und weinte in Gustls Armen.

Trotz ihres Kummers hatte sie bemerkt, dass ihr »Brüderlein«, nur ein gutes Jahr jünger als sie selbst, während seiner Abwesenheit ein Mann geworden war.

»Du bist groß geworden … es ist so ungewohnt«, sagte sie, nachdem sie sich beruhigt und er sie losgelassen hatte.

Tatsächlich war Gustl, als er vier Jahre zuvor das Haus verlassen hatte, um in Breslau das Konditorenhandwerk zu perfektionieren, spindeldünn wie ein Lauch. In der Kindheit waren sie eng verbunden gewesen. Aber er war kein Briefeschreiber, daher hatte sie in den letzten Jahren nicht viel von ihm gehört. Und jetzt stand ein kräftiger junger Mann vor ihr, mit dem unverwechselbaren rotblonden Haarschopf und für sie neuartigen, deutlich sichtbaren Bartstoppeln auf dem Kinn und der Oberlippe.

»Mutters Telegramm war ein Schock. Ich habe sofort alles zusammengepackt«, sagte er mit ungewohnt tiefer Stimme.

»Bist du nur für das Begräbnis gekommen? Oder wirst du jetzt ganz bei uns bleiben?«, fragte Emma leise, während sie mit einem Taschentuch ihre Wangen trocknete.

»Ich habe mit Mutter noch nicht darüber gesprochen. Aber ich denke, sie wird mich brauchen können.«

»Sicherlich.«

Sie standen lange am Sarg, jeder für sich allein vertieft in Gedanken. Die Flammen flackerten, Regentropfen rannen noch immer über die Fensterscheiben. Der lehmige Geruch des Sommerregens war nach wie vor allgegenwärtig und vermischte sich mit dem Duft der brennenden Kerzen. Wieder rollten Tränen über Emmas Wangen. Ein kleiner Trost war nur, dass Gustl da war. Sie griff nach seiner Hand. Er fiel in ihr Gebet ein. Dann waren sie wieder still. Bis er in brüchiger Stimme anhob:

»Als ich ausgezogen bin, habe ich ihm geschworen, sein Lebenswerk fortzusetzen, falls ihm etwas zustieße. Ich hätte nie gedacht, dass es passieren würde … und dazu so bald.«

»Viel zu früh. Er hatte doch noch alles Mögliche vor.« Es war einfach unbegreiflich.

»Es gibt viel zu tun. Und soweit ich weiß, wird es nicht nur eitel Wonne sein«, sagte Gustl nachdenklich.

»Wie meinst du das?«

»Die Dependance in Moabit, da läuft ein Kredit auf dem Haus.«

»Ist er hoch?«

»Das Haus ist in der Nähe des Sommerschlosses und besitzt eine eingerichtete Backstube im Keller. Bestimmt hat es eine Stange Geld gekostet, und soweit ich weiß, steht ein Großteil des Kaufpreises noch offen. Vater wollte es vor der Renovierung auf Heller und Pfennig abbezahlt haben.«

»Warum hat er es eigentlich gekauft?«

»Geplant war, die Zentrale des Betriebs letztendlich von Cottbus nach Berlin zu verlegen und alles umzudrehen: Berlin sollte die Hauptfiliale werden, Cottbus die Dependance. Das Haus liegt nahe dem Tiergarten. Dort sind immer Ausflügler, die sich nach dem Spazieren gern zu Kaffee und Kuchen setzen. Und sollte die kaiserliche Familie eines Tages die Sommer wieder dort verbringen, wäre das Haus auch gut zu erreichen. Dem riesigen Markt Berlin ist es jedenfalls wesentlich näher als wir hier in Cottbus. Er hatte Großes vor: Er wollte in die Klasse von *Café Bauer* und Konsorten aufsteigen.«

»Ich hätte ihm den Erfolg so gegönnt.« Emma schnäuzte sich ins inzwischen nasse Taschentuch. »Unser Baumkuchen ist der beste weit und breit. Nicht ohne Grund beliefern wir das Schloss.«

»Wir werden den Kredit weiter in monatlichen Raten abzahlen. Aber dieses Geld muss verdient werden.«

»Meinst du, wir können es schaffen?«

»Wir werden Vaters Traum verwirklichen«, sagte Gustl, den Blick auf dessen fahles Antlitz gerichtet. »Ich glaube fest daran.«

Er lag so friedlich vor ihnen. Wo immer er war, er konnte sie hören, Emma war sich ganz sicher. In Gedanken gelobte sie noch einmal, alles, was in ihrer Macht stand, zu tun, um das *Café Buchwald* so groß werden zu lassen, wie er es sich erhofft hatte, auch wenn sie nur seine Tochter war. Draußen regnete es noch immer, die Tropfen klatschten weiter auf die Pflastersteine vor dem Haus. Ach, Vater … Wenn ein Engel stirbt, weinen alle, sogar der Himmel.

16

Auch am Tag von Vaters Beerdigung regnete es. Beständig tröpfelte es vom Himmel. Nach der Trauerfeier in Sankt Nikolai zogen Mutter, Gustl, Benji und Emma hinter dem Wagen mit Vaters Sarg in Richtung Friedhof. Es hatte Tage gebraucht, aber letztendlich hatte auch Emma die Realität ganz und gar eingeholt.

Jetzt hatte sie sich bei Gustl eingehängt und war froh über seinen starken Arm, denn sie war ein wenig wacklig auf den Beinen. Vermutlich, weil sie kaum etwas gegessen hatte – seit Vaters Tod schmeckte ihr nichts mehr. An Gustls anderer Seite ging Mutter mit Benji an der Hand. Jeder trug einen Schirm zum Schutz vor der Nässe. Die Bordüre der neuen schwarzen Seidenmantille kratzte am Hals, aber Emma getraute sich nicht, das Band zu lockern, schließlich waren unzählige Augen der riesigen Trauergemeinde auf sie gerichtet. Außerdem würde sie dafür eine Hand aus dem schwarzen Handschuh schälen müssen, und das war wegen des Schirms praktisch unmöglich.

Die halbe Stadt war gekommen. Vater war nicht nur allseits bekannt, sondern auch ein besonders angesehener Bürger gewesen und mitten aus dem Leben gerissen worden. In Dreierreihen gingen die Menschen hinter ihnen her, alt und jung, arm und reich, es war ein Meer aus schwarzen Kleidern, Übermänteln, Schleiern, Zylindern und Schirmen, die Damen in Sonntagskleidern, Herren in den besten Anzügen. Die Schritte der Menschen auf dem Pflaster und die gedämpften Stimmen drangen in ihre Ohren, während Emma, Gustl, Mutter und Benji fast mechanisch hinter dem Pfarrer und Vaters Wagen einhergingen. Einmal verlor Emma das Gleichgewicht, fing sich aber rechtzeitig an Gustls Arm. Die Trauerglocken läuteten. Die Räder des Wagens mit Vaters Sarg ratterten, Pferdehufe klapperten. Der Weg erschien endlos.

Endlich erreichten sie den Friedhof. Das große Gittertor stand weit offen. Sie folgten dem Wagen mit dem Sarg durch eine Allee aus alten Linden. Dann stellten sie sich an die offene Grabstätte.

Die Totengräber hievten den Sarg auf die Schultern und trugen ihn zum ausgehobenen Grab. Als sie ihn auf Seilen hinunterließen, wurde Emma wieder schwindlig. Vater war tot. Sie begruben ihn, brutal wurde es ihr soeben wieder vor Augen geführt. Der Pfarrer hob zur Grabesrede an. Es waren lobende Worte, aber sie hörte nur mit halbem Ohr hin. Alles um sie herum versank in trübem Nebel, sie war wie in Trance.

Die Worte des Pfarrers verstummten. Es kam Emma unwirklich vor, als er Mutter die Schaufel mit Erde reichte. Der Aufprall des Sandes auf dem hölzernen Sarg hallte dumpf von den Grubenwänden wider. Gustl war an der Reihe, danach folgte das gleiche niederdrückende Geräusch. Dann kam der Moment, den sie am meisten fürchtete: Die Schaufel wurde in ihre Hand gelegt. Sie hielt sie über das Erdloch, zitternd ließ sie die Erde hineinfallen. Sie begrub ihn.

Sie ging zurück zum Weg. Pflichtbewusst stellte sich Emma neben Mutter mit Benji und Gustl auf, um die Kondolenzbekundungen der Gäste entgegenzunehmen. Doktor Bleibtreu gewahrte sie als einen der Ersten, dann folgten der Apotheker, der Bürgermeister mit seiner Frau, Herr und Frau Fischer, danach Charlotte.

Emma umarmte die Freundin, aber nur kurz, denn so viele Menschen warteten. Immer unsicherer fühlte sie sich auf den Beinen, wie auf Watte stand sie. Herr Grün kondolierte, die Dame mit den zwei kleinen Mädchen, die immer Nussschiffchen kaufte, unzählige Gesichter, die sie aus der Konditorei kannte, defilierten vorbei, schließlich der Hefelieferant und der Zuckerlieferant.

»Mein Beileid«, murmelte schon der Nächste.

»Er war so ein guter Mensch«, sagten viele.

Die Worte dröhnten in Emmas Ohren, und die Schar der Kondolierenden schien kein Ende zu nehmen.

»Ich kann nicht mehr«, raunte sie unter dem Schleier Gustl zu.

»Geh nur. Ich halte hier die Stellung«, flüsterte er und ergriff schon die nächste schwarz behandschuhte Hand.

Emma ließ Mutter mit Benji und Gustl stehen. Vorsichtig einen Fuß vor den anderen setzend ging sie zum Ausgang ans andere Ende der Gräberzeile, wo auch der Brunnen war. Den Schirm benutzte sie als Stütze. Es war furchtbar unhöflich, die Kondolenzbekundungen nicht entgegenzunehmen, aber sie konnte nicht anders. Die dort stehende Bank erreichte sie gerade noch rechtzeitig, dann wurde ihr schwarz vor Augen. Sie konnte sich noch an der Lehne festhalten und irgendwie auf die Bank hieven. Vielleicht war es das Korsett, das ihr den Atem raubte … Sie atmete tief ein und hoffte, nicht ohnmächtig von der Bank zu kippen. Zum Glück war da die Rückenlehne.

Jemand näherte sich, sie bemerkte es aus dem Augenwinkel.

»Ganz schön viel Wirbel«, hörte sie Fritz' vertraute Stimme. Es war schwierig, die Augen auf ihn zu fokussieren. Er hielt ihr einen Flachmann entgegen. »Da, nimm 'nen Schluck.«

Emma trank, obwohl es ihr schwerfiel. Der Schnaps biss in der Nase und brannte in der Kehle.

»Gleich wird's dir besser gehen.«

Er hatte recht. Die Welt nahm langsam wieder Formen an.

»Immer blasser bist du geworden, ich hab's dir unter dem Schleier angesehen. Deshalb bin ich dir nachgegangen.«

»Die vielen Leute ... zum Frühstück habe ich keinen Bissen hinuntergebracht ... Kein Wunder, dass mir schwindlig geworden ist.«

Fritz setzte sich neben sie, nahm ebenfalls einen Schluck aus dem Flachmann und hielt seinen Schirm über sie.

»Dein Vater war ein allseits angesehener Mann. Und der beste Meister, den ich mir hätte wünschen können. Mein aufrichtiges Beileid.«

»Ich weiß, dass er dich sehr geschätzt hat. Nicht nur als Gesellen. Auch menschlich.« Emma schluckte, der Kummer schnürte ihr die Kehle zu.

Fritz nickte bedächtig und hielt ihr nochmals den Flachmann hin: »Nimm noch 'nen Schluck. Nichts stärkt wie guter Branntwein.«

Emma folgte, hustend und würgend. Dann saßen sie eine Weile lang schweigend nebeneinander und beobachteten den schwarzen Menschenstrom, der noch immer an Mutter und Gustl vorbeidefilierte. Der Regen tropfte von den Blättern der großen Linde auf den Schirm, floss in Rinnsalen in eine Pfütze. Emma bewunderte Gustl und Mutter für die Kraft, immer noch am offenen Grab zu stehen und die nicht enden wollenden Kondolenzbezeugungen entgegenzunehmen – sie selbst konnte nicht einmal mehr weinen.

Schließlich versiegte der Menschenstrom am Grab. Es blieben nur noch ein paar Männer, die sich bei Mutter und Gustl anstellten: Der Kutscher des Müllers, der immer das Mehl lieferte, der Bauernjunge, der ihnen die Eier brachte, und der Wirt vom Gasthaus ums Eck.

Und dann näherte sich noch ein Mann. Er stach Emma ins Auge wegen seines extravaganten Übermantels. Nannte man das den Chesterfield-Stil, den sie bisher nur an Berliner Herren gesehen hatte? Und diese auffälligen Schuhe: zweifarbig, in braunem und weißem Leder. Sie suchte das Gesicht. Verblüfft stellte sie fest: Es erschien ihr irgendwie vertraut.

Er war der Letzte, der vor Mutter stehen blieb, ganz so, als hätte er auf den Moment gewartet, mit ihr allein zu sein. Er lüpfte den Zylinder, stützte sich auf einen teuren Gehstock mit silbernem Knauf und streckte Mutter die freie Hand entgegen. In dem Moment glaubte Emma, nicht recht zu sehen: Mutter schlug die Geste aus. Sie nahm die ihr entgegengehaltene Hand des Mannes nicht an. Vielmehr wandte sie sich ab, schroff und kühl. Sie hob dem Mann, der sie überragte, das Kinn entgegen, hielt ihren Kopf ein wenig schief und nahm eine noch strengere Haltung ein als sonst. Wahrscheinlich funkelten ihre Augen – das konnte Emma aus der Ferne unter dem Schleier nicht erkennen. Aber sie kannte die Pose der Mutter. Oh, wie sie diese Pose kannte! Wenn Mutter so dastand, war Feuer am Dach. Das hatte sie von frühester Kindheit an gelernt, und zwar immer dann, wenn sie oder Gustl etwas ausgefressen hatten.

Das letzte Mal hatte sie dieses Verhalten beobachtet, als ein neuer Zuckerlieferant den doppelten Preis vom alten verrechnen wollte. Genau so wie jetzt hatte Mutter sich damals vor dem Mann aufgebaut: den Kopf leicht schief, die Nasenlöcher bebend, die Augen funkelnd, dann hatte sie eine Tirade losgetreten. So, dass der Zuckerhändler aus Angst auf dem Absatz kehrt- und sich aus dem Staub gemacht hatte – auf Nimmerwiedersehen. Wenn Mutter diese Miene aufsetzte, folgte ein

Wutausbruch, ein Sturm der Empörung, ein Orkan des Zorns. Es passierte selten, aber wenn er kam, dann tobte er.

Der Schleier über Mutters Gesicht bebte leicht.

»Fort!«, meinte Emma aus deren verkniffenem Mund zu vernehmen.

Der Mann schien aufzulachen. Verhöhnte er sie? Oder hatte er etwas geantwortet? Emma konnte es nicht hören, sie sah ihn nur im Profil. Er schlug die Hacken der braun-weißen, picobello polierten Schuhe zusammen und verbeugte sich knapp.

»Wie du willst. Adieu«, schnappte Emma seine dröhnende Stimme auf. Er kehrte um und kam mit forschen Schritten, den Spazierstock schwingend, durch die Lindenallee in Richtung Friedhofsausgang, wo sie mit Fritz auf der Bank saß. Emma starrte ihn an. Sein Gesicht war hart, verwegen, zerfurcht und verlebt. Nein, auch wenn er ihr für einen Moment vertraut erschienen war – diesen Mann hatte sie noch nie im Leben gesehen.

In diesem Moment fuhr der Mann mit der behandschuhten Hand über seine Wange – ganz so, als würde er eine Träne wegwischen.

»Kennst du den?«, fragte Emma und deutete in dessen Richtung.

»Nee, noch nie gesehen. Komischer Typ.« Fritz steckte den Flachmann ein und erhob sich. »Lass uns nach Hause gehen. Es wird Zeit.«

HERBST 1896

17

Die Oktobersonne ließ das Wasser des Grunewaldsees glitzern, das Laub in den Bäumen honiggelb leuchten und die Steine am Ufer glänzen. Max lehnte sich gegen den mächtigen Stamm einer alten Buche. Er legte den Strohhut und die Brille neben sich in die Wiese, verschränkte die Hände hinter dem Kopf und genoss den Blick über den See. Ein wahrlich goldener Herbst ist das und versüßt den Abschied vom Sommer, dachte er zufrieden. Eine kleine Brise wehte über ihn hinweg. Einige Blätter schwebten herab und wurden bunte Tupfen im Gras. Er nahm die Brille wieder auf, klemmte die Bügel hinter die Ohren und sah wieder deutlicher. Phoeby, seine Terrierdame, baute sich vor ihm auf. Lachend warf er ein Hölzchen, schwanzwedelnd raste sie wieder davon.

Ein neues Studienjahr hatte begonnen. Das Jahr, in dem er Vater davon überzeugen wollte, wie wichtig gute Architektur war und wie nützlich er als diplomierter Architekt für die Terraingesellschaft sein könnte. Die Noten waren auch letztes Semester hervorragend gewesen, nur leider glaubte Vater noch immer nicht, dass das Studium irgendeinen Wert hatte. Viel eher vertraute er seit eh und je auf seine Zeichner, die stupide umsetzten, was er ihnen anschaffte – lauter Vorgaben, die sich ausschließlich an Raum- und Gewinnmaximierung orientierten. Proportionen, Perspektiven, ideale Winkel, Ästhetik – all das hatte in Vaters Augen keinen handfesten Nutzen. Es war nichts, aus dem man Geld schlagen konnte, und daher Zeitverschwendung. Die Beschäftigung mit klassischer Architektur, den Künstlern der Antike, der Renaissance, des Barock – alles reinster Humbug, fand Vater. Ebenso wie Überlegungen über menschenwürdiges Wohnen, die manche Professoren anstellten angesichts der riesigen Mietskasernen, die überall aus dem Boden sprossen wie Pilze. Max nahm einen Grashalm zwischen die Lippen und kaute daran. In den nächsten Monaten wollte er alles dransetzen, Vater endlich umzustimmen.

Phoeby kam zurück. Ihr lautes Bellen hallte über den See, als er das Hölzchen nochmals durch die Luft wirbelte. Vaters Ansichten wollte er sich keineswegs beugen. Nein, er wollte einmal ein großer Architekt werden, nahm er sich wieder einmal vor, während Phoeby erneut davonhetzte. Einer, der Städte plante, wie Karl Friedrich Schinkel beispielsweise wollte er werden. Oder wie Ludwig Hoffmann, einer seiner Professoren an der Hochschule. Er wollte Häuser entwerfen mit Hirn und mit Herz. Seine Entwürfe sollten schön, aber auch sinnvoll sein. Vielleicht würde er sich mit einigen seiner Kommilitonen zusammenschließen, die ähnliche Ambitionen hatten wie er. Emil und Arthur.

Phoeby war schon wieder da. »Das ist jetzt aber das letzte Mal«, murmelte Max – als ob sie ihn verstünde! Er warf das Stöckchen, sie lief davon. »Mutter gibt ’nen *Five o’Clock Tea.* Wir müssen nach Hause«, rief er ihr hinterher. Er erhob sich und klopfte sich trockene Blätter von der Hose. *Five o’Clock Tea.* Warum konnte Mutter nicht einfach »Fünfuhrtee« dazu sagen? Wo sie doch kein Wort Englisch sprach, überhaupt noch nie in England gewesen war. Sei’s drum. Sie hatte ihn gebeten, rechtzeitig anwesend zu sein und an ihrer Seite die Damen zu begrüßen. Vater und Edmund waren von dieser Pflicht natürlich entschuldigt, als arbeitende Herren saßen sie nachmittags in ihren Kontors und gingen den *wirklich* wichtigen Geschäften nach.

Max schwang das Hölzchen doch noch ein allerletztes Mal, diesmal in den Wald hinein, und während Phoeby durchs Laub schnüffelte, schaute er auf die Taschenuhr. Mist! Es war schon vier vorbei. Vor lauter Grübeln und Pläneschmieden hatte er wieder einmal die Zeit übersehen. Warum musste ihm das beständig passieren?! Er stieß einen lauten Pfiff aus und machte sich mit Phoeby auf den Weg.

»Gut, dass du pünktlich bist«, empfing Mutter ihn, als er sich wenig später, ordentlich herausgeputzt in Jackett, Weste, Krawatte und glänzend polierten Schuhen zu ihr in den Salon gesellte. »Ich hatte schon Bedenken.«

Max lachte. »Ich habe mir Mühe gegeben.«

Mutter, im nagelneuen Nachmittagskleid aus lila Seide mit floralem Muster, sah noch immer gut aus für ihr Alter, fand er. Eine lange Kette mit einem Lorgnon baumelte vor ihrer Brust, obwohl sie adlerscharf sah. Doch sie legte Wert darauf, stets nach der neuesten Mode gekleidet zu sein, und Lorgnonketten, die bis zum Nabel reichten, gehörten diesen Herbst anscheinend dazu. Zum Glück hielt sie nichts von diesen Reformkleidern, die an manchen Damen der Gesellschaft herabhingen wie Säcke. Die mochten zwar für den weiblichen Körper gesünder sein und ähnliche Bequemlichkeiten bieten wie Hosen den Herren, aber er fand sie äußerst unattraktiv.

»Es ist gleich fünf Uhr, meine Damen werden bald eintreffen.« Mutter rückte eine silberne Etagere mit Brötchen zurecht. »Cucumber Sandwiches und Esconces sind das. Berta hat sie nach englischem Rezept zubereitet. Wir haben es im *Blatt für die Hausfrau* nachgelesen.«

Daneben stand die Teekanne mit Porzellantassen und auf der Anrichte ein silbernes Tablett mit glänzend polierten Champagnergläsern. Die Vorhänge waren zurückgezogen und gaben den Blick in den Garten frei. Das erste Feuer in diesem Herbst knisterte im Kamin.

Es läutete. Marie, herausgeputzt mit gestärktem Häubchen und frisch gebügelter Schürze, lief zur Eingangstür und nahm Schirme, Gehstöcke, Übermäntel und Hüte der Damen entgegen. Sebi, der normalerweise für die Gartenpflege und die Versorgung der Pferde verantwortlich war, hatte sich in ein graues Jackett geworfen und gab fast den Anschein eines echten englischen Butlers. Er geleitete die Damen in den Salon.

»Meine Liebe!« Mutter begrüßte eine nach der anderen. Max zeigte ebenfalls seine Ehrerbietung, hoffte aber insgeheim, sich möglichst bald vor der Aufgabe, die Mutter ihm zugewiesen hatte, drücken zu können. Sie waren ihm unangenehm, diese gesellschaftlichen Ereignisse, ganz besonders, wenn nur die Damen anwesend waren.

»Wie schön, dass Sie kommen konnten. Ich möchte Ihnen meinen jüngeren Sohn vorstellen«, flötete Mutter gerade. Unauffällig, aber resolut zog sie ihn am Ärmel näher an sich heran. »Das ist Frau von Hagen. Wir haben einander kürzlich beim Abendessen bei Klampfes kennengelernt«, flüsterte sie ihm ins Ohr, und während er sich über die zarte, ringgeschmückte Hand beugte, wisperte sie noch: »Ihr Gatte ist Oberbaurat in der Berliner Stadtregierung.«

»Sehr erfreut.« Pflichtbewusst schlug er die Hacken zusammen. Jetzt verstand er, woher der Wind wehte. Der Oberbaurat spielte eine gewichtige Rolle in der öffentlichen Auftragsvergabe. Ein gutes Verhältnis zu ihm war essenziell für Vaters Geschäft, und Mutter war eine begnadete Mittlerin.

»Darf ich Tee anbieten? Oder lieber gleich Champagner?«

Frau von Hagens Miene leuchtete auf. »Schenk meiner lieben Freundin doch ein Glas ein, Max!«, orderte Mutter. »Wo Marie nur steckt?« Der Blick, den sie Frau von Hagen zuwarf, sollte bei ihr wohl um Verständnis werben.

Max bewirtete die Frau des städtischen Oberbaurats und unterdrückte einen Seufzer. Wie lange würde es wohl dauern, bis sich alle Damen wohlfühlten? Helfen würde auch, wenn Maries Dienst an der Eingangstür endlich beendet wäre und sie das Nachschenken übernähme.

»Ah, da kommt ja meine Tochter!«, rief Frau von Hagen plötzlich. »Henriette, ich möchte dir Max vorstellen.«

Eine junge Dame trat näher, lächelte unter langen Wimpern, ihre Augen wasserblau und tiefgründig. Sie war eine Schönheit, stellte Max fest. Das dunkle Haar trug sie aufgesteckt, bläuliche Adern zierten ihren schlanken Hals, ein von der Brust bis zu den Knien eng anliegendes Kleid betonte ihre perfekte Figur. Ein kunstvoll verzweigter Ring stach ihm ins Auge, als sie ihm die schlanke Hand reichte.

»Sehr angenehm.«

Mutter konversierte über dies und das, aber er hörte nur mit halbem Ohr zu, denn das Fräulein hatte es ihm angetan. Irgendwie verstand sie es, trotz der vornehmen Zerbrechlichkeit auch offen und aufgeschlossen zu wirken, und dieser Gegensatz faszinierte ihn. Allerdings war da auch die nächste Klausur, die er in wenigen Tagen schreiben sollte und für die er noch einiges zu lernen hatte. Es wäre wirklich besser, sich bald zu verdrücken, auch wenn das Fräulein von Hagen eine Augenweide war.

Mutter zupfte ihn wieder am Ärmel. »Willst du dem Fräulein von Hagen unseren Park zeigen?«

»Natürlich.« Schuldbewusst wandte er sich an die junge Dame. »Wenn es Sie denn interessiert?«

»Sie hatte doch gerade gesagt, dass sie ein Faible für die Natur hat. Hast du denn nicht zugehört?! Vor allem für Botanik.« Mutter klang vorwurfsvoll.

»Ich hätte sehr gern eine Führung«, bekräftigte Fräulein von Hagen mit rauchiger Stimme und neuerlichem Augenaufschlag. »Ihre Frau Mutter sagte, Sie hätten einige Raritäten im Park. Aber nennen Sie mich doch bitte Henriette.«

Sechs Augenpaare ruhten auf ihm, Max spürte sie förmlich.

»Wunderbar.« Hoffentlich hatte er nicht zu zögerlich geklungen, er wollte keineswegs unhöflich wirken, vor allem gegenüber dem Fräulein nicht. Er schickte Sebi in die Garderobe, um ihren Schal zu holen.

»Lassen Sie uns die Gartentreppe nehmen, durch den Wintergarten.«

Er lotste sie vorbei an den vielen Topfpflanzen, die Mutter hegte und pflegte, weiter über die grün-weißen Fliesen, dann durch die Glastür, die in den Garten führte, immer unter den interessierten Blicken von Mutters Damen, die überall im Haus herumstanden. Der Gedanke kam ihm, dass es eigentlich gar kein schlechtes Gefühl war mit so einem wunderschönen Fräulein am Arm, und er kam sich auf einmal eine Handbreit bedeutender vor.

Sie stiegen die geschwungene Treppe in den Garten hinab. Auf der letzten Stufe brachte Henriette ihn nochmals zum Staunen: Am rechten Knöchel blitzte ein goldener Reif in Form einer Schlange unter dem Saum ihres Kleides hervor. Wie sensationell elegant!

Die Bäume warfen lange Schatten. Braunes Laub bedeckte das grüne Gras, dazwischen leuchteten ein paar Herbstzeitlosen.

»Die Tage gehen jetzt schneller zur Neige als noch vor wenigen Tagen. Es ist erst kurz nach fünf, doch die Sonne ist schon fast untergegangen.« Filigrane Ohrringe baumelten von ihren

Ohrläppchen und umspielten ihren Hals. »Bald werden die Bäume kahl sein.«

Kühl ruhte ihre Hand auf Max' Arm, als sie den Weg einschlugen, der den Garten umrundete.

»Das ist der Lauf der Zeit. Dann stehen hier nur mehr lauter schwarze Stämme mit sperrigen Ästen.«

Der Kies knirschte unter den Sohlen, in der Nähe versammelte sich ein Schwarm Krähen krächzend in den Ästen.

»Außer dieser Roten Zeder hier, beispielsweise.« Max deutete auf einen hohen Baum am Wegrand. »Sie bleibt auch im Winter so schön blaugrün wie jetzt. Dieses Exemplar kommt von weit her, aus Übersee. Vater hat diese Zeder vor Jahren bei einem Raritätenhändler gekauft, und sie gedeiht ganz prächtig bei uns, wie man sieht.« Stolz schaute er in die Krone. »Hunderte Jahre kann sie alt werden, deshalb nennt man sie auch den Riesenlebensbaum.«

Ihr Blick ermutigte ihn, noch mehr Details zu erzählen: »An einem Baum befinden sich sowohl männliche als auch weibliche Zapfen.«

»Hmm, das ist in der Tat erstaunlich.«

Max spürte ihr leichtes Ziehen am Arm, offenbar wollte sie mehr sehen.

»Hier ist ein Virginischer Wacholder, auch Bleistiftzeder genannt. Wie die Rotzeder kommt auch sie aus Nordamerika. Es ist die größte Pflanzenart in der Gattung der Wacholder und ebenfalls winterhart.«

»Auch sie bleibt also im Winter grün.«

»Genau. Und dort vorne steht mein ganzer Stolz: die Kieferngruppe. Als kleiner Junge bin ich darin herumgeklettert.«

»Es ist schön, dass Sie sich für Bäume so sehr begeistern können«, sagte Henriette.

Tatsächlich liebte Max Flora und Fauna sehr, und Vaters

Garten war sein Steckenpferd. Während sie den Weg entlangflanierten, erzählte er weiter, was er über Kiefern wusste. Henriettes Schuhe hatten schmale Absätze, die im Kies einsanken, deshalb fiel ihr das Gehen schwer, und ihre Hand drückte immer gewichtiger auf seinen Arm. Recht bald hatte er das Gefühl, dass sie ihm nicht mehr richtig zuhörte.

»Wenn Sie möchten, kann ich Ihnen ein Buch leihen, in dem die Bäume naturgetreu abgebildet sind.«

»O nein!«, lachte sie auf. »Das ist wirklich nicht nötig.« Sie klang amüsiert. »Ehrlich gesagt interessiere ich mich gar nicht für dieses Grünzeug. Ich hatte meine Wissbegierde nur vorgetäuscht, weil ich unseren Müttern entkommen wollte. Und als ich bemerkte, dass es Ihnen ähnlich ging, lenkte ich das Gespräch in Richtung Bäume und Büsche.« Dabei spielte sie wieder mit ihrem Augenaufschlag.

»Oh.« Einen Moment lang war Max enttäuscht. »Aber Hut ab vor Ihrer Ehrlichkeit.«

Sie passierten das Beet mit den Rhododendren, deren lila und purpurne Blüten noch Farbe zeigten, wenngleich die meisten schon verwelkt waren.

»Ich hoffe, ich habe Sie nicht schockiert?!«

»Keineswegs.«

»Womit beschäftigen Sie sich denn noch, wenn sie nicht gerade Büsche und Bäume bewundern?«

»Architektur. Ich bin Student im fünften Semester.«

»Tatsächlich. Dann befassen Sie sich also mit schönen Dingen, formvollendeten Bauten. Und wie sie sich von der Masse abheben.« Das Thema schien ihr mehr zuzusagen.

»Nicht ganz«, widersprach Max. »Eigentlich im Gegenteil. Gute Architektur sollte in meinen Augen viel eher die Massen befrieden. Für mich kommt zuerst die Funktion, danach die Form.«

»Wie meinen Sie das?«

»Gute Architektur sollte dem Nutzer des Bauwerks das Leben möglichst angenehm und leicht machen, aber natürlich letztendlich auch ästhetischen Ansprüchen genügen. Nehmen wir das Beispiel Mietskasernen, die neuen Behausungen für die breiten Massen: Sie sollten praktisch und wohnlich, gleichzeitig aber auch ansehnlich sein.«

Kastanien lagen im Weg, mit der Schuhspitze beförderte er eine in die Wiese.

»Diese beiden Ansprüche zu vereinen ist doch unmöglich«, erwiderte Henriette. »Außerdem kümmert's keinen. Die Leute, die in Heerscharen aus dem Osten des Reichs zu uns strömen, müssen nur irgendwo schlafen. Mir ist ohnehin unverständlich, wie sie in den grässlichen Kästen überhaupt hausen können. Viel zu eng ist alles. Schreckliche Orte sind das, voller Gestank und Dreck. Eingehen würde ich dort. Wie könnte diese Umgebung je auf irgendeine Weise attraktiv sein?!«

»Üblicherweise haben die Menschen, die dort einquartiert sind, keine Wahl.«

»Das haben sie sehr wohl, sie müssten ja nicht unbedingt alle nach Berlin kommen. Sie könnten auch bleiben, von wo sie herkommen. Oder woanders hingehen.«

Max beschloss, das Thema zu wechseln. Henriette redete wie die meisten Freunde seiner Eltern, die vom wahren Leben, das sich außerhalb Grunewalds abspielte, keine Ahnung hatten. Er hatte da andere Ansichten. Er hatte nämlich das menschenverachtende Leid in den Hinterhöfen der Mietskasernen gesehen und war überzeugt, dass Leute, die in den riesigen Fabriken Berlins Arbeit suchten, noch größerer Armut in ihrer Heimat entflohen waren. Und er hatte sich vorgenommen, eines Tages, wenn er mit dem Studium fertig war, seinen Beitrag gegen menschenunwürdige Wohnverhältnisse zu leisten.

»Es wird dunkel. Lassen Sie uns wieder ins Haus zu den anderen gehen. Sonst kommen unsere Mütter noch auf den Gedanken, uns suchen zu lassen«, sagte er augenzwinkernd.

Henriette lachte, und die zarten Ohrgehänge schwangen wieder hin und her. Als sie die Gartentreppe erreichten, zog eine kühle Brise vom Boden herauf. Henriette wickelte sich fester in ihren Schal.

»Ich danke Ihnen für die Führung.«

»Gern«, sagte Max. »Ich hoffe, unser Spaziergang hat Ihnen gefallen. Auch wenn Sie für Büsche und Bäume nicht viel übrighaben.«

»Aber ja, Ihre Ausführungen waren äußerst interessant.« Es war eine leere Phrase. Max wusste es, aber er nahm sie ihr nicht übel. Nicht jeder Mensch hatte ein Faible für Botanik wie er.

Sie betraten den Salon. Die Damen hatten auf den Kanapees und in den Lehnstühlen Platz genommen, hielten Champagnergläser oder Teetassen in den Händen, tratschten und lachten. Mutters *Five o'Clock Tea* schien ein voller Erfolg zu sein. Henriette steuerte auf den letzten freien Zweisitzer beim Fenster zu, und Max konnte nicht umhin, ihr zu folgen, es war ein Gebot der Höflichkeit. Unbekümmert plauderte sie weiter, erzählte gesellschaftlichen Klatsch, von vergangenen Einladungen, neuesten Skandalen und Skandälchen, die sich im *Café Bauer*, wo sie gern verkehrte, zugetragen hätten. Sie war eine Dame der Gesellschaft, wie alle hier. Erst als sie eine dieser schlanken Damenzigaretten aus ihrem Täschchen hervorzog, fiel ihm seine Klausur wieder ein.

»Ich habe noch viel Arbeit vor mir und muss Sie nun leider verlassen. Es hat mich sehr gefreut, Sie kennenzulernen.« Er sah wieder in ihre betörend blauen Augen.

»Die Freude war ganz meinerseits.« Henriette reichte ihm

die Hand, er küsste sie. »Vielleicht sehen wir uns ja bald einmal wieder?«

»Ja, vielleicht.«

Max erklomm die breite Treppe ins Obergeschoss und ging in sein Zimmer. Seufzend breitete er die Bücher auf dem Schreibtisch vor sich aus. Um Vater vom Nutzen seines Studiums zu überzeugen, benötigte er vor allem eins: weiterhin hervorragende Noten.

18

Fritz schüttelte sich vor Kälte, als er im Morgengrauen das Gesicht und den nackten Oberkörper mit Brunnenwasser besprengte. Seit dem Tod des Herrn Patrons waren Wochen vergangen. Inzwischen war Herbst geworden, und das Wasser war jetzt eindeutig kälter, als ihm angenehm war. Hastig trocknete er sich und schlüpfte ins wärmende Hemd. Die Wollkappe behielt er auf dem Kopf, er würde sie erst später gegen die Konditorenmütze wechseln.

Nun, da der Meister nicht mehr lebte, war meist er der Erste in der Backstube. Er liebte diese Zeit, bevor Emma, Gustl, Felix und die anderen Lehrlinge nach und nach eintrafen. Wie immer heizte er zuerst den Ofen ein und begann mit dem Plundergebäck für die Frühstücksgäste. Seit es die Temperaturen wieder zuließen, konnten manche Teile auch mit Schokolade gefüllt werden, was insgesamt den Absatz steigerte, weshalb er seit ein paar Wochen die Teigmenge verdoppelte. Er vermischte alles auf der Arbeitsfläche und bearbeitete die Masse mit kräftigen Griffen. Penibel hielt er sich an Meister Buchwalds Zeitplan, der sich über all die Jahre bewährt hatte. Es erleichterte die Arbeit ungemein, wenn alle Angestellten wussten, was sie wann zu tun hatten, fand er. Und oben in der Konditorei konnten sie immer zur selben Zeit mit denselben Gebäckstücken rechnen: zuerst Frühstücksplunder, dann Torten und zuletzt

Baumkuchen, Baumkuchenspitzen, Plätzchen, Pralinen, Konfekt oder kandierte Früchte, je nach Saison und Bedarf. Wie ein gut geöltes Uhrwerk lief alles.

Nur einen gab's, der den erprobten Plan des Meisters, Gott hab ihn selig, oft störte – Gustl, der Sohn des Hauses. Er meinte wohl, in der Fremde die Weisheit mit dem großen Löffel gegessen zu haben. Ständig kam er mit neuen Ideen, die alles durcheinanderbrachten. Wie gestern beispielsweise: Zwetschenkuchen war auf dem Plan gestanden. Seit eh und je buken sie im *Café Buchwald* Zwetschenkuchen mit Rührteig, weil die Kunden danach verlangten und weil er schneller herzustellen war als der Hefeteig. Gustl aber hatte bestimmt, den Kuchen mit dünnem Hefeteig zu backen. Natürlich schmeckte der auch gut, zugegebenermaßen vielleicht sogar besser – aber eben nur, wenn er ganz frisch aus dem Ofen kam. Schon am nächsten Tag hatte sich der Teigboden mit dem Saft der Zwetschen vollgesogen, und die Teile waren matschig. Letztendlich hatten sie Dutzende übrig gebliebene Stück zu Auguste in die Küche gebracht, die sie nach dem Mittagessen auf den Tisch gestellt hatte.

Fritz faltete den Plunderteig, drückte ihn, faltete und drückte wieder mit aller Kraft und walkte ihn aus. Er zog feine Quer- und Längslinien mit dem Messer. Vor lauter Ärger über Gustl drückte er stärker als nötig ins Brett, die Teigfelder bekamen scharfe Kanten. Diese Verschwendung, die sich durch Gustls Fehlplanung immer wieder ergab, regte ihn einfach auf.

Neulich hatte Gustl angeschafft, die Prise Salz auf eine Schüssel Baumkuchenteig zu verdoppeln. So hätte er es bei seinen Verwandten in Breslau gelernt. Fritz solle es nur probieren, hatte er gemeint, das Ergebnis würde ihn schon überzeugen. Nur weil Gustl auch nach langer Diskussion keinen Millimeter von seiner Position abgewichen war, hatte Fritz schließlich widerwillig, aber doch nachgegeben. Wie ein einfacher Lehrling war er sich vorgekommen, dabei stand er kurz vor der Meisterprüfung, genau wie Gustl. Nun ja, vielleicht war der Geschmack des fertigen Baumkuchens mit dem Mehr an Salz tatsächlich noch etwas intensiver geworden. Andererseits hatte der buchwaldsche Baumkuchen auch seinen guten Ruf, weil er eben genau so war, wie er war, und das seit eh und je. In der überlieferten Rezeptur wurde er sogar ins Schloss verkauft. Warum sollte man sie also verändern?!

Er schob das Gebäck ins Rohr. Nein, er konnte es gar nicht leiden, wenn Gustl mit irgendwelchen Verbesserungsvorschlägen daherkam. Was ihn noch mehr störte, war, dass er sich als Chef aufspielte und meinte, er wäre unfehlbar. Das war er nämlich keineswegs. Im Gegenteil. Seine Vorratshaltung und Einkaufsstrategien waren katastrophal. Letzte Woche war sogar der Zucker ausgegangen, nur weil Gustl den Lieferanten, der immer montags kam, aus einer Laune heraus einfach weggeschickt hatte. Wahrscheinlich war er nur zu faul gewesen, den Vorratsstand zu überprüfen. Keine zwei Tage später war der Zuckertopf dann leer gewesen, und danach war es natürlich Fritz, der die unnötige Fahrt zum Händler auf sich nehmen und stundenlang mit Zange, Beil und Mörser den neuen Zuckerhut granulieren musste – wo er doch stattdessen tausendmal lieber Buttergebäck oder Nusshörnchen gebacken hätte. Und Gustl?! Der hatte nur neunmalklug im Vorbeigehen gesagt, dass es fürs Granulieren neuerdings eine Maschine gäbe. Aber bis er sich um die Anschaffung einer solchen kümmerte, würde wohl noch viel Wasser die Spree abwärtsfließen.

Buttriger Duft vermischte sich mit zartbitterem Schokoladenaroma und durchzog die Backstube. Fritz sog ihn ein, der Wohlgeruch stimmte ihn milder. Was sollte der Ärger. Er beschloss, sich den Kastanientorteletten, einer saisonalen Spezialität, zu widmen, das hatten Gustl und er Anfang der Woche so festgelegt. Wenigstens waren die Maronen neulich geliefert worden, den Lieferanten hatte er kommen sehen. Bestimmt lagerte der Sack in der Vorratskammer.

Er ging in die Kammer und suchte den Jutesack. Sie war übervoll. Im obersten Fach lagerten Materialien, die sie kaum brauchten: Selten benötigte Behälter und besondere Formen beispielsweise. Am Rand lehnte auch ein uraltes Buch zwischen Wand und ineinandergestapelten Kupferschüsseln. Der Meister hatte einmal erwähnt, dass es das alte Rezeptbuch seines Vaters wäre. Seit jeher lehnte es unbeachtet in der Ecke, es war schon völlig verstaubt. Sie hatten es nie zurate gezogen, denn sie wussten alle Rezepte auswendig, und das Wissen gaben sie mündlich an die Lehrlinge weiter.

Im nächsten Regalfach standen die Behälter mit den teuren Gewürzen: Nelken, Zimtstangen und kostbare Vanilleschoten. Daneben befand sich auch der blaue Tiegel mit der von ihnen hergestellten Gewürzmischung für Baumkuchen. Regelmäßig hatte der Meister sie gemischt, mit viel Schnuppern und Riechen und Dosieren. Genauso machte Fritz es, seit der alte Patron nicht mehr lebte: Zimt, Nelken, Kardamom und alles, was noch dazugehörte, streute er nach Gefühl in eine Schüssel, und erst, nachdem er das Aroma mit dem Restbestand im blauen Tiegel verglichen hatte, vermengte er das neu gemischte mit dem vorhandenen Pulver. Zum Glück war er es, der diese heikle Aufgabe ganz selbstverständlich übernommen hatte. Seiner eigenen Nase vertraute er mehr als Gustls, Emmas oder womöglich der von Felix. Daneben, gerade noch in Reichweite, standen die Flaschen mit verschiedenen Spirituosen, Orangenlikör und Jamaikarum beispielsweise. Kostspielige Spezialitäten waren das, die Buchwalds Kuchen besser und feiner machten als die der Konkurrenz. Ganz besonders der Jamaikarum – kein anderer Konditor verwendete diese sündhaft teure Importware, höchstens Kopien inländischer Hersteller.

Beim Anblick der Flasche mit dem exotischen Rumetikett stutzte Fritz. Erst gestern hatte er einen Schuss davon in eine Schale gegossen, um Rosinen darin zu tränken. Ihm war, als wäre der Pegel ungefähr beim oberen Rand des Etiketts gestanden. Jetzt aber war kaum mehr eine Handbreit Rum in der Flasche. Merkwürdig. Doch wer sollte ausgerechnet Jamaikarum klauen? Vermutlich täuschte ihn die Erinnerung, denn da gab's doch wahrlich gängigeren Alkohol im Haus. So wie Wein oder Birnenschnaps.

Den Jutesack mit den Kastanien fand er schließlich auf dem Boden zwischen den Mehlsäcken. Als er ihn hervorzog, ärgerte er sich schon wieder: Das waren bestimmt mehr als zwanzig Pfund Edelkastanien, die Gustl da eingelagert hatte – wesentlich mehr, als sie für die Torteletten benötigten. Niemals würden sie die kompletten zwanzig Pfund verwerten können, auch wenn sie Hunderte Torteletten buken, Maronen glasierten, in Schokolade tunkten und den Überschuss in die Dependance lieferten. Während er die Früchte inspizierte, entfuhr ihm ein verärgerter Pfiff durch die Zähne: Die meisten Schalen waren glanzlos und nicht mehr fest mit den Früchten verbunden. Es war alte Ware, die Gustl da eingekauft hatte, die Hälfte unbrauchbar. Eine Schande war das. Wutschnaubend sortierte Fritz die guten Maronen aus. Der Rest war wurmig und alt, weder zum Glasieren noch zum Backen geeignet, gerade noch gut genug, um sie an Tiere zu verfüttern. Früher, als der Meister noch gelebt hatte, war ihm die Arbeit wahrlich leichter von der Hand gegangen, da waren nämlich alle Zutaten stets reichlich, jedoch nicht übermäßig, und in bester Qualität vorhanden gewesen.

Er nahm eine kleinere Schüssel, legte einige der aussortierten Kastanien hinein, begoss sie zum leichteren Schälen mit Wasser und stellte sie beiseite.

Während er den Mürbteig zubereitete, fiel ihm wieder ein, dass ein langer Feierabend bevorstand. Muttchen hatte sich vom letzten Schlaganfall erholt, sie konnte sogar wieder stopfen, und Willy kümmerte sich inzwischen rührend um sie. Nur unangenehme Angelegenheiten wie Kohlebriketts anschaffen, den Müll entsorgen, das Stopfgeld eintreiben – die blieben immer bei Fritz.

Stunden später waren die Kastanientorteletten mit Schokoladenglasur überzogen und oben abgeliefert. Die Backstube war aufgeräumt und geputzt, die Lehrlinge für das Wochenende entlassen. Fritz ging in seine Schuppenkammer, wechselte die Hosen, nahm das Jackett vom Haken, bürstete es aus und schlüpfte hinein. Vielleicht könnte er den Vieruhrzug erwischen, dann hätte er noch ein wenig Zeit, um durch die Berliner Avenuen zu bummeln, bevor er heim zu Muttchen ging. Er begann, leise vor sich hin zu pfeifen: *Im Grunewald, im Grunewald ist Holzauktion …*

Er ging durch den Hof, seitlich am Haus vorbei, und war schon fast auf dem Trottoir, als ihm einfiel, dass er die Wollkappe in der Backstube vergessen hatte. Er lief zurück, immer zwei Stufen nehmend in die Backstube hinab, fand die Kappe gleich und erklomm wieder die Stiegen. Kurzerhand beschloss er, verbotenerweise den Weg durch die Konditorei auf die Straße zu nehmen, und querte den Gastraum.

»Schönen Feierabend, Fritz!«, rief ihm die Frau Patronin auf einmal hinterher.

»D…danke … schönes Wochenende auch«, erwiderte er und wurde rot bis in die Ohrspitzen. Er hatte die große Eingangstür schon vor Augen und die Patronin nicht bemerkt.

»Fährst du wieder nach Berlin?«

Er war gezwungen, innezuhalten und sich der Frau Patronin zuzuwenden. Die stand mit Frida und dem neuen zweiten Serviermädchen hinter der Theke. Frida zwinkerte frech, aber er hatte jetzt keine Zeit für ihre Spielchen. Vielmehr hatte er Angst vor der Rüge der Frau Patronin.

»Zu meinem Muttchen.«

»Ist recht so. Du bist ein guter Sohn, das ist mir schon aufgefallen.« Die Patronin schien ungewohnt gesprächig zu sein und hatte ihm anscheinend nicht übel genommen, dass er durch den Gastraum gelaufen war.

»Danke.« Jetzt, endlich, wollte er zur Tür hinaus und schnellstens zum Bahnhof, aber da hob die Patronin wieder an:

»Warte.« Sie trat hinter der Theke hervor und kam auf ihn zu. »Ich wollte dir schon länger etwas sagen.«

Fritz stand da wie angewurzelt, seine Kappe in der Hand. Die Patronin in ihrem hochgeschlossenen schwarzen Kleid baute sich so dicht vor ihm auf, dass er zum ersten Mal zarte Falten um ihre Mundwinkel sah. Seine Hoffnung auf einen gemütlichen Bummel Unter den Linden verpuffte gerade.

»Deine Kastanientorteletten sind ein Gedicht!« Sie lächelte ihr zaghaftes Lächeln, das seit dem Tod des Patrons noch spärlicher geworden war. »Überhaupt machst du dich in der Backstube sehr gut.« Ihre Stimme war leise – als wollte sie nicht, dass die beiden Mädchen sie hörten. Sie sah ihm geradewegs in die Augen, und die kleinen Fältchen rund um ihre Mundwinkel verschärften sich.

Verlegen drehte Fritz die Kappe zwischen den Fingern. Die Frau Patronin hatte eine Art, die ihn immer verunsicherte. Worauf wollte sie hinaus? Womöglich würde sie ihn doch fürs Durchlaufen tadeln.

»Unter uns gesagt«, fuhr die Frau Patronin aber unerwartet

freundlich fort. »Ich glaube, kaufmännisch und organisatorisch bist du geschickter als mein Sohn.«

Verlegen blickte er zu Boden. Wie gut, dass er die Kappe in der Hand hatte, sonst hätte er nicht gewusst, wohin mit den Händen. Dass sie so offen über Gustl sprach, war ihm peinlich. Und die Hoffnung, den Vieruhrzug noch zu erwischen, wurde noch kleiner.

»Was ich sagen wollte …«, ihre Stimme war fast tonlos, »also …« Sie räusperte sich. Dann kam es flüsternd: »Nun ja … falls du dich für Emma erwärmen solltest … Ich habe gesehen, dass ihr recht vertraut miteinander seid … Ich wollte dich wissen lassen, dass ich nichts dagegen hätte.«

Fritz schluckte. Die Kappe fühlte sich schrecklich kratzig an zwischen den Fingern.

»Verstehe«, brachte er irgendwie hervor.

»Dann ist's ja gut.« Ihre Stimme hatte den normalen Tonfall wieder angenommen. »Also, ich wünsche dir noch mal einen schönen Feierabend.« Sie machte auf dem Absatz kehrt in ihrer martialischen Art und ging zurück zu ihrem Platz hinter der Theke.

Diese erschien Fritz auf einmal wie eine undurchdringliche Barriere. Zumindest im Moment nahm sie ihm jegliche Fähigkeit zum Denken. Er setzte die Kappe auf den Kopf und verließ fast fluchtartig die Konditorei. Das Glöckchen bimmelte, während er die drei Stufen hinunter auf die Straße rannte. »Verstehe«, war ihm zwar über die Lippen gekommen, aber in Wahrheit musste er die Worte der Frau Patronin erst einmal verdauen. Emma und er – sie waren seit Kindheitstagen gute Gefährten, doch nicht mehr!

19

Den Vieruhrzug verpasste Fritz natürlich, der Stadtbummel war damit gestorben. Als er endlich im späten Zug nach Berlin saß, brausten die verfallenen Hütten der Taglöhner im Halbdunkel vorbei, ebenso schnell, wie die Gedanken durch seinen Kopf wirbelten.

Sie hätte nichts dagegen, hatte die Patronin gesagt, wenn Emma und er … Diese Idee war bisher völlig unrealistisch gewesen. Ja, vielleicht hatte er in Tagträumen manchmal damit gespielt, aber er hatte doch nie ernsthaft in Erwägung gezogen, Emma auf romantische Weise näherzukommen. Unantastbar und unerreichbar war sie immer gewesen, schon allein deshalb, weil sie die Tochter des Herrn Patrons und der Frau Patronin war. Und jetzt hatte die Patronin selbst diesen absurden Gedanken von Wolkenkuckucksheim in die Wirklichkeit befördert. Emma und er … Dann wäre er ja eines Tages *Patron* – gleichberechtigt mit Gustl!

Die Bemerkung der Patronin hatte ihn in hellste Aufregung versetzt. Die Gedanken überschlugen sich. So schnell wie möglich würde er die Meisterprüfung ablegen. Er könnte die Vorratshaltung und den Einkauf übernehmen, Engpässe wie letzte Woche mit dem Zucker würden dann bestimmt nicht mehr passieren. Nie mehr müsste er sich wie ein Lehrling behandeln lassen. Wolkenkuckucksheim war auf einmal in Reichweite.

Aber da war noch Emma. Ohne sie würde die Rechnung nicht aufgehen. Fritz kannte sie, seit sie vierzehn waren. Man könnte sagen, sie seien gemeinsam aufgewachsen – beinahe geschwisterlich. Sie teilten Begeisterung und Sorge für die Backstube und die Konditorei – und waren gute Freunde. Aber könnte mehr sein zwischen ihnen beiden? Emma war ein hochfliegender Geist, willensstark und besaß ihren eigenen Kopf. Er hatte auch immer gedacht, dass sie von der großen Liebe träumte. Aber gab's die überhaupt? Hatten sich vielleicht wegen des Todes des Patrons ihre Ansprüche ans Leben geändert? Wusste sie von den Ideen der Frau Patronin? Oder hatte sie gar selbst die Patronin zu dieser Bemerkung angestiftet? Wie sollte er alles verstehen? Wie würde Emma wohl reagieren, wenn er versuchte, ihre Freundschaft auf eine neue, andere Ebene zu stellen? Der Schädel surrte ihm vor lauter Denken.

Das Quietschen der Bremsen riss ihn aus seiner Grübelei. Der Zug hielt an, und er machte sich auf den Weg zum Ausstieg, schwang sich über die Griffstange vom Waggon auf den Bahnsteig und drängte mit der Menge in Richtung Ausgang.

In den neu angelegten Straßen hinter dem Bahnhof warfen die Straßenlaternen gelbe Lichtkegel auf das Trottoir. Fritz passierte die endlosen Mauern der Mietskasernen. Damals, als er als Vierzehnjähriger zum ersten Mal in den Zug nach Cottbus gestiegen war, standen hier noch zahlreiche Bretterbuden. Jetzt säumten mächtige Fassaden fünf Stockwerke hoch die Gasse und verfinsterten den Himmel. Von außen sahen sie ja recht ordentlich aus, diese Wohnblocks, in denen die Arbeiter aus den nahen Fabriken lebten. Solider und fortschrittlicher als die elenden Barackenbuden waren sie wohl allemal. Überall und immer gab's Veränderungen, kam es ihm. Und warum sollte sich sein Leben nicht auch zum Besseren wenden? Vielleicht meinte es das Schicksal tatsächlich so gut mit ihm?

Zwei Ecken weiter, wo noch immer ein paar alte Buden standen, die Leute wie sein Vater mit eigener Muskelkraft aus gesammeltem Altmaterial errichtet hatten, war es mit dem Straßenpflaster vorbei. Der Weg durch den Sand war dreckig, und natürlich gab's keine Straßenbeleuchtung. Obwohl er die Ecke hinter dem Kottbusser Tor wie seine Westentasche kannte, war er dankbar für das schummrige Licht, das aus den schiefen Fenstern die Pfützen schimmern ließ. Dritte Bude links … Endlich. Er öffnete die Holztür, die einmal grün gestrichen gewesen war. Eine Öllampe hinten im Raum gab ein wenig Licht.

»Tag, Muttchen!«

»Meen Fritzchen«, kam es statt ihrer üblicherweise erfreuten Antwort matt und ungewöhnlich lustlos. Fritz war sofort beunruhigt. Bestimmt gab's wieder ein Problem. Was es wohl diesmal war?

»Tagchen.« Das war Willy. Er lehnte nicht wie normalerweise salopp an einer Wand, sondern stand neben Muttchen und hielt ihre Hand. »Du kommst jrade recht.«

»Warum? Wat gibt's denn?«

»Den hat heute Morjen eena unter unsere Tür jeschoben.« Willy hielt ihm einen Zettel hin.

Fritz ging näher zur Lampe und überflog die kompliziert formulierten Zeilen. Die letzten, fett gedruckten, stachen ihm ins Auge: »… fordern wir Sie auf, binnen vierzehn Tagen die illegal errichteten Quartiere zu verlassen, andernfalls wir das Terrain behördlich räumen lassen.«

Das Schreiben bedeutete das Ende der Bretterbude. Das Ende ihres Zuhauses.

»Dit is 'ne Katastrophe!« Willy, der sich inzwischen neben Muttchen an den Tisch gesetzt hatte, war hochrot im Gesicht, seine oft zur Schau gestellte Nonchalance verschwunden. »Wie soll ick so schnell een Bette für sie finden?« Erregt raufte er sich die Haare. »Und blechen?!« Seine Stimme hatte einen Kreischton angenommen.

Eine Riesenlast legte sich auf Fritz' Schultern. Nur auf seine, denn bei der Lösung von derartigen Lebensproblemen war Willy nie eine Hilfe gewesen. Er war zart wie eine Pusteblume im Sommerwind. Stärkeren Stürmen hielt er nicht stand. Außerdem musste er sich immerzu verstecken. Fritz drehte den Zettel um. Das Ganze war unterschrieben mit Konrad Kolte Terraingesellschaft.

Willy griff nach seiner Zigarettenpackung, entzündete eine, und mit wenigen Zügen hüllte er die Bude in eine beißende Tabakwolke. Muttchen hustete.

»Ick geh mal Wasser holen«, sagte Fritz und nahm den Kübel. Er musste raus. Er brauchte Luft.

20

Lotti schwebte auf einer rosaroten Wolke. Puffig, fluffig und samtweich war sie. Wie Zuckerwatte. Und Fritz schwebte direkt auf sie zu. Undeutlich war er noch in der Ferne, aber sie konnte ihn erkennen, im blütenweißen Konditorenhemd mit den schwarzen Knöpfen. Die Ärmel trug er hochgekrempelt, die Arme breitete er weit aus … hach, wie schön er war! Seine Umrisse wurden immer deutlicher. Einfach umwerfend sah er aus. Er nickte ihr zu, lächelte sie an. Dann war er ganz nah, er roch nach Mehl und Zucker und Schokolade und Vanille und Marzipan. Wie wunderbar – sie wollte in seinen Armen versinken …

»Aufstehen!« Fridas Stimme. Sie passte nicht, hörte sich ganz falsch an. »Raus aus den Federn!« Bissig und erbarmungslos war sie. Die rosarote Wolke … sie war nur ein Traum gewesen. Und schon ins Nichts verschwunden. Stattdessen waren das quietschende Bett, die harte Matratze, das durchgelegene Kissen und die abgewetzte Schranktür da.

»Waschtag ist!« Frida warf Lotti das grobe Arbeitskleid hin.

Jeden Dienstag mussten sie noch früher raus als an anderen Tagen, zu nachtschlafender Zeit. Und die Aussicht auf das, was bevorstand, war unerfreulich – wie auch die Stimmung im Haus. Seufzend zog sich Lotti die Decke über den Kopf. Sie wollte nicht aufstehen. Sie wollte die Tatsache, dass Dienstag war, nicht wahrhaben. Schon gar nicht wollte sie Fridas zickige Stimme hören.

»Ich werd's der Patronin petzen, wenn du nicht sofort aufstehst!«

So eine Gemeinheit! Aber sie war Frida zuzutrauen, und die Frau Patronin schimpfte schnell. Also riss sich Lotti zusammen und schwang widerwillig die Beine auf den Boden. Eiskalt war er. Zähneklappernd kleidete sie sich an, dann stapfte sie die schmale Treppe in die Küche hinunter. Auguste hatte schon Tee, Brot und Butter auf den Tisch gestellt, und im Herd brannte ein Feuer. Wie gut, dass es Auguste gab.

Mittlerweile dämmerte es, und die Umrisse des Schuppens, des Brunnens, des Kirschbaumes erschienen vor dem Küchenfenster. Lotti ging in den Hof und holte den Handwagen mit dem Wäscheklopfer, dem Waschbrett und dem großen Bottich. Frida stellte den großen Weidenkorb mit der Schmutzwäsche obenauf.

Dann gingen sie zum Mühlgrabenwasser. Der Handwagen war schwer und ließ sich kaum über den Schotter ziehen, Lotti brauchte alle Kraft dafür. Sie warf einen bitterbösen Blick in Fridas Richtung: Nicht, dass die Ältere auf die Idee gekommen wäre, mitanzupacken. Nein, die fühlte sich als was Besseres, weil sie als Erstes Stubenmädchen sogar in der Konditorei servieren durfte. Locker baumelte ein Körbchen an deren Handgelenk. Leichten Fußes und ein Lied summend spazierte sie zur Waschbank, als ginge sie in den Feierabend, während sich Lotti mit dem schwer beladenen Handwagen abmühte. Die blöde Kuh – wie sehr Lotti sie verabscheute. Wenn Frida nur ein klein wenig netter wäre, könnte der Waschtag so viel angenehmer sein. Sie könnten plaudern und singen, anstatt sich giftig anzuschweigen.

Endlich hatte sie den Handwagen über die Straße und die Wiese bugsiert. So nah am Wasser war es noch kälter als im Haus, sie zog ihre Strickweste fester zu. Während Frida noch immer ungeniert vor sich hin summte, breitete Lotti die Gerätschaften aus, nahm das oberste der zahllosen Tischtücher und begab sich damit auf die Bank hinunter. Das Wasser war eisig. Und lauter Flecken waren im Tischtuch, Sahne, Schokolade, Himbeermarmelade … Da hatten die Gäste aber ordentlich gepatzt, wahrscheinlich waren es ungezogene Kinder gewesen. Sie bürstete Seife ein, schrubbte auf dem Brett, bis alle Flecken weg waren. Ihre Finger wurden klamm von der Kälte. Dann wusch sie das Tischtuch im Mühlgrabenwasser aus – während Frida, noch immer vor sich hin summend, gemütlich mit zwei Fingern eine kaum gebrauchte Serviette im Wasser schlenkerte.

Endlich war das Tischtuch sauber gespült. Lotti hängte es über die Leine und nahm das nächste. So viele Tischtücher hatte sie noch vor sich … mit vielen Kaffeeflecken. Die waren besonders hartnäckig.

Während sie mit aller Kraft das nächste Tischtuch schrubbte, wanderten ihre Gedanken wieder zum rosaroten Traum, der sie diese Nacht so glücklich gemacht hatte. Er war wahrlich angenehmer als die bissige Kuh neben ihr. Wie schön war er gewesen … Fritz … Wenn er doch nur im wirklichen Leben Augen für sie hätte. Hach! Lotti breitete das Tischtuch auf der Wiese aus, begoss es mit der Gießkanne, wrang es ein letztes Mal aus und hängte es auf die Leine zum anderen.

»Iiih! Du glaubst doch nicht, dass das sauber ist!«, schimpfte Frida. In ihrer kratzbürstigsten Art.

Lotti platzte der Kragen.

»Pudel dich doch nicht so auf! Wo siehst du noch einen Fleck? Da ist kein einziger!«

Die Kuh beäugte das Tischtuch von allen Seiten.

»Da! Kaffee!«

Lotti ging näher hin. »Da braucht man aber Luchsaugen. Sauberer geht's nicht, sag ich dir!«

Frida zog das Tuch von der Leine und warf es in den Bottich zur Schmutzwäsche. »Sei ja nicht frech! Wenn ich sage, das gehört noch sauberer gewaschen, dann ist das so. Eine Bauerngöre wie du hat keine Ahnung. Du hast zu gehorchen.«

»Dir gehorchen – phh! Dass ich nicht lache. Waschen muss ich, ja. Aber du auch!« Lotti zeigte aufs Lavoir. »Während ich alle Tischtücher geschrubbt habe, hast du gerade einmal vier Servietten geschafft.« Sie schäumte.

»Bauergöre! Und den Kopf in luftigen Höhen! Denkst du vielleicht, ich weiß nicht, dass er dir gefällt?« Breitbeinig stand sie da. »Aber ich sag dir was: Bei dem hast du keine Chance, Kindchen!«

Lotti schoss das Blut in den Kopf. Gleichzeitig konnte sie den Blick nicht von Fridas wohlgeformtem Busen nehmen, der unter der Schürze bebte. Er war so üppig, dass er das Oberteil spannte.

»Lächerlich!«, fuhr Frida fort. »Einfach lächerlich, dass du dir einbildest, Fritz könnte Augen für dich haben. Du bist ja noch nicht einmal trocken hinter den Ohren. Ein Backfisch bist du, nichts weiter!«

Lottis Wangen glühten, und ihr Mund war trocken wie noch nie. So viel wollte sie sagen, um Frida endlich die Stirn zu bieten, aber sie konnte nicht. Mundtot war sie, ihre Lippen formten kein Wort. Mit Zornestränen in den Augen bückte sie sich, holte das Tischtuch aus dem Bottich, seifte es ein und schrubbte es erneut. Verschwommen nahm sie Frida wahr, die vor ihr stand und jeden ihrer Handgriffe beobachtete: Wohlgeformt war sie, die Hände auf die Hüften gestemmt und das schwarz glänzende Haar adrett aufgesteckt. Natürlich hatte die

Kuh recht: Niemals auch nur die geringste Chance hatte sie bei Fritz mit ihren blonden Mädchenzöpfen.

Lotti kniff die Lippen zusammen. Sie sollte am besten einfach nur ihre Arbeit machen. Gegen Frida konnte sie nicht ankommen. Aber träumen konnte sie. Träume konnte ihr die blöde Kuh nicht nehmen, mitnichten! Und ganz so war es ja nicht, dass Fritz sie gar nicht bemerkte: Wenn es wirklich wichtig war, dann rief er ja doch nur nach ihr. So wie damals, als der selige Herr Patron den Herzanfall gehabt hatte.

»Es ist ungerecht, dass ich die ganze Wäsche allein waschen muss«, rutschte es plötzlich aus ihrem Mund. »Du hast genauso anzupacken, hat die Frau Patronin gesagt.«

»Haha, verpetz mich doch«, blaffte Frida zurück.

Lotti warf die Zöpfe zurück und biss sich auf die Zunge. Es hatte ja doch keinen Sinn, sie kam gegen Frida nicht an.

Bis Mittag waren alle Tischtücher, Servietten, Bettlaken und Wäschestücke der Familie gewaschen, gespült und auf die Leine gehängt. Sicherlich drei Viertel davon hatte Lotti gewaschen. Schweigend folgte sie Frida zurück ins Haus, und ihre Füße wogen dabei schwer wie Kohlekannen vor lauter Erschöpfung.

Gut war nur, dass Auguste schon mit dem Essen wartete. Saftige Knacker mit Klößen gab's. Am Nachmittag, wenn sie die trockene Wäsche von der Waschbank holten, wollte sie ihren Mund halten, nahm Lotti sich wieder vor, und allen Ärger über Frida hinunterschlucken. Das Leben war leichter so.

21

Felix war puterrot im Gesicht vor Anstrengung, Schweiß tropfte von seiner Stirn.

»Es ist die letzte Teigschicht, also pass gefälligst auf!«, schimpfte Fritz ihn. Ungerechterweise, wie Emma fand. »Wenn der Kuchen von der Walze fällt, ist alles kaputt. Das ist dann allein deine Schuld!« Sie warf Fritz einen bösen Blick zu, denn der Junge gab sein Bestes. Fritz war nur schlecht gelaunt, und Felix bekam's ab.

Nach dem Mittagessen, das sie freudlos mit Mutter, Gustl und Benji im Speisezimmer eingenommen hatte, war sie in die Backstube gekommen, weil sie sich nach Ruhe gesehnt hatte, und jetzt war sogar hier schlechte Stimmung. Überall im Haus war es seit Vaters Tod ungemütlich geworden.

»Gleich haben wir's«, brummte Fritz, während der Teig auf der Walze, die Felix vor dem Feuer drehte, langsam eindickte und anbräunte, und hatte, wie sie meinte, nicht mehr ganz so grantig wie zuvor geklungen. Vielleicht war es aber gar nicht schlechte Laune, die er hemmungslos auslebte, sondern mürrisches Ermahnen, weil dieser Kuchen einfach perfekt werden musste. Immerhin war er für die Geburtstagsfeier von Prinzessin Victoria Louise bestimmt und musste morgen ausgeliefert werden. Nicht auszudenken also, wenn er tatsächlich von der Walze fiele.

Er duftete herrlich. Emma sog das Aroma von Zucker, Mandeln und der speziellen buchwaldschen Gewürzmischung ein. Wenn man, so wie sie, im Großen und Ganzen wusste, was sie enthielt, konnte man Kardamom, Zimt und einen Hauch von Muskatnuss herausriechen. Das besondere Gemisch dieser Aromen beförderte sie normalerweise immer in eine andere Welt – in den Kosmos der sinnlichen Genüsse, wo es keine Sorgen gab. Als Vater noch lebte, hatte sie ihn nur kurz schnuppern müssen, und schon war die Welt in Ordnung – egal, wie sehr sie vorher aus dem Lot gewesen sein mochte. Nur in letzter Zeit wollte sich dieses wohlige Gefühl nie mehr einstellen.

»Kannst du rühren?«, rief Fritz einigermaßen freundlich und deutete mit dem Kopf in Richtung Herd, wo Aprikosenmarmelade in einer Kasserolle leise vor sich hin blubberte.

»Klar.« Emma sprang hin. Der Dampf roch nach den süßen Früchten.

»Aha … wird schon«, murmelte er und meinte wohl die letzte Kuchenschicht auf der Walze. »Hilf mir mit der Aprikotur.« Emma reichte ihm die Kasserolle. Er tauchte einen Pinsel ein und bestrich den noch heißen Teig.

»Jetzt lassen wir ihn trocknen.« Er drückte Felix eine Schüssel und einen Schneebesen in die Hand.

»Derweil bereiten wir die Zuckerglasur vor. Staubzucker mit einem Schuss Wasser, du weißt schon. Dann schlagen, bis kein einziger Brocken mehr zu sehen ist, verstanden?!«, befahl er dem armen Jungen schroff – und Emma war ernüchtert. Kurz hatte sie gedacht, Fritz hätte seine ausgeglichene Art wiedergefunden, aber Felix musste erneut seinen Kopf hinhalten.

Wahrscheinlich sollte ich mich um meine eigenen Arbeiten kümmern, dachte sie. Den ganzen Vormittag hatte sie sich darauf gefreut, diesen besonderen Baumkuchen für die Prinzessin, den Fritz gerade buk, optisch zu veredeln und zu verpacken.

Vier Jahre wurde die kleine Tochter von Kaiser Wilhelm alt. Emma wusste schon genau, wie sie den Kuchen dekorieren wollte: Verschieden große, pudrig blaue Marzipanherzen würde sie auf die zartweiße Puderzuckerglasur kleben und danach etwas Goldstaub darüberstreuen. Märchenhaft sollte er aussehen, wie aus *Tausendundeine Nacht*. Die Spanholzkiste wollte sie mit Seidenpapier auslegen, die obere, kleinere der beiden Öffnungen des Kuchens mit blütenweißem Spitzenpapier und mit hellblauen Schleifen verzieren. Wie gut, dass sie damals im Sommer die Firma Kunze gefunden hatte, die Dekomaterial inzwischen in Mengen lieferte.

»Was macht der Zuckerguss?«, bellte Fritz in Richtung Vorratskammer, wo Felix war. »Wie lange brauchst du denn noch?! Der Teig muss noch warm sein, das weißt du doch!«

Felix erschien in der Tür, die Konditorenmütze schief auf dem Kopf. »Ich kann den Puderzucker nicht finden.«

»Wie kann das sein?! Ich habe doch erst gestern welchen gestampft!«

»Der Juniorchef. Er hat ihn heute Morgen aufgebraucht … für die Petit Fours.«

Fritz knallte die Kupferform, die er gerade von der Wand geholt hatte, auf die Arbeitsfläche. O Gott, dachte Emma. Schon wieder kamen sich Gustl und Fritz in die Haare. Es lief einfach nicht rund zwischen den beiden, ständig gab es Zwist und Misstöne. Sie drückte sich gegen die Wand, um Fritz Platz zu machen, und er stürmte vorbei in Richtung Vorratskammer. Der Mörser und der Stampfer schepperten, als er sie aus dem Regal holte, den Zuckerhut dazu. Er stellte alles auf den Tisch und begann, schnaubend und mit aller Kraft Brocken zu zerstoßen und den Zucker zu mörsern. Fritz war sauer, das war offensichtlich, sie konnte es ihm kaum verdenken. Nur im Umgang mit ihr nahm er sich zusammen, das war ihr aufgefallen.

Emma schlüpfte in die Vorratskammer, um schon mal Verpackungsmaterial für den Kuchen zu holen: eine der längsten Spanschachteln, unzählige Bögen Seidenpapier und hellblaue Schleifen.

In diesem Moment stürmte Frida in die Backstube.

»Ich muss dich unbedingt sprechen!«

Die Haare unter ihrem weißen Häubchen waren zerzaust, ihre Schürze verrutscht – das Mädchen, das normalerweise in der Backstube nichts zu suchen hatte, schien völlig aus dem Häuschen.

»Was ist denn?« Vorsichtig knüllte Emma einen Bogen Seidenpapier zusammen und legte die Schachtel damit aus.

»Entschuldige, dass ich hier hereinplatze. Aber ich kann die Frau Patronin nicht finden – und … ich muss etwas sagen.« Frida rang nach Luft.

»Du musst dich nicht entschuldigen. Du kannst immer zu mir kommen, wenn's was gibt. Das weiß du doch. Also raus mit der Sprache.«

Frida glättete ihre Schürze.

»Das geht einfach nicht weiter so. Lotti tut nie, was ich ihr aufgebe. Sie gehorcht mir nicht. Gerade habe ich ihr angeschafft, Kohlen in die Öfen zu füllen, damit wir heute Abend, falls es zu kalt wird, einheizen können. Es wäre ja schlimm, wenn die Frau Patronin, der Juniorchef, Benji oder du frieren müsstet. Und was tut Lotti? Nichts! Nur eine freche Antwort gibt sie!«

»Wie was?«

»Dass ich es selber machen soll. Dabei habe ich wahrlich anderes zu tun. Ich bin doch Erstes Stubenmädchen. Die Frau Patronin hat mir angeschafft, in der Konditorei die Tische zu decken. Du musst ein Machtwort mit Lotti sprechen. Dass nämlich *sie* für die Öfen zuständig ist, nicht ich.«

»Nun ja, eigentlich seid ihr beide zuständig. Aber wenn du gerade in der Konditorei gebraucht wirst, soll natürlich sie die Öfen machen.«

»Sag ich doch. Einfach nicht gefällig ist sie, die …«

»Lass gut sein, Frida. Was ich gesehen habe, ist sie fleißig und kommt allen Arbeiten nach.«

»Vor der Herrschaft zeigt sie sich so. Das ist typisch. Aber ich trau ihr keinen Fingerbreit über den Weg. Ein hinterhältiges Luder ist sie in Wahrheit, diese scheinheilige Kleine.«

»Das will ich nicht gehört haben. Hör auf zu petzen. Du bist die Ältere, und es liegt an dir, dass ihr euch vertragt. Wegen der Öfen werde ich bei Gelegenheit mit ihr reden.«

»Bei Gelegenheit – phh! Und wer macht *jetzt* die Öfen?«

»Gut, ich werde gleich mit Lotti sprechen, sobald ich hier fertig bin. Und du mach dich wieder an deine Arbeit.«

Frida knickste, zupfte nochmals ihre Schürze zurecht und warf einen kecken Blick in Richtung Fritz, der Emma nicht entging. Dann stieg sie wieder die Stiege empor, so langsam, als wollte sie oben gar nie mehr ankommen.

»Was war das eben für ein Auftritt?«, brummte Fritz und stellte einen wunderschön weiß glasierten Baumkuchen auf der Arbeitsfläche ab. »Gibt's Streitereien zwischen den beiden Mädchen?«

»Offenbar. Und ich weiß nicht, was ich davon halten soll. Meiner Meinung nach ist Lotti arbeitsam und ehrlich, und ein angenehmes Wesen hat sie außerdem.«

»Das meine ich auch.«

»Ich bin froh, dass du meine Einschätzung bestätigst.«

Fritz wischte ein paar Krümel vom Tisch. »Nur mit der Ehrlichkeit ist das so eine Sache.«

Emma horchte auf.

»Wenn du mich schon so fragst und tatsächlich meine Meinung hören willst …«, begann er zögerlich, während Emma der Gedanke kam, dass es eigentlich unpassend war, ausgerechnet mit ihm die Angelegenheiten von Dienstboten zu besprechen. Aber sie hatte sonst niemanden, und er war nicht nur das Faktotum im Betrieb, sondern vor allem auch ein Freund.

»So sprich schon.«

»Also ehrlich gesagt: Vertrauen ist gut, aber Kontrolle besser.«

»Glaubst du, dass Lotti *unehrlich* sein könnte?!« Auf diese Idee war Emma bisher nie gekommen, so sehr mochte sie das Mädchen. »Gibt's womöglich einen Anlass?!«

»Na ja«, sagte Fritz. »Manchmal passieren komische Dinge. Beispielsweise scheint der Jamaikarum in der Vorratskammer zu evaporieren.«

»Was?! Der kostet ja ein Vermögen! Du täuschst dich sicher. Ich kann mir nicht vorstellen, dass Lotti davon trinkt. Sie ist doch erst vierzehn. Nie im Leben!«

»Ich weiß auch nicht, aber sag niemals nie. Rum ist süßer als Birnenschnaps, der schmeckt ihr vielleicht besser.« Fritz zuckte mit den Schultern. Dann deutete er zum Baumkuchen auf dem Tisch. »Der muss übrigens besonders schön werden. Du weißt ja, er kommt morgen ins Schloss … irgendwer wird ihn hinbringen müssen.« Er ging davon, in Richtung Backofen.

In diesem Moment fiel oben die Tür zu. Frida? Hatte sie gar das Gespräch mitangehört? Das wäre äußerst unangenehm, andererseits waren es ja keine Geheimnisse, die Emma gerade mit Fritz besprochen hatte.

22

»Ab jetzt wirst du jeden Donnerstag die Dependance und das Schloss beliefern, Emma«, hatte Mutter bestimmt. »Wir können nicht immer einfallslos das Gleiche liefern und Felix damit hinschicken. Die Schlossangestellten wollen mit einer kompetenten Person sprechen, die sie über saisonale Produkte berät, etwaige Beschwerden entgegennimmt und Preisauskünfte und Rabatte geben kann. Gustl und Fritz brauche ich aber in der Backstube, und mir selbst ist die Fahrt zu anstrengend.«

Emma war ein wenig mulmig zumute, als sie eingepfercht zwischen vielen Menschen am nächsten Morgen in der Görlitzer Bahn saß. Sie war noch nie allein nach Berlin gefahren, hatte nur ab und zu Vater begleitet. Ständig prüfte sie, ob sie alles mitführte: zwei Baumkuchen und eine große Schachtel Baumkuchenspitzen für die Dependance, die hellblau verpackte große Spanschachtel, drei Dutzend Petit Fours und ebenso viel Konfekt für das Schloss, alles verteilt auf zwei Tragetücher. Und der Gedanke, dass sie vom Görlitzer zum Schlesischen Bahnhof gehen und dort die Stadtbahn erwischen musste, machte sie ganz unruhig. Alle möglichen Gerüche im Waggon quälten sie. Zum Glück hatte sie eins der schönen, spitzenbesetzten Taschentücher dabei, das sie sich vor die Nase hielt.

Letztendlich ging die Fahrt ereignislos vorüber, und Emma lieferte die erste Ladung bei Herrn Quandt ab.

»Fräulein Buchwald persönlich! Das ist aber 'ne Überraschung!«, begrüßte er sie freundlich.

»Ich komme ab jetzt jede Woche. Haben Sie für die nächste besondere Wünsche?«

»Noch ein zusätzlicher Baumkuchen wäre gut, die Schnitten gehen schnell weg. Vielleicht einer mit Schokoguss.«

»Ich hab's vorgemerkt, wird gemacht. Bis nächste Woche also«, verabschiedete sich Emma.

Dann hatte sie nur mehr die lange Spanschachtel mit dem märchenhaften Baumkuchen für die Prinzessin und die vielen Kleinigkeiten im Tuch.

Im Zug, in den sie am Bahnhof Bellevue einstieg, herrschte ein fürchterliches Gedränge. Sie fand noch einen Platz zwischen einer alten Frau auf der einen und einem jungen Burschen auf der anderen Seite. Gegenüber weinte ein Kind auf dem Schoß seiner Mutter, daneben hielt sich ein Mann in einem staubigen Wollmantel am Haltegriff fest und kam näher, als ihr lieb war. Ein Quietschen und Rütteln war das – und ihr war wieder mulmig zumute. Noch nie hatte sie persönlich mit den Leuten vom Schloss, dem prominentesten Großkunden, verhandelt.

Am Alexanderplatz stieg Emma aus und atmete auf: Die vielen Menschen, der Lärm, der Mief der verschiedenen Ausdünstungen im engen Waggon waren fast unerträglich gewesen. Die restliche Strecke zum Schloss musste sie zu Fuß zurücklegen, aber das war ihr jetzt sehr recht.

Die Sonne schien sanft durch eine dünne Hochnebelschicht, die Luft war spätherbstlich frostig. Sie war froh um die warmen Strümpfe und den dicken Wintermantel, den sie erstmals nach dem Sommer trug.

Auf der Brücke kam sie nicht umhin, über das Geländer zu schauen: Die Spree, blaugrau und ruhig, floss träge unten dahin. Oben drängten viele Menschen in beide Richtungen – und alle schienen es eilig zu haben. Auch Emma ging weiter, flott und zielstrebig, doch mit jedem Schritt wurde ihr mulmiger zumute.

Lautes Klopfen und Hämmern dröhnte von der Schlossfreiheit her. Das neue Nationaldenkmal wurde errichtet, eine ganze Häuserreihe hatte dafür weichen müssen, hatte Vater einmal erzählt. Jetzt stand schon der riesige Sockel. Und auf der anderen Seite erhob sich das mächtige Schloss, die vierstöckigen, dicken Mauern wirkten abweisend. Weiter weg war noch eine Baugrube für einen neuen königlichen Marstall. Der Weg hätte ein angenehmer Spaziergang sein können – wenn nicht das unablässige Hämmern, Bohren und Zischen der Dampfmaschinen gewesen wäre.

Ein Soldatenregiment zog im Stechschritt vorbei, auch Herren in teuren Anzügen und schwarzen Hüten. Lauter vornehme Herrschaften waren diese Leute, vermutlich auf dem Weg zu wichtigen Gesprächen im Schloss oder in den Ämtern ringsum. Was für eine belebte Gegend, dachte Emma. Pärchen flanierten am Kai, Transportkähne schaukelten auf dem Wasser, eine Straßenhändlerin pries Zündhölzer, Schnürsenkel und Postkarten an. Ein Maroniröster stand hinter seinem Ofen, Kinder fütterten Tauben, ein Leierkastenmann machte Musik. Und dazwischen sie: Emma Buchwald aus Cottbus, mit dem Baumkuchen für Prinzessin Victoria Louise im Tragetuch. Klein und unbedeutend kam sie sich vor. Sie packte das Bündel noch fester.

Der Lieferanteneingang lag an der Rückseite des Schlosses. Eine Zeile sauber getrimmter Buchen, das Laub herbstlich gelb verfärbt, tauchte auf und versteckte den Nebentrakt. Emma ging hin. Auf einer unscheinbaren Tür prangte ein Messingschild: »Lieferanten«. Sie betätigte den Klopfer.

Nichts geschah. Sie klopfte nochmals lauter und wartete wieder. Im Inneren machte sich jemand an der Tür zu schaffen, das Türschloss klackte. Schließlich erschien ein Diener in einem mausgrauen Jackett und mit diesem auffällig dichten, nach oben gezwirbeltem Oberlippenbart, den man bei älteren Herren öfter sah, und lugte durch den Türspalt. Emma kannte ihn nicht und versuchte, möglichst geschäftlich zu klingen.

»Guten Tag. Ich bringe den bestellten Baumkuchen.«

»Du bist bestimmt von der Konditorei Buchwald.« Der Mann hielt sie wohl für eine Liefermagd. »Komm rein. Früher ist der Herr Patron persönlich gekommen.« Mürrisch nahm er die Spanschachtel entgegen. An einem einfachen Tisch im Inneren des Raums blätterte er geschäftig in einem dicken Buch und trug etwas ein. »Schade«, murmelte er unter dem üppigen Schnauzbart. »Der Sekretär des Brotmeisters wollte ihn nämlich wegen der Weihnachtsbestellung sprechen. Richte ihm aus, dass er nächstes Mal wieder einmal selber vorbeischauen soll.«

»Das geht leider nicht.« Emma spürte, wie Tränen aufstiegen. »Er ist im Sommer verstorben.«

Der Mann sah auf.

»Ich bin seine Tochter.«

Er musterte sie eindringlich. »Mein Beileid. Jetzt verstehe ich … Aber bei seiner letzten Lieferung im Juli war er doch noch kerngesund.«

»Es ist überraschend gekommen.«

»Deshalb war seither immer nur der Junge da … Warten Sie hier, ich möchte dem Herrn Sekretär Bescheid geben.«

Er verschwand in einem langen Gang.

Emma schniefte unauffällig. Vaters Tod war nun schon

Monate her, brachte sie aber immer noch aus der Fassung. Sie vermisste ihn so sehr. Sie trocknete die Wangen, steckte das Taschentuch wieder weg. Was wollte der Mann noch? Seltsam, dass er sie in diesem kargen Vorraum des hintersten Schlosstrakts warten ließ. Die Wände waren kahl, die Luft kühl und muffig. Sicherlich lag die Küche weit entfernt, so modrig, wie es hier roch.

Schließlich kam der Diener mit dem »Es-ist-erreicht-Bart« wieder und mit ihm ein Herr in dunkler Livree mit einem goldenen Abzeichen am Ärmel und silbernen Wappenknöpfen. Das Jackett war so schön, dass Emma die Augen nicht davon nehmen konnte: Es glich einer Militäruniform, so etwas Beeindruckendes hatte sie noch selten gesehen.

»Der Erste Sekretär des Brotmeisters«, stellte ihn der Diener mit dem Schnauz vor.

»Mein aufrichtiges Beileid, Fräulein Buchwald.« Mit einem sympathischen Lächeln auf den Lippen reichte ihr der Erste Sekretär des Brotmeisters die Hand. »Ihr Vater hat immer alles zu unserer äußersten Zufriedenheit geliefert. Nicht wahr, Krautwurm?« Der Diener nickte eifrig. Der Sekretär fuhr fort: »Ihre Baumkuchen werden von den hochehrwürdigen Prinzen und der kleinen Prinzessin heiß geliebt, sie schwärmen regelrecht davon. Und auch der übrigen königlichen Familie schmecken Ihre Baumkuchen am besten von allen. Wir haben Ihren Vater sehr geschätzt, deshalb wollte ich Ihnen mein Mitgefühl persönlich aussprechen.«

»Danke … ich danke Ihnen.« Emma schluckte. Sie wollte in der Gegenwart des Ersten Sekretärs des Brotmeisters nicht schon wieder die Fassung verlieren.

»Darf ich Sie fragen, wie es mit der buchwaldschen Konditorei weitergehen wird? Werden Sie weiterhin Baumkuchen produzieren?«

»Selbstverständlich.« Zum Glück war sie wieder ruhig. »Alles bleibt wie bisher«, sagte sie bestimmt. »Meine Mutter führt das Unternehmen weiter, bis es mein Bruder, der in Breslau gelernt hat und demnächst seine Meisterprüfung ablegen wird, übernimmt. In der Backstube wird sich nichts ändern. Mein Bruder und Vaters fähigster Geselle werden nach Vaters Rezepten alles gleich wie bisher weitermachen.«

»Dann wünschen wir Ihnen und uns, dass die Qualität von Buchwalds Baumkuchen bestehen bleibt.« Auch der elegante Erste Sekretär betrachtete sie jetzt vom Hut bis zu den Schuhen. »Vielleicht kommt der Herr Bruder ja mal vorbei, damit wir neue Lieferverträge abschließen können?«

»Dass die Qualität gleich bleiben wird, kann auch ich Ihnen guten Gewissens versprechen.« Emma sah ihm standhaft in die Augen. »Und die Verträge … die können Sie genauso gut mit mir abschließen. Vater hat mich immer in alles Geschäftliche eingebunden. Mein Wort gilt wie seins.«

»Aha.« Der Sekretär erschien ein wenig ratlos, dann murmelte er dem Diener mit dem »Es-ist-erreicht-Bart« zu: »Das sieht man wohl immer öfter, dass auch Töchter in die Fußstapfen ihrer Väter treten.« Er wandte sich wieder an Emma: »Darf ich Sie also um Ihr Auftragsbuch bitten?«

»Auftragsbuch?!« Emma spürte, wie sie rot wurde. Gerade noch hatte sie selbstbewusst ihren Baumkuchen angepriesen und war als kompetente Vertreterin der Konditorei Buchwald aufgetreten – jetzt kam sie sich wirklich vor wie ein Liefermädchen.

»Alle königlichen Lieferanten besitzen ein Auftragsbuch, auch Ihr Unternehmen. Sehen Sie in den Unterlagen Ihres Herrn Vaters nach.« Der Livrierte blätterte im großen Buch auf dem Tisch. »In dieses Buch werden ebenso wie in Ihres alle Bestellungen schriftlich eingetragen. Damit keine Missverständnisse aufkommen. Danach wird dann auch abgerechnet.« Er blätterte noch ein wenig durch sein Buch. »Ihr Herr Vater war ein Mann mit Handschlagqualität. Und Sie befinden sich in einer außergewöhnlichen Situation.« Er räusperte sich. »Deshalb werde ich diesmal nicht auf einer schriftlichen Aufzeichnung in Ihrem Buch bestehen. Bis Advent bestellen wir also wöchentlich einen großen Baumkuchen. Danach müssen wir schauen. In der Weihnachtszeit werden wir mehr benötigen, was wir dann sehr wohl im königlichen Auftragsbuch festhalten müssen. Bitte bringen Sie es das nächste Mal mit.«

»Selbstverständlich.« Emma atmete auf und nahm sich vor, sich für die nächste Lieferung besser vorzubereiten. »Haben Sie für den Baumkuchen für kommende Woche einen besonderen Wunsch? Einen Überzug aus Zartbitterschokolade vielleicht? Eine spezielle Geschmacksrichtung? Etwas Eierlikör?«

»Das überlasse ich Ihnen. Abwechslung ist immer gut, und den jungen hochwohlgeborenen Herrschaften schmecken alle Ihre Kreationen. Vielleicht nicht allzu viel Likör, wegen der Kinder.« Der Mann zog eine Visitenkarte aus der Tasche seiner Livree hervor. »Sie können sich jederzeit persönlich an mich wenden, falls Fragen auftauchen.« Er verabschiedete sich und verließ den Raum.

Die Visitenkarte war aus kostbarem weißem Karton. »Gottlieb von Haldersfelde, Erster Sekretär des Brotmeisters«, stand darauf, darüber prangte das königliche Wappen in goldener Prägung. Wie edel sich die Karte anfühlte. Ehrfürchtig strich Emma darüber, bevor sie sie in die Tasche steckte.

»Es tut mir wirklich sehr leid um Ihren Herrn Vater«, sagte der Diener mit dem Schnauz. »Ich habe ihn sehr gern gemocht. Oft sind wir bei der Lieferung noch bei Kaffee ein wenig zusammengesessen, und immer hatte er ein nettes Bonmot parat.

Ich werde ihn vermissen. Bitte bestellen Sie unser Mitgefühl auch Ihrer Frau Mutter und dem Herrn Bruder.«

Emma packte das Tragetuch. »Das richte ich gern aus.«

Herr Krautwurm öffnete die Tür, und sie verließ das Gebäude.

23

Es war ein gutes Gefühl zu wissen, dass der buchwaldsche Baumkuchen derart renommiert war, dass der Herr von Haldersfelde ihr blindlings vertraute. Das war Vaters Verdienst. Hoflieferant zu sein war eine Ehre, eine Auszeichnung – aber auch eine große Verantwortung. Nicht auszudenken, wenn ein Kuchen einmal nicht rechtzeitig geliefert würde oder nicht den Erwartungen der Königlichen Hoheiten entsprach …

Eine steife Brise brauste vom Kanal kommend auf, zog durch die Äste, und braune Blätter schaukelten vor Emmas Füße. Für heute war alles abgeliefert, in der Dependance wie im Schloss. Sie sollte zum Bahnhof gehen und den nächsten Zug nach Hause nehmen.

Langsam ging sie in Richtung Brücke. Doch irgendwie kam sie kaum voran, ihre Füße fühlten sich schwer an. Noch eine laute, stickige Zugfahrt stand ihr bevor, die x-te am heutigen Tag. Und dann diese chronisch schlechte Stimmung zu Hause.

Die nächste Großbaustelle tat sich auf, an der Stelle, wo einst der alte Dom gestanden war. Man könnte meinen, die ganze Spreeinsel bestünde bloß aus dem Schloss und Baugruben mit den dazu gehörigen Zäunen, Absperrungen, Abbruchbirnen, Heerscharen von Arbeitern und ohrenbetäubendem Lärm. Die Glocken der Schlosskapelle schlugen, waren aber im allgegenwärtigen Krach kaum zu hören. Vielleicht war es dieser

Lärm, der ihr alle Energie raubte. Oder der leere Magen? Kurz entschlossen kaufte sie dem Maroniröster an der Ecke eine Tüte ab. Sie war im Lustgarten angekommen. Auf einer Bank entlang des Fußwegs ließ sie sich nieder und verzehrte die warmen Maroni.

Das letzte Mal war sie Anfang des Sommers in Berlin gewesen – bei der Weltausstellung im Treptower Park, mit Vater und der ganzen Familie. Das Luftschiff des Doktor Wölfert, die Dampfmaschinen, die nachgebaute Cheopspyramide … Mit seiner Begeisterung hatte Vater Zuversicht und gute Laune verbreitet – ständig und überall. Emma seufzte. Er fehlte. Allen im Haus fehlte er.

Die letzte Kastanie war vertilgt, die leeren Schalen knisterten in der Tüte. Emma steckte sie ein.

Die Museen lagen vor ihr, das Alte und das Neue, monumental und prächtig. Im Neuen war die Ägyptische Ausstellung. Und die wollte sie jetzt sehen. Sie wollte sich ins Alte Ägypten versetzen, wie an ihrem letzten Geburtstag, als sie alle wenigstens geistig nach Kairo gereist waren. Cottbus konnte warten.

Beinahe schlicht sah die Fassade aus nach dem Alten Museum mit den vielen Säulen. Emma erklomm ein paar Stufen, öffnete die schwere Kassettentür und betrat die riesige Eingangshalle.

Wunderbare Ruhe empfing sie. Treppenaufgänge zu beiden Seiten erhoben sich in drei Stockwerke, Gemälde zierten die Wände, samten bezogene Bänke standen davor. Ein Wärter kassierte den Eintritt.

»Wo geht es zur Ägypten-Ausstellung?«, fragte sie ihn, während sie Geld aus dem Beutel kramte und zahlte.

»Erdgeschoss, geradeaus, kann man nicht verfehlen.« Und schon wandte er sich einem weiteren Besucher zu.

Emma ging in die angezeigte Richtung. Ein Pärchen saß auf einer der rotsamten gepolsterten Bänke, und zwei elegante Herren mit Hut und Stock erklommen die Treppen in den ersten Stock. Ein junger Mann ging ebenerdig in dieselbe Richtung wie sie selbst, ansonsten sah sie niemanden, das Museum war wohl wegen der Mittagszeit nicht gut besucht.

Sie passierte eine schwere Flügeltür. Und gleich dahinter lag er: der berühmte Ägyptische Hof mit der Säulenhalle. Wie ein prächtiger Wald aus haushohen Säulen. Emma hatte davon gehört, die Halle aber noch nie gesehen, und jetzt war sie überwältigt von der Würde, die sie ausstrahlte. Vor Jahrtausenden hatten Menschen in dieser Halle ihre Götter verehrt. Ägyptologen, unter der Leitung von Richard Lepsius, hatten sie vor 50 Jahren aus einem antiken ägyptischen Tempel abtragen lassen, nach Berlin transportiert und an dieser Stelle rekonstruiert, las sie auf einem Schild. Was für ein heiliges Kunstwerk! Für einen Moment fühlte sie sich wie ein Eindringling, eine Diebin, die den Ägyptern ihr Heiligtum stahl. Gleichzeitig genoss sie den Anblick: Die Halle mit den perfekt dimensionierten, himmelblauen Säulen. Die Sonne, die durch die gläserne Decke schien und goldenes Licht auf sie warf. Sie schlenderte zwischen den Säulen hindurch, ihre Schritte hallten durch die überirdische Stille. Wenn Vater nur hier wäre …

Sie näherte sich einer Säule. Der Sockel war mit Papyrusblättern bemalt, darüber prangten Figuren auf himmelblauem Grund. Ein Ägypter war da im typischen Profil abgebildet, leicht bekleidet und mit einem Speer in der Hand. Dieses wunderschöne Himmelblau, das gekonnt die Tiefen des echten Himmels widerspiegelte, hatte es ihr angetan. Sicherlich sollte man dieses kostbare Denkmal nicht berühren, dachte sie, aber sie konnte nicht anders. Vorsichtig strich sie mit den Fingern über das Bild, zeichnete den Speer nach, die nackten Beine des

Trägers, spürte die Kühle der Säule. Wie glatt sie war. Sie legte ihre Wange daran. Und wie unbedeutend sie selbst daneben wirkte.

»Beeindruckend, nicht wahr?«

Sofort nahm Emma die Hand von der Säule und blickte in schwarze Augen hinter einer runden Nickelbrille, ganz nah. Wie aus dem Nichts war er aufgetaucht – jener junge Mann, den sie in der Eingangshalle flüchtig wahrgenommen hatte. Vor Schreck umklammerte sie ihren Beutel.

»Man kommt sich ziemlich klein vor, finde ich.« Nonchalant nahm er seine Studentenkappe vom Kopf und fuhr durch sein dichtes Haar. »Aber das haben die ägyptischen Architekten auch so beabsichtigt. Sie wollten den Menschen verdeutlichen, dass der Einzelne nichts als ein winziges Staubkorn im riesengroßen Universum ist.«

Sie schnappte nach Luft. »Ich habe Sie gar nicht kommen gesehen. Sie haben mich so fürchterlich erschreckt!«

Der junge Mann lachte. »Es tut mir leid, wenn ich Sie in Ihrer Kontemplation gestört habe.« Die dunklen Augen blitzten auf, zarte Lachfältchen zeigten sich. »Aber wenn ich's nicht getan hätte, wäre bestimmt gleich ein Wärter angerannt gekommen.«

Wie ein Banause hatte sie sich benommen. Sie hätte die Säule nicht anfassen dürfen, sie wusste es ja.

»Die Säulen stehen sehr eng beieinander«, fuhr der junge Mann fort. »Man sieht nicht dahinter und meint fälschlicherweise, man sei unbeobachtet. Aber genau das haben die Erbauer auch im Sinn gehabt: Sie wollten uns das Gefühl vermitteln, wir wären einsam in einem dichten Wald. Wie Irrende auf unklaren Pfaden auf unserer Reise durchs Leben.«

Emma war für die Entschuldigung dankbar und auch, dass er ihren Fauxpas gut sein ließ. Der junge Herr wirkte ganz nett, mit seinem spitzbübischen Grinsen im sauber rasierten Gesicht.

»Das alles ist wohl voller Symbolik«, sagte sie, und ihr Kopf glühte noch immer vor Peinlichkeit.

»Ja, alle diese Bauten haben eine tiefere Bedeutung. Die Kunst der Ägypter wäre ohne das Streben nach ewigem Diesseits nicht entstanden. Hier scheint sich ihr Traum zu erfüllen«, erklärte er. »Man könnte sagen, es ist wie eine moderne Form der Grabkammer: Alles Vergängliche wird unvergänglich. Übrigens war diese Säulenhalle im Original dreimal so groß, als wir sie hier sehen. Sie konnte nur verkleinert aufgebaut werden.«

Emma schaute sich um. »Sie ist so beeindruckend ...«

»Nirgends kann man Architekturgeschichte so gut erleben wie in diesem Museum«, sagte der junge Mann. »Beginnend mit den Ägyptern über die Antike, Renaissance und Barock bis in die heutige Zeit. Ich kenne jedes Stockwerk fast in- und auswendig. Aber nur fast. Bei jedem Besuch entdecke ich wieder etwas Neues.«

Er hob die Augen in Richtung Fries. Emma folgte ihm und war überrascht über die vielen Details, die sie dort sah. Der junge Mann erklärte weiter die Abbildungen und Hieroglyphen.

»Woher wissen Sie das alles?«

»Ich bin Student der Architektur, fünftes Semester. Da haben wir die antike Architekturgeschichte schon durch«, antwortete er und zwinkerte ihr erneut zu.

»Erzählen Sie doch bitte noch mehr.« Ihr Blick glitt zu den bunten Hallenwänden. »Ist das eine Abbildung von der Cheopspyramide?«

»Nein, das sind vermutlich die Pyramiden von Gizeh. Lassen Sie uns näher gehen, dann kann ich Ihnen zeigen, woran man das erkennt.« Er klang angenehm locker und gar nicht dozierend.

»Sie sind ja der geborene Museumsführer!«

Er lachte wieder.

»Ich erkläre gern. Es macht mir aber nicht immer so viel Spaß wie mit Ihnen. Ich hoffe, Sie nehmen mir das viele Reden nicht übel. Und hoffentlich langweile ich Sie nicht.«

»Keineswegs, ich lerne gern dazu.«

Zwei Stunden später, vergangen wie im Flug, war das goldene Licht verblasst, und die Säulenhalle lag fast im Dunkeln. Emma warf einen Blick auf die Uhr. »Höchste Zeit. Mein Zug fährt gleich.«

»Wo müssen Sie denn hin?« In seinen schwarzen Augen lag Bedauern.

»Zum Görlitzer Bahnhof.«

»Nun ja, das ist ja nicht so weit. Sind Sie öfter in Berlin?«

»Bisher eigentlich nicht«, sagte sie. Aber das wird sich jetzt vermutlich ändern, dachte sie bei sich.

Sie verabschiedeten sich voneinander, und Emma ging in Richtung Ausgang. Sie war schon fast bei der Tür, als sie von hinten Rufe hörte:

»Hallo, Fräulein! Halt!«

Sie drehte sich um. Der junge Mann mit der Schirmkappe und der Nickelbrille kam ihr hinterher.

»Jetzt haben wir uns so lange unterhalten, und ich weiß noch nicht einmal, wie Sie heißen.«

»Emma.«

»Sehr erfreut.« Er setzte seine Studentenkappe auf. »Emma«, wiederholte er, als höre er diesen Namen zum ersten Mal. Dabei betonte er das E auf besondere Weise, mehr Ä als E. Ihr Name klang auf einmal ganz anders, als sie es gewöhnt war:

einzigartig und extravagant. Grinsend schob er die Kappe in seine Stirn.

»Ich heiße Max und wünsche Ihnen eine gute Fahrt.«

Sie lief den ganzen Weg seltsam beschwingt. Sie hatte viel erlebt an diesem Tag in Berlin. Und Max, dieser nette Student … Sie lächelte wieder, als sie an sein spitzbübisches Grinsen dachte. Er ging ihr nicht aus dem Kopf, bis der Zug im Cottbusser Bahnhof einfuhr. Erst da dachte sie wieder an die Konditorei, den Gastraum und die Backstube; und das arbeitsreiche Wochenende, das bevorstand.

Max blieb in der Halle zurück, nahm die Kappe vom Kopf und fuhr mit der Hand durchs Haar. Emma, diese junge Frau – sie hatte ihn beeindruckt. Gar nicht blass und vornehm war sie, wie all die Schönheiten der Gesellschaft, die er kannte, vielmehr das Gegenteil: Rote Backen hatte sie, einen wachen, neugierigen Blick in den Augen, und mit ihren vernünftigen, aber glänzend polierten Schuhen ging sie wohl selbstbewusst und kraftvoll nicht nur durch den Alltag, sondern vermutlich durchs Leben. Er hatte gedacht, er verstünde die Frauen, aber so eine wie sie hatte er noch nie kennengelernt. So verwirrt war er gewesen, dass er zuerst nicht einmal nach ihrem Namen gefragt hatte. Wie ein unerfahrener Jungspund hatte er sich benommen. *Emma.* bisher hatte er noch niemanden kennengelernt, der so hieß. Der Name gefiel ihm – umso mehr, wenn er dabei an ihren wachen Blick dachte.

24

Du kannst gehen, nachdem du alles abgespült hast«, wies Auguste Lotti an, während sie vielsagend den Berg von Blechtellern ins Auge fasste, die nach dem Mittagessen noch auf dem Tisch standen. »Schönes Wochenende.« Sie hängte die Schürze an den Haken und verließ die Küche.

»Dir auch und gute Fahrt!«, rief Lotti ihr nach. Jetzt war sie allein, niemand würde ihr heute weitere Arbeiten aufhalsen. Nur die Blechteller musste sie noch abwaschen, dann könnte sie sich wie die anderen auf den Weg machen. Nach einer arbeitsreichen Woche war endlich wieder Samstag, noch dazu der erste im Monat – jener heiß ersehnte Tag, an dem sie nach Hause fahren konnte. Von allen Angestellten, die im Haus wohnten, würde lediglich Frida dableiben, deren Familie irgendwo in Oberpommern lebte, jedenfalls so weit weg, dass sie nur einmal im Jahr um die Weihnachtszeit hinfuhr – dann aber gleich zwei ganze Wochen lang –, das hatte sie neulich großspurig ausposaunt.

Flink sammelte Lotti noch die schmutzigen Löffel und Becher ein. In Gedanken war sie schon bei den Eltern und den Geschwistern in Mulknitz. Was für ein Glück, dass der Herr Pfarrer jeden ersten Freitag im Monat ein Kloster in Cottbus besuchte, am folgenden Samstag zurückfuhr und sie immer mitnahm. Lotti musste nur um Punkt drei Uhr auf dem Kirchplatz stehen und zu ihm auf den Kutschbock klettern, ob Regen oder Sonnenschein.

Das Geschirr schepperte, als sie es ins Lavoir schichtete – vielleicht war sie ein wenig zu schwungvoll gewesen. Zum Glück war Auguste schon weg, denn die würde bestimmt schimpfen, dass sie gefälligst achtsamer sein sollte.

Der große Anrichteteller mit den Resten der heutigen Nachspeise stand noch in der Mitte: Feine Kastanientörtchen, halb überzogen mit Schokoguss, hatte es gegeben – köstliche Teile, die auf der Zunge zergingen. Allein beim Gedanken an den süßlich sämigen Geschmack sammelte sich Wasser in Lottis Mund. Menschen in Mulknitz bekamen so etwas nie auf den Teller. Fritz, ihr großer Schwarm, hatte beim Mittagessen erzählt, dass sie in der Bäckerei zu viele Kastanien gehabt und deshalb viel zu viele Törtchen gebacken hätten. Nicht alle waren verkauft worden, und die übrig gebliebenen waren schließlich in der Küche gelandet.

Die Törtchen auf dem Teller waren schon ein wenig altbacken, aber noch immer ein echtes Luxusgebäck. Allerdings waren sie auch ziemlich sättigend gewesen, hatte Lotti festgestellt, nachdem sie zwei der Köstlichkeiten verschlungen hatte. Wahrscheinlich waren deshalb auch vier auf dem Anrichteteller liegen geblieben. Lotti schob ihn zur Seite und wischte die Tischfläche sauber, bevor sie den Teller wieder zurück an seinen Platz stellte. Vielleicht sollte sie noch den Fliegenschutz darüberstülpen – wegen der Katze, damit diese sich nicht an den süßen Köstlichkeiten verging. Sie holte die Haube aus dem Regal.

Hänschen und die anderen Geschwister kannten solche Törtchen nicht. Sie hatten überhaupt noch nie Esskastanien gekostet, so etwas Ausgefallenes gab's bei ihnen zu Hause nie. Geschweige denn diese Creme, die Fritz daraus gezaubert hatte. Auch Schokolade kannten die Geschwister erst, seit Lotti in der Konditorei arbeitete und ihnen Reste mitbrachte. Die Kleinen rissen sich darum. Oft gab's deshalb sogar Zankereien, so heiß begehrt waren die köstlichen Naschereien. Lotti packte die Waschschüssel und ging hinaus zum Brunnen.

Nachdem sie alles abgespült hatte, kehrte sie in die Küche zurück, trocknete die Hände an der Schürze, wischte die Teller und Becher mit einem Tuch sauber und räumte alles in den Schrank. Sie warf einen Blick auf die Wanduhr – es war schon halb drei. Sie sollte laufen, den Herrn Pfarrer durfte sie keinesfalls warten lassen. Aber da waren noch die Kastanientörtchen unter der Fliegenhaube. Altbacken oder nicht – den Geschwistern würden sie schmecken. Vielleicht könnte sie noch schnell bei Auguste vorbeischauen und fragen, ob sie vielleicht die vier übrigen mitnehmen dürfte? Auguste mochte Kinder und hatte bestimmt nichts dagegen.

Die Idee erschien ihr auf einmal hervorragend. Auf dem Weg in ihre Dachkammer klopfte sie an Augustes Tür.

»Auguste?!« Kein Mucks war zu hören. Lotti klopfte wieder, rief ein zweites Mal. Noch immer rührte sich nichts, wahrscheinlich war die Köchin schon weg.

Was tun? Die Törtchen einfach stehen lassen? Es wäre reine Verschwendung. Vom Personal blieb ja kaum jemand da, keiner würde sie essen. Frida hatten sie nicht sonderlich geschmeckt. Und am Sonntag würde Auguste sie dann wegschmeißen, weil sie ausgetrocknet waren oder die Katze daran geknabbert hatte. Da war es doch allemal besser, wenn Hänschen und die anderen Geschwister ihre Freude daran hatten. Gleich nach ihrer Rückkehr wollte sie Auguste Bescheid geben, und sie könnte ihr natürlich auch etwas vom nächsten Lohn dafür abziehen.

Kurzerhand ging Lotti zurück in die Küche und steckte ein Törtchen nach dem anderen in ihre Schürzentasche – ganz vorsichtig, damit sie nicht auseinanderbrachen. Dann säuberte sie schnell den Anrichteteller und räumte ihn zu den anderen in den Schrank.

Die Kirchenglocken läuteten. Kurz vor drei – jetzt musste sie sich aber sputen! Leichtfüßig lief sie die Treppen hinauf zur Dachkammer und packte ihre Siebensachen in den Reisekorb. Die vier Kastanientörtchen legte sie behutsam obenauf. Nachdem sie die Schürze neben Fridas blütenweißer auf den Haken an der Tür gehängt hatte, nahm sie ihre Bagage, lief die Stufen wieder hinab und zur Tür hinaus in Richtung Kirchplatz.

Der Wagen des Herrn Pfarrers stand schon da.

»Ab geht's, Mädel, ins wohlverdiente Wochenende!«, rief er schon von Weitem. »Deine Eltern freuen sich schon auf dich!«

Lotti stieg zu ihm auf den Kutschbock. Der Herr Pfarrer trieb das Pferd an, und langsam setzte sich der Wagen in Bewegung. Sie wickelte sich fester ins dicke Schultertuch. Nur ein paar Stunden noch, dann würde sie zu Hause sein. Hänschen und die anderen würden Augen machen, wenn sie die Kastanientörtchen aus dem Korb zauberte! Sie konnte es kaum erwarten, die leuchtenden Augen des Kleinsten zu sehen.

25

An jenen ersten Wochenenden im Monat, an denen Fritz, Auguste und Lotti nach Hause fuhren, fiel für alle anderen mehr Arbeit an, auch für Emma. Diesmal war besonders viel los, denn das Wetter hatte umgeschlagen. Seit Tagen fegte ein eisiger Novemberwind durch Cottbus, der Himmel hing grau über den Dächern. Das bedeutete gutes Geschäft: Die Leute plauderten lieber gemütlich im Kaffeehaus bei heißer Schokolade, Kaffee oder Tee und süßen Kuchen als beim Spazierengehen in der nasskalten Luft. In der Gaststube war jeder Tisch besetzt.

Schon am Vortag war Emma den ganzen Tag an der Theke gestanden, hatte Süßes verkauft, und zwischendurch, wenn Frida und das Servierfräulein in der Gaststube ins Trudeln gerieten, hatte sie beim Servieren geholfen. Auch heute packte sie überall an, wo gerade Not am Mann oder an der Frau war.

Am runden Tisch in der Ecke, wo sie morgens immer ihr Frühstück einnahm, saß ein junges Pärchen nah beieinander und teilte sich mit glänzenden Augen eine Käsetorte. Sie schienen sehr verliebt zu sein, und Emma fragte sich, ob der Grund für die Aufregung der beiden wohl die Torte oder das intime Beisammensein war. In der ersten Loge war eine Herrenrunde, denen Frida soeben eine Runde Schnaps servierte. Eine Loge weiter saß eine Großmutter mit ihren Enkeltöchtern, alle vier mit identen Maschen in den Haaren. Wie die Großmutter waren sie stumm in ihre Baumkuchenschnitten versunken, und nur das Kratzen der fünf Kuchengabeln auf den Porzellantellern war von ihnen zu hören.

Schon wieder klingelte das Glöckchen an der Eingangstür. Diesmal war es Charlotte.

»Wie schön, dass du wieder einmal vorbeischaust!«

»Wir haben einander so lange nicht gesehen, dass es eine Schande ist.«

»Ewigkeiten«, lachte Emma.

»Bestimmt weißt du noch gar nicht, dass Franz und ich endlich einen Hochzeitstermin haben«, verkündete Charlotte strahlend. »Nächsten Juni wird's so weit sein.«

»Das sind ja überwältigende Neuigkeiten. Ich gratuliere euch beiden!« Emma versuchte, erfreut zu klingen, obwohl sie gleichzeitig einen Knoten im Bauch spürte. Jetzt war's also ernst bei Charlotte. Und sie selbst war noch keinen Deut weiter auf ihrer Männersuche. Womöglich würde Mutter recht behalten und sie tatsächlich als alte Jungfer enden.

»Wir müssen dringend wieder mal den neuesten Klatsch und Tratsch austauschen. Es gibt so viel zu erzählen«, plauderte Charlotte weiter.

»Auf jeden Fall – nur jetzt ist es gerade ungünstig.« Emma warf einen Blick in den Gastraum. »Du siehst ja, wie viele Gäste wir haben. Aber bestimmt bist du heute nicht nur da, um mich zu besuchen? Wolltest du auch etwas kaufen?«

»Natürlich. Mutter wartet schon mit dem Kaffee auf mich. Was empfiehlst du mir heute?«

»Napoleonschnitten – die sind eine Neuheit im Sortiment und ganz frisch. Gustl hat sie gerade erst am Morgen gebacken. Sie sind ein Gedicht.«

»Wenn du's sagst … Pack mir drei ein, bitte.«

Emma hob die Schnitten auf einen Karton, wickelte sie in durchscheinendes Seidenpapier, eine neue Errungenschaft von Kunze.

»Lass uns diese Woche noch reden«, sagte Charlotte, während sie das Päckchen vorsichtig aufnahm. »Ich werde mal vormittags vorbeikommen, wenn weniger los ist.«

»Unbedingt!« Emma warf ihr ein Luftküsschen zu, während das Türglöckchen schon wieder läutete und sie den nächsten Kunden bedienen musste.

Der Nachmittag verging. Erst als es draußen dämmerte, leerten sich im Gastraum langsam die Tische. Emma putzte das Vitrinenglas, währenddessen beobachtete sie Frida, die einem Herrn am hinteren Ecktisch eine Portion englischen Tee servierte. Gut machte sie das. Immer hatte sie ein freundliches Lächeln auf den Lippen – sie konnte das Servieren fast besser als das neue Fräulein Anna, das sonntags aushalf. Der Gast schien auch zufrieden – man sah es an der Art, wie er ihr ein Trinkgeld zusteckte.

Emma ordnete die übrig gebliebenen Gebäckteile in den Tassen und fegte Brösel von der Theke. Demnächst würden sie das Glas für die Nacht schließen, um bis zum nächsten Morgen die Tortenstücke möglichst frisch zu halten. Auch die Napoleonschnitten. Ganz allein hatte Gustl diese neue Spezialität, die er aus Breslau kannte, gebacken. Ein nach Vanille duftender, knuspriger Traum waren sie und Emmas neuer Lieblingsstrudel. Im Gastraum war ihr Bruderherz kaum zu gebrauchen – viel zu schroff und ungeduldig war er mit den Gästen, aber in der Backstube war er ein wahrer Künstler.

Hinter ihrem Rücken hantierte Mutter mit dem Kaffeesieb. Emma warf einen Blick über die Schulter und studierte sie im Profil, während diese den Kaffeesatz entsorgte und leise über die zu feinen Löcher im Sieb vor sich hin schimpfte. So viele

Fragen hatte sie noch immer an Mutter: über Vater, wie er früher gewesen war; über ihre Zeit als junges Paar; und – das hatte Emma keineswegs vergessen – über die mütterlichen Großeltern, Großvater mit dem Ring am kleinen Finger. Warum hatte Mutter nie etwas über ihn erzählt? Warum gab's nicht einmal eine Fotografie, nur von seiner Hand? Aber seit Vaters Tod hatte Emma das Gefühl, dass Mutter noch verschlossener war als früher, und der richtige Zeitpunkt, ihr Fragen zu stellen, war einfach nie. Manchmal dachte sie, es wären Welten, die sie und Mutter trennten. Natürlich trug Mutter jetzt die alleinige Verantwortung für den Betrieb, und das war ein schwerer Brocken. Sie redete nur mehr das Nötigste, meist waren es Anweisungen ans Personal oder eine gereizte Schelte für Benji, der ihr deswegen immer öfter aus dem Weg ging. Bestimmt war das ein Ausdruck ihrer Trauer. Zwar hatte Emma sie nie weinen gesehen, doch seit Vaters Tod hatte Mutter keinen weißen Kragen mehr getragen, nur mehr diese ewig gleichen schwarzen Kleider ohne Besatz.

Emma warf erneut einen Blick über die Schulter zu ihr. Sie bemerkte dunkle Ringe unter Mutters Augen und neue Falten um den Mund. Was Mutter wohl dachte, wenn sie abends allein zu Bett ging? Was sie wohl hinter ihrer strengen Miene verbarg?

Inzwischen waren alle Gäste fort. Auch der Herr vom hinteren Ecktisch erhob sich nun, ging zur Garderobe, schlüpfte in seinen Mantel und nahm seinen Hut. Beim Hinausgehen nickte er Frida noch einmal zu.

Feierabend, dachte Emma erleichtert. Es war ein langer Tag gewesen. Sie sehnte sich danach, endlich die Beine von sich zu strecken. Frida räumte das schmutzige Porzellan vom Tisch, den der Herr gerade verlassen hatte. Mutter rief Anna zu, dass sie nun nach Hause gehen könne.

»Und du«, rief sie in Fridas Richtung, »spülst noch das letzte Geschirr, danach ist auch für dich Schluss für heute.«

»Können die paar Tassen nicht warten, bis Lotti oder eine der Spülfrauen wiederkommt?«, murrte Frida zurück.

»Keinesfalls. Dafür benötigst du nur wenige Minuten, und dann ist hier alles sauber und ordentlich. Ich möchte das so, bevor wir die Tür für heute abschließen«, entgegnete Mutter mit bewundernswerter Selbstbeherrschung, während Benji ungeduldig im Gastraum hin und her sprang.

Laut klappernd räumte Frida das Geschirr ins Lavoir und ging in Richtung Brunnen. An der Theke machte sie aber abrupt halt, das Lavoir in die üppige Hüfte gestemmt.

»Übrigens, da ist etwas, das Sie wissen sollten.« Sie stellte das Lavoir ab, das Porzellan klirrte.

»Ach ja?« Mutter sah vom Herd auf, den sie gerade reinigte.

»Ich will ja nicht petzen … Aber ich glaube, dass es wichtig ist.«

Mutter ermunterte sie wortlos mit einem leichten Kopfnicken.

»Gestern hat es doch bei uns in der Küche Kastanientörtchen zum Nachtisch gegeben«, setzte Frida an.

»Ja, und?«

»Da sind vier übrig geblieben, ich hab's mir genau gemerkt. Vorhin war ich in der Küche und wollte mir etwas zu essen holen – ich bin ja dieses Wochenende ganz allein. Aber kein einziges Törtchen ist mehr da. Alle sind weg. Und eins weiß ich so sicher, wie ich hier stehe: *Ich* habe sie nicht gegessen!«

»Die Törtchen werden sich doch nicht in Luft aufgelöst haben«, sagte Mutter leicht entnervt.

»Natürlich nicht.« Frida wurde lauter. »Ich weiß nämlich, wo sie sind: Heute Morgen, als ich meine Schürze umband, habe ich gesehen, dass Lottis Schürze, die neben meiner hängt, voller Schokoladenflecken ist. Und Bröseln, die eindeutig von den Törtchen stammen.«

»Willst du damit sagen, dass Lotti die Törtchen eingesteckt hat?«, fragte Mutter.

»Das muss wohl so gewesen sein. Die Flecken in der Schürze sind der Beweis.«

Mutter schaute Frida sprachlos an. Die verstand ihre Wortlosigkeit offenbar als Ermunterung, holte Luft und fuhr fort:

»Ich habe Lotti schon lange im Verdacht, dass sie klaut. Fritz stimmt übrigens mit mir überein. Er hat mir erzählt, dass oft Rum aus der Flasche fehlt. Emma weiß das auch. Nicht wahr, Emma?«

»Ganz so ist es nicht. Fritz hat nie gesagt, dass er Lotti verdächtigt.«

»Aber dass Rum fehlt, hat er gesagt. Und wer soll's sonst gewesen sein? Auguste hat's nicht nötig, Essen oder Alkohol zu stehlen, ihr untersteht sowieso die ganze Speisekammer. Anna ist nie in der Backstube, und Felix ist viel zu ängstlich, der würde sich so was nie getrauen.«

Emma kam nicht umhin, Frida prüfend anzuschauen.

»Nein, *ich* war's *sicher* nicht!« Feindselig hob sie das Kinn, ihre Augen funkelten.

»Hat ja auch keiner behauptet«, versuchte Emma sofort, sie zu beschwichtigten.

»Also, wenn es wirklich so sein sollte, dass Lotti gestohlen hat, müsste sie natürlich sofort gekündigt werden«, sagte Mutter.

Emma erschrak. »Was?! Du willst Lotti entlassen?!«

»Das wäre ja wohl sonnenklar. Eine Diebin können wir nicht gebrauchen, auch wenn's nur kleine Mengen sind, die wegkommen. Es ist schwer genug, diesen Betrieb ohne deinen Vater fortzuführen, und ich muss mich auf jeden einzelnen

Mitarbeiter hundertprozentig verlassen können.« Mutter setzte den metallenen Filter auf die Kaffeekanne. »Ich werde mit Lotti sprechen, heute Abend noch, sobald sie wieder da ist. Vielleicht hat sie ja eine plausible Erklärung für alles. Falls nicht, wird sie natürlich gehen müssen. Und jetzt ist Schluss für heute. Jetzt ist nämlich endlich Feierabend.« Sie schob die Kaffeekanne beiseite, packte Benji an der Hand und ging in Richtung Treppe.

Frida nahm das Lavoir wieder auf und ging durch die Küche in den Hof, mit einem Lächeln auf den Lippen. Kurz darauf plätscherte das Wasser beim Brunnen. Emma wischte nochmals über die Theke. Manchmal wusste sie nicht so recht, was sie von Frida halten sollte. Aber eines wusste sie so sicher, wie heute Sonntag war: nämlich, dass Lotti keine Diebin ist.

26

Zwei Tage später stand Lotti mit hängenden Schultern vor dem Kleiderschrank in der Dachkammer und räumte ihre Sachen aus der ihr zustehenden Hälfte. Ja, es war nicht rechtens gewesen, dass sie die Törtchen ohne zu fragen an sich genommen hatte, das hätte sie nicht tun sollen. Jetzt musste sie die schreckliche Konsequenz tragen. Die ganze Geschichte war so peinlich, dass sie Bauchweh hatte. Und dass ihr die Frau Patronin auch noch den Diebstahl irgendeines speziellen Alkohols in die Schuhe schieben wollte, schmerzte fast noch mehr. Das war einfach ungerecht, denn damit hatte sie überhaupt nichts zu tun. Zwei Tage hatte ihr die Patronin Zeit gegeben, alles einzupacken, die Bettwäsche abzuziehen und zu waschen. Morgen war's so weit, morgen musste sie die Konditorei für immer verlassen. Diese Schande … sie schämte sich so fürchterlich. Hätte sie die Törtchen nur nicht genommen!

Jetzt wurde sie entlassen. Unehrenhaft. Ohne Eintrag im Gesindebuch. Nie wieder würde sie irgendwo in Stellung gehen können. Kein ordentlicher Haushalt würde sie ohne Referenz hinter dem Angestellteneintrag mehr nehmen. Das Geld würde den Eltern fehlen. Wie sollte sie ihnen das alles erklären? Und dem Herrn Pfarrer, der sich so für sie eingesetzt hatte? Im Boden wollte sie versinken, im allertiefsten Loch.

Doch das Schlimmste war das nicht. Das Allerallerschlimmste war, dass sie Fritz nie wiedersehen würde. *Nie wieder!* Jede Aussicht darauf, dass er eines Tages doch noch ein Auge auf sie werfen würde, war für immer dahin. Diese Möglichkeit hatte sie vertan. Lotti seufzte schwer, ihr war ganz bang. Das war das eigentliche, verheerende Desaster, das sie jetzt und unmittelbar und ganz persönlich betraf. Sie holte noch einmal tief Luft, drückte ein paar Tränen weg. Gottergeben packte sie den Reisekorb weiter ein.

In diesem Moment klopfte es. Sie ging zur Tür.

»Darf ich reinkommen?« Es war Emma.

Lotti öffnete die Tür weiter und trat zur Seite, den Blick zu Boden gerichtet.

»Was hast du dir nur dabei gedacht?«, fragte Emma. »Ich hätte nie gedacht, dass du so etwas zu tun imstande bist.«

Lotti schaute weiter auf die Dielen.

»Nichts habe ich mir gedacht, eigentlich gar nichts. Ich wollte nur meinen Geschwistern die Törtchen mitbringen. Die wären übers Wochenende ohnehin verdorben. Und die Kleinen freuen sich immer so sehr über Süßes.«

»Na gut, das sind die Törtchen. Das kann ich ja noch nachvollziehen«, sagte Emma. »Aber was war mit dem Jamaikarum?«

»Dem Jamai…, was? Ich weiß nicht einmal, was das ist!«

»Na, der Alkohol aus der Vorratskammer der Backstube. Er kommt aus Übersee, ein Tropfen davon kostet ein Vermögen.«

»Damit habe ich nichts zu tun, Ehrenwort! Ich habe noch nie irgendwelchen Alkohol getrunken. Mir wird schon vom Geruch schlecht.«

Emma sah sie scharf an, Lotti spürte es instinktiv, denn sie konnte noch immer nicht von den Holzdielen aufschauen. »Hmm, ich würd's dir gern glauben«, sagte Emma schließlich. »Es hätte mich auch sehr verwundert, denn das passt gar nicht zu dir. Aber Mutter glaubt Frida, weil sie schon länger bei uns ist.« Sie legte den Arm um Lottis Schulter. »Gegen die Kündigung kann ich nichts tun. Aber gib mir dein Gesindebuch. Ich werde eine gute Referenz für dich reinschreiben.«

Lotti konnte nichts sagen. Die Worte blieben im Hals stecken, wie immer, wenn sie sich aufregte. Sie holte das Buch aus dem Schrank und übergab es Emma stumm.

»Wann wirst du abreisen?«

Sie schluckte. »Morgen«, brachte sie irgendwie doch heraus.

»Morgen ist Dienstag. Eigentlich hätte ich morgen zu Kunze wegen neuer Spitzendeckchen gehen sollen. Aber ich werde Fritz darum bitten. Dann kann ich mich ordentlich von dir verabschieden.«

»Wirklich?«, stammelte Lotti heiser. Der Gedanke, einsam und allein, wie ein mit nassen Fetzen geschlagener Hund aus der Konditoreitür kriechen zu müssen, war ihr schrecklich im Magen gelegen.

»Und das bringe ich dir dann mit.« Emma deutete aufs Gesindebuch.

Lotti seufzte noch einmal, diesmal schwang Dankbarkeit mit. Emma war wirklich anständig. Übers Jahr, das sie im Haus gearbeitet hatte, war sie ihr wie eine große Schwester lieb geworden, und sie würde sie fürchterlich vermissen. Sie sah Emma nach, als sie das Zimmer verließ.

Schweren Herzens packte sie weiter ihre Wäsche in den Reisekorb. Dass sie ausziehen musste, war ein entsetzliches Unglück. Und sie war selbst schuld daran. Alles hatte sie verbockt, einfach alles. Den Eltern würde sie nicht in die Augen schauen können, dem Herrn Pfarrer schon gar nicht.

27

Am nächsten Morgen stand Emma auf dem Treppenabsatz unter dem schmiedeeisernen Schild und übergab Lotti, die mit hängenden Schultern und ihrem Reisekorb am Arm vorbeischlich, das Gesindebuch.

»Alles Gute. Vielleicht sehen wir uns ja eines Tages wieder.« Sie drückte das Mädchen an sich. Gut, dass Mutter nicht zur Verabschiedung gekommen war, denn dann wäre wegen ihres eigenmächtigen Handelns bezüglich des Referenzschreibens bestimmt Feuer am Dach gewesen. Aber Lotti ohne dieses wertvolle Dokument hinaus ins weitere Leben zu entlassen, hätte sie nicht übers Herz gebracht.

»Damit du auf der Reise nicht verhungerst. Und pass gut auf dich auf, Mädel«, sagte Auguste. Sie hatte ein paar Brötchen und wer weiß was noch alles in ein Tuch gebunden.

Lotti war hochrot im Gesicht unter dem blauen Kopftuch, das sie im Nacken zusammengebunden hatte, und als sie mit tief gesenktem Kopf die Stufen hinab auf die Straße trat, tat sie Emma noch mehr leid als bisher. Es war eine harte Strafe, diese Entlassung, aber so war Mutter eben: unerbittlich, aber gerecht. Und dass die Entlassung gerecht war, hatte sogar Lotti selbst eingesehen. Den Reisekorb in der einen, das Tuch mit dem Proviant in der anderen Hand zog sie von dannen in ihrem schäbigen, dünnen Wintermantel.

Emma wurde immer schwerer ums Herz. Lotti hatte Fröhlichkeit und Leichtigkeit verbreitet – eine Stimmung, die seit Vaters Tod ohnehin so rar war im Haus. Sie sah ihr nach, wie sie in Richtung Bahnhof lief, mit schleppenden Schritten – gar nicht federnd, wie sie es von ihr gewohnt war. Als Lotti bei der Abzweigung zur Hauptstraße angelangt war, blickte sie sich noch einmal um und winkte zaghaft. Emma winkte zurück. Lotti setzte an, ihren Weg fortzusetzen. Im selben Moment erschien Fritz auf dem Treppenabsatz.

»Ist sie schon weg?«, keuchte er. »Ich bin grade von Herrn Kunze zurückgekommen. Habe mich extra beeilt, um mich noch zu verabschieden.«

»Da vorn …«

»Auf Wiedersehen, Kleine! Mach's gut!«, rief er Lotti nach und wedelte mit seiner Schirmkappe. Lotti blieb wieder stehen, stellte den Korb ab und winkte zurück, minutenlang. Ein Lächeln zeigte sich in ihrem Gesicht, ein ganz breites, es war weithin zu sehen. Endlich nahm sie den Korb wieder auf und ging weiter, nun ein wenig flotter.

»Ich werde sie vermissen«, sagte Emma.

»Ich auch«, sagte Auguste.

»Mhm«, brummte Fritz.

Gemeinsam kehrten sie ins Haus zurück. Gewohnheitsmäßig ging Emma hinter die Theke und schaute prüfend in die Vitrine.

»Frische Baumkuchenspitzen werden wir bald wieder benötigen, es gibt nur mehr ein Dutzend davon. Und noch mehr Napoleonschnitten, die gehen weg wie warmer Plunder.« Ihre Stimme war freudlos, sie bemerkte es selbst. Dass Lotti weg war, ging ihr nahe.

»Ich hab die Kleine gern gemocht. Schade, dass sie nicht mehr da ist«, schlug Fritz auch noch in die gleiche Kerbe.

Emma schluckte. »Ich weiß nicht … irgendwie kommt es mir vor, als würden wir alle in Kummer, Ärger und Bedauern versinken. Das *Café Buchwald* ist einfach nicht mehr der Ort des Glücks, der er einmal war.«

Fritz stand dicht neben ihr. Er legte seine Hand auf ihre, in einer überraschenden Geste. Noch nie hatte er sie auf diese Weise berührt.

»Sag das nicht. Es wird alles wieder gut werden, glaube mir.«

Mehlig und schwer lag seine Hand auf ihrer, beruhigend und wärmend zugleich.

»Meinst du?«

»Ganz bestimmt.« Er strahlte Gelassenheit aus, während seine Hand noch immer auf ihrer lag. Die Wärme, die sie verströmte – sie fühlte sich gut an angesichts der Schwermut, tröstlich und ermutigend. Fritz, der Kindheitsfreund, erschien ihr auf einmal in einem ganz anderen Licht.

»Bald wird Ordnung einkehren. Dann kommt auch die Freude wieder«, sagte er noch, bevor er ein paar leere Serviertassen aufnahm und sich abwandte.

Emma surrte der Kopf. Fritz, ihr guter Gefährte … Oder war da mehr?

28

»Ich hatte doch versprochen, dass ich dich diese Woche besuchen werde«, platzte Charlotte in die Konditorei.

»Heute kommst du goldrichtig, gerade wollte ich eine Pause einlegen. Trinkst du eine Tasse Kaffee mit mir?«

»Gern.« Charlotte legte schon Hut und Mantel ab und ließ sich an einem Fenstertisch nieder. Emma bat Frida, zwei Portionen herzurichten, und während sie sich zu ihrer Freundin setzte, fiel ihr Blick kurz zwischen den weißen Spitzenvorhängen ins Freie. Nur grauer Novembernebel war da zu sehen, die Straße und die gegenüberliegende Seite verschwammen im trüben Dunst.

»Erzähl mir etwas Erfreuliches, das kann ich brauchen«, bat sie. »Berichte mir von deinem Liebesglück!«

Charlottes Augen leuchteten auf.

»Am letzten Samstag im Juni wird's so weit sein! Und keinen Tag zu früh! Diese Warterei ist für uns beide schwer erträglich.«

Emma schaute Charlotte fest in die Augen.

»Du bist dir wirklich sicher, dass Franz der Richtige ist?«

»Absolut sicher!«

»Warum weißt du das so genau?« Emma konnte es kaum glauben, dass das möglich war.

Charlotte zuckte mit den Schultern. »Ich weiß es eben.«

»Kommen dir nie Zweifel? Das ist doch wahrscheinlich die

wichtigste Entscheidung in deinem Leben, und du tust so, als könnte die Eisenbahn drüberfahren, so unerschütterlich wirkst du. Ich finde, du könntest schon ein wenig hin- und herüberlegen!«

»Tu ich nie.«

»Was ist es, was dich so sicher macht?«

Charlotte grinste. »Es sind die berühmten Sterne in den Augen, wenn ich Franz sehe.« Dann beugte sie sich vor und wurde rot wie eine kandierte Kirsche. »Und das Kribbeln im Bauch, wenn er mich … anders … berührt«, flüsterte sie. »Ich sehne mich nach ihm, ich halte es kaum mehr aus ohne ihn. Jede Sekunde möchte ich mit ihm sein, und so eng wie möglich!«

Emma lachte. »Tja, dann …« Sie beneidete Charlotte um die Klarheit im Leben. Komischerweise überlegte sie in diesem Augenblick, wie das wäre, wenn Fritz sie *anders* berührte. Ob er in ihrem Bauch auch das Kribbeln erwecken würde? Was für ein merkwürdiger Gedanke! Sie wollte ihn nicht weiterdenken. Fritz war doch ihr Kindheitsgefährte, nicht mehr.

»Ich freue mich wirklich sehr für dich. Und der Hochzeitskuchen kommt natürlich von uns.«

Frida brachte den Kaffee. Emma und Charlotte plauderten noch über dies und das, aber bald standen die Kunden an der Theke wieder Schlange.

»Ich muss gehen.« Emma leerte schnell ihre Tasse. »Es ist so viel los bei uns.«

»Ich sehe. Ich bleibe aber noch ein wenig und lese die Zeitung.« Charlotte nahm ein *Berliner Leben* vom Ständer. »Oder, besser, diese Zeitschrift: *Neuigkeiten über Schönheit und Kunst*, das klingt interessant.« Sie tauschte die Zeitung um. »Marsch, marsch, an die Arbeit!«

Emma warf ihr ein flüchtiges Küsschen zu und verschwand hinter der Theke.

29

Am folgenden Morgen gab das Wetter noch immer keinen Anlass zur besseren Laune. Der Nebel, der seit Tagen vom Mühlgrabenwasser aufstieg, schien sich für ewig auf die Straßen gelegt zu haben, dazu rannen Regentropfen stetig an den Fensterscheiben herab, beharrlich und regelmäßig, als ob es für immer regnen wollte. Dennoch kam Emma ein wenig leichter aus dem Bett als die vergangenen Tage, denn: Es war Donnerstag, und die Aussicht auf den Ausflug ins pulsierende Berlin wirkte wie ein Elixier.

Sie legte die wärmsten Strümpfe an, die sie besaß, und bürstete das Haar sorgfältiger als die letzten Tage. Zum ersten Mal seit Langem zählte sie wieder ganze hundert Bürstenstriche – während sie zuletzt immer ein wenig gemogelt und bei dreißig aufgehört hatte. Beim Stöbern nach Haarnadeln in der Lade kam ihr auch die Kette mit dem Medaillon in die Hände, und sie legte sie um – warum sollte sie in der Lade vergilben, wo sie doch an ihrem Hals glänzen konnte? Kurz fragte sie sich, warum sie heute dermaßen auf ihr Äußeres achtete, wusste jedoch keine Antwort. Vielleicht war es, weil sie dem Herrn von Haldersfelde zeigen wollte, dass sie aus einer respektablen Konditorenfamilie kam und als Tochter des Hauses genauso ernst zu nehmen war wie ihr verstorbener Vater oder ihr Bruder? Diesmal würde sie jedenfalls das Auftragsbuch nicht vergessen, das sie nach langem Suchen tatsächlich auf Vaters Sekretär, zwischen unzähligen Ordnern und Buchhaltungsunterlagen, gefunden hatte.

In der Backstube überreichte ihr Fritz die vorbereiteten Baumkuchen.

»Drei sind für die Dependance und einer fürs Schloss. Die hohen Herrschaften wollen Abwechslung, hast du gesagt, also haben wir den Kuchen diesmal mit Schokoladenglasur überzogen«, meinte er nüchtern. »Und vergiss bitte die Weihnachtsbestellung nicht, es ist höchste Zeit. Lass sie dir schriftlich geben. Wir müssen die Rohmaterialien einkaufen und unsere Arbeitszeit einteilen.«

»Mach ich«, antwortete Emma. Flüchtig erinnerte sie sich an den kurzen Moment der Vertrautheit neulich an der Theke, und er erschien ihr jetzt völlig unwirklich. Fritz hatte sie nur trösten wollen, bestimmt war da sonst nichts gewesen. Erinnerungen konnten einem manchmal ganz schön Schnippchen schlagen.

Sie stieg in den Zug nach Berlin, als wäre sie schon Hunderte Male zum Ausliefern gefahren. Diesmal hatte sie keine Angst, im Gegenteil, sie freute sich auf die Fahrt. Sie fand auch gleich einen Platz am Fenster und stellte den tropfenden Schirm in die Ecke.

»Sie haben aber sperriges Zeug in Ihren Tragetüchern«, bemerkte die Dame, die ihr gegenübersaß.

Emma lachte. »Spanschachteln mit Baumkuchen sind das. Wir beliefern nämlich das Schloss!«

»Ach, sind Sie vom *Café Buchwald?*«

Emma nickte.

»Die Königsfamilie weiß auch, was gut ist«, schmunzelte die

Dame. »Ich habe übrigens Ihren Herrn Patron gut gekannt, ein wahrer Meister war er. Und so ein liebenswürdiger Mensch. Viel zu früh ist er zum lieben Gott heimgegangen.«

Während der Fahrt hörte es endlich auf zu regnen, doch über der Landschaft hing noch immer dichtes Grau. Regennasse Dörfer, durchweichte Felder und tropfende Wälder zogen am Zugfenster vorbei, dann die schwarzen Häuserschluchten der Stadt. Emma stieg in die Stadtbahn um und fuhr weiter zur Dependance, wo sie den ersten Teil der Lieferung bei Herrn Quandt abgab und sich nebenbei davon überzeugte, dass dort alles rechtens war.

Dann fuhr sie zum Schloss. Zielstrebig ging sie zum Nebentrakt. Von den geschäftigen Herren mit ihren schwarzen Hüten und feinen Wollmänteln ließ sie sich nicht einschüchtern – im Gegenteil: Sie wusste, dass der Herr von Haldersfelde auf ihren Kuchen wartete. Auf dem Weg fiel ihr auf einmal ein, dass sie vor lauter Baumkuchen, Kleingebäck und Torten doch das Auftragsbuch vergessen hatte, von dem Herr von Haldersfelde gesprochen hatte. Verflixt, hoffentlich würde er es ihr nicht nachtragen.

Aber sie hatte Glück. Es war Krautwurm, der die Lieferung entgegennahm.

»Wunderbar«, sagte er nach einem Blick in sein eigenes Buch. »Alles ist da. Herr von Haldersfelde ist heute leider verhindert, aber Sie wissen ja, was nächste Woche zu liefern ist.«

»Natürlich weiß ich das, wir haben ja letztes Mal alles besprochen. Grüßen Sie ihn von mir, und wir können nächsten Donnerstag über weitere Bestellungen reden«, sagte sie kühn.

Es war kurz nach Mittag. Das rege Leben in Berlin war aufregend. Nur hier zu sein war belebend. Am liebsten würde sie einfach durch die Straßen spazieren, vielleicht den Boulevard Unter den Linden entlangflanieren, doch der Wind blies unbarmherzig unter den Mantel. So beschloss sie, wieder ins nahe Neue Museum zu gehen, die Alten Ägypter hatten es ihr angetan.

Wenig später fand sie sich in der Säulenhalle wieder. Sie ließ sich auf den Stufen, die hinunter in die Halle führten, nieder. Tausende Jahre Geschichte lagen vor ihr. Ihr Blick glitt hinauf zum Fries. Sie studierte die Abbildungen und Hieroglyphen. Wenn sie sie nur entziffern könnte …

»Emma?!«, ertönte es auf einmal, mit dieser markanten Betonung ihres Namens, der ihn so extravagant klingen ließ. Sie wandte sich um. Da stand er wieder: Max, der nette Student von letzter Woche. »Darf ich mich zu Ihnen setzen?«

»Gern!« Sie rückte zur Seite.

»Sie haben den weiten Weg wieder hergefunden«, sagte er mit diesem Augenzwinkern.

Emma lachte. »Wie's aussieht, bin ich demnächst jeden Donnerstag in Berlin. Und wenn ich schon da bin, nehme ich mir gern ein wenig Zeit für die Alten Ägypter.«

»Jeden Donnerstag sind Sie da?!«

»Na ja, nicht unbedingt hier im Museum.« Sie druckste herum. Sie wusste, dass der Grund, warum sie wöchentlich nach Berlin fuhr, für eine Frau ungewöhnlich war. Aber warum sollte sie nicht dazu stehen? Sie gab sich einen Ruck. »Das klingt jetzt komisch … aber Donnerstag ist Liefertag. Deshalb bin ich in der Nähe. Wir haben eine Konditorei und liefern einmal pro Woche Kuchen nach Berlin.«

»Kuchen …« Max schaute sie mit großen Augen an. »Du meine Güte, da läuft mir ja das Wasser im Mund zusammen! Ich habe eine riesengroße Schwäche für Süßes.« Seine Augen glänzten vor Begeisterung, und Emma hätte ihm in diesem

Moment am liebsten eine ordentliche Schnitte Baumkuchen serviert.

»Da sind wir ja zwei«, lachte sie. »Ich liebe alles, was aus unserer Backstube kommt. Auch wenn mich fremde Länder und alte Kulturen sehr interessieren, ist unsere Backstube mein liebster Ort. Allein der Duft bei uns – ich glaube, ohne ihn könnte ich nicht leben.«

»Backen Sie auch selbst?«

»Selbstverständlich. Mein Vater hat mir alles beigebracht.«

»Das ist aber ziemlich ungewöhnlich.«

»Mag sein. Wir sind ein moderner Betrieb.«

»Kommen Sie, ich zeige Ihnen etwas.« Er half ihr auf, und sie gingen zu einer Steintafel. »Die Alten Ägypter kannten zwar keinen Zucker, aßen aber auch gern Süßes. Sehen Sie diese Zeichen hier?« Max zeigte in die untere Ecke. »Eine Schlange, ein Bienenstock und eine Biene: Diese Hieroglyphen stehen für die Honigernte. Sie war im Alten Reich ein zentrales Thema in der Mythologie. Honig galt als Speise der Götter und Quelle der Unsterblichkeit. Bei Ausgrabungen von Königsgräbern wurde Honig oft als Grabbeigabe gefunden.«

»Was Sie alles wissen! Lernt man das an der Hochschule?«

»Nicht nur, aber das meiste.«

»Ehrlich gesagt, ich beneide Sie. Ich würde auch gern studieren.« Emma seufzte. Hin und wieder hörte man von Frauen, die über Umwege in der Schweiz in Fächern wie Medizin oder Chemie inskribiert waren, angeblich seit Neuestem auch in Heidelberg. Mutter nannte sie »Blaustrümpfe«. »Von einer Frau, die Architektur oder Kunstgeschichte studiert, habe ich aber noch nie gehört. Sie etwa?«

»Nein, tatsächlich nicht, aber vielleicht werden die Aufnahmebedingungen ja irgendwann einmal geändert. Zeit wär's ja.

Es gibt keinen logischen Grund, warum Frauen nicht studieren sollten.«

»Genauso wie es keinen logischen Grund gibt, warum Frauen nicht Konditorinnen sein können oder Fahrrad fahren sollten.«

Max lachte. »Da haben Sie recht.«

Als Emma später das Museum verließ, um die Görlitzer Bahn zu erreichen, bemerkte sie, dass sie diesmal, außer der Säulenhalle, kaum etwas im Museum gesehen, sondern nur mit Max geplaudert hatte.

30

Sie waren wie Urlaubstage geworden, diese Donnerstage, an denen sie auslieferte, voller Abenteuer und dem großartigen Gefühl von Freiheit, wenn sie nach getaner Arbeit ins Museum ging. Dazu kam, dass auch Max meist da war. Ihre Treffen waren zur Gepflogenheit geworden.

»Fräulein Buchwald! Schön, Sie wiederzusehen!«, wurde sie von Herrn Krautwurm an einem Donnerstag vor der Adventzeit begrüßt. Auch Herr von Haldersfelde kam wenig später und brachte eine lange Liste der Weihnachtsbestellung mit.

»Das ist sehr viel. Werden Sie wirklich alles liefern können?«

»Selbstverständlich«, versicherte sie gleich. »Keine Frage!«

Sie gingen die Liste, aufgeschlüsselt für jede Adventswoche, penibel durch: Baumkuchen jeder Art standen darauf, pfundweise Weihnachtsplätzchen und Dutzende der kleinen, kunstvollen Petits Fours, die der Brotmeister als Dessertbegleitung für Festdiners benötigte. Der Auftrag war so umfangreich, dass die Backstube bis Weihnachten sicherlich drei Tage die Woche ausschließlich mit Arbeit für das Schloss beschäftigt sein würde.

»Gut, dass Sie diesmal das Buch dabeihaben, Fräulein Buchwald«, sagte Herr von Haldersfelde. »Ich werde alles eintragen, die Bestellung signieren und abstempeln. So hat dann bei der Abrechnung alles seine Richtigkeit.«

Er kopierte die Bestellung in sein eigenes.

»Übrigens, der Baumkuchen neulich war exquisit, die Qualität wie immer – duftig, zart schmelzend und weich. Und so hübsch anzusehen. Die kleinen Mädchen waren ganz verzückt!«

»Das höre ich gern«, sagte Emma, und beim Abschied deutete der elegante Herr von Haldersfelde sogar einen Handkuss an. Schließlich verließ sie das Schloss mit leeren Tragetüchern, doch mit einem prall gefüllten Auftragsbuch unter dem Arm. Sie hatte sein Vertrauen und seinen Respekt, die Begegnung war auf Augenhöhe verlaufen. Er nahm sie als vollwertige Repräsentantin des *Café Buchwald* und als gleichwertige Geschäftspartnerin wahr, und das schlug sich in der langen Bestellliste nieder. Sie jubelte innerlich vor Stolz.

Und jetzt. Jetzt war wieder der Moment gekommen, auf den sie in Wahrheit die ganze Woche gewartet hatte, ohne dass es ihr richtig bewusst gewesen war: die Stunde der Freiheit. Die Stunde des Abenteuers. Die Zeit, in der sie im Neuen Museum abtauchen wollte. Mit flotten Schritten machte sie sich auf den Weg.

Im Lustgarten kaufte sie wieder beim Maroniröster eine Tüte und genoss im Gehen die noch warmen Kastanien. Ein eisiger Wind fing sich in ihren Röcken, aber sie bemerkte es kaum, zu groß war die Vorfreude auf die fremde Welt. Am Ende der Buchsbaumallee war das monumentale Gebäude schon zu sehen. Und vielleicht … nein, bestimmt war ja auch Max wieder da.

31

Am frühen Morgen, die Sonne ging gerade erst auf, stand Max auf einer kleinen Lichtung im Wald nahe dem Grunewaldsee, und ihm schlotterten die Knie, nicht nur wegen der Kälte. Die Augen waren mit einer Paukbrille geschützt, der linke Arm und der Oberkörper mit Bandagen verbunden. Der Atem gefror vor dem Gesicht. Gegenüber, nur wenige Schritte entfernt, hatte sich der andere Paukant aufgebaut – ein armer Teufel war der, wie er selbst, nur aus einer anderen Studentenverbindung. Das Mensurschlagen stand ihnen beiden bevor, er gegen den anderen.

Rundum waren die Freunde versammelt, Studenten und alte Herren mit roten Kappen – allen voran Emil und Arthur, die dieses Spektakel schon vor Wochen über sich hatten ergehen lassen. Auf der anderen Seite der Lichtung, nahe einer Böschung, standen die Freunde des anderen und gaben eine Kolonne aus grünen Kappen.

In diesem Moment, als ihn alle erwartungsvoll anstarrten, kamen Max noch einmal Zweifel, ob es richtig war, sich auf diese gefährliche Prozedur einzulassen. Aber er war kein Hasenfuß, deshalb musste es sein. Er wollte tapfer sein und sich auf dem rechten Pfad durchs Leben allen Widrigkeiten furchtlos entgegenstellen. Tapferkeit musste eingeübt werden durch das Überwinden der eigenen Furcht, sagten alle.

Die Sekundanten schrien: »Los!«

Schon schwirrten die Degen durch die Luft, rasselnd fielen sie aufeinander. Max' Bewegungen waren mechanisch, x-mal hatte er sie eingeübt. Er schlug einige regelmäßige Hiebe, auch eine herrliche Finte. Gleichzeitig wusste er: Seine Verwundung … sie musste kommen.

Noch ein paar Hiebe, noch eine Finte. Dann saß der Hieb des anderen, Max spürte den scharfen Schmerz auf der Wange. Im selben Augenblick rann Blut warm über sein Gesicht und tropfte auf den Waldboden. Er ließ den Degen sinken.

Die Freunde eilten herbei. Sie gratulierten. Arthur reichte ihm einen Flachmann. Der Alkohol brannte die Kehle hinunter. Schon war der Paukarzt neben ihm, nahm ihn zur Seite, wies ihn an, sich gegen einen Stamm zu lehnen. Er kam mit der Nadel, zog ein paar Nähte. Nicht jammern, dachte Max die ganze Zeit. Der Arzt verband die Wunde. Nur ja nicht stöhnen, er war ja kein Hasenfuß! Contenance zeigen, nur darauf kam es an.

»Gut machst du das, du hast es überstanden. Bringt ihn heim«, ordnete der Paukarzt seinen Freunden an.

Endlich hatte er's hinter sich.

»Zwei, drei Tage Bettruhe, dann ist alles vorbei«, sagte der Arzt. *Bettruhe?!* Die kam ihm gar nicht gelegen. Es war doch Donnerstag.

Emil und Artur schoben ihn in eine bereitstehende Droschke, willenlos ließ er's geschehen. *Bettruhe …* Nun fühlte er sich elend.

32

Emma löste eine Eintrittskarte und betrat die Eingangshalle. Wieder war Mittagszeit, wieder waren nur wenige andere Besucher da. Sie ließ den Blick durch die Halle gleiten, auch zu den rotsamtenen Bänken. Diesmal waren alle unbesetzt. Über die glänzend polierte Marmortreppe schaute sie hinauf ins Obergeschoss, danach wieder ins Hauptgeschoss und weiter nach hinten in die Säulenhalle. Zwei ältere Damen spazierten vorbei. Ihre Schritte hallten auf den glatten Marmorquadern. Klack, klack, hörte sie auch ihre eigenen Absätze, sonst nichts. Sie hatte Max gegenüber doch erwähnt, dass sie am ehesten donnerstags nach ihrem Liefertermin kommen würde, überlegte sie. Dass er meist donnerstags nach der Vorlesung da wäre, hatte er geantwortet. Normalerweise hielten sich Menschen an Wochenroutinen, es wäre also durchaus plausibel, ihn anzutreffen.

Die Ägyptische Halle lag da, erhaben, festlich und wunderschön. Sie hielt inne, wieder überwältigt von der Würde, die sie verströmte. Sie betrachtete die Malereien an den Wänden, sah den dichten, himmelblauen Säulenwald, schaute hinauf zum Deckenfries, dann wieder zu den präzise gemalten Papyrusblättern auf den einzelnen Säulen. Sie sah die Säulenreihen, die Stufen, die Wandgemälde, in jeden Winkel schaute sie. Aber schließlich musste sie feststellen: Von Max war diesmal keine

Spur. Schade. Außerdem leuchtete die Halle heute auch nicht golden im Sonnenlicht, sondern war schattig und trist. Kein Wunder, tröstete sie sich, denn der Himmel draußen war verhangen.

Ziellos schlenderte sie zwischen den Säulen umher, wanderte auf und ab.

Schließlich beschloss sie, mit dem nächsten Zug nach Hause zu fahren. Der Besuch hatte heute bei Weitem nicht so viel Freude gemacht wie die letzten Male. Und vielleicht war die Idee, dass ihr Max mit dem spitzbübischen Lächeln und dem dichten Haarschopf wieder eine Gratisführung geben könnte, doch ziemlich verwegen gewesen.

33

Wie viel wollen Sie denn ausgeben?«, fragte Herr Blum, Goldschmied und Inhaber von »Juwelier Blum«, einem kleinen Laden zwischen einer Kaffeeklappe und dem Abgang zum Lager eines Kohlenhändlers in der Nähe des Kottbusser Tors.

Fritz zögerte. Tatsächlich kam er sich in dem Geschäft, wo lauter Preziosen auf der Budel und in den schmalen Regalen auslagen, wie ein Elefant in der Porzellankiste vor. Er war da, weil er etwas ganz besonders Schönes kaufen wollte. Etwas, das zu Emma passte und seine Wertschätzung für sie ausdrückte. Deshalb hatte er diesen Laden gewählt, anstatt sich bei Straßenhändlern auf den Märkten nach einem billigeren Schmuckstück umzusehen.

Herr Blum rückte seine Nickelbrille zurecht. »Wenn Sie mir eine Preisspanne geben, kann ich Ihnen helfen, die Suche einzugrenzen.«

Fritz' Ohren glühten, als er an das Geld im Hosensack dachte. Den Großteil seiner Ersparnisse hatte er unter der Matratze hervorgeholt.

»Hundert bis maximal hundertzwanzig Mark«, stammelte er. Auf einmal erschien es ihm gar nicht mehr viel.

»Nun ja, um diesen Preis werden wir schon etwas Hübsches finden.« Herr Blum klang beruhigend, während er geschäftig an seinen Ärmelschonern zupfte und schlurfend im Hinterzimmer verschwand. Dort hantierte er, öffnete Schubladen, schloss sie wieder. Nach einer Weile kehrte er mit einem Tablett in den Verkaufsraum zurück und legte es auf die Budel.

»Da haben wir beispielsweise einen Granatring. Die Steine sind in einer Blume angeordnet. Ein sehr schönes Stück ist das.«

Die dunkelrote Blume erschien Fritz nicht gerade passend für den Anlass, der ihm vorschwebte.

»Ich hätte lieber etwas Neutrales. Etwas, das zu allem passt.«

»Ah, ich verstehe!« Herr Blum schmunzelte. »Etwas Klassisches suchen Sie. Für die Ewigkeit, sozusagen.«

Fritz starrte verlegen auf das Tablett und trat von einem Bein aufs andere, die alten Dielen knarrten unter seinen Schuhen. War das richtig, was er tat?, fragte er sich, während Herr Blum den Granatring zurück aufs Tablett legte. War es richtig, dass er fast sein gesamtes Vermögen für Wolkenkuckucksheim ausgab, noch bevor er Emma überhaupt gefragt hatte, ob sie einverstanden war? Ja doch, Zaudern würde ihn nicht weiterbringen. Lange genug hatte er jedes Für und Wider abgewogen, nachdem ihm die Frau Patronin ihren Segen zugeflüstert hatte. Jetzt wollte er sein Vorhaben durchziehen, beherzt und entschlossen.

»Ja, genau. Für die Ewigkeit.«

Herr Blum nahm einen anderen Ring auf.

»Vielleicht gefällt Ihnen dieser hier. Ein Goldring mit einem Opal und kleinen Perlen. Er ist sehr fein gearbeitet. Und durchaus noch in Ihrer Preisklasse.«

Fritz griff nach dem zarten Ding, das zwischen seinen Fingern beinahe verschwand, und besah es von allen Seiten. Ein in allen Farben schillernder Stein glänzte in der Mitte, und gräuliche Perlen schimmerten rundum. Edel und elegant wirkte dieser Ring, passend für eine feine Dame. Genau richtig. Nicht zu viel und nicht zu wenig. Je länger er den Ring in den Fingern hielt, desto mehr war er überzeugt, dass es der richtige war. Zaudern und Zögern würden ihn nicht weiterbringen.

»Was kostet er?« Er spürte ein Kratzen im Hals, seine Stimme war nicht so fest wie sonst.

»Hundertvierzig Mark. Aber weil Sie ihn für die Ewigkeit ausgesucht haben, bin ich mit hundertzwanzig zufrieden.«

Fritz holte das Geld aus dem Hosensack. »Tut mir leid, dass es lauter kleine Münzen sind ...«

»Geld ist Geld«, lachte Herr Blum, zählte sie ab und ließ sie in einer Lade verschwinden. »Da haben Sie wirklich etwas sehr Schönes gewählt. Warten Sie einen Moment, ich will noch eine passende Schachtel holen.«

Wenig später war Fritz wieder auf der Straße, mit der Schachtel anstatt der Münzen im Hosensack. Muttchen würde Augen machen, wenn er ihr von seinem Vorhaben erzählte.

Ziemlich verblüfft war er bei seinem letzten Besuch gewesen. Willy hatte nämlich binnen zehn Tagen, nachdem sie das Flugblatt der Kolte'schen Terraingesellschaft erhalten hatten, ein Zimmer für ihr Muttchen gefunden, obwohl Hunderte Menschen für jeden Raum anstanden. Zwar hatten sie nun vormittags zwischen acht und zwei einen Schlafgänger – einen Nachtwächter, der um drei Uhr nachmittags irgendwo seinen Dienst antrat, aber er war froh über die Lösung. Willy reagierte sonst immer viel zu aufgeregt, wenn etwas seine Ordnung störte, vielleicht traute er ihm deshalb zu wenig zu. Diesmal war ihm der jüngere Bruder jedenfalls eine enorme Hilfe gewesen, niemals hätte er selbst in der kurzen Zeit, die ihnen zur Verfügung gestanden war, Muttchen übersiedeln können, wo er doch Tag für Tag in der Backstube festsaß.

Er passierte die fünf Stockwerke hohe, ewig lange Front einer Mietskaserne, dann drängelte er sich auf dem viel zu schmalen Trottoir zwischen Passanten hindurch, bis es ihm zu dumm wurde und er auf die Fahrbahn auswich. Hier war mehr Platz, und er kam besser voran, nur selten musste er einem Fuhrwerk Platz machen. Vielmehr waren es von jungen Burschen gezogene Leiterwagen, die den Weg versperrten.

Er kam an einer Kneipe, einem Beerdigungsinstitut und einer Gemischtwarenhandlung vorbei, dann erreichte er endlich das große Eingangstor des Gebäudes, in dem Muttchen nun wohnte. Es war nicht mehr ganz neu und lag nahe beim Görlitzer Bahnhof. Und das war gut, nicht nur, weil der Weg für Fritz kurz war. Zudem war auch Frau Nowak, die Wäscherin, die Muttchen die Flickarbeit überließ, nur zwei Höfe weitergezogen – deren Familie hatte ihre Bleibe ebenfalls Hals über Kopf räumen müssen.

Er ging durch das Vorderhaus und querte den ersten Hof. Es roch nach verbrannter Milch, Kohl und Würsten. Von den Fenstern hing Wäsche, Kinder spielten Hopse. Irgendwo hämmerte jemand, vielleicht ein Schuster, und in einem der oberen Stockwerke schrie sich ein Baby die Seele aus dem Leib. Er passierte einen weiteren Durchgang, querte noch einen Hof und fand schließlich im Stiegenhaus des nächsten Gebäudes die Treppe ins Souterrain. Nasskalter Staub bröselte von den Wänden in seine Finger, als er sich im Finstern den Gang entlangtastete. Endlich erreichte er die Eisentür zu Muttchens neuer Behausung.

Er klopfte und trat gleich ein. Das Zimmer, das sie nun bewohnte, war die Werkstatt eines Schmieds oder eines anderen Handwerkers gewesen, der mit Feuer hantiert hatte – schwarze Schlieren an den Wänden zeugten davon. Es dauerte, bis sich seine Augen an die Dunkelheit gewöhnten. Erst nach einer Weile machte er den Umriss des klapprigen Eisenbetts aus, in dem er und seine Brüder früher zu dritt geschlafen hatten. In das legte sich Muttchen nun nachts, vormittags lag der Schlafgänger drin. An der Wand war der Ofen mit dem Herd, der Abzug lag in der Mauer.

»Na, wie jefällt dir dein neues Zuhause?«, rief er wohlgemut in den Raum hinein.

»Ach ja … een alter Baum lässt sich schlecht verpflanzen. Kalt isses hier unten … und lauter Fremde sind da. Da oben seh ick ihre Füße vorbeiloofen.« Muttchen saß an der hellsten Stelle unter der Kellerluke und schaute hinauf. »Aba ick darf nich jammern.«

Sie lächelte, als er sie auf die Stirn küsste.

»Ick will dir was erzählen.« Er zog einen Stuhl heran.

»Wat denn, mein Junge?«

»Ick werde heiraten.« Er schluckte. »Das heißt, ich will.«

»Dit sind ja wundabare Neuigkeiten!«

»Sie ist die Tochter vom seligen Patron, und ick hab sie gern.«

»Da wünsch ick dir aba Glück, det se zustimmt.«

»Ick hab sogar schon ’nen Ring.« Stolz holte er die Schachtel hervor.

»Schnieke is der«, bewunderte Muttchen ihn, wahrscheinlich hatte sie noch nie so etwas Feines gesehen.

»Vielleicht kannste mal zu uns nach Cottbus ziehen und musst nicht mehr hier wohnen.« Fritz steckte die Schachtel wieder in den Hosensack.

Muttchen seufzte. »Dit wär schön.«

»Sie muss nur noch Ja sagen.« Er streichelte ihre raue Hand. Nicht nur, aber auch um ihretwillen hoffte er inständig, dass Emma seinen Heiratsantrag annehmen würde.

»Du, Willy und Hans, ihr seid meene jrößten Schätze«, sagte Muttchen. »Wenn ick euch nich hätte … Ick weeß nich, wat denn aus mir wird.«

»Lass mal. Ist schon jut, wie's ist.«

Wenn er einmal Patron war, würde er sie zu sich holen, schwor er sich. Dann würde sie in einem trockenen, warmen Zimmer schlafen, hätte Tag für Tag gutes Essen, an manchen Tagen sogar Süßes. Dann könnte sie sich auch vormittags hinlegen, wenn ihr danach war, und würde auch keine Weißwäsche mehr flicken müssen.

Er seufzte und wünschte sich sehnlichst einmal mehr, dass Emma seinen Antrag annehmen und Wolkenkuckucksheim Wirklichkeit werden würde.

34

Vor Weihnachten versank die Backstube in Arbeit. Sie produzierten eine Sorte Plätzchen nach der anderen. Den Museumsbesuch hatte Emma die letzten Wochen nach den Lieferungen ausgelassen, um mitzuhelfen. Doch sie sehnte sich nach der Zeit, wenn alle Plätzchen gebacken und sie das lieb gewonnene Ritual wieder aufnehmen konnte.

»Als Nächstes machen wir Agnesen. Die sind unaufwendig, füllen das Sortiment und gehen schnell«, sagte Gustl. Er klang müde, seit Tagen war er von frühmorgens bis spätabends am Arbeitstisch gestanden und hatte Spekulatius gerollt, Vanillekipferl geformt und Zimtsterne ausgestochen.

»Agnesen … phh!« Entrüstet schüttelte Fritz den Kopf. »Die haben wir noch nie gebacken. Die sind viel zu banal. Da muss man nur Zucker, Mehl und Eier zusammenwerfen, Ringe ausstechen und mit Aprikosenmarmelade zusammenkleben.«

»Falsch, ganz falsch.« Gustl räumte die Model für die Spekulatiusplätzchen in die Lade und stemmte die Hände in die Hüften. »Stimmt schon, man benötigt nur drei Zutaten. Viele Kunden lieben aber das Einfache und deshalb Agnesen – gerade *weil* sie weder Nüsse noch Schokolade enthalten. Du machst jetzt den Teig dafür, und damit basta.«

»Mach ich nicht. Agnesen gibt's auf jedem Bauernmarkt und zu jeder Jahreszeit. Für Konditoreiware sind sie viel zu gewöhnlich und Buchwalds Ruf nicht würdig. Schon gar nicht fürs Schloss. Nicht einmal hübsch sehen die aus.«

»Der Backprozess ist raffiniert. Wenn man nicht höllisch aufpasst, zerrinnen sie. Das Kunstvolle an ihnen ist nämlich das *Backen.*«

»Kunstvoll. Dass ich nicht lache!«, schnaubte Fritz, während die Lehrlinge mit offenen Mündern danebenstanden, fasziniert vom Spektakel, das die beiden abgaben. Sie stritten wieder einmal auf Teufel komm raus, wie zwei Hähne im Hühnerstall, man musste fast befürchten, dass sie aufeinander losgingen. Ausgerechnet jetzt, wo so viel zu tun war, lagen sie sich noch mehr in den Haaren als sonst. Wie sollten sie alle Aufträge bewältigen, wenn sie ständig Energie in derartige Händel verschwendeten?!

»Lasst uns in Ruhe unsere Arbeit machen«, versuchte Emma, die Streithähne auf andere Gedanken zu bringen. »Ob Agnesen oder nicht – das ist doch jetzt nebensächlich, streitet das später einmal aus.«

Sie streckte Felix das Glas mit der Johannisbeermarmelade entgegen. »Hilf mir, die Husarenkrapfen zu füllen. Du brauchst noch einen Löffel.«

Insgeheim dachte sie, dass dieser Teig auch nicht viel aufwendiger war als der von den Agnesen, aber Weihnachtsgebäck ohne Husarenkrapfen wäre für alle undenkbar. Das ganze Gezänk um Agnesen war einfach nur unnötig.

Die Öfen dampften auf Hochtouren, der Duft der Plätzchen erfüllte das ganze Haus. Fritz hatte den Kampf gegen Gustl aufgegeben und sich in die Vorratskammer verzogen. Vermutlich erhob er dort das Inventar ihrer Rohwaren, damit sie kommende Woche termingerecht Nachschub einkaufen konnten. Es war ein Glück, dass er sich wieder darum kümmerte, dachte Emma, denn diesbezüglich war Gustl wahrlich keine

Hilfe. Der mischte inzwischen selbst den Teig für die Agnesen, mit einem verärgerten Zug um den Mund. Emma holte ein großes Blech mit Kipferln aus dem Ofen und beförderte es auf den Arbeitstisch.

»Richte eine Schüssel mit Vanillezucker her, und beeil dich«, befahl sie dem Lehrling, der gerade neben ihr stand. »Die Kipferl müssen darin gerollt werden, solange sie noch warm sind.« Es gab wahrlich genug zu tun.

»Endlich sind wir fertig.« Erschöpft lehnte sich Emma gegen die Tischplatte und betrachtete zufrieden die unzähligen Plätzchen, die auf Rosten turmhoch übereinandergestapelt zum Trocknen auslagen. Draußen war es finster, die letzten Lehrlinge und Hilfsarbeiter hatten die Backstube längst verlassen. Diese herrlich duftende, friedliche Stille. Nur Fritz hantierte noch mit den Baumkuchenwalzen, aber das störte sie nicht. Im Gegenteil, es erinnerte sie daran, wie es war, als Vater noch gelebt hatte und die Backstube ihr liebster Ort gewesen war. Sie nahm ein Tuch und wischte die letzten Krümel von der Arbeitsfläche.

»Gute Nacht, Fritz. Ich werde hinauf zu Mutter gehen. Bei uns gibt's bald Abendessen. Wir sehen uns morgen wieder.«

Unvermittelt kam er auf sie zu. Er hatte einen eigenartigen Ausdruck im Gesicht. Die Hände säuberte er an der Konditorschürze, dann löste er den Knoten im Band und warf sie achtlos auf einen Schemel.

»Bleib noch ein wenig.« Seine Stimme klang anders als sonst, irgendwie belegt. Emma horchte auf.

»Ich möchte mit dir reden. Unter vier Augen.« Er stand jetzt dicht vor ihr und sah feierlich aus. Wie sonntags, wenn er Ausgang hatte. Er war frisch rasiert, und das Konditorenhemd war trotz des langen Arbeitstages makellos – als hätte er es kürzlich gewechselt.

»Es ist nämlich so …« Er suchte ihre Hand, legte seine auf ihre. Sie war kräftig und warm. Wie letztes Mal, als er sie wegen des Verlusts von Lotti getröstet hatte.

»Ich mag dich sehr gern«, sagte er und sah ihr in die Augen. »Ich glaube, dass wir gut zusammenpassen. Wir kennen einander seit Kindertagen. Und die Konditorei ist uns beiden wichtig.« Er führte ihre Hand zu seinen Lippen und küsste ihre Finger.

»Meine Liebe … ich möchte dich fragen …«

Emma wusste nicht, wie ihr geschah. Alle Wärme wich aus ihren Händen.

»… willst du meine Frau werden?«

Fritz … Er war ihr immer nah gewesen. Als Gefährte, Freund – aber als Ehemann? Tausende Gedanken jagten durch ihren Kopf, sie wusste nicht, was sie denken sollte. Fritz war nett, hilfsbereit, angenehm im Wesen. Ja, sie mochte ihn, sehr sogar, und seit Vaters Tod gab es auf der ganzen Welt keinen, dem sie in der Backstube mehr vertraute, außer vielleicht Gustl. Aber liebte sie ihn auf diese romantische Weise?

»Das ist jetzt eine Überraschung … Damit habe ich überhaupt nicht gerechnet«, stammelte sie. Ihre Hände zitterten, schwitzig waren sie. »Ich glaube …« Kurz sausten alle möglichen Argumente durch ihren Kopf: Vater hätte Freude mit ihm; in der Konditorei waren sie aufgeschmissen ohne ihn; er ist tüchtig und ehrlich; und sie sollte bald heiraten, es war höchste Zeit. Auf einmal fühlte es sich richtig an zu sagen:

»Ja, ich will.« Sie lehnte sich zu ihm und küsste ihn auf den Mund – um die Entscheidung zu besiegeln. Er erwiderte sanft, und sie roch alle wunderbaren Aromen der Backstube in seinem Konditorenhemd.

Schließlich holte er verlegen grinsend ein Schächtelchen aus der Hosentasche, öffnete es und hielt es ihr hin. Ein wunderschöner Ring mit einem schillernden Stein und zarten Perlen lag darin.

»Gefällt er dir?«

»Der ist für mich?! … Du hast ihn tatsächlich für mich gekauft?!« Sie nahm den Ring auf.

Fritz nickte, seine Ohren waren hochrot.

»Er ist wunderschön. Aber ich hätte doch auch ohne Ring ja gesagt.« Sie lachte zaghaft und roch wieder das Mehl an ihm, die Schokolade, die Nüsse. Lauter vertraute Aromen. Eine Ehe mit ihm würde gut und richtig sein.

Dann hörte sie in sich hinein und war enttäuscht. Dieses Kribbeln, von dem Charlotte gesprochen hatte – sie spürte nichts davon, nicht das Geringste. Aber vielleicht würde ja dieses viel gepriesene Kribbeln im Bauch noch irgendwann kommen.

35

Adele löschte die Öllampe. Sie rekelte sich im großen Ehebett, das sie seit Gustavs Tod für sich beanspruchte. Im Mondlicht konnte sie die Konturen der Möbel nur vage erkennen, nichts genau sehen. Das war gut so, denn sie brauchte Ruhe nach der Hektik in der Konditorei. Wohlig warm war die Decke aus Gänsedaunen, appetitlich das weiße Leinen auf der soliden Rosshaarmatratze. Den ganzen Tag schon hatte sie sich nach diesem Moment, in dem sie ganz für sich allein war, gesehnt. Sie streckte die müden Glieder von sich.

Der tagtägliche Wirbel und die enorme Verantwortung, die sie nun allein tragen musste, brachten sie an ihre Grenzen. Nie hätte sie gedacht, dass sie die Position der Patronin einmal nicht nur im Namen, sondern tatsächlich einnehmen müsste. Darauf war sie nie vorbereitet worden. Diese Last war viel zu schwer für die naturgemäß schwachen Schultern einer Frau. Das Schicksal hatte ihr diese Rolle zugeteilt, und Adele musste sie ausfüllen, ob sie nun wollte oder nicht. Disziplin und Pflichtbewusstsein – diese beiden Tugenden waren ihr von Kindheitsbeinen an eingebläut worden, deshalb gab's nie auch nur irgendeinen Zweifel: Sie würde das Café am Laufen halten, bis die Weichen für die Zukunft gestellt waren und sie das Steuer an die nächste Generation übergeben könnte. So wie es sich eben gehörte.

Emma, das gute Mädchen, hatte ihr vor wenigen Stunden von der Verlobung mit Fritz erzählt. Was für ein Glück, was für ein Segen! Was für eine überaus erfreuliche Entwicklung! In den letzten Monaten hatte sich Adele wie ein einsamer Kapitän auf einem Schiff in stürmischer See gefühlt, denn Gustl fehlten in vielerlei Hinsicht die Fähigkeiten zum Patron. Aber jetzt hatte sie die erlösende Gewissheit: Land war in Sicht, in Form von Fritz, ihrem künftigen Schwiegersohn.

Sie schätzte nicht nur seine handwerklichen Fähigkeiten, auch kaufmännisch hatte er das Zeug zum Chef, viel mehr als Gustl. Er war umsichtig, klug und plante voraus. Und bestimmt hatte er das Herz am rechten Fleck – allein die Beständigkeit, wie er seinen Pflichten als Sohn nachkam, zeugte in Adeles Augen davon. Er würde Emma ein guter Ehemann sein.

Seit sie die hervorragende Nachricht über die Verlobung erhalten hatte, war sie zuversichtlich und hoffnungsfroh, ja tatsächlich guter Dinge – zum ersten Mal seit Gustavs Tod. Beinahe glücklich sank sie weiter in die Kissen und bettete den Kopf bequem in den Federn. Das große Ehebett war um einiges komfortabler als die Chaiselongue, auf der sie während ihrer Ehe geschlafen hatte und die nach wie vor hinter dem Paravent stand. Auf dem alten Möbel ruhte sie dieser Tage nur mehr, wenn sie im hektischen Alltag eine kurze Pause benötigte, den Nachtschlaf hingegen genoss sie nun in diesem großen Bett. So war sie Gustav irgendwie nah.

Wieder lenkte sie die Gedanken zu Emma und Fritz. Sie waren so überaus erquicklich. Fritz mochte Emma und sie ihn – das war die beste Voraussetzung für eine gedeihliche Verbindung zwischen den beiden. Im richtigen Moment hatte sie dem Schicksal einen kleinen Schubser gegeben. Und die Liebe … ach ja … die würde auch noch kommen.

Sie schloss die Augen, atmete tief und spann weiter ihr Garn.

Beide, Gustl wie Fritz, müssten so bald wie möglich die Meisterprüfung ablegen. Gustl würde das Stammhaus in Cottbus weiterführen, dafür reichten seine Fähigkeiten aus. Und Fritz sollte mit Emmas Unterstützung die Dependance in Moabit übernehmen, so schnell wie möglich. Denn die jetzige Situation barg Sprengstoff: Zwei Meister in einer Backstube – das war einer zu viel. Gustav hatte dem Berliner Standort eine große Zukunft vorhergesagt. Nahe am Sommerschloss Bellevue würde das Café dort zum Höhenflug ansetzen und den riesigen Berliner Markt erschließen. Dieses Unterfangen benötigte echten Unternehmergeist, den sie Fritz zutraute. In Gedanken sah sie ihn in der Backstube Befehle erteilen und Emma in der Konditorei geschäftig am Herd stehen. Die Aufsicht des Gastraums war eine Rolle, die Emma auch als Frau ausfüllen konnte. Ihre Tochter war wohl ein hochfliegender Geist, der weder die gesellschaftlichen noch die natürlichen Grenzen einer Frau wahrnahm. Als Leiterin der Konditorei würde sie sich verwirklichen können, und im Hafen der Ehe wäre sie in Sicherheit. Nicht nur Emma, sondern die ganze Familie.

Die Renovierung würde einiges verschlingen. Adele fiel ein, dass sie zur Bank gehen sollte, um den Kreditrahmen zu erhöhen. Die Konditionen müsste sie mit dem Direktor neu verhandeln. Die Vorstellung von dieser Unterredung war zwar schrecklich unangenehm, denn auch das war Männersache. Aber sie war die Letzte, die Verantwortung nicht auf sich nahm. Davor drücken? Niemals, mitnichten.

Adeles Gedanken kreisten um goldige Baumkuchenschnitten, bunte Christstollen, Weihnachtsplätzchenvariationen in hübschen Schachteln. Sie selbst aß wenig Süßes und legte vielleicht gerade aus diesem Grund besonderen Wert auf schöne Verpackungen. Konditoreiwaren waren immer auch ein Fest für die Augen, fand sie, und zum Glück hatte Emma ihren Sinn für Ästhetik geerbt. Vielleicht sollten sie sich anlässlich der Neueröffnung der Berliner Filiale neue Verpackungsmodelle zulegen? Gustav, mein Gustav, wir schaffen das. Wir sind auf dem besten Weg dorthin.

Sie nickte ein und glitt ins Reich der Träume. Doch die friedliche Stille währte nicht lange. Die schützende Dunkelheit wich. Auf einmal befand sie sich am Rande einer üppigen Sommerwiese, in grellem Sonnenlicht. Das Grün stand hoch, rundum waren dichte, finstere Wälder.

Im kniehohen Gras spielten drei Gestalten. Beneidenswert einträchtig und fröhlich waren sie, sie neckten einander und lachten. Adele wollte sich zu ihnen gesellen. Sie rief, um sich bemerkbar zu machen. Sie winkte ausgelassen mit den Armen, rief lauter, aber niemand reagierte. Die drei tollten herum, fröhlich, sorglos und glückselig, mitten in der Wiese.

Da bemerkte sie, dass es ihre Kinder waren. Ihr eigenes Fleisch und Blut! Wollten ihre Kinder sie nicht bei sich haben? Jeden Einzelnen rief sie mit Namen: Gustl! Emma! Benji! Ungestört spielten sie weiter, als hätten sie keine Ohren. Oder vielmehr: Als käme kein hörbarer Ton aus ihrem eigenen Mund. O Graus, sie war stumm!

In diesem Moment kamen ihre Kinder Hand in Hand auf sie zu, und auf schreckliche, wundersame Weise verdorrte die grüne Wiese, die sie hinter sich ließen.

Adele erstarrte. Die Gesichter ihrer Kinder – sie waren fahl und grau, die Augen böse, das Haar zottelig. Sie grienten sie an, mit gruseligen Mündern, voller Hohn. Sie schrie, oder wollte schreien: »Nein! Es ist nicht, wie ihr denkt!« Wieder kam kein Ton aus ihrem Mund, nicht einmal ein Flüstern.

Gemeinsam liefen die Kinder davon, unzertrennlich. »Wartet doch!«, wollte Adele schreien, konnte aber nicht. Sie musste hin und ihnen physisch entgegentreten. Sie musste ihnen die

Fratzen von den Gesichtern reißen, sie festhalten und beschützen. Auch dazu war sie unfähig, wie angewurzelt stand sie da. Nicht nur stumm war sie, auch gelähmt. Hilflos musste sie zusehen, wie Emma, Gustl und Benji davonliefen, aus der braunen Ödnis in den finsteren Wald hinein. Einmal schauten sie noch zu ihr, zeigten ihre grässlichen Fratzen, dann verschwanden sie zwischen den Bäumen, und zurück blieb nur diese verdorrte Wiese.

Adele schreckte auf. Schweißgebadet, bebend, angsterfüllt. Sie lehnte sich ins weiche Kissen und atmete schwer. Sie sollte abwarten, bis sie wieder Luft bekam, ermahnte sie sich selbst, erst dann den Traum nüchtern Revue passieren lassen. Es war wieder dieser Albtraum gewesen, seit Jahren plagte er sie. Danach fühlte sie sich immer so schwach und so schäbig.

Nein, sagte sie sich. Das Geheimnis würde niemals ans Licht kommen, dafür würde sie, musste sie sorgen.

36

Schon am Tag, nachdem Emma von der Verlobung erzählt hatte, hatte Mutter wieder einen weißen Kragen am schwarzen Kleid getragen. Die Hochzeit solle so bald wie möglich stattfinden, hatte sie gesagt, am besten gleich nach dem Ende des Trauerjahres Ende Sommer. Anschließend hatte sie Emma und Fritz in ihre Pläne eingeweiht: Sie sollten die Dependance übernehmen. Der Betrieb sollte größer und moderner werden als in Cottbus, die Konditorei ein Lokal, das nicht nur Menschen aus dem Umkreis, sondern aus ganz Berlin anzog, auch das Schloss wolle sie künftig von dort beliefern lassen. Ehestmöglich wollte sie daher Renovierungen in die Wege leiten.

So saß Emma am nächsten Donnerstag mit Fritz im Zug. Mutter hatte sie beauftragt, die Lieferung nach Berlin zu nutzen, um die Dependance genauer unter die Lupe zu nehmen und Erneuerungen vorzuschlagen. Alles war wie immer zwischen ihnen. Emma hatte zwar gedacht, dass jetzt, da sie verlobt waren, irgendetwas anders sein müsste: Die Art, wie sie miteinander umgingen; das Gefühl, das sie für ihn hegte. Tatsächlich war aber alles ganz genau so wie bisher, nur meinte sie manchmal, dass er vielleicht ein wenig zuvorkommender war als früher. Immer wieder drehte sie den Ring mit dem Opal am Finger und besah ihn. Er war wirklich wunderschön und der

Beweis, dass Fritz nun nicht mehr nur ihr Freund, sondern ihr zukünftiger Ehemann sein würde.

Sie lieferten zwei Baumkuchen bei Herrn Quandt ab und ließen sich jeden Winkel des alten Hauses zeigen.

»Herrn Quandt und seine Mannschaft werden wir natürlich behalten«, sagte Emma, als sie wieder unter sich waren. Die Luft war kalt. Im Gehen zog sie den Schal fester zu.

»Natürlich«, erwiderte Fritz. »Aber wir müssen nicht nur die Fassade und die Gaststube herrichten, sondern auch die Backstube erneuern. Die Öfen, die Arbeitsflächen, die Bodenfliesen, alle Geräte müssen raus und neue rein. Die Arbeitsbedingungen dort unten sind ungünstig, man kann sich kaum rühren. Besser, wir machen alles neu und können danach ungestört loslegen.« Seine Stimme überschlug sich fast vor lauter Tatendrang. »Dann werden wir Köstlichkeiten zaubern, die uns die Leute aus der Hand reißen!«

»Das denke ich auch. Wir werden viel Geld für den Umbau benötigen. Das Mobiliar in der Konditorei muss jedenfalls komplett erneuert werden, darauf bestehe ich. Und die Dielen abgeschliffen, die Wände gestrichen. Neue Vorhänge brauchen wir auch, die alten sind schon ganz verschlissen.«

Sie schwelgten in Plänen und Ideen. Auf einem kleinen Platz war eine Holzbude aufgebaut. Daneben eine weihnachtlich geschmückte Tanne.

»Schau, wie schön! Wenn wir einmal die Dependance bewirtschaften, könnten wir in der Weihnachtszeit auch so einen Baum aufstellen.«

»Ja, das machen wir«, bestätigte Fritz.

Emma zog den Hut noch tiefer in die Stirn, ein frostiger Wind war aufgekommen.

»Lass uns doch ein wenig bummeln, wir haben noch Zeit, bevor wir zum Schloss fahren.« Er zog sie in Richtung der

Holzbude. Emma warf einen Blick auf ihre Taschenuhr. Normalerweise wäre sie zu dieser Zeit längst bei Herrn Krautwurm. Und anschließend im Neuen Museum. Doch dazu würde es heute wohl nicht mehr kommen. Sie seufzte kaum merklich.

»Gern«, sagte sie und hängte sich bei Fritz ein. Das hätte sie früher nie getan, aber jetzt waren sie verlobt. Er streichelte ihre Hand und lächelte sie an. Ja, dachte sie, wir würden ein gutes Paar abgeben.

An der Bude wurden gestrickte Hauben, kleines Spielzeug, Kerzen und Karamellbonbons angeboten. Emma kaufte ein Tütchen. Im Gehen genossen sie die Süßigkeit und vergaßen fast die Kälte. Auf der anderen Seite der Brücke stand ein neuer Bauzaun. Sie waren auf dem Hinweg zur Dependance schon daran vorbeigekommen, doch jetzt siegte Emmas Neugier. Sie lugte durch einen Spalt zwischen den Brettern. Keine Baustelle war dahinter zu sehen, nur Brachland.

»Hier wird ganz neu gebaut, hat mir Herr Quandt erzählt«, sagte Fritz, der ebenfalls einen Blick riskiert hatte. »Alles soll hier hoch, groß, schön werden.«

»Hoffentlich passiert das bei unserer Dependance nicht auch … sie wird doch bleiben, oder?«, fragte Emma, plötzlich beunruhigt.

»Aber ja, natürlich. Die ist ja weiter weg.«

»Gott sei Dank.« Emma schmiegte sich an Fritz und ließ sich von ihm auf den Bahnhof führen.

»Gut, dass Sie da sind, Fräulein Buchwald«, begrüßte Herr Krautwurm sie. »Wir haben schon befürchtet, dass sie heute nicht mehr kommen. Das wäre eine Katastrophe gewesen! Am Abend findet nämlich eine Nikolausfeier statt, und wir benötigen dringend einen der Baumkuchen.« Er warf einen Blick auf Fritz, der neben Emma in der Tür stand, und sie überlegte kurz, ob sie ihn als ihren Verlobten vorstellen sollte. Aber irgendwie erschien es ihr im Moment nicht wichtig. Der Hochzeitstermin war noch nicht fixiert, und dass sie verlobt waren, ging Herrn Krautwurm eigentlich nichts an. Sie übergab ihm die Baumkuchen, den Christstollen und eine Riesenschachtel mit Plätzchen.

»Alles Gute für die Vorbereitungen für das Nikolausfest. Bitte richten Sie auch Herrn von Haldersfelde meine guten Wünsche aus.«

»Der Erste Sekretär des Brotmeisters ist zurzeit besonders beschäftigt, andernfalls hätte er sicherlich gern persönlich Ihre Lieferung entgegengenommen und abgezeichnet«, sagte Krautwurm.

Dann standen sie wieder auf der Straße. Mittlerweile war es fast Abend, jedenfalls viel zu spät für einen Abstecher ins Museum. Ganz abgesehen davon, dass Fritz bestimmt keinen Sinn dafür hatte.

»Höchste Zeit, dass wir nach Hause kommen.« Mit Schwung schulterte er die leere Trage und ging schon los.

Emma folgte ihm. Sie bedauerte, dass sie den inzwischen so lieb gewordenen Ausflug wieder auslassen musste. Und: dass sie Max nicht sehen würde, der sich möglicherweise zwischen den Säulen versteckte.

»Der Bart des Dieners hat mich beeindruckt«, sagte Fritz. »Bestimmt schniegelt er den täglich, und nachts bringt er ihn mit einer Bartbinde in Form.«

»Und pflegt ihn mit dieser berühmten ›Es-ist-erreicht‹-Tinktur«, lachte Emma.

Fritz wandte sich um und ergriff wieder ihre Hand. »Auf geht's zum Bahnhof.«

Als sie im Zug saßen und durch die Vororte Berlins fuhren,

fiel Emma ein, was sie ihn schon den ganzen Tag hatte fragen wollen.

»Waren in der Schachtel mit den Weihnachtsplätzchen fürs Schloss eigentlich auch Agnesen dabei?«

Fritz grinste, als hätte er in der Lotterie gewonnen.

»Gustl hatte welche dazugegeben. Aber bevor ich die Schachtel zuband, hab ich alle wieder rausgeklaubt.«

»Was passiert jetzt mit den rausgeklaubten?«

»Keine Sorge. Bis Weihnachten ist noch mehr als zwei Wochen Zeit. Bis dahin werden sich genügend Abnehmer finden.«

Der Streit zwischen Gustl und Fritz war kleinlich, fand Emma. Nachdenklich sah sie wieder aus dem Fenster. Je länger sie die Hütten im Novembernebel sah, desto mehr hoffte sie, am nächsten Donnerstag wieder etwas Luft der weiten Welt zu schnuppern.

37

Wie meistens nach der Vorlesung mit Professor Wehle ging Max wieder ins Neue Museum. Es war der Tag vor Weihnachten und Donnerstag. Bewusst nahm er sich die Zeit und fuhr von der Technischen Hochschule in Charlottenburg zur Spreeinsel. Er war überzeugt, dass er im Museum genauso viel lernte wie auf der Universität. Oft entdeckte er neue Exponate oder Details an bekannten Ausstellungsstücken, die ihm bisher nicht aufgefallen waren. Bei jedem Besuch schwang aber auch der Hoffnungsschimmer mit, Emma wieder zu begegnen. Ein Schimmer, der allerdings leider zunehmend verblasste – seit ein paar Wochen war er nämlich stets enttäuscht worden. Dabei hatte sie doch gesagt, dass sie donnerstags immer käme. Diese junge Frau hatte einen bleibenden Eindruck bei ihm hinterlassen, allzu gern würde er sie wiedersehen.

Einige Stunden zuvor hatte es zu schneien begonnen. Große Flocken fielen vom Himmel, fingen sich im Mantel, der Kappe und im Gesicht. Auf den Straßen verkamen sie im Moment des Auftreffens zu braunem Matsch, nur die Parkfläche des Lustgartens verwandelten sie in eine weiße Zauberlandschaft. Die penibel getrimmten Buchsbaumkugeln, die kahlen Äste der Pappeln und die Kieswege zierte eine Schicht aus weißem Flaum. Das Reiterstandbild ragte gen Himmel, ebenso angezuckert wie alles ringsum. Um die mächtige Schale, diesem technischen Wunderwerk aus rötlichem Granit, die dastand, seit er sich erinnern konnte, tollten ein paar Jungen im Schnee. Max sah ihnen zu, wie sie in die Schale griffen, Schneebälle formten und sich damit bewarfen. Sie lachten, hatten Spaß – am liebsten hätte er mitgespielt. Wenn er zehn Jahre jünger gewesen wäre, wäre er sicherlich zu ihnen gelaufen und hätte es getan. Als Student sollte er sich allerdings angemessen benehmen, zumindest in der Öffentlichkeit.

Vorsichtig strich er über die markante Narbe auf seiner Backe. Er hatte sich getraut. Durch den Schmiss war seine Zugehörigkeit zur Studentenverbindung äußerlich sichtbar und würde es sein Leben lang sein. Vater hatte, wie vorhergesehen, beim ersten Anblick einen ordentlichen Tobsuchtsanfall bekommen, Mutter ebenso.

Er steckte die Hände in die Manteltaschen und stapfte auf die Säulenreihe des Alten Museums zu, dann weiter in Richtung Neues. Schon wieder landeten seine Gedanken bei der Frage, ob Emma diesmal da war. Den Hoffnungsschimmer gab's ja, wenn auch winzig klein.

Auf einmal stach sie ihm ins Auge. Eingehüllt in einen schlichten Mantel war sie auf der anderen Seite des Lustgartens unterwegs und strebte, vom Schloss kommend, ebenfalls in Richtung Neues Museum. Es waren die stolze Haltung und festen Schritte, die ihm sofort auffielen. Sogar aus der Ferne spürte er förmlich, dass sie es war.

»Emma?!«, rief er laut.

Als hätte sie darauf gewartet, wandte sie sich um. Ihre Blicke trafen sich. Max winkte, sie gingen aufeinander zu.

»Sie hatten gesagt, Sie kämen immer donnerstags, aber ich habe Sie in letzter Zeit nie gesehen«, warf er ihr augenzwinkernd vor.

»Das Gleiche könnte ich behaupten!«

»Ich war immer da«, brummte er mit gespielter Entrüstung, während sie gemeinsam in Richtung Neues Museum schlenderten. »Na gut, fast immer. Einmal bin ich nicht gekommen, weil der Herr Professor Wehle die Vorlesung abgesagt hat. Und ein-, zweimal habe ich mich wohl ziemlich verspätet.« Und einmal war ich verhindert, wegen der Wunde auf der Backe, dachte er bei sich.

»Was für ein Glück, dass der Herr Professor heute doziert hat«, lachte Emma. Ihre Wangen waren rot von der Kälte. »Und was für ein Glück, dass Sie heute pünktlich sind!«

Sie erreichten den Eingang zum Museum. Max öffnete die Kassettentür und ließ ihr den Vortritt.

»Dreißig Pfennig«, verlangte der Wärter mit den Zählkarten routiniert. Emma streifte ihren Handschuh ab. In diesem kurzen Moment, bevor sie in den Beutel griff, blieb sein Blick an ihrem Finger hängen. Ein Ring war da. Sie hatte ihn bei ihren bisherigen Treffen nicht getragen. Er wäre ihm aufgefallen, so schön, wie er war: ein Opal umringt von kleinen, gräulichen Perlen.

Sie kramte im Beutel.

»Lassen Sie.« Er holte ein paar Münzen aus dem Mantelsack. »Ich lade Sie ein.«

Sie betraten die Eingangshalle. Nachdem sie die Wintermäntel in der Garderobe abgegeben hatten, wandten sie sich wieder dem Treppenaufgang zu. Wie immer lag diese Ehrwürdigkeit in der Luft. Es war diese besondere Stimmung, die er liebte. Heute erschien sie ihm besonders erbaulich, vielleicht, weil Weihnachten kurz bevorstand; vielleicht aber auch, weil Emma offenbar genauso beeindruckt war wie er.

»Was möchten Sie heute besichtigen? Wieder die Ägyptische Säulenhalle? Oder darf ich Ihnen etwas anderes zeigen?«

»Die Säulenhalle ist bislang mein Lieblingsort. Aber ich erkunde auch immer gern etwas Neues.«

»Lassen Sie uns in den ersten Stock gehen.«

Sie schritten die flachen Stufen hinauf, vorbei an mannshohen antiken Marmorskulpturen. Er lenkte ihren Blick in Richtung Decke.

»Dort oben sieht man Teile der Eisenkonstruktion. Friedrich August Stüler, der Architekt dieses Hauses, hat damit ein Stück Technikgeschichte geschrieben. Er hat das Unvermeidliche in der Konstruktion sichtbar gemacht – das ist etwas Besonderes an diesem Gebäude.«

»So formvollendet«, staunte sie – und er blieb an ihren wunderschönen, mandelförmigen Augen hängen. »Warum waren diese Verstrebungen eigentlich nötig?«

»Das Haus steht auf sandigem Grund«, erklärte er, den Blick wieder auf die eisernen Verstrebungen gerichtet. »Übrigens hat man beim Bau zum ersten Mal eine Dampfmaschine eingesetzt, um die Stützpflöcke in den Boden zu treiben. Etwas, das heute gang und gäbe ist.«

»Den Arbeitern hat man damit bestimmt das Leben erleichtert.«

»Ja, zumindest auf der Baustelle.«

Sie redeten unablässig, während sie an unzähligen Skulpturen der griechischen und römischen Antike vorbeischlenderten und deren Ebenmaß bewunderten. Danach gingen sie einen Stock höher, ins Kupferstichkabinett.

»Das ist Carl Friedrich Schinkel.«

»Wer war das denn?«, fragte Emma.

»Der Architekt des Alten Museums nebenan. Noch heute studieren wir an der Hochschule seine Konzepte.«

Ihre natürliche Art, Neugierde zu zeigen, faszinierte ihn. Er machte sie auf noch mehr Kupferstiche, Gipsabdrücke und Architekturmodelle aufmerksam, und gemeinsam entdeckten sie Details, die auch ihn überraschten.

Einmal standen sie vor einem Schaukasten mit einem hundert Jahre alten Modell einer Kirche. Emma war von der komplexen Konstruktion begeistert und strich fast zärtlich über das Schutzglas. In diesem Augenblick bemerkte er, dass der Ring an ihrem Finger fehlte. Oder war er an der anderen Hand gewesen? Beiläufig musterte er ihre Finger, aber der Ring war weg. Sie wird das schöne Stück doch nicht verloren haben? Quatsch. Ringe fallen nicht einfach von Fingern. Zuerst war es nur ein Verdacht, aber binnen Sekunden war er sich so sicher, wie die Erde eine Kugel war: Emma hatte den Ring abgenommen und weggesteckt. Heimlich. Hinterrücks.

»Das Kirchenmodell ist so detailreich, so unglaublich genau, ein Kunstwerk für sich«, unterbrach sie in diesem Moment sein Grübeln – und die unbequeme Erkenntnis, die seine gute Stimmung gerade getrübt hatte. Er riss sich zusammen.

»Nicht jeder erkennt den Wert dieser Dinge. Mein Vater, zum Beispiel. Manchmal habe ich deshalb Schwierigkeiten mit meinem alten Herrn. Er denkt in fast allem ganz anders als ich. Wir sind sehr verschieden.«

»Das tut mir leid. Ich hatte nämlich eine überaus innige Verbindung mit meinem Vater«, sagte sie.

»Hatte?«

»Leider. Er ist letzten Sommer verstorben. Er fehlt mir sehr.« Der Gedanke betrübte sie ganz offensichtlich.

»Mein Vater möchte am liebsten alles Alte in den Boden stampfen«, sagte er schnell. »Um dann möglichst billig glatte Mauern aufzuziehen, in die er möglichst viele Leute hineinverfrachtet. Die sollen dort hausen wie Maulwürfe und auch noch möglichst viel Geld dafür bezahlen.«

»Er ist Architekt, wie Sie?«

»Nein, er verachtet meine Studienrichtung. Architektonisches Planen ist in seinen Augen Zeitverschwendung. Er ist Inhaber der Kolte'schen Terraingesellschaft, vielleicht haben Sie schon einmal davon gehört.« Er sah Unkenntnis in ihren Augen. »Jedenfalls baut er rein gewinnorientiert, ohne jeglichen Anspruch auf Ästhetik oder Funktion. Ich finde aber, dass wir auch eine Verantwortung gegenüber Menschen haben, die nicht in der finanziellen Lage sind, sich mit Schönem zu umgeben. Eine schöne Umgebung formt auch den Geist.«

Sie verstand ihn, sie teilte seine Begeisterung. Obwohl sie das Fach nicht studierte, wusste sie, wovon er sprach.

»Schönheit, Wärme und Behaglichkeit … das sind wohl Grundbedürfnisse, aber sie zu besitzen, ist ein Privileg. Es ehrt Sie, dass Sie Gebäude planen wollen, die auch armen Menschen noch etwas mehr bieten können als lediglich Platz zum Schlafen«, sagte sie.

»Das würde ich gern, eines Tages. Doch das ist Zukunftsmusik. Schauen wir lieber in den nächsten Raum, zu den Kunstwerken aus dem Mittelalter.«

»Ich fürchte, das geht nicht. Ich muss zum Bahnhof, sonst verpasse ich den letzten Zug«, sagte Emma mit Blick auf ihre Taschenuhr.

Die Zeit war viel zu schnell vergangen. Max wollte sich noch nicht von ihr trennen.

»Darf ich …« Ihm verschlug es die Stimme, er erkannte sich selbst nicht mehr. Ihm, der nie um Worte verlegen war, fiel es plötzlich schwer, die richtigen zu finden. »Darf ich … Sie vielleicht begleiten?«

»Aber gern!« Emmas Augen leuchteten auf, wieder fingen sie ihn: Neben Neugier las er Klugheit, Wärme und Zuneigung darin.

Sie schritten die breite Treppe hinab in die Eingangshalle

und holten die Mäntel aus der Garderobe. Während Max in seinen Übermantel schlüpfte, ging Emma zum Spiegel. Er sah ihr zu, die ganze Zeit, er konnte seine Augen nicht von ihr nehmen. Er sah, wie sie ungezwungen ihren Hut adjustierte, den Schal zuzog, den Mantel glatt streifte und sich rasch von allen Seiten betrachtete. Es war diese unaufgeregte, natürliche Weise, die ihn beeindruckte, ja, die er verehrte. Und auf einmal war ihm klar: Er hatte sich verliebt. Es war die Art, wie sie ohne Eitelkeit die Kopfbedeckung auf dem glänzenden, kastanienbraunen Haar zurechtrückte. Die beiläufige Manier, wie sie diesen Hut und den einfach geschnittenen, aber guten Mantel trug und nonchalant ihre natürliche Schönheit zur Geltung brachte. Ganz anders als die jungen Damen der guten Gesellschaft wie Henriette, die sehr bewusst aufwendig und teuer ihr Aussehen zur Geltung brachten. Und die Selbstverständlichkeit, mit der Emma beidbeinig auf dem Boden stand und sich gleichzeitig für alles in der Welt interessierte, gefiel ihm sehr. Jedenfalls öffnete ihm dieser kurze Moment die Augen, und er wusste: Emma war klug und attraktiv und zudem eine Frau zum Pferdestehlen. Sie war es, mit der er sein wollte. Jede Minute, jede Stunde, jeden Tag. Aber mit dieser Erkenntnis durfte er sie nicht überfallen, er musste behutsam sein.

»Gehen wir«, kam es aus seinem Mund.

Sie traten hinaus ins Freie. Es hatte aufgehört zu schneien, die Luft roch frisch. Die Glocken einer nahen Kirche läuteten, und in der Ferne hörte man Weihnachtslieder – ein Chor übte irgendwo für einen feierlichen Gottesdienst.

»Kommen Sie.« Er bot Emma den Arm an. Sie schlüpfte in ihre Handschuhe, er spürte ihre warme Hand. Da fiel ihm der Ring wieder ein, und es fühlte sich an wie ein Knuff in die Magengrube. Ein Hieb, der saß: Diesen besonders kleidsamen Ring hatte sie verschwinden lassen. Hatte er womöglich eine größere Bedeutung? Sollte er sie danach fragen? Jetzt? Später? Verbarg sie etwas, und ihre Unbedarftheit war nur eine Täuschung? Wollte er die Antwort denn überhaupt so genau wissen?

Obwohl er all das überlegte, brachen ihre Gespräche nicht ab, und sie liefen die lange Strecke bis zum Görlitzer Bahnhof. Als sie dort ankamen, stand der Zug schon auf dem Gleis. Zu spät, dachte er. Der schrille Pfiff des Schaffners verunmöglichte die allerletzte Gelegenheit, dem Geheimnis des verschwundenen Ringes nachzugehen.

»Alles einsteigen!«

Emma schaute ihn an, mit den schönsten Augen, die er je gesehen hatte. Wenn nur dieser Ring nicht wäre! Dann hätte er sie in genau diesem Moment noch schnell geküsst.

»Adieu«, sagte er stattdessen.

»Auf Wiedersehen, Max! Und schöne Weihnachten!«, erwiderte sie unbekümmert, bestieg den Waggon und winkte aus dem Fenster, während die Lokomotive aus dem Bahnhof dampfte.

38

Emma winkte, bis Max nur mehr als kleiner Punkt auf dem Perron zu sehen war. Dann nahm sie an einem Fenster Platz. Die schneebedeckte Landschaft sauste vorbei, aber sie nahm sie nicht wahr. Ihr war ganz sonderbar zumute. Einerseits war sie glücklich und froh. Der Nachmittag mit Max war so unbeschwert, so leicht und gleichzeitig so aufregend gewesen. Sie spürte eine Lebendigkeit in sich wie schon lange nicht. Gleichzeitig fragte sie sich: Durfte das denn sein? Hätte sie ihm nicht ganz am Anfang schon von Fritz erzählen sollen? In diesem Moment, als sie an der Kassa gestanden waren? Hätte sie nicht sagen sollen: »Ach, übrigens, ich bin verlobt«? Ein Lacher entkam ihr, weil der Gedanke so absurd war. Da war es doch bestimmt allemal besser gewesen, ihrer Eingebung zu folgen und den Verlobungsring abzunehmen. Ohne nachzudenken, war es einfach passiert, quasi fast von selbst war der Ring vom Finger geschlüpft.

Andererseits hatte sie ein entsetzlich schlechtes Gewissen. War sie Fritz gegenüber treulos, weil sie nach der Lieferung ins Museum gegangen war und sich dort von einem Mann, den sie rein zufällig getroffen hatte, Exponate hatte erklären lassen? Sicherlich doch nicht, beschloss sie nach längerem Überlegen. Sie hatte keinen Grund, sich irgendetwas vorzuwerfen. Zwischen ihr und Max war nichts passiert, ohnehin hatte sie bisher kaum etwas von sich erzählt, da sie viel lieber seinen Worten lauschte. Das Treffen war auch nicht vereinbart gewesen. Dennoch wurde sie das Gefühl nicht los, dass sie etwas Unrechtes getan hatte, und dieses Gefühl nagte an ihr, als hätte sie ein schlechtes Gewissen.

Der Zug passierte winterliche Dörfer, Wälder und Felder. Emma schob die vielen Grübeleien von sich. Morgen war Weihnachten. Die Feierlichkeiten würden bestimmt schön werden, auch wenn die ganze Familie Vater schrecklich vermisste. Dennoch wollte sie sich freuen. Sie lehnte sich in die Fensterecke, schaute weiter in die vorbeisausende Winterlandschaft und träumte vom vergangenen Nachmittag.

Erst in Cottbus hatte sie der Alltag wieder.

39

Max blieb noch eine Weile am Perron stehen und sah dem Zug nach, wie er in die gräulich weiße Landschaft fuhr. Abgesehen von der Geschichte mit dem Ring war der Nachmittag wundervoll gewesen. Ob Emma ähnlich empfand wie er? Er musste sie jedenfalls wiedersehen, ehestmöglich, trotz des Ringes. Da schoss es ihm durch den Kopf: Was war er doch für ein Esel! Vor lauter Sternen in den Augen hatte er einen Riesenfehler begangen – er hatte vergessen, sich zu verabreden. Und was seine Lage noch verschlimmerte: Außer dem Vornamen wusste er nichts von ihr. Keinen Nachnamen. Auch nicht, wo sie wohnte. Nichts. Nur, dass sie an der Görlitzer Bahnstrecke wohnte. Er konnte doch schlecht von Station zu Station fahren und in jedem Ort nach einer Konditorei mit einer jungen Frau namens Emma fragen. Nein, er war darauf angewiesen, dass sie wieder im Museum auftauchte. Ob das bald passieren würde? Jemals wieder? Wie ein Anfänger in Frauensachen hatte er sich benommen! Emil und Arthur würden ihn auslachen. Und dann lag ihm auch noch dieser Brocken in der Magengrube: der Ring. Womöglich war sie überhaupt schon längst an einen anderen vergeben?!

Er nahm die Kappe ab, raufte sich die Haare und wusste nicht recht, was er tun sollte. Zögerlich setzte er die Kappe wieder auf und ging den Perron entlang in Richtung Bahnhofshalle. Er sollte wohl nach Hause gehen und lernen, kam es ihm in den Sinn. Gleich nach Weihnachten stand eine große Prüfung in Ingenieurwesen bevor – die er fürchtete. Er hatte keine Begabung dafür, im Gegensatz zu den zeichnerischen Fächern, wo er sich immer leichttat und beste Noten schrieb. Ingenieurwesen war das Fach, das er am wenigsten mochte, und ausgerechnet diese Note entschied, ob er ins nächste Semester weitergelassen wurde oder nicht.

Er wollte noch weiter zu Fuß gehen, um das Chaos in seinem Hirn zu sortieren. Denn er hatte wahrlich anderes im Kopf als Pauken. Nämlich den vergangenen Nachmittag. Und wie er Emma wiedersehen könnte.

Beim Kottbusser Tor war eine neue Baustelle. Womöglich war das jene Ecke, von der Vater und Edmund seit Langem sprachen – dieser übrig gebliebene Rest der alten Barackensiedlung, den die beiden mit unanständigen Methoden von den Bewohnern befreien und mit Mietskasernen bebauen wollten. Max blickte hinter die Holzplanken. Arbeiter mit Stichhacken und schweren Hämmern rissen alles nieder. Ihr Atem dampfte in der Kälte. Der Lärm vom Klopfen, Hämmern und Schlagen war ohrenbetäubend. Ein riesiger Dreckhaufen der Zerstörung war da, nichts als Bretter, Schutt- und Steinhaufen, teils mit Schnee bedeckt.

Nur wenige Schritte entfernt hob ein Mann in einem weißen Arbeitsmantel die Planke des Zauns auf und betrat die Baustelle. Er trug einen Stapel Papiere unter dem Arm, einen Bleistift hinter dem Ohr und sah aus, als würde er hierhergehören.

»Pardon!«, rief Max ihm zu. »Kennen Sie sich hier aus? Wissen Sie, was da entstehen soll?«

»Mietshäuser kommen her. Große Häuser im neuen Stil. Fünf Stockwerke hoch, eins nach dem anderen, die Höfe dazwischen immerhin so groß, dass der Feuerwehrwagen wenden kann. Piekfein wird der Häuserblock, verglichen mit den üblen Baracken, die da gestanden haben.« Akkurat hängte der Mann den Bretterbalken wieder ein. »Gibt Platz für Tausende Familien. Dauert zwar noch ein Weilchen, bis alles fertig ist, aber dafür wird nachher alles umso schöner.« Er stieg über den nächsten Schutthaufen und entfernte sich. Max hatte ihn noch fragen wollen, ob er für die Kolte'sche Terraingesellschaft tätig war, aber er war schon außer Hörweite.

Im nächsten Augenblick gab's einen Aufschrei, kurz darauf einen dumpfen Schlag, dann das Krachen von Brettern. In eine Gruppe von Männern, die sich weiter hinten zu schaffen gemacht hatte, kam Bewegung. Arbeiter liefen hin, auch der Mann mit dem weißen Kittel.

»Ausjerutscht is er ... uff'm Schnee«, rief einer.

»Besser aufpassen hätt er sollen, der Trottel«, sagte der Mann im weißen Kittel. Sie redeten und gestikulierten, nach einer Weile holte einer eine Leiter. Sie hoben den Mann darauf und trugen ihn zur Straße, wo Max stand. Wie ein Häufchen Elend lag der Verletzte da, sein Bein seltsam verdreht und das Gesicht schmerzverzerrt.

»Bringt ihn heim.« Der Weißkittel hob den Bretterbalken wieder auf und wies den Männern mit der Leiterbahre den Weg. »Und sagt seiner Frau, dass ich ihm den Lohn der letzten Woche nach Feierabend vorbeibringen lassen werde.«

Die Arbeiter schulterten die Leiter und gingen davon.

»Den werden wir kaum wiedersehen. Kommt davon, wenn man schon zum Frühstück Bier säuft«, schimpfte der Mann im weißen Kittel noch, bevor er sich wieder den verbliebenen Arbeitern zuwandte. »Das soll euch andren 'ne Lehre sein. Und jetzt wieder ran an die Arbeit mit euch. Tempo, tempo!«

»Säufste, stirbste, säufste nich, stirbste ooch«, murmelte einer und nahm verdrossen seine Schaufel auf.

Der arme Hund. Das Geld würde er bitterlich brauchen, wo er nun sicherlich für Wochen oder Monate ausfiel, dachte Max. Eine schöne Bescherung, und das am Tag vor Weihnachten. Hoffentlich hatte er noch was unter der Matratze. Und wer würde ihn zum Arzt bringen? Den Gips bezahlen? Die Vorstellung, dass der Verletzte womöglich auch noch kleine Kinder zu Hause hatte, bedrückte ihn. Die Arbeitsbedingungen dieser Leute waren scheußlich und in Schnee und Eis bei Minustemperaturen auch gefährlich. Womöglich war die Kolte'sche Terraingesellschaft verantwortlich … Eine Weile sah er noch dem Treiben hinter dem Bretterbalken zu, bevor er sich weiter auf den Weg machte.

Wie und wann würde er Emma wiedersehen? Und wie sollte er effizient Ingenieurwesen lernen, wenn es in seinem Kopf vor lauter Eindrücken surrte wie in einem Wespennest?

WINTER 1896/97

40

In der Villa Kolte in Grunewald saßen Konrad und seine Gattin Gertrud in den schweren Lederfauteuils im Rauchsalon und warteten auf das Eintreffen ihrer Gäste zum festlichen Dinner: des Herrn Oberbaurats Heinrich von Hagen und dessen Gemahlin. Für die meisten Berliner war zwischen Weihnachten und Neujahr eine stille Zeit, aber für Konrad ruhte das Geschäft nie, auch während der Feiertage nicht, deshalb hatte er auf diesen Termin bestanden. Sowohl das Ehepaar von Hagen als auch Gertrud und er hatten einen vollen Gesellschaftskalender, und dieser Abend war der einzig freie gewesen, auf den sie sich hatten einigen können.

»Es ist erst sieben«, stellte Konrad nach einem Blick auf seine Uhr fest und steckte sie zurück in die Tasche seiner auffällig grün-rot gestreiften Weste. Buntseidene Westen waren sein Faible, und die grün-rote passte seiner Meinung nach perfekt zur Weihnachtszeit, deshalb hatte er sie für den Anlass angelegt. Mit seinen bunten Westen aus edlem Material hob er sich von gewöhnlichen Garderoben ab, nur hoffentlich brüskierte er den vornehmen Herrn von Hagen nicht damit. Herren von nobler Herkunft wie der Herr Oberbaurat hatten nämlich ihre ganz eigene Eleganz, und da würde er nie mithalten können, so realistisch war Konrad. Passend zur rot-grün gestreiften Weste trug er rote Strümpfe. Ein wenig biss sich das Rot mit dem

Rostbraun seiner Lieblingsschuhe, aber da Gertrud noch keinen negativen Kommentar abgegeben hatte, konnte die Kombination nicht allzu unschicklich sein.

»Wir haben also noch ein halbes Stündchen Zeit. Möchtest du einen Aperitif, Liebling?«

Gertrud sog an ihrer schlanken Zigarette.

»Gern, ich nehme einen Sherry. Wie immer.« Sie blies den Rauch in kleinen Wölkchen aus. »Wie geht's eigentlich mit den Bauten am Kottbusser Tor?«

»Alle Häuser sind vom Plan weg verkauft«, sagte Konrad stolz, während er zum Büfettschrank ging. »Ich bin schon wieder an etwas Neuem dran.« Er öffnete die Glastür, entnahm eins der schweren Kristallgläser und goss einen Fingerbreit vom köstlichen schottischen Whisky hinein, ebenso spanischen Sherry in ein kleineres Glas für Gertrud und brachte es ihr. Wieder einmal stach ihm ihr schlanker Nacken in die Augen, den die kunstvolle Aufsteckfrisur freigab. Obwohl sie zwei Jahre älter war als er, war ihr Haar noch immer ohne Grau. Und das auberginefarbene Dinnerkleid, das sie trug, kombiniert mit dem kostbaren Perlenchoker, den er ihr vorletzte Weihnachten geschenkt hatte, stand ihr besonders gut.

»Deshalb die Einladung heute.« Er beugte sich hinab und drückte ihr einen Kuss auf den Nacken. Er begehrte sie wie bei der ersten Begegnung vor mehr als 20 Jahren. Zufrieden peilte er wieder seinen Lederfauteuil an. Er ließ sich nieder, nahm einen Schluck vom teuren Whisky, genoss eine Weile das Aroma im Mund. Herrlich, wie er die Kehle hinunterbrannte …

Er spielte mit dem schweren Glas, schwenkte die braune Flüssigkeit darin und beobachtete, wie sie im Glas satte Schlieren zog. Für Gertrud war er nie ein Mann ohne Herkunft und ohne Vergangenheit gewesen. Vor ihr hatte er nichts verborgen, und inzwischen interessierte sich kein Mensch mehr dafür. Ein kaum merkliches Schmunzeln umspielte seine Lippen, bis er noch einen Schluck vom Whisky nahm. Gertrud hatte immer schon an ihn geglaubt. Mit unfehlbarem Instinkt hatte sie gleich gewusst, dass er über kurz oder lang ein Vermögen erwirtschaften würde. Jeden anderen hätte sie haben können, doch sie hatte ihn gewählt, und über die Jahre hatte er sie nicht enttäuscht: Immerhin hatte er dieses Haus in Grunewald geschaffen – eine Villa, die man getrost als Schlösschen bezeichnen konnte. Dazu gab er ihr monatlich eine großzügige Apanage, mit der sie tun konnte, was sie wollte. Eine Frau wie sie hatte natürlich einen hohen Preis. Den war sie wert, allemal.

»Heute Abend muss alles klappen«, sagte er und nahm noch einen Schluck vom Whisky. »Der Oberbaurat hat ausgezeichnete Verbindungen ins Schloss. Die brauchen wir jetzt. Ich benötige gewisse Informationen von ihm, die nur der innere Zirkel kennt. Und seinen guten Willen.« Konrad betrachtete wieder den Whisky im Kristallglas. »Im Hansaviertel gibt es noch ein unbebautes Lot. Das möchte ich haben. Und dazu wenige Schritte weiter, jenseits der Bärenbrücke, einen Straßenzug mit noch ein paar desolaten Handwerkshäusern. Angeblich sollen beide Lote mit Gas versorgt werden. Ich möchte die Zuschläge bekommen, bevor andere davon erfahren … du verstehst?!« Er atmete tief ein, stieß die Luft wieder aus. »Die alten Handwerkshäuser müssen weg, eine Anordnung zum Zwangsverkauf wäre wichtig. Auch die liegt in von Hagens Macht.«

»Du hattest völlig recht, mein Lieber, dass du so hinter diesem Dinnertermin her warst. Da scheint tatsächlich Eile geboten.« Gertrud drückte ihre Zigarette aus. »Sonst wirst du womöglich von einem Konkurrenten ausgebootet.«

»Eben. Erst kürzlich habe ich im Klub wieder was von dieser Gasleitung gehört. Falls die tatsächlich dorthin kommen sollte, wie gemunkelt wird, werden sich alle um die beiden Lote reißen. Und die Entschädigungszahlungen werden durch die Decke schießen.« Er sah Gertrud bedeutungsvoll in die Augen. »Der heutige Abend ist entscheidend. Damit wir den Oberbaurat auf unserer Seite haben und ich die Zuschläge bekomme, bevor das mit der Gasleitung allgemein bekannt wird. Falls es klappen sollte …« Er nahm noch einen kräftigen Schluck vom Whisky. »Gertrud, ich sage dir: Dann sind wir gemachte Leute.«

»Keine Sorge. Frau von Hagen und ich können sehr gut miteinander. In der Küche ist alles vorbereitet. Wir werden sie zuerst in den Wintergarten zum Aperitif bitten, dann im Speisezimmer das Dinner servieren lassen und danach den Digestiv hier im Rauchsalon einnehmen. Der Abend wird perfekt werden.«

Konrad sah sich um. Tatsächlich war der Rauchsalon wunderbar weihnachtlich geschmückt. Gertrud hatte schon immer gerne dekoriert, und über die Jahre war sie stilsicherer geworden – er bewunderte sie dafür. Ein übergroßer Tannenbaum stand in der Ecke neben dem offenen Kamin und war üppig mit Lametta, teuren Glaskugeln und Kerzen aufgeputzt, sogar ein paar trockene Plätzchen hatte sie drangehängt.

»Was wirst du servieren?«, fragte er.

»Zuerst Kaviar mit Champagner, dann importierten Lachs. Dazu 'nen französischen Chardonnay. Danach Rehragout mit einem Bordeaux, und zum Nachtisch Schokoladensoufflé mit Plätzchen. Berta ist schon seit Tagen dran.«

»Ausgezeichnet!« Konrad sank tiefer in den Lederfauteuil, Gertrud nippte am Sherry. Eine Weile lang waren beide wieder in Gedanken vertieft. Bis Gertrud sich räusperte und leise, fast verhalten fragte:

»Liegt denn da nicht auch diese alte Konditorei in der Straße mit den desolaten Häusern? Die, von der du neulich erzähltest?«

»Mhmm … über der Brücke.« Konrad schaute wieder nachdenklich in sein Whiskyglas. »Die Besitzverhältnisse dort werden mich von meinen Plänen nicht abhalten.«

»Recht so, mein Lieber.« Gertrud klang erleichtert. »Von alten Sentimentalitäten darf man sich nicht beeindrucken lassen. Und du hattest immer schon einen guten Riecher fürs Geschäft.«

Als Konrad das hörte, prostete er seiner Gattin zu. Wieder einmal wusste er, was er an ihr hatte: eine Frau, die unerschütterlich hinter ihm stand. Kühl kalkulierend war sie, mit unbeirrbarem Sinn für Gewinnmaximierung, ohne geschäftsschädigende Gefühlsduselei. Deshalb passte sie auch so gut zu ihm.

Es klopfte.

»Die Herrschaften sind eingetroffen.« Sebi gab die Tür frei. Ein stattlicher Herr im grauen Dinneranzug mit seiner Gattin im bordeauxroten Seidenkleid trat ein. Konrad sprang auf und ging auf die beiden zu. Gertrud strich ihren Rock glatt, dann folgte sie mit einem betörenden Lächeln um die Lippen.

»Willkommen in unserem bescheidenen Heim!« Konrad beugte sich über Frau von Hagens ausgestreckte Hand. »Wir sind sehr geehrt, dass Sie zu uns gefunden haben.«

»Die Freude ist ganz unsererseits.« Sie lächelte zurückhaltend.

»Schön haben Sie es hier«, sagte der Herr Oberbaurat. Darauf wäre Konrad gern näher eingegangen, aber Gertrud, ganz die routinierte Frau der gehobenen Berliner Gesellschaft, überging großmütig das Kompliment:

»Lassen Sie uns den Champagner im Wintergarten einnehmen. Dort herrscht zu dieser Jahreszeit eine so zauberhafte

Stimmung: Draußen ist alles weiß, und drinnen grünen die Palmen.« Sie läutete für Marie.

»Sogar einen Wintergarten haben Sie?!«, ereiferte sich der Herr Oberbaurat.

»Ach, nur einen ganz kleinen.« Gertrud wandte sich an Marie, die gerade erschienen war, und bestellte den Champagner.

»Sehr wohl, Gnädigste.« Marie knickste und eilte davon.

Konrad schritt mit dem Herrn Oberbaurat voran, während Gertrud sich angeregt mit dessen Gattin unterhielt. Sie war eine fantastische Gastgeberin, seine Gertrud, dachte Konrad bei sich. Er war stolz auf sie, sie waren wirklich ein gutes Gespann. Diese alte Häuserzeile in Moabit und die Brache im Hansaviertel, auf die er es abgesehen hatte, würden bald ihm gehören, er konnte es im kleinen Finger spüren. In Gedanken rieb er sich die Hände. Wenn sein Plan aufginge, würde die Kolte'sche Terraingesellschaft endlich in derselben Liga wie die Baugesellschaft Bellevue oder die von Habermas spielen. Sogar mit der mächtigen Hansagesellschaft der Hamburger, die in der Hauptstadt Millionen investierte und scheffelte, könnte er's dann fast aufnehmen.

Schwungvoll öffnete er die gläserne Tür zum Wintergarten und wies dem noblen Herrn Oberbaurat und den Damen den Weg zur Sitzgruppe, die zwischen unzähligen Topfpflanzen angeordnet war. Marie stand schon da und bot Champagner an.

Sie nahmen Platz. Das Rattan unter den dicken Polstern knisterte und knackste. Die üppige Palmensammlung versetzte einen sofort in sommerliche Urlaubsstimmung, während sich der Park vor den raumhohen Glasfenstern als fantastische Winterlandschaft präsentierte. Sebi hatte einige Fackeln entzündet, und der unberührte Schnee glitzerte im flackernden Licht.

»Wundervoll«, staunte Frau von Hagen. »Einfach märchenhaft!« Diese Anerkennung aus dem noblen Mund ging Konrad runter wie Öl. Ein schöner, erfolgreicher Abend stand bevor, er war zuversichtlich. Und die beiden Lote waren ihm praktisch sicher: das im Hansaviertel und hundert Meter weiter die desolate Häuserzeile jenseits der Bärenbrücke in Moabit.

41

Wieder einmal war Donnerstag. Wie jeden Donnerstag lief Max durch den Lustgarten, die Hände tief in den Manteltaschen. Es war fast dunkel, die Gaslaternen brannten schon. Frau Holle hatte fleißig die Kissen geschüttelt und alles mit einer Handbreit Schnee bedeckt, nur die großen, kahlen Pappeln erhoben sich grau aus der weißen Parklandschaft. Ein Schwarm Krähen sammelte sich auf deren Ästen, flatternd und krächzend.

Vier Wochen war es her, dass er sich verliebt hatte – das Datum hatte er im Kalender markiert. Drei Wochen waren vergangen, in denen er jeden Donnerstag zum Neuen Museum gelaufen war. Da eine mehr oder weniger zufällige Begegnung dort die einzige realistische Möglichkeit bot, Emma wieder zu treffen, lief er Woche für Woche hin, obwohl er allemal besser zu Hause am Schreibtisch sitzen und lernen sollte. Aber Pauken war jetzt Nebensache. Er wollte sie unbedingt wiedersehen.

Es waren ereignisreiche Wochen, die hinter ihm lagen. Zu Neujahr war der große Empfang seiner Eltern gewesen, mit dem Haus voller Gäste und Champagner ohne Ende. Der adlige Herr Oberbaurat Hagen und dessen Gattin amüsierten sich besonders gut, und sie schienen mit Vater und Mutter bestens vertraut. Henriette war auch da gewesen, in einem schier atemberaubenden Kleid und ebensolchem Fußschmuck. Henriettes

Spiel zwischen Zerbrechlichkeit und Extravaganz war bezaubernd. Max unterhielt sich gern mit ihr, zudem war sie eine ausgezeichnete Tänzerin. Dennoch war er einigermaßen erleichtert gewesen, als Edmund sie zum Mitternachtswalzer aufforderte, da er in Gedanken eigentlich den ganzen Abend bei Emma gewesen war. Emma war Henriettes genaues Gegenteil: bodenständig, geradlinig, natürlich, aufrichtig. Ehrlich selbstbewusst, nicht auf unterschwellige, betörende Weise. Sie hatte ihm ordentlich den Kopf verdreht.

Kurz nach dem Neujahrsempfang war auch die Prüfung in Ingenieurwesen gewesen, die er mehr schlecht als recht abgelegt hatte. Das Ergebnis hatte er noch nicht erhalten, aber er befürchtete das Schlimmste. Formeln waren ihm nicht eingefallen, zudem hatte er den Rechenstab zu Hause vergessen – ein einziges Desaster war diese Prüfung gewesen.

An all das wollte er jetzt nicht denken. Er strebte ins Neue Museum, so schnell er konnte, und durchmaß den Lustgarten mit großen Schritten. Wieder einmal war er spät dran. Nicht auszudenken, wenn Emma das Museum verließe, bevor er dort angekommen war! Grün und blau könnte er sich ärgern, dass er so lange mit Emil und Arthur im *Kleinen Café* gesessen war. Vor lauter Domino Spielen und Fabulieren hatte er die Zeit übersehen. Er passierte den Verbindungsweg zwischen dem Alten und dem Neuen Museum und erreichte endlich den Eingang.

Schon an der Kassa schweifte sein Blick durch die Eingangshalle, auf der Suche nach ihr. Zahlreiche Besucher wanderten in Richtung Treppenaufgang und Ägyptischer Säulenhalle. Er bezahlte den Eintritt und trat ein. Er schaute den Treppenaufgang hinauf, blickte nach hinten in Richtung Säulenhalle und zu den Garderoben, aber Emma war nirgends. Sie war nicht gekommen. Wieder nicht, zum vierten Mal in Folge. Offenbar hatte sie ihr letztes Treffen nicht so beeindruckt wie ihn. Er durchstreifte das Erdgeschoss in der leisen Hoffnung, dass er sie vielleicht übersehen hatte. Er durchsuchte die Räume im ersten Stock, lief hinauf ins zweite Obergeschoss, dann die Treppen wieder hinab.

Schließlich gab er auf. Wahrscheinlich empfand sie nicht annähernd dasselbe wie er. Und dieser Ring ... Die Bedeutung, die man daran knüpfen könnte, war bis jetzt nur eine böse Vermutung gewesen, aber mit jeder Woche, die verstrich, ohne dass sie kam, wurde es wahrscheinlicher: Der wunderschöne Ring mit dem Opal und den kleinen Tahitiperlen musste wohl das Geschenk eines Geliebten sein. Durchaus möglich, dass ein Versprechen damit verbunden war ... Max ballte die Hände. Es war dieser Verdacht, dass sie an einen anderen vergeben sein könnte, der ihn schier verzagen ließ.

Enttäuscht verließ er das Museum und stapfte durch den Lustgarten, wo die Krähen jetzt noch lauter krächzten als zuvor. Er schlug den Mantelkragen hoch und steckte die Hände in die Taschen. Erneut ärgerte er sich, was für ein unglaublicher Idiot er gewesen war. Wenigstens ihren vollständigen Namen hätte er sich geben lassen sollen, nach dem Namen der Konditorei oder wenigstens nach ihrer Heimatstadt fragen sollen. Dann könnte er sie aufsuchen, sie mit seinem Verdacht konfrontieren und herausfinden, ob er stimmte. So blieb ihm nichts anderes übrig, als darauf zu hoffen, dass sie eines donnerstags wieder ins Museum kam.

42

Die Feiertage waren für Emma, Gustl, Benji und Mutter nicht ausschließlich freudvoll, sondern auch traurig gewesen, denn Vater fehlte. Mittlerweile war Fasching – eine ausgelassene Zeit, in der Gustl und Fritz Unmengen an Pfannkuchen buken. Dauernd wehte deren besonderes Aroma, eine Mischung aus blubberndem Butterschmalz, Zucker und zartem Hefeteig, verlockend durchs Haus, hielt sich über Nacht in den Wänden und bestimmte die Faschingszeit. Oftmals konnte Emma nicht widerstehen und stibitzte eins dieser runden, handlichen Gebäckstücke von der Theke, das sie dann ruckzuck zwischen Tür und Angel vertilgte. Fasching und Pfannkuchen gehörten einfach zusammen.

Seit ihrer Verlobung durfte Fritz mit der Familie im Speisezimmer zu Abend essen, als zukünftigen Schwiegersohn hatte Mutter ihn dazu eingeladen. Nach der Arbeit verschwand er immer für einige Minuten in seiner Kammer im Hof, um danach sauber rasiert, mit frischem Hemd und im Sonntagsjackett oben zu erscheinen. Bei ihnen stand täglich Fleisch oder Fisch mit guten Beilagen auf dem Tisch, davor Suppe, danach ein Dessert, und Fritz genoss das gute Essen sichtlich. Emma rechnete es ihm hoch an, dass er zumindest während der Mahlzeiten Streit mit Gustl vermied.

Meist blieben er und sie nach der Mahlzeit im Speisezimmer

und schmiedeten Pläne für die Berliner Dependance. Manchmal leisteten Mutter oder Gustl Gesellschaft und trugen ihre Ideen bei. Gustl seinerseits schien zufrieden mit der Lösung, dass Fritz und Emma die Berliner Filiale übernehmen würden. Wahrscheinlich sehnte er sogar den Tag herbei, an dem er ohne Zankerei im Cottbusser Stammhaus regieren würde.

Manchmal blieben Emma und Fritz aber allein. So auch an diesem Abend. Vor ihnen lagen Pläne von der Dependance in Form von großen Papierbögen ausgebreitet auf dem Tisch.

»Hier sollte die neue Theke aufgebaut werden.« Emma zeigte auf eine Stelle im Grundriss. »Das ist praktischer als dort, wo sie bisher war.«

»Du hast recht. Da ist auch mehr Platz«, pflichtete Fritz ihr bei. »Und je größer die Verkaufstheke, desto umfangreicher können wir später das Sortiment gestalten. Wir wollen ja an die Zukunft denken, nicht wahr?« Mit ungebrochenem Eifer trieb er die Renovierungen voran. »Am besten, du klärst morgen mit dem Schreiner, wie du alles haben möchtest. Den Termin habe ich schon vereinbart.«

Emma verkniff sich ein Seufzen. Morgen war Donnerstag. Sie hatte gehofft, dass sie endlich wieder einmal ins Museum gehen könnte. Seit diesem Nachmittag vor Weihnachten, als sie Max getroffen hatte, war sie nicht mehr dort gewesen.

»Kannst du das nicht für mich übernehmen? Du bist ohnehin auch wegen des Backofens dort … Dann könnte ich persönlich ins Schloss liefern und mit dem Herrn von Haldersfelde die Order für die nächsten Wochen verhandeln.«

»Besser, du sprichst selbst mit dem Schreiner. Sonst geht noch etwas schief«, bestimmte Fritz. »Wir fahren morgen Nachmittag gemeinsam hin, sehen uns die Baustelle an, und du erledigst alles mit dem Schreiner.«

»Dafür werden wir einige Zeit brauchen, die Fahrt zum Schloss wird sich kaum mehr ausgehen. Wer übernimmt dann die Lieferung dorthin?«

»Felix, wie letztes Mal schon.« Offenbar hatte er alles längst organisiert. »Da er nicht zur Dependance muss, kann er am Vormittag noch in der Backstube anpacken und danach den Nachmittagszug nehmen. Das wird sich ausgehen.«

Fritz hatte wohl das Beste für die Dependance vor Augen, Emma sah seine Argumente ein. Nur der Besuch im Museum – er würde erneut ins Wasser fallen.

Am Abend, vor dem Spiegel ihrer Frisierkommode, dachte sie wieder daran. Fast zwei Monate schon war dieser denkwürdige Nachmittag im Museum her – eine lange Zeit. Womöglich wartete Max donnerstags auf sie? Womöglich jede Woche? Und womöglich gab er das Warten bald auf. Es würde ihr unendlich leidtun. Nein, keinesfalls wollte sie, dass er glaubte, sie käme nie mehr wieder. Die Vorstellung machte sie ganz unruhig. Sie bürstete weiter ihr Haar, saß aber wie auf spitzen Nadeln.

Plötzlich war sie sich sicher, dass er dort sein würde und womöglich enttäuscht, sie nicht zu sehen. Der Gedanke war unerträglich. Sie pfefferte die Bürste in eine Ecke des Frisiertisches und holte einen Briefbogen aus der Lade. Dann schraubte sie das kristallene Tintenfläschchen auf, tunkte die Feder ein und schrieb:

Lieber Max!
Ich bitte Sie, heute nicht auf mich zu warten. Denken Sie aber nicht, dass ich unser letztes Treffen nicht gern wiederholen würde. Es ist nur so, dass ich momentan sehr beschäftigt bin. Für alle bei uns im Betrieb gibt es im

Winter besonders viel Arbeit – auch für mich. Ich hoffe dennoch, dass ich bald wieder kommen kann. Inzwischen
herzliche Grüße,
Ihre Emma

Kurz überlegte sie noch, ob sie vielleicht auch erwähnen sollte, dass sie eine Filiale betreiben wollte – mit ihrem Verlobten –, verwarf die Idee aber gleich. Das passte doch wirklich nicht. Solche Details waren zu intim. Sie faltete das Blatt und steckte es in einen Umschlag. Beim Adressieren stockte sie. Wie war sein Nachname gewesen? Oder konnte sie es bei »Max« belassen? Das erschien ihr zu unsicher. Er hatte doch die Firma seines Vaters erwähnt. Da fiel es ihr wieder ein, und sie schrieb: »An Herrn Max Kolte«. Danach bürstete sie ihr Haar weiter – hundert Mal, so, wie Mutter es ihr beigebracht hatte.

Am nächsten Morgen stand sie früher auf als sonst. Obwohl sie, wie sie fand, nichts Unrechtes im Sinn hatte, wollte sie nicht, dass Fritz etwas vom Briefchen mitbekam. Es ist besser so, dachte sie und versteckte sich am Treppenabsatz hinter der Kellertür.

Es dauerte nicht lange, bis Felix vorbeikam.

»Guten Morgen.« Emma stellte sich in seinen Weg. Unten, im hinteren Bereich der Backstube, hantierte Fritz am Ofen und war sicherlich mit den Gedanken bei seinen ersten Tätigkeiten. Dennoch dämpfte sie ihre Stimme, als sie fortfuhr: »Heute Nachmittag wirst du Baumkuchen ins Schloss liefern. Danach habe ich einen Spezialauftrag für dich: Du wirst ins Neue Museum gehen«, ordnete sie an, als wäre es das Normalste der Welt.

»Ins *Museum?!*« Felix schaute sie mit großen Augen an.

»Schrei nicht so! Aber ja, ganz genau. Du solltest einmal dort gewesen sein. Alle jungen Leute sollten einmal im Leben im Museum gewesen sein. Hier hast du Geld für den Eintritt.«

Sie steckte ihm Münzen zu, und Felix machte noch immer Augen wie ein Fisch. Sie zog ein kleines Stück Schleife aus der Probensammlung von Kunz aus ihrer Rocktasche hervor.

»Ich möchte nämlich fürs Frühjahr neue Verpackungen gestalten, und die Farbe der Schleifen soll dem ägyptischen Himmelblau so ähnlich wie möglich sein. Von der Eingangshalle findest du leicht in die Ägyptische Säulenhalle, und da vergleichst du das mit dem Blau der Säulen.« Sie überreichte Felix die Schleife. »Und sagst mir dann, ob diese Farbe hinkommt.«

»Wenn du meinst, dass sich das ausgehen wird? Ich meine, mit dem Zug zurück …« Zögerlich ergriff Felix das Stück und schaute noch immer irritiert drein.

»Freilich«, sagte Emma. »Das hier mit der Farbe an den Säulen zu vergleichen dauert nicht lange.«

»Na gut.« Felix stopfte das Probeteil in die Hosentasche.

»Ach, übrigens …«, Emma flüsterte beinahe, »… in der Eingangshalle wird möglicherweise ein Herr sein – mit Studentenkappe, dunklem Mantel und Nickelbrille. Dem gibst du das hier.« Sie holte den Umschlag aus ihrer Schürzentasche.

»Fast alle Herren in Berlin tragen dunkle Mäntel und Kappen. Wie soll ich da bitte schön den richtigen finden?«, fragte Felix.

»Du wirst ihn schon erkennen. So viele werden nicht untätig herumstehen. Du sprichst einfach einen nach dem anderen an und fragst, ob er Kolte heißt.«

Felix grinste.

»Na gut. So komm ich wenigstens mal in ein Museum, da war ich noch nie.«

»Eben, das dachte ich mir. Sieh dich ruhig um. Nur nicht

allzu lange bleiben, du weißt schon, wegen des letzten Zugs nach Hause.«

Felix nickte.

»Noch was«, setzte Emma nach. »Die Sache mit dem Brief … behalte sie bitte für dich.«

Felix nickte wieder, steckte den Umschlag zur Schleife und verschwand in Richtung Backstube, von wo schon intensiv und süß der himmlische Duft von frischen Pfannkuchen den der Plunderstücke überlagerte.

43

Unmengen an Pfannkuchen hatten gestern die Backstube verlassen. Dutzendweise waren sie schwimmend in Butterschmalz herausgebacken und noch warm an der Theke verkauft worden. Da auch die Bestellliste für heute lang war, waren Fritz und Emma nach ihrem Besuch in der Dependance schnell wieder zurückgekehrt.

Fritz, wie immer der Erste in der Backstube, hatte bereits ein Blech Plunder in den Ofen geschoben. Wie jeden Morgen genoss er die Stille um sich herum und knetete schon wieder einen riesigen Ballen Hefeteig für weitere Pfannkuchen. In Gedanken war er währenddessen bei den nächsten Aufgaben: eine Schokoladentorte, eine Schwarzwälder-Kirsch- und eine Marzipantorte. Er schob den Hefeteig beiseite – die Pfannkuchen formen, mit passierter Aprikosenmarmelade füllen und im Fett herausbacken sollten später die Lehrlinge machen. Er begann mit der Zubereitung der Schokotorte: Schokolade raspeln, Zucker zerstoßen, Zimt und Nelken reiben. Es fehlten nur noch das Mehl und ein Dutzend Eiweiß, zu steifem Schnee geschlagen. Beides war eigentlich Felix' Aufgabe. Aber wo blieb der Kerl nur? Es war nach sieben Uhr, die Kirchenglocken hatten längst geläutet.

Kopfschüttelnd griff Fritz nach dem Sieb und siebte eigenhändig das Mehl, denn er musste mit den Torten weiterkommen. Langsam rieselte es in einen luftigen Haufen, und seine Gedanken schweiften. Gustl hatte sich für diesen Morgen abgemeldet. Das war Fritz ganz recht, so musste er sich nicht ärgern. Und Emma wollte mit Benji zum Schuhmacher gehen. Jetzt brauchte er aber dringend Felix zur Hand – für das Eiweißschlagen, das so zeitaufwendig war. Fritz wollte den Teig endlich fertigstellen, in die Form abfüllen und in den Ofen bringen, bevor die anderen Angestellten kamen und die Backstube vor lauter Menschen surrte.

Komisch, dass der Junge noch immer nicht da war. Langsam machte er sich Sorgen. Er holte die Eier und drei Kupferschüsseln und trennte die Eier. Widerstrebend nahm er sich die Kupferschale mit dem Eiweiß selbst an die Brust, einen Schneebesen von der Wand und schlug in kräftigen, monotonen Bewegungen los. Diese stupide Tätigkeit war wahrlich die Sache des Lehrlings, er hatte Wichtigeres zu tun. Na warte, wenn Felix auftauchte, könnte er sich eine ordentliche Strafpredigt anhören! Es dauerte ewig, bis das glitschige Eiweiß sämig, dann immer weißer und fester wurde und nach und nach endlich steife Berge formte. Schon trudelten die Hilfskräfte ein. Nur Felix … er war noch immer nicht da.

Gerade als Fritz überlegte, ob er der Frau Patronin Bescheid geben sollte, stürzte der Bursche die Stiegen herunter.

»Na, endlich!« Fritz stellte die Schüssel beiseite. »Wo hast du den ganzen Morgen gesteckt?!«

Felix, hochrot im Gesicht, band noch im Laufen die Bänder seiner Schürze zu.

»Wo du warst, will ich wissen!« Drohend hielt Fritz ihm den Schlagbesen unter die Nase. Felix sagte noch immer nichts, sondern fummelte nur weiter mit den Schürzenbändern herum, dabei stieg er von einem Bein aufs andere, den Blick stur auf dem Fliesenboden. Fritz wurde immer misstrauischer.

Der Junge … er hatte etwas zu verbergen!

»So sprich endlich, du kommst mir nicht aus!«

»Ich … ich habe nach der Lieferung den Zug aus Berlin verpasst.«

»Wie bitte?! Du bist doch schon um zwei Uhr hier losgefahren. Wie kann man so lange zum Schloss und wieder retour brauchen?«

Felix schluckte mehrmals, und schließlich kam es aus ihm heraus:

»Ich war noch im Museum. Es war richtig famos dort. Aber dann habe ich mich verlaufen, war deshalb spät dran und habe den letzten Zug verpasst. Ich habe im Bahnhof geschlafen. Heute Morgen bin ich gleich in den ersten gestiegen …«

»Was? Du warst im *Museum?* Wie kommst gerade *du* dazu, ins Museum zu gehen? An deiner Geschichte ist was faul, Junge! Bis gestern hast du noch nicht einmal gewusst, dass es so etwas wie ein Museum gibt. Raus mit der Sprache! Sonst gehe ich mit dir zur Patronin, und die wird deine Zunge schon lockern!«

Die Drohung wirkte.

»Emma … hat mich … geschickt«, stammelte Felix.

»Emma?! Um was zu tun?«

»Na, um mir alles anzusehen.«

Fritz hatte genug vom Gefasel. Er packte Felix am Kragen.

»Verkauf mich doch nicht für dumm! Was wollte Emma, dass du dort tust?«

Felix' Atem ging wie eine Dampflok, bevor er eine Antwort herauspresste.

»Ich sollte die Farbe der Schleife überprüfen.« Kaum hörbar setzte er nach: »Und 'nen Brief abgeben.«

Das mit der Schleife nahm Fritz kaum wahr, denn der zweite Teil von Felix' Antwort hatte ihn verwirrt.

»Was für einen Brief?! Bei wem abgeben?«, schrie er Felix an.

»Bei einem Herrn.«

Bei Gott, mit *dieser* Antwort hatte Fritz niemals gerechnet. Das Blut wich aus seinen Händen.

»Aha … so war das also.« Das musste Fritz erst mal verdauen. Er schubste Felix in Richtung Arbeitstisch. »An die Arbeit. Heute Abend wirst du länger bleiben, um die versäumten Stunden aufzuholen.«

Schneller, als Fritz es für möglich gehalten hätte, schlüpfte Felix ins Hintere der Backstube. Und Fritz sackte auf den nächsten Schemel. Was für ein Brief?! Was hatte Emma mit einem Mann im Museum zu tun? Hatte sie einen Liebhaber? War sie deshalb immer so erpicht darauf, das Schloss selbst zu beliefern? Um den Nachmittag mit einem anderen Mann zu verbringen? Sogar noch bevor sie verheiratet waren?! Die wundervolle Welt von Wolkenkuckucksheim, an der er seit der Verlobung zimmerte, schien sich auf einmal in Luft aufzulösen.

Aber nein. So schnell würde er nicht aufgeben. Noch war nicht alles verloren. Fritz säuberte die Hände an der Konditorenschürze und ging hinauf in die Gaststube, zur Frau Patronin.

44

Adele nahm Fritz' Nachricht erstaunt, aber äußerlich gefasst auf. Dass ihre Tochter eine Affäre mit einem anderen Mann unterhielt – das konnte und wollte sie zunächst nicht glauben.

»Bestimmt kann Emma alles erklären. Am besten, du redest mit ihr – aber erst, nachdem du dich einigermaßen beruhigt hast.«

Fritz hörte still zu, dann steckte er die Hände in die Hosentaschen und ging zurück in die Backstube.

Ihm gegenüber hatte sie sich gelassen gegeben, Adele hatte den jungen Mann nicht beunruhigen wollen. Doch in Wahrheit gab ihr Felix' Bericht zu denken, weit mehr, als sie gezeigt hatte.

»Schick Felix zu mir herauf«, rief sie Fritz noch in die Backstube hinterher, wo er schon die mechanische Rührmaschine betätigte – das laute Surren war bis hinauf in den Gastraum hören. Wenige Minuten später stand das Bürschchen mit hochroten Ohren vor ihr.

»So etwas darf nie wieder vorkommen! Mit deiner Aktion hast du alle in Angst und Schrecken versetzt. Im Museum herumtrödeln während der Arbeitszeit – das geht nicht, hast du verstanden?!«

Sie sah nur Felix' Hinterkopf, denn er getraute sich nicht, vom Boden aufzuschauen, und seine Ohren waren so rot, dass er ihr leidtat. »Du wirst die Zeit einarbeiten. Und dann Schwamm drüber.«

Felix nickte kaum merklich.

»Aber bevor du wieder an die Arbeit gehst, möchte ich noch eins wissen: Wer war dieser Mann, den du im Museum getroffen hast? Hast du ihn gekannt?«

Felix schüttelte den Kopf.

»Er war dir also unbekannt?«

Zaghaftes Nicken.

»Dennoch hast du ihm einen Brief von Emma übergeben … Wie hast du ihn gefunden?«

»Es hat ein Name draufgestanden«, stammelte er leise.

»Der war?«

»Max Kolte«, flüsterte Felix.

»Wie bitte?!«

»Max Kolte«, wiederholte er etwas lauter.

Augenblicklich brach Adele der Schweiß aus. Sie tastete nach der Thekenkante. Sie konnte kaum atmen. Der Albtraum … er wurde wahr. Hier und jetzt.

»Ich hab mehrere Männer gefragt, ob sie so heißen«, fuhr Felix fort. »Einer war's dann, und dem habe ich den Brief gegeben.«

»Danke«, schaffte Adele noch zu sagen. »Du kannst wieder an die Arbeit gehen.«

Felix huschte in die Backstube – und Adele schnappte weiter nach Luft. Der Name, den Felix genannt hatte … Eine Hiobsbotschaft war das, sie machte alles noch viel schlimmer. Aus einem Übel wurde ein Desaster. Luft – sie brauchte Luft zum Atmen. Emma hatte ein Verhältnis, ausgerechnet mit einem Kolte. Wie hatte das nur passieren können?! Adele atmete tief und schwer. Das Korsett – es war auf einmal so eng, so beklemmend schmal geschnürt. Aber gleich … gleich würde, nein, musste es helfen, die Haltung wiederzuerlangen. Würdevolle Haltung – die war jetzt nötig. Nur ein paar Atemzüge noch. Sie füllte ihre Lungen, mit dieser stickigen, unergiebigen Luft, die ständig so süßlich und klebrig und zäh im Haus waberte und jetzt nach Pfannkuchen roch. Dieses ewig gleiche, teigige Odeur – wie sie es hasste. Dennoch …

Langsam ging's ihr wieder besser. Nach einer Weile hatte sie sich im Griff.

Wie eine Löwin streifte sie daraufhin durchs Haus, auf der Suche nach Emma. Sie fand sie schließlich im Hof, wo sie gerade mit Benji eingetrudelt war und die Eierlieferung entgegennahm.

»Komm!«, befahl Adele. »Jetzt! Hinauf, in den Salon.«

45

Emma war ob Mutters Ton bass erstaunt. Sie wusste sofort, dass eine Tirade auf sie wartete. Wahrscheinlich war es wegen Felix, der den Zug verpasst hatte und so die ganze Geschichte verraten hatte – zu dumm, dass ihm das passiert war. Sie bezahlte die Eierfrau, erlaubte Benji, spielen zu dürfen, dann folgte sie Mutter in den Familiensalon und wappnete sich gegen die Rüge, die nun kommen würde.

Als sie Mutter gegenüberstand, spürte sie, dass sie keine simple Maßregelung erwartete, sondern eine veritable Standpauke. Donner und Granaten. Ein Orkan, denn Mutters Augen funkelten wie selten zuvor. Und diese Pose … So hatte Emma sie schon lange nicht mehr gesehen: den Kopf leicht schief, die Hände in den Hüften.

»Bist du des Wahnsinns?!«, herrschte Mutter sie auch schon an. »Einem Mann geheimnisvolle Briefchen zu schreiben?! Wo du mit Fritz verlobt bist?! Ihm versprochen bist!«

»Aber ich … wir …«, wollte sich Emma verteidigen. Mutter hatte offenbar einen falschen Eindruck gewonnen.

»Sei still! Wer glaubst du denn, dass du bist?!« Mutter sprühte vor Zorn und tobte, ohne Luft zu holen, und je länger sie schimpfte, desto mehr hatte Emma das Gefühl, dass sie sich rechtfertigen musste.

»Mutter …«, versuchte sie es wieder, »… so hör mir doch

zu!« Es war unmöglich, auch nur ein Wort in deren Wortschwall unterzubringen.

»Ich habe dich zu Ehrlichkeit und Treue erzogen. Und jetzt das! Eine Schlampe, eine niederträchtige Enttäuschung bist du!«

»Es ist nichts Unrechtes zwischen Max und mir geschehen – so glaube mir doch!«

»Max?!« Mutter spie den Namen förmlich vor ihre Füße, als triefe er vor Gift. »Woher kennst du diesen Mann überhaupt?!«

»Wir haben einander zufällig im Museum kennengelernt.«

»Zufällig?!«

»Ja, rein zufällig.«

Mutter starrte sie an, sekundenlang, als würde sie Gedankenflügen nachhängen.

»Mag sein«, sagte sie dann, inzwischen ein bisschen ruhiger. »Aber eines sage ich dir: Du wirst ihn nicht wiedersehen. Nie! Verstehst du? Du wirst auch nicht mehr allein nach Berlin fahren.« Sie war weiß wie die Wand. »Und bei Fritz musst du dich entschuldigen«, setzte sie nach.

Emma verließ den Salon mit unglaublicher Wut im Bauch. Mutter verdächtigte sie für etwas, das sie nicht getan hatte. Als wäre sie die ärgste Verbrecherin. »Schlampe« hatte sie sie genannt! Das tat weh, das kränkte, auch wenn sie wusste, dass das Wort wohl im Affekt gefallen war. Aber es konnte doch nicht sein, dass sie plötzlich eine Gefangene im Haus war – nur weil sie verlobt war?! Die Freiheit, mit der sie aufgewachsen war, war für sie selbstverständlich gewesen. Falls sich das durch eine Ehe ändern sollte, wollte sie sich diesen Schritt noch mal gründlich überlegen.

Je länger sie über Mutters Auftritt nachdachte, desto übertriebener erschien er ihr: Ja, vielleicht hätte sie Fritz von ihren Ausflügen ins Museum erzählen sollen; und vielleicht hatte sie ihn doch ein klein wenig hintergangen. Vielleicht hatte Mutter ja im Wesentlichen recht. An den Verlobungsring, den sie insgeheim abgenommen hatte, wollte sie jetzt gar nicht denken … Aber diesen Sturm, den Mutter losgelassen hatte – der war in Emmas Empfinden maßlos übertrieben. Niemals hätte sie Fritz betrogen, so eine war sie nicht. Sicherlich würde er ihr nicht böse sein, wenn sie ihm alles erklärte. Das wollte sie tun, so bald wie möglich wollte sie mit ihm darüber sprechen.

46

Adele verbrachte eine schreckliche Nacht. Zitternd lag sie im Bett, das Leinen war durchgeschwitzt. So gut war alles mit Emmas Verlobung gelaufen – und jetzt das. Die reine Katastrophe bahnte sich an. Etwas musste geschehen. Sie musste auf Nummer sicher gehen, damit das Schicksal nicht ungehindert seinen Lauf nahm. Es wäre verheerend. Am Morgen hatte sie sich einen Plan zurechtgelegt.

Als Emma endlich auftauchte, bat Adele sie, auf Benji aufzupassen und mit dem Mittagessen nicht zu warten. Sie hätte einiges in der Stadt zu erledigen, und danach wäre sie bei einer Bekannten eingeladen, die sie schon länger nicht gesehen hatte. Dann ging sie zum Bahnhof und bestieg den nächsten Zug nach Berlin. Jahre war sie nicht mehr dort gewesen – zuletzt mit der Familie bei der Gewerbeausstellung im Treptower Park, aber das zählte nicht.

Beim Görlitzer Bahnhof angekommen, nahm sie eine Droschke – diesen Luxus wollte sie sich leisten, denn sie war viel zu aufgeregt, um die Ausdünstungen der vielen Menschen in der Straßenbahn, die zum Schlesischen Bahnhof pendelte, zu ertragen. Die Adresse, die sie dem Kutscher nannte, kannte sie aus früheren Zeiten. Sie fuhren durch die schreckliche Gegend beim Bahnhof, an Mietskasernen vorbei. Dann noch ein paar Minuten eine nagelneue Straße mit noch mehr Mietshäusern entlang, schließlich bogen sie in eine unscheinbare Nebenstraße ein, und hier war alles wie früher: die Remise und die Wagenunterstände des Fuhrunternehmers, der Geflügelhändler mit den Ställen, die Kohlenhandlung, die Kneipe gegenüber. Das schmale Wohnhaus wirkte auf Adele noch heruntergekommener als damals – mit Konrads sozialem Aufstieg hatte sein Kontor offenbar nicht mitgehalten.

Sie befahl dem Fahrer, zu warten. Noch einmal rückte sie den Hut zurecht, dann setzte sie die Füße aufs Trottoir. Vor der abgeschlagenen Haustür streifte sie die Falten ihres Mantels glatt und rang noch ein letztes Mal um Fassung. Für ihr Leben gern hätte sie diese Begegnung vermieden, aber sie musste sein. Pflichtbewusstsein und Zivilcourage, diese Tugenden kamen ihr nun zupass. Sie musste eingreifen, jetzt und mit Entschiedenheit.

Das Schild »Kolte'sche Terraingesellschaft« an der Eingangstür war matt und vergilbt. Sie klopfte, und ohne eine Antwort abzuwarten, drückte sie die Klinke mit schweißnassen Händen, die aber gottlob in Handschuhen steckten.

Augenblicklich befand sie sich im engen Vorzimmer. Die Wände voller Regale, in denen sich Unmengen schwarzer Ordner türmten, vergilbte Papiere überall, sogar auf dem Boden. Ein Bild tauchte vor ihrem inneren Auge auf, ein schreckliches, furchterregendes, Panik überkam sie, ihr Herz klopfte bis in den Hals. Sofort schob sie es weg. Für das Gespräch, das sie vor sich hatte, brauchte sie einen klaren Kopf. Ein junger Mann mit Ärmelschonern saß gebeugt hinter einem klapprigen Schreibtisch und tüftelte an Tabellen und Listen.

»Ich möchte Herrn Kolte sprechen.« Ihre Stimme klang bestimmt. Der Mann sah von seiner Arbeit auf. Fettige Haarsträhnen hingen in seine picklige Stirn. Er kniff die Augen zusammen – wahrscheinlich hatte noch nie zuvor eine Dame derartig forsch sein Vorzimmer betreten.

»Junior? Oder senior?«

»Senior natürlich.«

»Der ist gerade in einer Besprechung.«

»Ich warte.«

Adele besah die zwei schäbigen Sessel beim trüben Fenster, entschied sich für einen und nahm auf der Kante Platz. Wie stillos dieses Ambiente doch ist. Aber was ist von ihm schon anderes zu erwarten. Aufrecht saß sie da, umklammerte den Beutel und wartete.

Endlich öffnete sich die Tür des Kontors, ein Herr kam heraus. Der junge Mann mit der fettigen Haarlocke geleitete Adele durch eine Halle, wo Reih um Reih Tische aufgebaut waren, an denen die Zeichner saßen. Alle hatten große Papierbögen vor sich, Bleistifte, Lineale und Rechenschieber in den Händen. Sie erreichten wieder eine Tür. Der Sekretär öffnete, ein paar Wortfetzen waren zu hören. Er ließ sie eintreten.

Wiederum war Adele froh ums Mieder: Konrad saß hinter seinem enormen Schreibtisch, der den Raum beinahe ausfüllte, umnebelt von Zigarrenrauch. Seine Augen weiteten sich riesengroß in seinem Schock, sie zu sehen. Aber nur wenige Sekunden.

»Adele … Was für eine Überraschung«, sagte er anscheinend gelassen, lehnte sich zurück in seinen Ledersessel. Dick war er geworden, das Gesicht fleckig und schwammig. Was hatte sie nur je in ihm gesehen? Er zeigte auf einen zweiten, unbequemeren Stuhl auf der anderen Seite des Schreibtisches. »Bitte. Nimm doch Platz.« Nicht, dass er zu ihrer Begrüßung aufgestanden wäre, wie es sich für einen Herrn gehört hätte.

Adele ließ sich nieder, wieder nur auf der Kante. Der Beutel, den sie umklammerte, gab ihr Halt. Und das Korsett – was für ein Segen!

»Letztes Mal, als wir einander begegneten, wolltest du nicht mit mir reden. Das scheint heute anders zu sein.« Konrad griente. »Was führt dich denn zu mir, meine Liebe?«, flötete er.

Adele schluckte. Meine Liebe! Wie anmaßend! Sie entschied, seine Unverfrorenheit zu ignorieren.

»Meine Tochter Emma und dein Sohn Max«, sagte sie nüchtern und war froh, dass sich ihre Erregung nicht in der Stimme niedergeschlagen hatte. »Sie haben einander kennengelernt und sind sich offenbar auch nähergekommen.«

»Was?! Wie nah?«, donnerte Konrad jetzt. Wenig überraschend hatte der Name seines Sohnes seine Aufmerksamkeit erregt.

»Sie sind einander offenbar zufällig über den Weg gelaufen. *Wie* nah sie sich gekommen sind, kann ich nicht sagen. Aber jedenfalls nah genug, dass es einen geheimen Briefwechsel zwischen den beiden gegeben hat.« Die Stuhlkante drückte hart ins Gesäß.

Konrad lümmelte im Sessel und hüstelte, als er Zigarrenrauch ausblies. Adele fuhr fort:

»Ein Wiedersehen zwischen den beiden muss unter allen Umständen unterbunden werden. Du weißt selbst, wie unpassend das wäre. Ganz abgesehen davon: Emma ist jetzt verlobt.«

Konrad paffte wieder und sah der Tabakwolke nach.

»Ich verstehe«, sagte er endlich. »Ich soll also mit Max reden.«

»Ja, das erwarte ich von dir. Mit Emma habe ich schon gesprochen. Außerdem werde ich dafür sorgen, dass sie keine Gelegenheit mehr haben wird, deinen Sohn zu treffen. Aber du weißt, wie durchtrieben junge Leute sein können, wenn sie sich einmal etwas in den Kopf gesetzt haben. Man muss auf der Hut sein. Jede Möglichkeit eines Wiedersehens muss von vornherein ausgeschlossen werden.«

Konrad legte die Zigarre im Aschenbecher ab.

»Max werde ich etwaige Flausen schon austreiben, keine Sorge. Das kann ich dir getrost zusagen.« Er grinste wieder dieses schäbige Grinsen. »Gertrud und mir schwebt tatsächlich eine passendere Verbindung vor als …« Er unterbrach sich. »Nun ja. Hier decken sich also unsere Interessen.«

»Eben. Wenn auch wohl sonst kaum«, vervollständigte Adele seinen Gedanken. »In diesem Sinne also …«, sie erhob sich, »… werde ich mich wieder auf den Weg machen.«

Sie hatte sich gut geschlagen, fand sie.

Sie war schon fast bei der Tür, als Konrad hinterherrief: »Warte!«

Adele wandte sich um. Konrad saß noch immer in seinem Lederstuhl, Rauch stieg schlangenförmig vom Aschenbecher auf. Seine seidene Weste fiel ihr auf – weiß getupft auf blauem Grund. Früher hätte sie sie schick gefunden – dabei war sie nur lächerlich.

»Wie kommt ihr eigentlich zurecht? Werdet ihr die Konditorei behalten?«

Was für eine Frage! »Danke der Nachfrage«, antwortete Adele steif. »Selbstverständlich behalten wir den Betrieb. Gustl wird das Haus in Cottbus weiterführen. Emma und ihr zukünftiger Ehemann werden die Filiale in Moabit bei der neuen Bärenbrücke übernehmen. Wir bauen sie gerade aus. Beide, mein Sohn und mein zukünftiger Schwiegersohn, haben ihre Meisterprüfungen letzte Woche erfolgreich abgelegt.«

Konrad nahm die Zigarre wieder auf und klopfte die Asche aus.

»Moabit – so, so … gleich beim Hansaviertel … das ist ein unsicheres Pflaster heutzutage. Dort wird viel gebaut.«

»Gustav hat das Haus vor Jahren erworben, und zwar ziemlich günstig. Wir versprechen uns wegen der Nähe zum Schloss dort ein gutes Geschäft.«

»Aber ihr passt doch gar nicht in die Gegend. Nur Offiziere, Kaufleute und Ärzte wohnen dort. Vielleicht wollt ihr euch nach etwas Geeigneterem umsehen?« Konrad sah vom Aschenbecher auf, Adele geradewegs in die Augen. »In diesem Fall würde ich dir die alte Bude abkaufen.«

Das war wieder einmal typisch für Konrad: Sobald etwas nach Profit roch, wollte er es haben.

»Keinesfalls. Wir renovieren das alte Haus schon selber.« Adele lachte selten, aber diese Unverschämtheit belustigte sie.

»Mit welchem Geld?«

Die Nervosität war inzwischen gänzlich von ihr abgefallen.

»Das geht dich nichts an.«

Ihr war, als wich Konrad ihrem festen Blick aus, was sie als Erfolg verbuchte. Sie hatte ein Machtwort gesprochen, das er akzeptieren musste – ob er wollte oder nicht. Und dass ein Kredit auf dem Haus lag, ging ihn nichts an.

»Wegen Max kannst du dich auf mich verlassen«, kam es noch von seinem Platz hinter dem Schreibtisch.

»Gut.« Adele drückte die Klinke. »Das war's dann also.«

Sie verabschiedete sich nicht. Dieser Abschaum, dachte sie. Weder er noch seine Gattin verdienen zivilisierte Umgangsformen. Siegessicher verließ sie das Kontor. Nicht nur Konrad, auch dem Schicksal hatte sie Einhalt geboten. Die Reise nach Berlin, das Zittern und Zagen hatten sich rentiert.

Vor dem Haus bestieg sie die wartende Droschke.

»Zum Görlitzer Bahnhof, bitte.« Zum ersten Mal, seit sie Felix die Hiobsnachricht entlockt hatte, entspannte sie sich ein wenig. Nur bis zur Hochzeit noch müsste sie ihre schützende Hand über Emma halten. Dann würde alles gut werden.

47

Nach einem langen Arbeitstag waren Gustl, Emma und alle Angestellten gegangen. Nur Fritz war als Letzter noch in der Backstube. Wie jeden Freitagabend wollte er Inventur machen, um am Samstagmorgen die Einkaufsliste für die kommende Woche zusammenzustellen. Er holte das Bestandsbuch und die Öllampe und ging in die Vorratskammer.

Er hielt die Lampe hoch und inspizierte die Regale: Mehl, Zucker, Butter, Eier – das waren die Posten mit den größten Bewegungen: Vier Säcke Mehl, zwei Zuckerhüte, sieben Pfund Butter, acht Dutzend Eier zählte er und schrieb die Mengen ins Buch. Da würden sie aufstocken müssen. Gewürze, getrocknete Früchte, Kakao – davon benötigten sie meist nur wenig. Erwartungsgemäß deckten sich die Mengen beinahe mit jenen, die er in der Vorwoche notiert hatte. Vanilleschoten und Zitronat – da mussten sie aber zukaufen.

Im obersten Regal standen die kostbaren Ingredienzen: der kleine blaue Tiegel mit Buchwalds geheimer Gewürzmischung für Baumkuchen, auch die bauchige Rumflasche mit dem exotischen Etikett. Das teure Getränk, ebenso wie den exotischen Orangenlikör, verwendeten sie nur für Baumkuchenspezialitäten, für andere Backwaren war er tabu. Beide Flaschen standen ganz hinten. Aber etwas war seltsam: Auch nachdem Lotti entlassen worden war, hatte er noch immer das Gefühl, dass sich der Rum ungewöhnlich schnell verflüchtigte. Seit Wochen hegte er daher den Verdacht, dass es im Haus einen Feinschmecker gab, der sich insgeheim daran bediente. Deshalb hatte er vorige Woche bei der Bestandsaufnahme unauffällig auf dem Etikett den Stand der Flüssigkeit markiert.

Er leuchtete in den hinteren Winkel. Da sah er es genau: Ein Fingerbreit fehlte wieder in der Rumflasche. Verächtlich schüttelte er den Kopf. Wer immer es war, ob Lehrling, Spülmagd oder gar ein Familienmitglied: Dem Dieb musste das Handwerk gelegt werden. Ansonsten würde ihn die Frau Patronin womöglich selbst eines Tages zur Rechenschaft ziehen.

Fritz legte das Bestandsbuch auf den dafür vorgesehenen Platz im Regal. Dann war auch für ihn Feierabend, zumindest vorerst. Wie immer seit der Verlobung mit Emma ging er in seine Kammer im Hof, wusch sich, rasierte und kämmte sich und wechselte die Kleider. Es war ihm wichtig, zum Abendessen mit der Familie immer so sauber und geschniegelt wie möglich zu erscheinen.

Wie jeden Abend war das Essen ein Festmahl: Grünen Aal mit Gurkensalat und Butterkartoffeln gab's diesmal. Nicht, dass das Essen am Küchentisch schlechter gewesen wäre, keineswegs. Oft gab's da sogar dieselben Speisen. Aber im Speisezimmer der Familie schmeckte es irgendwie besser. Zudem gab's guten Wein aus Kristallgläsern – damit wurden sie in der Küche natürlich niemals verwöhnt. Muttchen konnte von so gutem Essen nur träumen. Und alles wurde von Frida serviert. Die drückte sich beim Auftragen mit ihrem üppigen Vorbau besonders dicht an ihn, wenn sie dachte, dass gerade niemand hinsah.

»Hör auf!«, zischte er unauffällig. Sie trieb ihn fast zum Wahnsinn mit ihren Spielchen.

Ob er nachnehmen wolle, fragte die Frau Patronin mehr als einmal während des Mahls. Auch Emma bemühte sich ständig um ihn, und sogar Gustl hielt sich mit herablassenden Anweisungen zurück. Fritz schien, als würden ihm alle Familienmitglieder seit dem Vorfall mit dem Briefchen zuvorkommender begegnen als jeher.

Nach der herrlichen Weincreme mit eingelegten Früchten zum Dessert entschuldigte er sich:

»Heute war ein langer Tag. Seid mir nicht böse, wenn ich ausnahmsweise früher zu Bett gehen werde.«

Er wünschte allen eine gute Nacht. Die Frau Patronin, Emma und Gustl nickten zustimmend, der kleine Benji, der in der Familie mitlief, als wäre er ein Erwachsener, wetzte ungeduldig umher. Fritz tat, als würde er in seine Kammer im Schuppen gehen, doch stattdessen schnappte er die auf dem Podest bereitstehende Öllampe und schlich über die Kellertreppe hinunter in die Backstube.

Kühl und ruhig lag sein Reich vor ihm, noch immer nach Zucker, Zimt und Teig duftend. Es gab keinen Ort auf der Welt, den er lieber mochte. Ganz besonders, wenn nach dem hektischen Arbeitstag alles ordentlich und sauber dalag und er ihn für sich allein hatte.

Er schlüpfte aus dem schönen Sonntagsjackett, faltete es sorgfältig zu einem provisorischen Kissen zusammen, warf es unter den Arbeitstisch und kroch hinterher. Er bettete seinen Kopf auf das Jackett, löschte die Lampe und machte es sich unter dem Tisch so bequem wie möglich. Wer weiß, wie lange er so aushalten müsste.

Seine Lage war ziemlich ungemütlich: Der Fliesenboden war steinhart. Und eiskalt. Kalt – wie Emma ihm seit der unglücklichen Geschichte mit dem Briefchen manchmal vorkam, obwohl sie beim Essen so zuvorkommend gewesen war. Freundlich war sie, liebenswürdig und aufmerksam – bloß die Wärme fehlte. Ja, sie hatte ihm alles erklärt und sich ernsthaft für ihr Verhalten entschuldigt. Max Kolte wäre ein Student, den sie zufällig kennengelernt und der ihr im Museum Ausstellungsstücke erklärt hätte. Keinesfalls hätte sie ein amouröses Verhältnis mit ihm gehabt, nichts Unanständiges wäre zwischen ihm und ihr vorgefallen. Fritz glaubte ihr das alles. Aber er hatte auch das Leuchten in ihren Augen gesehen, als sie den Namen dieses Studenten in den Mund nahm. Geglänzt hatten sie wie sonst nie – als würden Sternschnuppen sprühen. Sie hatte gar nicht mehr aufgehört, über ihn zu reden. Da war ihm klar geworden: Emma war verliebt – aber nicht in ihn. Sondern in diesen Akademiker. Sie wusste es nur nicht. Sie war zu jung und zu unerfahren, um die Tatsachen zu erkennen.

Fritz rutschte weiter in Richtung Wand und adjustierte nochmals das provisorische Kissen. Doch es blieb unbequem auf dem steinernen Boden. Jedenfalls, so überlegte er weiter, während er auf den Rumdieb wartete: Für ihn bedeutete die Erkenntnis, dass Emma einen anderen liebte, dass er alles beschleunigen musste. So schnell wie möglich müssten sie heiraten, um Fakten zu schaffen. Wenn sie erst einmal seine Frau und er der Patron der Berliner Backstube war, würde sich schon alles fügen. Im Allgemeinen mochten sie ja einander und kamen gut miteinander aus. Zusammen würden sie ein gutes Leben führen. Er würde mit der Frau Patronin reden, ob die Hochzeit nicht schon im Juni oder Juli anstatt im August stattfinden könnte. Ja, das wollte er tun, bei nächster Gelegenheit, um sein Wolkenkuckucksheim ein wenig schneller bezugsfertig zu machen.

Er rückte sein Jackett wieder zurecht. Wie lange sollte er hier eigentlich noch lauern, so ungemütlich unter dem Arbeitstisch? Die Kirchenglocken von Sankt Nikolai läuteten – es war schon fast Mitternacht. Die Fliesen fühlten sich kalt und kälter an. Er war schon drauf und dran, die Warterei aufzugeben und auf den nächsten Tag zu verschieben. Er setzte sich auf. Da krachte es – er war mit dem Kopf gegen ein Tischbein geschlagen. Er rieb die Stelle, auf der schnell eine Beule wuchs. Er hatte genug, er wollte in seine Kammer gehen. Doch in diesem Moment meinte er, noch etwas zu hören. Oben, die Kellertür! Geschwind legte er sich wieder unter den Tisch.

Bald kamen schlurfende Schritte – näher und näher. Auf den Fliesen erschien schwaches Licht. Die Schritte wurden lauter. Ein schummriger Lichtkegel wurde sichtbar – wer immer hier unten herumschlich, führte eine Öllampe mit sich. Füße latschten vorbei. Fritz sah den Saum eines linnernen Nachtkleides – nur ob die Füße darunter einem Mann oder einer Frau gehörten, konnte er nicht erkennen. Er hielt den Atem an. Die Tür zur Vorratskammer wurde geöffnet, leise quietschend fiel sie wieder zu.

Der entscheidende Moment war gekommen. Fritz kroch unter dem Tisch hervor, diesmal gekonnt dem Tischbein ausweichend. Er tastete sich an den Wänden in Richtung Vorratskammer – wie gut, dass er die Backstube wie seine Westentasche kannte. Er tappte bis zur Tür der Vorratskammer, langte nach der eisernen Klinke und fand sie gleich. Er holte tief Luft, drückte, und mit einem Ruck riss er die Tür auf. Der gelbliche Schein der Öllampe empfing ihn. Und da stand sie vor ihm wie die Kuh vorm Tor: Frida! Mit der schönen Rumflasche in der einen, dem Korken in der anderen Hand.

»Jetzt hab ich dich«, herrschte Fritz sie an. »Hab's ja schon länger vermutet!«

Frida, die sonst immer eine Antwort parat hatte, konnte nichts sagen, denn sie hatte den Mund voller Rum, den sie erst in Etappen schlucken musste.

»Wie kommst du dazu, dich ausgerechnet an dieser kostbaren Spirituose zu bedienen?!«, donnerte Fritz.

»Waren doch nur ein, zwei kleine Schlückchen …« Frida hatte die Sprache wiedergefunden. »Merkt doch keiner … und geht keinem ab.«

»Über die Zeit war's so viel, dass es mir sehr wohl aufgefallen ist«, sagte Fritz. Dabei konnte er die Augen nicht von ihrem Busen nehmen, der ungehindert unter dem losen Nachtkleid wogte.

»Ich konnte nicht einschlafen«, sagte sie. »Aber 'n Schlückchen Rum – und ich penne wie ein Baby. Willst du auch?« Sie hielt ihm die offene Flasche hin. »Die fällt doch bei den Buchwalds nicht ins Gewicht. Die haben genug von allem.« Die Knopfleiste ihres Nachtkleides spannte, weiße Haut lugte hervor. »Mal ehrlich: Das, was man so den ganzen Tag im Haus mitmacht – da steht einem schon ab und zu 'n Schlückchen zu, denkst du nicht auch, Schätz…?«

»Das ist Diebstahl«, fiel er ihr ins Wort und wandte sich ab, das Nachtkleid gab zu viel nackte Haut frei. »Das weißt du so gut wie ich. Und dass du Lotti diese Sache in die Schuhe schieben wolltest … Das war abscheulich! Geh rauf in deine Kammer.«

»Nu mach mal keine Fisimatenten.« Frida korkte die Flasche zu und stellte sie zurück ins Regal. »Tust grad so, als wärst du selber 'n Heiliger.«

»Still!«, schnaubte Fritz. »Wir reden morgen weiter.«

Frida nahm ihre Lampe und zwängte sich dicht an ihm vorbei durch die schmale Tür. Sie streifte ihn mit ihrem Busen, drückte sich gegen ihn und warf ihm auch noch einen ihrer koketten Blicke zu. Endlich war sie draußen.

Fritz atmete tief durch und holte seine Jacke. Nach den Stunden auf dem kalten Boden sehnte er sich nach dem warmen Bett in seiner Kammer. Die Frau Patronin und Emma würden Augen machen, wenn er von seiner Entdeckung erzählte. Bestimmt würde das wieder einmal bestätigen, wie unersetzlich er in der Führung des Betriebs war.

Er erreichte den Hof, ging am Brunnen vorbei zum Schuppen. Er war schon fast bei der Brettertür, als er im kargen Mondlicht eine Gestalt ausmachte, die am Verschlag lehnte: lässig, aufreizend, bekleidet nur mit dem losen linnernen Nachtkleid. Noch mehr Knöpfe hatte sie geöffnet – und zog ihn an sich, mit kräftigen Armen. Er roch ihren rumgeistigen Atem, er kam ihm nicht aus.

»Schläfst du auch manchmal schlecht?«, wisperte sie in sein Ohr. »Ich helfe dir, und ich weiß auch, wie.« Sie presste sich an ihn, diesmal eindringlicher. Er spürte ihren heißen Atem im Nacken, am Hals, im Ohr … ihren kräftigen Schenkel zwischen seinen. Und … oh! … den überreichlichen Busen.

Er umfasste sie. Was für ein Weib. Wie warm, wie weich, wie üppig! Die Kammer … das Bett – es wäre alles gleich da!

Schwer atmend stieß er sie von sich.

»Lass mich!«

»Memme!« Sie hob ihr Kinn, wandte sich ab und stolzierte davon.

48

Frida also …« Ungläubig schüttelte Emma den Kopf, als Fritz ihr von seiner Entdeckung erzählte. »Dazu hat sie noch Lotti angeschwärzt. Und wir sind ihr auf den Leim gegangen …« Seufzend lehnte sie sich gegen den Arbeitstisch. »Ach, Fritz, ich weiß nicht, ob in unserer Backstube je wieder der gute Geist von früher einkehren wird? Was meinst du?«

Er legte seine Arme um sie. Beruhigend strich er über ihren Rücken, schmiegte seine Wange an ihre. Er hob ihr Kinn an, suchte vorsichtig mit seinen Lippen ihren Mund, sie ließ es geschehen. Er küsste sie zärtlich, dann heftiger, glitt mit den Händen über ihren Körper. Im selben Augenblick dachte er wieder an diesen Studenten, der ihr so offensichtlich den Kopf verdreht hatte. Aber nein. Sie gehörte zu ihm. Er war es doch, mit dem sie verlobt war. Bald würden sie Mann und Frau sein. Zögerlich tastete er nach ihrer Brust.

In diesem Moment wand sie sich aus seinen Armen.

»Bitte nicht … Gib mir Zeit.«

»Zeit?!« Er lachte auf. »Du willst Zeit?! Wofür? Damit du dich mit fremden Männern herumtreiben kannst?!«

»Das ist nicht wahr! Ich habe dir doch alles erklärt!« Betroffenheit, Unverständnis, Entsetzen lag in ihren Augen.

»Ich hab's nicht so gemeint«, beteuerte er kleinlaut. Er nahm ihre Hand, küsste sie. »Das hätte ich nicht sagen sollen. Du hast dich entschuldigt, und ich glaube dir. Du sollst alle Zeit der Welt haben. Bald werden wir heiraten, und dann haben wir unser ganzes Leben vor uns.« Er küsste sie auf die Lippen, aber nur flüchtig. »Übrigens hat deine Mutter gesagt, dass wir die Hochzeit schon für Ende Juni planen können.« Emma wirkte verhalten, als sie nickte. Sei's drum, dachte Fritz. Bald war sie sein, es waren nur noch wenige Monate bis dahin. Und die Liebe – das wird schon.

»Wegen Frida mach dir keine Gedanken«, sagte er. »Ich werde mit deiner Mutter reden und denke, dass sie die richtige Entscheidung trifft. Dann wird hier wieder Ruhe und Ordnung herrschen.«

49

»Lottiii!«, schrie Roswitha, ihre jüngere Schwester, so laut durch die Gegend, dass die Hühner durch den hölzernen Verschlag flatterten, als wäre der Fuchs drin. »Komm schnell! Da ist wer für dich! Hohe Leute!«

Lotti packte den Eierkorb mit der einen, Hänschen mit der anderen Hand und bahnte sich durch das schwirrende Federvieh einen Weg ins Freie. Auch nachdem sich ihre Augen an das hellere Licht gewöhnt hatten, traute sie ihnen kaum: Da stand der buchwaldsche Rollwagen vor der elterlichen Kate an der frostharten Landstraße, die vom Städtchen Forst in das kleine Dorf Mulknitz führte.

»Hallo, Kleine!«, hörte sie *ihn*, ihren ewigen Schwarm, sagen und meinte zu träumen. Aber da war er wirklich: Fritz! Er saß auf dem Kutschbock und schaute herunter, mit diesem herzerweichenden Grinsen auf den Lippen.

»Schön, dich wiederzusehen!«, rief Emma, kletterte von der Bank und kam mit einem Hüpfer auf dem Boden zu stehen.

Lotti blieben die Worte im Hals stecken – wie immer, wenn sie aufgeregt war. Nichts, rein gar nichts kam aus ihrem Mund, sie starrte nur. Wie eine überirdische Erscheinung kamen ihr Fritz und Emma vor – aufgetaucht aus dem Nichts.

»Wer ist das?«, fragte Hänschen verschüchtert. Lotti schluckte. Dem Brüderchen zuflüstern ging gerade noch:

»Musst dich nicht fürchten. Leute aus der Konditorei, wo ich früher gearbeitet habe.« Schritt für Schritt ging sie auf den Wagen zu, Hänschen noch immer an der Hand.

»Wir haben dich sehr vermisst.« Emmas Stimme klang wie aus dem weiten Universum.

»Jawohl, das haben wir«, stimmte Fritz vom Kutschbock aus ein.

Lotti schluckte wieder. Sie war noch immer sprachlos.

Emma erklärte, warum sie da waren: Dass Frida als Rumdiebin überführt worden wäre und die Frau Patronin sie entlassen hätte; dass die Familie Buchwald nun ohne Stubenmädchen dastünde. Und da jetzt eindeutig feststand, dass Lotti keinesfalls den Rum gestohlen hatte und die Frau Patronin ihr die Törtchen ausnahmsweise nachließe, wollten sie fragen, ob Lotti in ihre Stellung zurückkehren möchte? Und da sie ja inzwischen älter war und mehr Erfahrung habe, könne sie die Stelle des Erstmädchens übernehmen.

Und ob Lotti das wollte! Sie strahlte Emma aus allen Knopflöchern an. Hach, wie unglaublich schön war es, sie wiederzusehen. Und Fritz! Wie vertrauenerweckend er da auf dem Kutschbock saß, mit seinen breiten Schultern und dem augenzwinkernden Grinsen. Seit langer, langer Zeit schwebte Lotti wieder auf ihrer rosaroten Wolke, die sie über alles hinweg und hinauf in den Himmel hob. Zwar war sie gern zu Hause bei den Eltern, den Geschwistern, den Hühnern, dem Ochsen und den zwei Kühen, aber sie war auch gern im *Café Buchwald* gewesen, sie hatte das Haus lieb gewonnen. Alle Menschen dort waren freundlich und gerecht zu ihr gewesen – alle, bis auf eine: Frida. Aber die gab's jetzt nicht mehr, hatte Emma gesagt. Und Fritz … hach, er war da, und sie durfte wieder von ihm träumen! Lotti platzte fast vor Glück.

Emma musterte Roswitha.

»Wie alt bist du? Hast du die Schule schon fertig?«

»Letztes Jahr war mein letztes«, antwortete Roswitha ohne Scheu, wie eine vorlaute Plappersuse, die sie auch war.

»Vielleicht willst du als Zweites Mädchen mitkommen? Dann wäre Lotti nicht allein.«

»Klar doch«, sagte Roswitha. »Die hundertsechzig Mark im Jahr, die Lotti bekommen hat, will ich auch gern kriegen!«

Lotti warf ihr ihren strengsten Blick zu. »Roswitha!« Plötzlich kamen aus ihrem Mund wieder Worte: »So redet man nicht mit der Herrschaft!« An Emma gewandt sagte sie: »Umgangsformen bringe ich ihr schon noch bei, keine Sorge.«

Roswitha müsste sie wirklich unter ihre Fittiche nehmen, aber der Gedanke, die jüngere Schwester bei sich zu haben, gefiel Lotti.

»Wann sollen wir anfangen?«

»Am besten gleich. Ihr könnt mit uns nach Cottbus fahren«, antwortete Emma. »Zu denselben Bedingungen wie bisher. Nur, dass du als Erstmädchen jetzt hundertachtzig Mark im Jahr bekommst.«

»Ich muss noch mit den Eltern reden. Aber die werden sich freuen, das weiß ich.« Zu Hänschen, der weiterhin an ihrer Hand hing und alles mit Argusaugen verfolgt hatte, sagte sie:

»Sorg dich nicht, Kleiner. Einmal im Monat kommen wir und bringen dir Süßes.« Das ich garantiert rechtzeitig auf Heller und Pfennig abrechnen werde, dachte sie noch bei sich.

50

Es freut mich, dass Sie gleich zwei meiner Mädchen auf einmal in Stellung nehmen. Das Geld können wir wahrlich gut gebrauchen«, sagte Lottis Mutter, Frau Knecht. »Überhaupt jetzt im Winter, wo es für Erntehelfer keine Arbeit gibt. Da ist es nicht leicht, ein Maul mehr durchzufüttern.« Herr Knecht, der die ganze Zeit ruhig danebensaß und an einem Hölzchen schnitzte, nickte zustimmend.

Lottis Mutter war herzlich und freundlich – ganz anders als ihre eigene Mutter, mit der sie seit dem Ärger mit dem Briefchen mehr denn je auf Kriegsfuß stand, dachte Emma ein wenig bitter. In liebenswürdiger Art hatte Frau Knecht Emma und Fritz in den kargen Wohnraum gebeten, wo sich auch der Ofen befand. Sie hatte Malzkaffee aufgebrüht und frisch gebackenes Brot mit Quark gebracht, während Lotti und Roswitha ihre Sachen packten und das Pferd an der Tränke stand. Wie nett sie war – Emma hatte sie gleich ins Herz geschlossen.

Nachdem sie sich von allen Familienangehörigen verabschiedet hatten, saßen sie zu viert auf dem Rollwagen und ratterten zurück in Richtung Cottbus: Lotti und Roswitha hinten auf der Ladefläche, Emma mit Fritz vorn auf dem Kutschbock. Noch schien die Sonne wintermild vom Himmel, sie wärmte auch ein wenig, dennoch war Emma froh um den dicken Mantel und das extra Wolltuch, das sie um ihre Schultern gewickelt hatte. Die Straße war trocken wie am Morgen, und das Pferd trottete brav voran. Krähen flatterten krächzend über dem Acker und hüpften zwischen schneebedeckten Erdschollen herum. Hin und wieder hoppelte ein Hase vorbei, blieb stehen, spitzte die Ohren und hoppelte weiter.

Gut, dass Lotti das Angebot angenommen hatte und zu ihnen zurückkehrte, dachte Emma. Auch Roswitha würde sicherlich eine Bereicherung werden. Beide Mädchen waren fleißig, anständig und bodenständig – jetzt, da sie Lottis Zuhause gesehen hatte, war klar, dass die beiden ganz nach den Eltern geraten waren. Dass sie von nun an bei ihnen arbeiten würden, erschien Emma wie ein gutes Omen: Endlich würden wieder Fröhlichkeit und Harmonie ins Haus zurückkehren. Und Fritz, das sah sie immer deutlicher, leistete einen ebenso großen Beitrag. Er war mit ganzem Herzen Zuckerbäcker. Er unterstützte sie oftmals in brenzligen Situationen – wie jener mit Frida, beispielsweise. Dankbar erinnerte Emma sich daran, dass er es gewesen war, der Frida entlarvt hatte und heute mit ihr nach Mulknitz gefahren war. Ja, die Ehe mit ihm machte Sinn. Er war der Richtige, sie sollte nicht mehr daran zweifeln. Gemeinsam würden sie Vaters Café in Berlin führen. Vielleicht würde jemand wie Max das Kribbeln in ihrem Bauch entfesseln, wie Charlotte die Liebe beschrieben hatte, aber solche Gedanken waren nichts als Hirngespinste. Sie hatte Max nur ein paarmal gesehen. Der Vergleich zwischen ihm und Fritz hinkte nicht nur, er war einfach falsch. Fritz war der ideale Ehemann, ihn wollte sie heiraten. Emma hakte sich bei ihm unter, legte den Kopf auf seine Schulter und lächelte. Fritz lächelte zurück, als hätte er ihre Gedanken gelesen. Dann wandte er sich wieder dem Pferd zu und schnalzte mit der Zunge.

51

Hinten auf der Ladefläche des Wagens erteilte Lotti Roswitha Benimmregeln.

»… und du musst dein Mundwerk in Zaum halten und darfst nur sprechen, wenn du zuerst von der Herrschaft angeredet wurdest.« Zwischendurch schielte sie nach vorn zum Kutschbock. Hach, wie breit Fritz' Schultern doch waren. Wie sehr sie sogar seine Kehrseite liebte! So sehr hatte sie sich damals gegrämt, als sie das Haus verlassen musste und ihn für immer und ewig verloren geglaubt hatte. Aber jetzt lebte die Hoffnung wieder, mit ihm eines Tages doch zusammenzukommen, und sie schwebte wieder auf dieser rosaroten Wolke des Glücks.

»Jedenfalls darfst du niemals das erste Wort ergreifen«, hämmerte sie Roswitha ein, während sie aus dem Augenwinkel wieder nach Fritz' Rückenansicht schielte, denn mehr bekam sie von ihrer Position aus nicht zu Gesicht.

»Aber was ist, wenn ich etwas sagen *muss*«, echauffierte sich Roswitha. »So wie: Obacht, da kommt ein Bär?!«

»So was darfst du natürlich immer sagen.« Lotti lachte. »Du sollst auch immer ein paar Schritte hinter der Herrschaft gehen. Wenngleich ich selbst diese Regel auch mal vergesse.«

»Hab's schon verstanden. Die Herrschaften sind einfach höhere Leute. Aber eine andere Frage: Diese Kuchen, die du früher immer mitgebracht hast – stehen die einfach so herum? Kann man sich immer davon nehmen?«

»Sicher nicht!«, rief Lotti entrüstet. Weiter kam sie nicht. Soeben stürzte sie aus der rosaroten Wolke. Sie war im freien Fall, und der Aufprall war fürchterlich. Sie hatte gesehen, wie sich Emma an Fritz schmiegte. Den Arm hatte sie unter seinen geschoben und den Kopf auf seine Schulter gelegt. Heiß und kalt lief es über Lottis Rücken. Emma und Fritz. Die beiden waren einander zugetan – in trauter Zweisamkeit. Und sie hatte es nicht einmal kommen sehen!

»Was passiert dann, Lotti?« Roswitha rüttelte an ihrem Arm. »Warum sprichst du nicht weiter?«

»Was … wann?«

»Hast du mir nicht zugehört? Was passiert, wenn man einfach Kuchen aus der Theke nimmt? Wenn immer so viel davon da ist und er nicht verkauft wird?«

»Das ist Diebstahl, das darf man nicht machen«, stammelte Lotti und wollte im Moment nur, dass Roswitha ihren verdammten Mund hielt und sie in Ruhe ließ. Sie war am Boden zerstört. Die rosarote Wolke, auf der sie gerade noch geschwebt war, hatte sich aufgelöst. Stattdessen gab's nur mehr grauen Dunst, der über den schneebedeckten, frostigen Äckern lag. Trüb und trist war plötzlich alles, voller schwarz-grauer Krähen. Hach, wäre sie doch nur zu Hause bei den Hühnern, den Kühen und den Eltern geblieben! Warum nur hatte sie sich wieder von dieser Hoffnung einfangen lassen?

52

Nach stundenlanger Fahrt kamen sie im Café an. Lotti bezog mit Roswitha die Dachkammer, die sie früher mit Frida bewohnt hatte.

»Warum bist du plötzlich so miesepetrig?!«, schimpfte Roswitha, obwohl Lotti alles tat, ihre Bestürzung über die Entdeckung, die sie während der Fahrt gemacht hatte, nicht zu zeigen. Aber die Szene lief immer wieder vor ihren Augen ab: Emma, die sich liebevoll an Fritz schmiegte. Emma, die Fritz tiefgründig ansah, als wollte sie ihm wortlos etwas mitteilen. Emma, die Fritz unecht anlächelte, und Fritz, der ebenso unecht zurücklächelte, wie Lotti fand.

Im Haus hatte sie dann die absolute Katastrophe erfahren: Emma und Fritz waren *verlobt!* Der Traum, an den sie kurzfristig wieder geglaubt hatte, war endgültig zerplatzt. Jetzt schmerzte alles noch mehr als damals, als sie die Stellung verloren und das Haus verlassen hatte.

Der Gedanke, dass Emma und Fritz ein Paar waren – der war einfach unerträglich. Lotti wusste nicht, ob sie unter diesen Umständen im Haus bleiben konnte, eigentlich wollte sie nur noch heim.

Eine Ehre war allerdings, dass sie jetzt Erstmädchen war. Das hielt sie bei den Buchwalds, machte ihr die Tage im Café erträglich. Sie durfte eine weiße Schürze und ein Häubchen tragen, und ihre Arbeiten, verglichen zu vorher, waren sauber und leicht. Auch wenn sie sich zurück an den elterlichen Hof sehnte – die schöne Dienstuniform, die Aussicht auf den guten Lohn und die Verantwortung für Roswitha gehörten jetzt zu ihrer Berufung. Kohle scheffeln, Nachttöpfe leeren und Böden wischen machte nun Roswitha – und zwar ohne zu klagen. Ganz bewusst half Lotti ihr oftmals dabei – in Erinnerung an Frida, die die niederen Tätigkeiten auch noch verächtlich abgetan und damit alles nur verschlimmert hatte.

Gerade deckte sie den Tisch im Speisezimmer für den sonntäglichen Nachmittagskaffee. Fünf Gedecke des schönen Porzellans stellte sie bereit – wie zu alten Zeiten, als der Herr Patron noch gelebt hatte. Den gab's nicht mehr, aber an dessen Stelle durfte jetzt Fritz mit der Familie am Tisch sitzen. Weil er mit Emma *verlobt* war. Hach, was für eine Katastrophe! Lotti atmete wieder einmal schwer, wie so oft in diesen Tagen.

Im Nebenraum, wo sich die Familie tagsüber aufhielt, spielte Benji auf dem Teppich mit seinen Zinnsoldaten.

»Paff, paff!«, ballerte er durch die Gegend. Ein Schmunzeln entkam Lotti, obwohl sie doch das Wissen über die Verlobung in schwarze Untiefen gestürzt und sie eigentlich gedacht hatte, dass ihr im ganzen Leben nie wieder zum Lachen zumute sein würde. Sie streifte das Tischtuch glatt und rückte penibel die Kuchenteller so zurecht, dass die daraufgemalten Blümchen alle in dieselbe Richtung schauten.

»Wir müssen die Gästeliste für die Hochzeit zusammenstellen«, sagte die Frau Patronin im Nebenraum. Unwillkürlich spitzte Lotti die Ohren.

»Es soll keine große Feier werden. Wir sind ja noch im Trauerjahr«, fuhr die Frau Patronin fort. »Aber Charlotte mit Familie, Herr und Frau Grün und die Apothekerfamilie gehören auf jeden Fall dazu. Wir sollten ihnen bald Einladungen zukommen lassen.«

»Unbedingt«, antwortete Fritz. Lotti lauschte inbrünstig, aber von Emma hörte sie kein Wort. Nur weiter die Stimme der Frau Patronin:

»Was ist mit deiner Familie? Wie viele werden kommen?«

»Ich hab nur mein Muttchen«, antwortete Fritz. »Es geht ihr nicht gut. Sie wird kaum reisen können.«

»Schade. Aber da kann man wohl nichts machen«, sagte die Frau Patronin. »Hast du Geschwister?«

»Zwei Brüder, doch ich sehe sie kaum.«

»So ist das manchmal im Leben … Und dir, Emma, fällt dir noch jemand ein?«

»Nein«, hörte Lotti endlich Emma antworten, doch sie klang zögerlich und merkwürdig tonlos. Komisch. Lotti an ihrer Stelle wäre garantiert himmelhochjauchzend bei der Sache gewesen. Nicht bloß wegen der Aussicht auf das schöne Fest, das die Frau Patronin offenbar ausrichten wollte. Nein, vor allem wegen Fritz. Er war doch der Schönste, Klügste, Beste aller Männer. Nur erkannte Emma das nicht, das dumme Wesen. Alles würde Lotti geben, alles andere stehen lassen, nur um an Emmas Stelle zu sein! Aber dieser Traum war jetzt endgültig aus und für immer vorbei, auch wenn ihr Herz immer noch rascher schlug, wenn er nur in ihre Nähe kam. Verschämt wischte sie eine Träne aus dem Augenwinkel – hoffentlich betrat jetzt niemand das Speisezimmer, ihre Tränen sollte niemand sehen.

»Über deine Aussteuer müssen wir auch noch reden«, sagte die Frau Patronin nebenan. »Du musst eine Liste von Dingen zusammenstellen, die du benötigst. Handtücher, Bettwäsche, Geschirrtücher. Manches wirst du vielleicht in diesem neuen Kaufhaus in Berlin bekommen, das neulich eröffnet hat.«

»Das sind doch noch Monate bis zur Hochzeit – eine halbe Ewigkeit«, wiegelte Emma ab.

»Es ist gar nicht mehr so lang bis Juni, mein liebes Kind. Die Zeit wird schneller vergehen, als du denkst.«

Im Juni schon! Lotti fielen die silbernen Kuchengabeln fast aus der Hand. Ab Juni war Fritz dann auch offiziell für immer und ewig verloren.

»Die Weißwäsche sollte mit deinem Monogramm bestickt werden. Braucht zwar Zeit, ist aber ein schönes Andenken«, erklang wieder die Stimme der Frau Patronin.

»Es gibt schon einige Stücke in der Wäschetruhe. Vater hat mir vor Jahren je ein Dutzend beim Tuchhändler gekauft, der damals einen riesigen Hochzeitskuchen bei uns bestellt hat. E. B. steht drauf«, antwortete Emma matt.

»Die wird's aber bald nicht mehr geben!« Das war Fritz. Selbstgewiss hatte er dazwischengeredet. Wie merkwürdig bestimmend er geklungen hatte, fast bissig. »E. S. gehört da jetzt drauf. Für Emma Schimanski«, hörte Lotti ihn noch sagen. Dann Emma:

»Beim Monogramm würde ich aber gern bei E. B. bleiben. Etwas anderes wäre mir so fremd.«

»Ach was. Die Hälfte der Wäsche trägt schon die Initialen deines Mädchennamens. Jetzt, wo du deinen zukünftigen Familiennamen kennst, sollte sie mit E. S. bestickt werden. Darauf bestehe ich.« Fritz klang gar nicht liebevoll. So kannte Lotti ihn nicht, er war doch immer so ruhig und besonnen.

»Dann lassen wir die Wäsche eben ohne Monogramm«, stöhnte Emma auf.

»Kommt nicht infrage«, trotzte Fritz. »Es ist ja dann auch meine Wäsche.«

Fritz und Emma – wie konnten sie über Unwichtigkeiten

so zanken?! Ob das eine gute Ehe werden würde? Lotti kamen Zweifel.

Lotti Schimanski – wie gut *das* doch geklungen hätte! Gedankenverloren verteilte sie die silbernen Kuchengabeln. Dann nahm sie die schönen Servietten aus Damast aus der Lade. A. N. stand darauf. Sicherlich die Initialen der Frau Patronin, bevor sie den Herrn Patron geheiratet hatte. Adele und … Wie wohl deren Mädchenname gelautet hatte?

Lotti ging um den Tisch herum und legte die Servietten auf. In Gedanken malte sie sich aus, wie Fritz und Emma nahe nebeneinander auf dem Sofa saßen, Emma womöglich bei ihm untergehakt. Scheußlich! Ihr Leben lang würde sie Fritz nachtrauern und irgendwann als alte Jungfer sterben. Sie war erst fünfzehn, und ihr Leben war jetzt schon vorbei. Unauffällig wischte sie noch eine Träne aus dem Augenwinkel und schnäuzte sich ins Taschentuch. Es war aus einfacher Baumwolle, natürlich ohne Monogramm. Solche Feinheiten waren nur besseren Leuten vorbehalten.

53

Nachdem er mit Phoeby zum See gelaufen war, Stöckchen geworfen und mit ihr herumgetollt hatte, kehrte Max zurück in die Villa und gesellte sich zu den Eltern in den Rauchsalon. Die stickige Luft hielt er kaum aus, denn seit gestern hatte er einen flauen Magen. Aber dieser Tage war es besser, den braven Sohn zu geben.

»Schön, dass du uns Gesellschaft leistest«, anerkannte Mutter seine Anwesenheit. »Und das auch noch so pünktlich zum Nachmittagskaffee!«

»Ganz meine Meinung«, pflichtete Vater ihr bei. »Wie geht's dir eigentlich, mein lieber Herr Sohn? In den letzten Wochen haben wir dich kaum zu Gesicht bekommen.« Er ließ sich mit einem gut gefüllten Glas Whisky in den Lederfauteuil fallen.

»Mir geht's gut, danke.« Max zögerte. »Na ja …« Er wollte schon damit beginnen, aber dann zog er es doch vor, nicht gleich mit der Tür ins Haus zu fallen. Besser war es, die unangenehme Nachricht nach Kaffee und Kuchen, wenn Vater gesättigt und zufrieden war, zu überbringen. »Ich hatte viel zu lernen.«

»Aha. Und du, Edmund? Was gibt's bei dir Neues?«

»Geht so. Die Entwicklungen im Hansaviertel laufen auf Hochtouren. Gut, dass wir den Zuschlag für die letzten Lote in der Gegend bekommen haben. Alle in der Branche beneiden uns. Und stell dir vor: Es soll tatsächlich eine Stadtgasleitung dorthin verlegt werden, über die Bärenbrücke hinaus.«

Vater grinste triumphierend. »Das sind ja großartige Neuigkeiten!« Er strich über seine goldgelbe Seidenweste, ein Lichtstrahl fing sich im Ring am kleinen Finger. »In jedem Haus werden wir einen dieser neuartigen Gaszähler montieren. So können wir potenziellen Käufern individuelle Innenbeleuchtung, Gasherd und Boiler für Warmwasser anbieten. Den technischen Möglichkeiten sind keine Grenzen gesetzt. Das sind allerbeste Voraussetzungen für Luxuswohnungen!«

»Welche Lote sind das genau, über die ihr sprecht?« Max wollte sich am Immobiliengeschäft interessiert zeigen, um den rechtschaffenen Sohn zu geben.

»Das unbebaute Stück Land beim Spreeufer und die letzte desolate Häuserzeile auf der anderen Seite des Flusses«, erklärte Konrad.

»Was wollt ihr dort bauen?«

»Große Wohnhäuser. Elegante Gebäude mit viel Stuck und Erkern. Die Straße zur Brücke muss verbreitert werden, damit auch dort große Häuser Platz haben. Und auch die besten Kutschen vorfahren können.«

»Mit modernstem Luxus«, fügte Edmund hinzu und schmiedete weitere Zukunftspläne. Das war Max ganz recht, so stand er nicht im Zentrum der Aufmerksamkeit.

»Die begehrtesten Immobilien im ganzen Hansaviertel werden das werden.« Behaglich streckte Vater die Beine von sich, trank noch einen Schluck Whisky. »Auch gegenüber der Bärenbrücke. Beste Gegend ist das, so nah beim Schloss Bellevue.« Er schien zufrieden mit sich und der Welt.

»Zurück zu dir, Max«, sagte er auf einmal. »War da nicht eine wichtige Prüfung gewesen, die du für die Fortführung deines Studiums benötigst?«

Max war, als quoll ihm das Wasser aus allen Poren.

»Ähm … Ja, Ingenieurwesen.«

»Und?«, bellte Vater.

Nun musste er mit den schlechten Nachrichten herausrücken, noch bevor Vater mit Kuchen und Kaffee zufriedengestellt war. Verlegen schlug er ein Bein übers andere und holte tief Luft in der Hoffnung, den unangenehmen Moment doch noch ein wenig hinauszuzögern. Aber es half alles nichts, er musste raus mit der Sprache.

»Die hab ich vermasselt. Leider.«

»Was?!« Vater richtete sich auf, zutiefst empört. Auch Mutter starrte Max mit großen Augen an, als hätte er gerade den Weltuntergang verkündet. Edmund hockte leise lächelnd daneben.

»Und das verrätst du uns so ganz nebenbei?!«

»Ich weiß es selbst erst seit gestern.«

»Was hat das zu bedeuten?«

»Dass ich das letzte Semester wiederholen muss.« Max' Fuß wippte unkontrolliert, als ginge die Verlegenheit mit ihm durch. »Leider.« Es ärgerte ihn selbst. Und er hatte es kommen sehen, denn er war schlecht vorbereitet gewesen. Alles wegen Emma. Wegen ihr hatte er den Kopf nicht bei der Sache gehabt. Seit ihrem letzten Treffen hatte er nicht mehr vernünftig lernen können, weil er immer an sie denken musste. Er kramte in der Hosentasche nach dem Taschentuch und wischte über seine schweißnasse Stirn.

Vater stellte mit einem lauten Klirren das schwere Kristallglas auf den Tisch.

»Mein lieber Herr Sohn. Jetzt werden wir andere Saiten aufziehen. Das sinnlose Studium wirst du ab jetzt bleiben lassen. Es wird Zeit, dass du lernst, zum Lebensunterhalt beizusteuern. Du bist alt genug. In deinem Alter bin ich längst auf eigenen Beinen gestanden.«

»Dieses Studium ist nicht sinnlos! Wenn ich erst einmal fertiger Architekt bin, werde ich sehr wohl meinen Beitrag leisten. Und der wird wertvoller sein, als du ahnst!« In der Hoffnung, dass wenigstens sie ihn unterstützte, suchte er Mutters Blick, aber sie rauchte nur teilnahmslos ihre schlanke Zigarette. Offenbar war sie auf Vaters Seite. »Es tut mir auch leid, dass ich die Zeit verliere«, fuhr er fort. »Aber was macht schon ein Semester im ganzen Leben! Das Architekturstudium ist nach wie vor mein Traum.« In derselben Sekunde bereute er dieses Wort, genau das hätte er nämlich nicht sagen sollen.

»Traum?! Das ist ja das Problem! Du *träumst*, während andere *arbeiten*«, schrie Vater. »Dein Bruder etwa. Nimm dir ein Beispiel an ihm! Nein, nein. Mit diesem lockeren Studentenleben ist ab sofort Schluss.«

Jetzt half nur mehr betteln.

»Vater, ich bitte dich inständig, dass du mich fertig studieren lässt. Ich werde dir die Unkosten später auf Heller und Pfennig zurückzahlen.«

»Nein. Und dabei bleibt's. Ich war von Anfang an dagegen. Diese Welt von Träumern ist nicht gut für dich. Als du vor Monaten mit diesem Schmiss nach Hause gekommen bist, habe ich mich noch zurückgehalten, aber jetzt hast du's endgültig vermasselt. Ab morgen bist du bei mir im Kontor als Zeichner am Pult.« Wild entschlossen ging Vater zum Büfettschrank, Mutter sah ihm nach.

»Mutter und ich haben einen anderen Plan für dich«, sagte Vater nun etwas sanfter, während er Whisky in sein Glas nachschenkte. »Einen, mit dem du uns, beziehungsweise der Kolte'schen Terraingesellschaft, außerordentlich dienlich sein wirst. Damit kannst du dein Versagen wiedergutmachen.«

Max horchte auf.

»Du wirst heiraten«, sagte Vater, wie aus heiterem Himmel. »Das haben deine Mutter und ich beschlossen.«

Edmund lächelte gelassen, als wäre er in die abstruse Idee eingeweiht gewesen.

»Was?! Wen?«

»Keine Angst, diese Heirat wird dir nicht schwerfallen. Es handelt sich um das Fräulein Henriette von Hagen. Sie ist dir sehr zugetan. Wir haben Henriette und dich beobachtet, zuletzt beim Neujahrsempfang. Ihr gebt ein schönes Paar ab. Du mit unserem Geld, Henriette mit ihrem adligen Namen und den Beziehungen ihres Vaters. Wenn du erst einmal bei mir im Geschäft bist, wirst du die enormen Implikationen einer Ehe mit ihr zu schätzen wissen.«

»Nur über meine Leiche!«, platzte es aus Max heraus.

»Schluss mit dem kindischen Geschwätz. Eine Ehe ist ein Arrangement zu beiderseitigem Vorteil. Wenn man auch noch gut miteinander auskommt, hat man das große Los getroffen. Du und Henriette – ihr seid eine perfekte Alliance.« Vater warf Mutter einen Blick zu. »Wie wir beide, nicht wahr, Gertrud? Es ist ein unglaubliches Glück, dass Henriette ausgerechnet dich auserwählt hat. Laut dem Herrn Oberbaurat von Hagen ist sie ganz vernarrt in dich.« Er hatte seine Contenance wiedergefunden und saß wieder großspurig im Fauteuil. »Oder gibt's da 'ne andere?«, fragte er, ein beißender Unterton kaum überhörbar.

»Nicht wirklich …« Max wippte wieder nervös mit dem Fuß. Emma. Bis auf ein trockenes Briefchen hatte er nichts von ihr gehört.

»Das will ich auch hoffen!«, donnerte Vater. »Mir ist da nämlich was von einem Techtelmechtel zu Ohren gekommen.«

Max schluckte, der Fuß wippte schneller.

»Das Mädel schlägst du dir aus dem Kopf, und zwar sofort.

Abgesehen davon, dass so eine Liebschaft nur Komplikationen mit sich bringt.«

Mutter drückte ihre Damenzigarette aus, und der Brillantring, den sie seit letzten Weihnachten ständig trug, blitzte auf.

»Was anderes als eine Liebschaft kann's ja wohl nicht sein, nicht wahr, Max?! Ich denke, das ist auch dir klar!«, sagte sie, während sie den letzten Rauch ausblies.

Emma. Sie war immer noch die Frau, mit der er sein wollte. Er wollte widersprechen, aber Vater fiel ihm ins Wort.

»Das besagte Mädel ist außerdem verlobt. Sie wird im Juni heiraten.«

Der Fuß … er ging Max jetzt fast durch.

»Woher weißt du das?!«, entfuhr es ihm.

»Ich hab da so meine Quellen …«

Er konnte nicht sitzen bleiben, unmöglich. Er ließ Vater noch reden, hörte aber kaum mehr hin, wie er Henriettes Vorzüge und eine Verbindung mit der Familie von Hagen über den grünen Klee pries. Die ganze Zeit überlegte er nur, wie er diesem sonntäglichen Kaffee und Kuchen entkommen könnte. Mit Mühe brachte er schließlich hervor:

»Phoeby muss raus. Ich drehe eine Runde im Garten mit ihr.«

»Muss das jetzt sofort sein, wo wir über so wichtige Dinge reden?!«

»Ja, jetzt. Ansonsten passiert womöglich ein Malheur.«

Max sprang auf, gab Phoeby ein Zeichen und verließ mit ihr den Raum. Fort, nur fort. Er musste allein sein.

54

Im Zimmer angekommen, fand Phoeby gleich ihr Plätzchen auf dem Teppich. Max setzte sich an den Schreibtisch, wo er über die letzten Jahre unzählige Stunden gegrübelt, gepaukt und gezeichnet hatte. Papiere, Pläne, Bücher und Hefte lagen fein säuberlich gestapelt vor ihm, daneben die Schale mit den Bleistiften und den Tuschfedern, das Tuschfläschchen, mehrere Lineale, hölzerne Dreiecke und der Rechenschieber. Er stützte den Kopf in die Hände und schloss die Augen. Nicht nur war er unglücklich verliebt, zum ersten Mal im Leben. Dazu sollte er auch noch sein Studium aufgeben. Eine riesige Baustelle war in seinem Kopf, Abbruchgetöse und Staubwolken inklusive, er konnte keinen klaren Gedanken mehr fassen. Wie sollte es für ihn weitergehen? Verzweifelt rieb er die Stirn, während er aus dem Fenster sah: Hinter den braunen Vorhängen lag der weitläufige Garten mit den kahlen Bäumen im grauen Einheitsbrei der dicken Wolken, die seit Wochen tief über Berlin hingen. Dahinter in mattem Grün die Kieferngruppe, die er als Kind so sehr geliebt hatte, die ihm aber jetzt nicht mehr wie ein abenteuerliches Klettergerüst, sondern düster, bedrückend, bedrohlich erschien. Der ganze Garten war keine Oase des Glücks, sondern finster, undurchdringlich, Angst einflößend. Alle, Vater, Mutter und Edmund, hatten sich gegen ihn verschworen. Auch Emma. Das traf ihn am meisten.

Er öffnete das Fenster, kalte Winterluft drang herein. Die Aussicht, von jetzt an als einfacher Zeichner in Vaters Terraingesellschaft tätig zu sein – sie war entsetzlich. Vaters Anweisungen zu folgen und womöglich Edmunds dazu. Der Gedanke war ihm zutiefst zuwider. Aber hatte er eine Wahl? Emma – wie hatte er sich dermaßen in ihr täuschen können?

Auf einmal überkam ihn die Wut. Er packte die Pläne, die Bücher, die Ordner und Notizhefte, gerade so, wie er sie in die Finger bekam, und ging damit zum offenen Fenster. Aus war der Traum, jemals ein bedeutender Architekt zu werden. Aus war die Liebe zu Emma. Aus waren alle Lebensträume, die er je gehegt hatte. Er beugte sich vor und warf alles hinaus. Er holte noch mehr Unterlagen vom Schreibtisch, die Tuschfedern, Lineale und Fläschchen, und warf alles hinterher. Nichts von all dem würde er mehr gebrauchen können. Noch ein Buch, noch einen Ordner, noch mehr Bleistifte – alles musste weg, nur weg. Phoeby hob verwundert den Kopf und sah ihm nach, wie er zwischen Schreibtisch und Fenster hin- und herlief und Unterlage um Unterlage aus dem Fenster beförderte, zuletzt auch den Rechenschieber, den er zur unsäglichen Prüfung in Ingenieurwesen vergessen hatte – wegen Emma.

Max beugte sich am Fenstersims vor und sah den letzten Unterlagen zu, wie sie zu Boden flatterten, Papiere sich aus den Ordnern lösten, Pläne entfalteten und einzelne Notizzettel hinterherschwebten. Auf dem Kiesweg blieben sie liegen. Letztendlich ging er wieder zum Schreibtisch, ließ sich auf den Stuhl fallen. Anstatt wie bisher hier Bücher oder Unterlagen zu studieren, starrte er auf die leere Tischfläche, betrachtete die Maserung und die kleinen Rillen im Holz.

Da sah er alles kristallklar vor sich. Logisch und schlüssig taten sich die Tatsachen auf: Nie im Leben würde er Architektur erschaffen, die seinen Ansprüchen gerecht wurde. Ab morgen,

Montag, galt es, stupide Nullachtfünfzehn-Häuser zu zeichnen: keine Handbreit zu viel Luftraum, kein Zentimeter höher als die Verordnung, keine originellen Ideen, keine eigenen Einfälle. Blaupausen von Landhausvillen mit Türmchen, Erkern, Stuck, Kassettendecken und Gasmessern für die Reichen und hässliche Mietskasernen mit Klo auf der Zwischenetage für die Armen. Noch schlimmer: Nie im Leben würde er mit Emma zusammenkommen. Sie war verlobt. Deswegen hatte sie sich im Museum seit ihrem letzten Treffen nicht mehr blicken lassen. Deswegen hatte er vergeblich auf sie gewartet. Der Ring ... sein plötzliches Verschwinden ... Er hatte alles richtig gedeutet: Es war ein Verlobungsring gewesen, und sie hatte ihn hintergangen, indem sie ihn hinterrücks abgenommen hatte. Sie hatte ihn angelogen, wenn auch ohne Worte. Dabei hatte er sie für aufrichtig gehalten. Wie hatte er sich nur dermaßen in die Idee, sie sei ihm ehrlich zugetan, verrennen können? In Wahrheit war sie doch nur ein hübscher Schmetterling, hatte ihn verzaubert, nur um bedenkenlos davonzuflattern.

Henriette war schön und klug. Und sie mochte ihn, Max wusste es. Das war mehr, als er von diesem »Bäckermädel«, wie Vater sie nannte, erwarten konnte. Und vielleicht – den Gedanken wagte er kaum zu Ende zu denken –, vielleicht würde eine Verbindung mit Henriette eines Tages auch Vater wieder besänftigen.

Er fröstelte und schloss das Fenster. »Jetzt beginnt ein neues Leben«, sagte er zu Phoeby, als wäre sie ein Mensch. »Ich bin mir nicht sicher, ob's mir gefallen wird. Aber mir bleibt keine Wahl.«

Phoeby hob den Kopf und bewegte zögerlich den Schwanz. Unten, auf dem Kiesweg im Garten, schimpfte Marie.

»Herrje, was ist denn hier passiert?! So viele Papiere!«

55

Wer is da?«, rief Muttchen, aber Fritz konnte sie nicht sehen, die Wäsche hing von den im Raum gespannten Leinen und versperrte den Blick.

»Ick bin's.«

»Schön, det du ooch da bist«, rief sie mit dünner Stimme.

Prüfend griff er nach den Tüchern und stellte fest, dass sie zwar alles andere als sauber, aber wenigstens trocken waren. Stück für Stück nahm er sie ab, faltete sie zusammen und legte sie auf einen Stapel auf den Tisch. Schließlich entdeckte er Muttchen auf einem Schemel beim Fenster sitzend, mit einem weißen Hemd in der Hand. Er ging zu ihr hin und küsste ihre Stirn. Neben der zerschlissenen Stelle im Stoff, die sie mit feiner Nadel und Faden bearbeitete, stach ihm ein Blutstropfen ins Auge.

»Gib mal her.« Er nahm ihr das Hemd aus der Hand, ging damit zum Lavoir und wusch ihn mit kaltem Wasser aus.

»Ick gloob, dit wird nix mehr«, tönte es leise vom zweiten Schemel im Wohnloch. Seit Neuestem stand auch noch ein zweites rostiges Gestell mit durchhängender Matratze in der Ecke. Willy hatte es herbeigeschafft und war bei Muttchen eingezogen. Warum und wo er bisher geschlafen hatte – all das wollte Fritz nicht wissen. Nur, dass er nach wie vor nichts zum Haushaltseinkommen beitrug, störte ihn immer mehr, besonders weil von Hans derzeit auch nichts kam, der musste erst sein Bein auskurieren, das er sich bei einem Sturz auf der Arbeit gebrochen hatte.

»Mhm.« Mehr gab's nicht zu sagen. Fritz war zudem aufgefallen, dass Muttchen in den letzten Monaten noch gebrechlicher und die Auswirkungen der Schlaganfälle deutlicher geworden waren und ihre Sehkraft offenbar nachgelassen hatte. Er drückte ihr das Hemd wieder in die Hand, sie versuchte sich weiter am Lochstopfen.

»Ihre Oogen sind ooch nich mehr jut.« Willy saß mit der Zeitung in der Hand und einer Zigarette im Mundwinkel auf seinem Schemel. Warum er kostbare Münzen für Zeitungen ausgab, die er in der Finsternis ohnehin kaum lesen konnte, war noch so etwas, das Fritz nie verstehen würde, aber auch darüber mokierte er sich nicht.

»Dit hat ooch die Nowak jemerkt. Vor'n paar Tagen war se da und hat jesagt, se hätten jetzt wen anderen fürt Flicken.« Willy deutete auf den Weidenkorb, der neben Muttchen auf dem Boden stand. »Dit is die letzte Partie. Danach is Schluss, hat se jesagt.«

»Das Geld, das sie mit dem Stopfen verdient hat, müssen wir anders auftreiben. Mein Lohn reicht nicht für uns drei«, sagte Fritz. Noch deutlicher konnte er kaum werden.

Die Zigarette immer noch im Mundwinkel, stierte Willy weiter in seine Zeitung. Das Papier raschelte beim Umblättern. Erst nach einer Weile blickte er auf und murmelte:

»Seit ick hier bin, bekomm ick so einijes mit. Zum Beispiel, det die Nowak dit Geld für die letzten drei Wochen Flicken noch schuldet.«

Fritz horchte auf.

»Kiek mal nich so …« Endlich nahm Willy die Zigarette aus dem Mundwinkel und dämpfte sie aus. »Jleich als ick hier einjezogen bin, war dieser Bär von ihrem Sohn … du weeßt schon, diese fiese Type, zum letzten Mal da. Inzwischen schulden uns die Nowaks zehn Märka Minimum.«

»Hast du urgiert?«

»Nee.« Willy schaute wieder in seine Zeitung. »Du weeßt doch, det ick das nich kann.«

Fritz war es gewöhnt, solche Wege auf sich zu nehmen, das war schon immer so gewesen. Also überlegte er nicht lange, nahm die Schiebermütze und verließ das kalte Kellerloch.

Er ging durch den staubigen Gang in den Hof, von dort zwei Höfe weiter zum nächsten Gebäude, wo die Nowaks im zweiten Stock wohnten. Er klopfte. Kurz darauf stand der bärige Sohn der Wäscherin in der Tür, mit dem Hemd lose unter den Hosenträgern in die Hosen gestopft.

»Wat willste?« Der Bär baute sich in voller Größe auf und verschränkte die Arme. Fritz bekam's kurz mit der Angst zu tun, aber von so einem würde er sich nicht ins Bockshorn jagen lassen – das wäre ja noch schöner.

»Ick hole das Geld für mein Muttchen. Fürs Flicken in den letzten drei Wochen.«

»Na, du traust dir wat!« Der Typ lachte auf. »Kommst tatsächlich her und willst Jeld! … Aber ick sag dir eens: Mit euresjleichen reden wir nich mehr.« Er wollte die Tür zuschlagen. Aber Fritz hatte seinen Fuß schon in den Spalt geschoben.

»Wat soll das?! Du weißt genau, dass ihr meiner Mutter mindestens zehn Mark schuldet.«

»Kann sein. Kriegt ihr aba nich.« Der Kerl grinste dreist und versuchte Fritz' Fuß mit seinem Treter wegzuschieben, gleichzeitig drückte er gegen die Tür. »Wir bezahlen det nich. Warum ooch? Verpiss dir.«

»Gib mir das Geld, dann biste mich sofort los.«

»Mit Päderasten haben wir nix am Hut, mit der janzen Sippe nich!«, blaffte der Bär zurück. »Deine Atze is 'ne Tucke, dit sieht doch 'n Blinda mit 'm Krückstock. Ihr könnt froh sein, wenn wir ihn nich der Sitte vapfeifen!«

»Was sagst du da? Nimm das zurück!« Fritz lief rot an, seine Hände ballten sich zu Fäusten. »Gib mir das Geld, das Mutter redlich verdient hat!«

»Päderasten und Abartije … ins Jefängnis jehören die, nach Paragraf 175. Dit weeß jeda. Det Jeld kannste jedenfalls vajessen.«

Im selben Moment stieß der Bär mit seinem festen Treter Fritz' Fuß aus dem Rahmen und knallte ihm die Tür vor der Nase zu.

Fritz hämmerte gegen das Holz, doch die Tür blieb zu. Genau wie alle anderen Türen auf dem Gang. Er hämmerte wütend und laut, aber der Lärm, den er verursachte, kümmerte keinen Menschen. Erst nach einer Weile begriff er, dass es keinen Sinn hatte. Im Gegenteil: Er musste sogar froh darüber sein, dass keiner der anderen Bewohner am Gang erschienen war. Besser war's, den Ball flach zu halten, denn der Bär würde seine Beleidigungen sicherlich hinausposaunen, und dann wüsste jeder im Haus über Willy Bescheid. Fritz machte kehrt, mit hängenden Schultern. Die Situation war aussichtslos. Wahrscheinlich hatte Willy deshalb nicht kommen wollen.

»Haste det Jeld?«, fragte Willy, als Fritz zu Hause ankam.

»Nee.« Fritz bückte sich und rieb den Fuß, der noch immer schmerzte. »Der Nowak will's mir nächstes Wochenende geben, hat er gesagt. Ick soll wieder vorbeischauen«, log er und dachte an den Sparstrumpf unter seiner Matratze. Zehn Mark daraus würde er verschmerzen. Nur dass die Nowaks von Willys Neigung wussten – das bereitete ihm schreckliche Sorgen.

56

Anfang März zeigte sich noch immer kein Grün, nicht einmal ein erster Hauch, der Frühling ließ nach wie vor auf sich warten. Die Büsche vor der Konditorei waren blattlos, der Himmel versteckte sich fade hinter grauen Wolken, und Stämme von Totholz, über den Winter ans Mühlgrabenufer geschwemmt, schwappten gegen kahle Steine. Wenn es nur endlich wärmer wäre, dachte Emma, dann könnte sie die Besorgungswege wieder mit dem Fahrrad erledigen. Mutter hatte sie zur Weberei geschickt, und der Weg hin und zurück war lang und mühsam. Mit einem Riesenkorb voller rosaroter, hellblauer und grasgrüner Bänder in verschiedenen Breiten kehrte sie erschöpft in die Konditorei zurück.

Es war kurz vor Mittag, Gäste waren keine da. Roswitha schrubbte den Fliesenboden, und Lotti lief von Tisch zu Tisch, wischte die Oberflächen und rückte die Stühle zurecht, die vom Frühstück unordentlich zurückgelassen worden waren. Emma war froh, dass die beiden Mädchen im Haus waren, sie waren freundliche Lichtblicke. Auch wenn sie sich manchmal um Lotti sorgte: Sie war ernster geworden, lachte kaum, und wenn sie über die Stiegen lief, war es bedächtig – nicht federnd und fröhlich wie früher. Anscheinend nahm sie die Verantwortung als Erstmädchen überaus ernst. Und das war ja auch kein Nachteil.

Mutter saß an einem der runden Tische beim Fenster und machte die Buchhaltung.

»Hier sind die Bänder, wunderschöne Farben sind diesmal dabei.« Geräuschvoll setzte Emma den Korb auf der Theke ab. »Grade recht fürs Verpacken der Konfektschachteln.«

»Sehr schön.« Mutter sah kurz von den Unterlagen auf. »Du kannst sie unten beim Seidenpapier verstauen«, sagte sie knapp, dann war sie wieder in ihre Kataster vertieft.

Resignierend zuckte Emma die Schultern. Zwar behandelte Mutter sie augenscheinlich gleich wie eh und je: höflich, unaufgeregt – wenn auch hölzern und distanziert. Aber ständig schwelte diese unausgesprochene, tief liegende Missstimmung in der Luft. Und dass sie nicht mehr nach Berlin fahren durfte, zog Mutter eisern durch – als hinge ihr Leben davon ab. Das mangelnde Vertrauen, der Verlust von Freiheit – darüber ärgerte sich Emma sehr, so sehr, dass sie neulich das goldene Medaillon mit dem Bild ihrer Eltern in die hinterste Ecke der Schublade in der Frisierkommode verbannt hatte. Sie wollte es nicht mehr sehen, schon gar nicht mehr anlegen. Sie hatte die Freude daran verloren.

Die wöchentlichen Lieferungen ins Schloss hatte Mutter nun Felix überantwortet. Und Fritz. Einmal im Monat, nämlich wenn er sein freies Wochenende hatte, durfte er einen halben Tag früher als sonst die Backstube verlassen und fuhr auf dem Nachhauseweg zuerst bei der Dependance und danach beim Schloss vorbei. Er war es jetzt, der die königlichen Aufträge verwaltete, einmal monatlich die Order von Herrn von Haldersfelde entgegennahm und ihn über neue Kreationen beriet. Er war es auch, der das königliche Auftragsbuch hütete, Bestellungen archivierte, Rechnungen schrieb und das Geld für Lieferungen vom netten Diener mit dem »Es-ist-erreicht-Bart« kassierte. Für diese Anlässe hatte er sich extra ein neues Jackett zugelegt. Emma hatte ihn beim Kauf sogar beraten. Dabei hätte sie diese Treffen mit den Herren Krautwurm und von Haldersfelde allzu gern selbst wahrgenommen. Die Unterredungen mit ihnen waren immer wertschätzend gewesen. Sie hatte sich als vollwertige Repräsentantin der *Café-Konditorei Buchwald* angenommen gefühlt, die Lieferungen ins Schloss hatten ihr Freude bereitet.

»Wenn wir einmal verheiratet sind und die Filiale in Berlin übernommen haben, kannst du die Schlossküche ja wieder betreuen«, hatte Fritz gesagt, nachdem sie sich einmal bei ihm über Mutters Direktive beschwerte. Doch diese Antwort hatte sie erst recht auf die Palme gebracht: Als wäre er ihr Vorgesetzter; als könnte er anschaffen, verbieten oder großzügig gestatten, ob und wie sie für den Betrieb arbeitete, nur weil sie verlobt waren. Und der Ton! Fuchsteufelswild war sie geworden, so herablassend, wichtigtuerisch und anmaßend, wie er geklungen hatte. Erinnerungen an Max drängten sich auf, und wie einig sie sich über alles gewesen waren. Beispielsweise darüber, dass sie als Frau dieselben Rechte und Freiheiten haben sollte wie jeder Mann. Immer öfter bezweifelte Emma, ob sie an Fritz' Seite ein Leben lang glücklich werden würde. Aber hatte sie denn überhaupt noch eine Wahl? Der Hochzeitstermin stand schon fest: 13. Juni, es waren nur noch drei Monate bis dahin.

Das Glöckchen am Eingang klingelte. Der Postbote betrat die Konditorei.

»Ein Schreiben vom Berliner Magistrat.« Der junge Mann wedelte mit einem zerknitterten Kuvert. »Zwei Wochen hat's von der Reichshauptstadt hergebraucht, ganze zwei Wochen! Aber ich kann nichts dafür, ich hab's erst heute in der Früh zugeteilt bekommen«, rechtfertigte er sich.

Mutter nahm das Kuvert entgegen und schenkte ihm ein Plunderstück.

»Kleine Wegzehrung …«

»Danke, Frau Buchwald.« Er nahm's und war schon wieder raus aus der Tür.

»Was das wohl zu bedeuten hat?« Mutter besah das Kuvert von allen Seiten. »Vom Magistrat. Das verheißt meistens nichts Gutes.« Sie griff nach einem Messer, öffnete den Umschlag, entnahm ein einzelnes Blatt und vertiefte sich darin, während Emma die Seidenbänder aus dem Korb sortierte, aufwickelte und die Enden verschlang. Nach einer Weile fiel ihr Blick wieder auf Mutter – die saß inzwischen fahl wie das Leintuch am Tisch.

»Was ist?«

Mutters Hände zitterten.

»Das kann nicht wahr sein …«

»So sag schon!«, rief Emma ungeduldig. Mutter sank tiefer in die Lehne und starrte weiter aufs Papier. Schließlich las sie vor, mit bleierner Stimme:

»An die Eigentümer der Häuser mit den Conskriptionsnummern 103, 104 und 105 in Berlin-Moabit, gelegen zwischen Sankt-Johannis-Kirche und Bärenbrücke.« Sie sah Emma bedeutungsvoll an. »Nummer 103 – das sind wir.« Sie las weiter vor: »Im Rahmen der Stadterneuerung wird der Straßenzug in die neue Straßenführung eingegliedert. Der genannte Teil wird verbreitert und als Zufahrt zu den neu zu bauenden Gebäuden im Block weitergeführt. Die Häuser mit den Conskriptionsnummern 103, 104 und 105 müssen zwecks Raumbeschaffung ersatzlos abgerissen werden. Eine angemessene Entschädigungszahlung von fünftausend Mark pro Haus wurde per richterlichem Beschluss zugesprochen. Die betroffenen Eigentümer werden aufgefordert, sich für die Abwicklung der

Enteignung an den Berliner Magistrat zu wenden. Gezeichnet: Oberbaurat Hans von Hagen.«

Mutter, noch immer käseweiß, ließ das Schreiben sinken.

»Fünftausend Mark?!«, rief Emma entsetzt. »Das Haus ist doch viel mehr wert!«

»Ich weiß, Kind. Dein Vater hat dereinst mehr dafür bezahlt.« Mutter klang weich wie nie. »Jetzt ist alles aus.« Die Hände mit dem Schreiben lagen matt in ihrem Schoß.

»So einfach geht das nicht!«, rief Emma. »Das werden wir nicht zulassen! Wir müssen mit Gustl reden. Und mit Fritz. Und mit Herrn Quandt.«

»Die werden uns auch nicht helfen können. Das ist unser Ruin«, hauchte Mutter.

»Ach, was! Du und deine Schwarzseherei. Ich werde gleich morgen zur Dependance fahren und mit Herrn Quandt sprechen. Es kann doch nicht sein, dass man uns zwingt, unser Haus herzugeben, noch dazu unter seinem Wert. Es steht seit Langem, mitsamt der Konditorei und der Backstube im Keller. Das kann man doch nicht so mir nichts, dir nichts wegschieben!« Emma war schon auf dem Weg in die Backstube, sie wollte Fritz Bescheid geben. Wenigstens hatte Mutter nicht protestiert, als sie vorgeschlagen hatte, selbst nach Berlin zu fahren …

57

Am nächsten Tag bestieg Emma mit Fritz im Schlepptau den Zug nach Berlin. Gustl hatte es vorgezogen, in der Backstube die Stellung zu halten und die Käsetorte, die an diesem Tag fällig war, zu backen. Überhaupt fühlte er sich nicht betroffen – die Dependance war nie sein Terrain gewesen.

Als Fritz von der Nachricht vom Magistrat gehört hatte, war er genauso blass wie Mutter geworden und hatte nicht viel dazu gesagt. Jetzt saß er mit hängenden Schultern auf der hölzernen Bank und stierte wortkarg aus dem Fenster. Er hatte das nagelneue Schlossauftragsjackett angelegt – als ob das in der Situation etwas nützte. Auch Emma redete nicht viel. Während sie durch die winterliche Landschaft ratterten, ordnete sie im Kopf die Fakten: Der Kredit, der offenstand, betrug noch immer fünftausend Mark, hinzu kamen tausendfünfhundert Mark, die Mutter für die Renovierungen aufgenommen hatte. Alles in allem schuldeten sie der Bank also weit mehr als die Entschädigungssumme.

»Vielleicht weiß Herr Quandt ja eine Lösung, er kennt sich schließlich aus in Berlin«, murmelte Fritz irgendwann vor sich hin.

»Vielleicht …« Emma schaute weiter aus dem Fenster. Auch wenn der Anlass ein kritischer war, genoss sie es, endlich wieder einmal aus Cottbus rauszukommen und mit der Bahn zu fahren. Dampfend und ratternd fuhren sie an einigen verfallenen Holzhütten vorbei, an desolaten Katen und verlassenen Höfen. Wo waren die Menschen hingezogen? Alle nach Berlin, um dort in den Fabriken zu arbeiten, wie Familie Juhnke? Der Zug wurde langsamer. Ein schriller Pfiff schreckte sie aus den Gedanken.

Sie stiegen aus in den Rauch, der aus dem Schornstein der Lokomotive kam und den ganzen Bahnhof vernebelte. Sie machten sich auf den Weg zur Stadtbahn. Von der Station Bellevue gingen sie wortlos in Richtung Spreeufer, über die Bärenbrücke zum alten Haus, das Vater vor Jahren gekauft hatte.

»Gut, dass ihr da seid!« Herr Quandt stand mit ernstem Gesicht inmitten von abgesägten Holzbrettern, Ziegelsteinen, Leitern und Farbkanistern hinter der halb fertigen Theke. Die Konditorei war inzwischen bis auf die fest eingebaute Garderobenwand ausgeräumt, die Fenster nackt, die Dielen frisch abgeschliffen. »Es gibt schreckliche Neuigkeiten!«

»Wir wissen schon Bescheid, deshalb sind wir ja da. Wir müssen uns einen Schlachtplan ausdenken.« Emma nahm ihren Hut ab und hängte ihn auf den nächsten Haken. Herr Quandt rang die Hände und sah drein, als würde die Welt untergehen.

»Dieses und zwei Nebenhäuser sollen abgerissen werden … dem Erdboden gleichgemacht – ohne Ersatz!« Er war außer sich. »Denkt nur: ohne Ersatz! Weil die Häuser zu weit in die Straße hineinragen, hat mir der Mann gesagt. Sie soll verbreitert werden.«

»Aber man kann uns doch nicht einfach enteignen«, brummte Fritz mit einem bitteren Zug um die Lippen.

»In diesem Falle leider schon, fürchte ich«, sagte Herr Quandt betrübt. »Ich habe es zuerst auch kaum glauben können. Aber weil es dem höheren Gemeinwohl dienlich ist, ist es gesetzlich möglich. Breite Straßen dienen dem Gemeinwohl: Moderne Fuhrwerke kommen leichter hindurch, Feuerlöschwägen können wenden, das Trottoir bleibt frei von Radschäden und Pferdeäpfeln, in der Sommerhitze spenden Bäume Schatten. Und dem Kaiser gefällt's.« Traurig wischte er über die Oberfläche der halb fertigen Theke. »Den Schreiner und die Maler habe ich nach Hause geschickt.«

Erst jetzt fiel Emma auf, dass keine Handwerker mehr da waren.

»Wir werden doch nicht weiterrenovieren, wenn nachher alles abgerissen wird«, setzte Herr Quandt nach.

»Das ist noch lange keine ausgemachte Sache!« Emma wollte nach wie vor nicht glauben, dass ihnen das Haus bald nicht mehr gehören sollte. Nein, das durfte nicht passieren. Das konnte sie nicht zulassen.

Fritz lehnte sich gottergeben gegen den Türstock und studierte die sauberen Dielen. Von ihm war kein konstruktiver Vorschlag zu erwarten, fürchtete sie, so niedergeschlagen, wie er war. Während Herr Quandt weiter von den enttäuschten Handwerkern erzählte, die ihre Arbeiten mittendrin abbrechen mussten, überlegte sie fieberhaft, zu wem sie gehen könnte, um sich über die Enteignung zu beschweren. Vielleicht zum Magistrat? Zu diesem Herrn Oberbaurat von Hagen, der das offizielle Schreiben unterzeichnet hatte?

»Außerdem passt dieses Ende der Straße nicht ins neue Netz, hat mir dieser Herr von der Terraingesellschaft, die das Viertel hier entwickeln wird, erklärt«, erzählte Herr Quandt.

»Es war jemand da?!«, entfuhr es Emma.

»Ein junger Mann. Er bedauerte unsere Umstände. Die Terraingesellschaft treffe keine Schuld, sagte er. Es sei der Stadtmagistrat, der die modernen Straßenpläne erstellt und Straßenraster auf dem Reißbrett plant.«

»Wissen Sie, wie diese Terraingesellschaft heißt, die hier bauen wird?«

»Der junge Mann hat mir seine Karte gegeben, warten Sie …« Herr Quandt kramte in seiner Hosentasche. Schließlich holte er eine Karte hervor und las ab:

»Kolte. Terraingesellschaft Kolte.«

Kolte Terraingesellschaft … Max … konnte es sein?! Emma schluckte.

»Der Mann, der da war. Wie hieß der?«

»Hmm … das fällt mir gerade nicht ein. Er war jung, mit einer Kappe auf dem Kopf, wie Studenten sie gern tragen. Und so 'nem Schmiss im Gesicht.«

»Max Kolte?«

»Genau so.«

Emma meinte ihr Herz nicht nur zu spüren, sondern sogar zu hören, so heftig pochte es.

»Ist das nicht der Kerl aus dem Museum?«, fragte Fritz spitz. Er hatte auf einmal wieder Farbe im Gesicht.

»Kennen Sie ihn etwa?«, wollte Herr Quandt wissen.

»Flüchtig«, brachte Emma über die Lippen. Das war natürlich ein wenig untertrieben, doch die Wirklichkeit wäre in dieser Situation unmöglich gewesen. »Geben Sie mir seine Visitenkarte. Ich werde ihn kontaktieren.«

Herr Quandt überreichte die Karte, Emma steckte sie ein. Fritz war plötzlich hochrot im Gesicht. Die Hände hatte er in den Hosentaschen vergraben, sie waren zu Fäusten geballt. Emma sah es an der Ausbeulung im Stoff zwischen den Falten.

»Vielleicht ist das unsere Rettung. Vielleicht kann Max uns ja helfen«, sagte sie.

»*Max*«, äffte Fritz sie nach. »Gerade der … Da haben wir ja einen guten Plan!« Er klang so zynisch wie noch nie und hatte einen verbiesterten Zug um die Lippen. »Lass uns gehen.« Er packte sie am Arm.

Fritz hatte wie Mutter geklungen, wenn der Orkan drohte. Das störte Emma, und zwar enorm. Von ihrem zukünftigen Ehemann wollte sie keine Standpauken, keine Verbote, keine Zurechtweisungen, sondern auf Augenhöhe angesprochen werden. Wenn sie sich schon über Mutter ärgerte – von Fritz würde sie keine Befehle akzeptieren. Auf der Straße brach es aus ihm heraus.

»Keinesfalls gehst du zu dem Kolte!«

»Warum nicht?!« Emma war sich sicher, dass Max sie zumindest anhören würde. »Vielleicht kann er den Ausbau der Straße verhindern, damit unser Haus stehen bleiben kann«, argumentierte sie, während sie hinter Fritz herlief. Dieser Ton – zu gegebener Zeit würde sie mit ihm darüber ein ernstes Wörtchen reden.

»Untersteh dich! Wenn irgendjemand mit Kolte spricht, bin ich's!« Fritz blieb stehen, nahm sie erneut am Arm und zerrte sie in Richtung Bahnhof.

Auf der Fahrt retour redete Emma wieder kein Wort, aber diesmal war es vor lauter Ärger. Nur war jetzt nicht die Zeit zu streiten.

58

Am Abend, beim Haarebürsten, dachte Emma wieder über alles nach. Ihr Groll gegen Fritz saß tief, auch gegen Mutter. Beide hatten ihr verboten, Max um Hilfe zu bitten – als hätten sie sich hinter ihrem Rücken gegen sie verbündet.

»Kommt überhaupt nicht infrage«, hatte Mutter gesagt, auf dem Absatz kehrtgemacht und Emma im Familiensalon stehen lassen.

»Zum Kolte gehst du keinesfalls, sonst sind wir geschiedene Leute!«, hatte Fritz wiederholt. Aber Emma wusste: *Wenn* jemand irgendetwas bei der Firma Kolte bewirken könnte, war nur sie es, und zwar mit Max' Vermittlung, es lag klar auf der Hand. Mutters Verbot und Fritz' Sturheit waren nicht nur ärgerlich, sondern auch dumm und gefährlich – immerhin ging's ums Überleben der Dependance.

Energisch bürstete sie weiter ihr Haar. Je mehr sie darüber nachdachte, desto mehr brodelte es in ihr. Die Kopfhaut schmerzte schon vor lauter kräftigen Bürstenstrichen – wenigstens glänzte mittlerweile das Haar.

Max' Visitenkarte, die sie von Herrn Quandt bekommen hatte und jetzt vor ihr lag, stach ihr immer wieder ins Auge.

Max Kolte
Technischer Zeichner
Kolte'sche Terraingesellschaft

stand darauf.

Sein kluges Gesicht tauchte vor ihren Augen auf, das dichte Haar, das spitzbübische Grinsen im sauber rasierten Gesicht. Und dieses Lächeln! Emma wunderte sich, dass er inzwischen im väterlichen Unternehmen arbeitete, wo er doch erzählt hatte, dass er lieber studieren wollte, aber anscheinend hatte er seine Einstellung inzwischen geändert. Umso besser. So hatte sie einen direkten Draht zur Terraingesellschaft. *Hätte*, dachte sie dann empört, und in ihr brodelte es noch mal wie wild: Wenn Mutter und Fritz nur nicht so uneinsichtig wären und sie zu ihm ließen, wenigstens ein einziges Mal!

Sie nahm die Visitenkarte auf und strich über die Prägung des Namenszuges. Mit Wehmut dachte sie an die Nachmittage, die sie gemeinsam im Museum verbracht hatten. In Gedanken versunken drehte sie die Karte um.

Straße 14, Nummer 23
Berlin

Als sie die Adresse auf der Rückseite sah, kam ihr die Idee: Wenn schon nicht persönlich, könnte sie ihn noch einmal brieflich kontaktieren, und da sie seine Adresse besaß, leichter als letztes Mal und ohne fremde Hilfe. Bei dem Gedanken verdampfte der Groll. Sie nahm einen Papierbogen aus der Lade, tunkte die Feder ins Tintenfass und schrieb:

Lieber Max!
Es tut mir leid, dass seit unserer letzten Begegnung viel Zeit verstrichen ist, aber leider konnte ich bisher nicht nach Berlin kommen. Im Winter gibt es immer besonders viel zu tun.

Sollte sie an dieser Stelle endlich von der Verlobung schreiben? Wieder erschien es ihr nicht passend. Stattdessen fuhr sie fort:

Wir haben seit einigen Jahren eine Dependance in Moabit, die zurzeit modernisiert wird. Kürzlich erfuhren wir, dass unser Haus abgerissen werden soll. Sie wissen davon, denn die Terraingesellschaft, die den Straßenzug entwickeln wird, ist die Ihres Vaters, unser Geschäftsführer, Herr Quandt, hat es uns erzählt. Ich wende mich daher vertrauensvoll an Sie: Besteht eine Möglichkeit, das Haus zu belassen? Der Verlust desselbigen wäre für mich und meine Familie nämlich schrecklich.

In der Hoffnung auf Ihre baldige Antwort verbleibe ich mit sehr herzlichen Grüßen,
Ihre Emma

Sie kopierte die Adresse von der Visitenkarte auf das Kuvert und gab im Absender ihre eigene an.

Am nächsten Tag schickte Mutter sie wieder einmal zur Papierfabrik Kunze, diesmal um Spitzenpapier für die Verpackung der Osterlämmer zu holen. Auf dem Weg dorthin spazierte Emma auch an der Post vorbei, wo sie den Brief aufgab. Leise vor sich hin lächelnd verließ sie das Postamt. Wie Max antworten würde? Ob er helfen könnte? Jetzt konnte sie nichts mehr tun, außer abwarten.

59

Fürs Schloss gab's nichts zu liefern, und schon gar nicht für die Dependance. Dennoch fuhr Fritz hin. Bevor er Muttchen besuchte, wollte er noch mit Herrn Quandt darüber sprechen, was sich mit der Enteignung weiter tat. Schrecklich war diese Geschichte, einfach nur schrecklich. Nie hätte er gedacht, dass es so etwas wie Enteignungen überhaupt gab.

Früher war er gern an den eleganten Villen vorbeispaziert, die in den letzten Jahren in der Gegend um den Tiergarten entstanden waren. Groß und prächtig lagen sie inmitten prachtvoller Gärten und gaben Stoff zum Träumen. Aber heute wollte er nichts sehen – weder die gepflegten Vorgärten noch die imposanten Fassaden und schon gar nicht die Allee davor – im Gegenteil: Der Anblick ärgerte ihn. Den Blick zu Boden gerichtet eilte er vorbei. Schließlich erreichte er den alten Straßenabschnitt, an deren Ende die Dependance lag. Schockiert stellte er fest, dass linkerhand bereits ein Bauzaun hochgezogen worden war. Und von der Linde, die gegenüber gestanden hatte, gab's nur mehr einen nackten, abgesägten Stumpf.

In der Dependance angekommen erzählte ihm Herr Quandt, dass tags zuvor wieder ein Angestellter der Terraingesellschaft da gewesen wäre. »Ihre« Häuserzeile stünde kurz vor dem Abriss, kommende Woche kämen die großen Dampfmaschinen. Zwei Wochen lang könne man noch die Entschädigung beim

Magistrat abholen, danach würde sie verfallen. Es war also fix: Der Magistrat machte ernst. Am Abriss des alten Hauses führte kein Weg vorbei. Nur Emma sah's noch nicht, sie träumte immer noch von ihrer grandios guten Beziehung zu diesem Max – wo Fritz doch wusste, dass ein Treffen zwischen den beiden Turteltäubchen brandgefährlich wäre. Deshalb musste es mit allen Mitteln verhindert werden. Zum Glück wusste er in diesem Punkt die Patronin auf seiner Seite.

Was für ein Desaster: So schön waren die frisch geschliffenen Dielen im Gastraum, die moderne Theke und die sauber gemalten Wände. Fritz ging die Stiegen hinab in die Backstube. Traurig strich er über den nagelneuen Backofen, den er selbst ausgesucht und der beste Ofenbauer Berlins erst wenige Tage zuvor aufgestellt hatte. Wie schön wäre es gewesen, in diesem idyllischen Paradies zu schalten und zu walten … Er nahm die Kappe vom Kopf und raufte sich die Haare. Wenn Herr Quandt recht hatte, würden schon bald Baufahrzeuge alles zertrümmern und zerstören. Aus war der Traum von der eigenen Konditorei. Ade Wolkenkuckucksheim.

Fritz verließ das Haus. Angesichts des frisch gestrichenen Geländers und der reparierten Treppen war er fast den Tränen nahe. Er wandte sich in Richtung Kottbusser Tor, wo Muttchen wohnte. Während er durch die Straßen lief, überlegte er weiter. Nach der Heirat würden sie nun weiter in Cottbus im Haus wohnen bleiben, unter der Aufsicht der Frau Patronin. Nicht, dass er sie nicht mochte … Nein, inzwischen war er sogar irgendwie warm geworden mit ihr. Aber als Emmas Ehemann würde er im Cottbusser Haupthaus unter Gustl schuften und dessen Handlanger abgeben.

Er blickte auf. Inzwischen war er in Muttchens Straße angelangt. Wie verwahrlost der Abschnitt war. Die desolate Fassade, die verfaulten Apfelbutzen in der Mauerecke, die schmutzigen

Lumpen beim Kanalabfluss … Kam es ihm nur so vor, oder war alles heute tatsächlich dreckiger als sonst? Wurde denn hier nie sauber gemacht?

Bald erreichte er die Mietskaserne, wo Muttchen wohnte. Er ging durch den Eingang und bog in den ersten Hof. Still war's heute, kaum Menschen waren zu sehen. Seine Schritte hallten von den Wänden, als er auf den finsteren Durchgang zum nächsten Hof zuging. Da beschlich ihn das vage Gefühl, dass heute etwas anders war als sonst. Er konnte nicht sagen, was, aber irgendwas lag in der Luft. Oder war's nur, dass ihm heute alles noch armseliger vorkam als sonst? Noch schmutziger, elender, abstoßender?

Hinter dem Durchgang eröffnete sich der zweite Hof. Von oben klang mal wieder Babygeschrei, Wäsche hing zum Trocknen aus den Fenstern – es sah doch alles aus wie sonst. In der Ecke hatten Kinder mit Kreide Hüpfkästen aufgemalt und spielten Himmel und Hölle. Schuhe trugen sie keine, obwohl der Boden sicherlich noch eiskalt war. Nur die notwendigsten Kommandos riefen sie sich zu: »Eins, zwei, drei – Hölle!« »Himmel!«

Als sie ihn bemerkten, hielten sie inne. Ein Mädchen mit verfilztem Haar und grauem Gesicht tuschelte ein paar unverständliche Worte, dann warfen alle Fritz düstere Blicke zu, nur um wenig später stumm weiterzuhüpfen. Seltsam. Kopfschüttelnd querte er weiter den Hof. Er passierte eine Gruppe junger Frauen, mit Einkaufskörben neben sich auf dem Boden. Sie unterbrachen ihr Gerede, eine raunte den anderen etwas zu, dann glotzen alle drei in seine Richtung. Was hatten sie nur?

Er folgte dem staubigen, feuchtkalten Gang ins Innere des Hauses. Wie finster es war. Und wie gern hätte er Muttchen ein Zimmer in einem anderen, schöneren Haus besorgt. So sehr hatte er auf die Dependance gehofft, wo er sein eigener Herr gewesen wäre. Aber der Traum war vorbei.

Er erreichte Muttchens Loch. Er klopfte kurz, um dann, wie immer, sofort und ohne ihre Antwort abzuwarten, die Klinke zu drücken.

Doch die Tür ließ sich nicht öffnen. Sie war fest versperrt. Muttchen ging nie aus. Wenn sie aber doch den Weg zum Klo auf sich nahm, half ihr Willy. Und wenn der nicht daheim war, gab's ja auch noch den Schlafburschen. Noch nie hatten sie die Wohnung versperrt – es gab ja auch nichts zu holen.

Fritz bearbeitete die Tür, zog vor und zurück, rief laut nach Willy und Muttchen. Irgendwann gab er auf und ging zurück in den Hof. Was hätte er sonst tun sollen? Die drei Frauen standen noch immer da und starrten ihm wieder entgegen.

»Wisst ihr, wo Frau Schimanski ist?«, rief er ihnen zu. »Und Willy?« Er deutete aufs Kellerfenster, unter dem Muttchen immer gesessen war. »Beide wohnen da unten.«

Die Frauen sagten nichts, glotzten nur. In der Ecke standen auch zwei Männer. Einer von ihnen nagte an einer Zigarette, der andere hatte die Hände in den Taschen seiner schmuddeligen Hose vergraben. Fritz warf ihnen einen herausfordernden Blick zu. Aber auch sie starrten ihn nur wortlos an.

Eine Weile lang war es still, so still, wie es im Hof einer Mietskaserne nur sein konnte. Nicht einmal das Baby schrie mehr, man hätte eine Maus piepsen hören können. Oder das Nagen einer Ratte. Die Männer schauten jetzt betreten zu Boden. Der Raucher dämpfte mit dem Schuh seine Zigarette aus. Die Frauen gafften noch immer. Nur die Kinder hüpften ungestört zwischen Himmel und Hölle.

Endlich begann einer: »Jo… den Willy …« Er nahm die Kappe ab und kratzte sich am Kopf. »Den ham se abjeholt …«

»Was?! Wer?«, schrie Fritz auf. Er ahnte die Antwort.

»Die Sitte. Weil sein Name uff so 'ner Liste stand … jejen den 175er Paragrafen. Een Arzt, een Dr. Hirschfeld, selbst so 'n Urning, hat Unterschriften für Straffreiheit jesammelt.«

Fritz wurde übel.

»Straffreiheit wollen die, für ihre Perversitäten!«, wiederholte der Mann empört, schüttelte den Kopf und sog lautstark Luft ein. »Man jlobt's ja kaum!«

Der Mann daneben griente. »Sonst noch wat … Wo doch die janze Welt weeß, det dit Päderasten sind. Een öffentliches Ärjernis noch dazu. Ick sag ma: Wenn die straffrei wär'n, würd ick meene Söhne nich mehr uff die Straße lassen!«

»Jut, dass se im Jefängnis sind, die Fummeltrinen. Det is ooch, wo se hinjehören.«

Fritz konnte nicht mehr zuhören. Er fiel dem Mann ins Wort.

»Und Frau Schimanski, meine Mutter … wo ist die?«

»Ach, herrje, die Arme! Wie se den Sohn jeholt ham, is se ihm nachjeloofen, so jut se eben konnte, halb lahm, wie se war. Aber die hatte doch keene Chance.« Er fummelte in seiner Jackentasche, nervenaufreibend langsam.

»Ja, und? So red doch!«

Endlich fand der Kerl die Zigarettenpackung, klopfte eine heraus. »Ja und denn … denn hat se der Schlag jetroffen. Hier im Hof, vor allen Leuten, die zujekiekt ham, wie die Sitte den Willy vor sich herjetrieben hat. Plötzlich konnte se nich mehr loofen und is jestürzt. Und denn hat se uffjehört zu atmen.« Der Mann entzündete die Zigarette und sog daran.

»Weil's niemanden jab, der sich um se jekümmert hat, ham wir se wegbringen lassen.« Rauch entwich seinem Mund.

»Bestattung von Amts wejen, in Friedrichsfelde«, sagte der andere. »Im Armenjrab. Dort ruht sie jut, deine Frau Mutter. Mitten im schnieken Park.« Die Männer lachten verlegen.

Fritz' Kopf dröhnte. Muttchen, mein Muttchen … Und Willy – nee, das hast du nicht verdient. Diese schrecklichen Leute … der Gestank! Seine Brust krampfte sich zusammen. Nur weg, weg von hier. Er wandte sich ab. Irgendwie schaffte er es aus dem Hof hinaus.

Es waren wohl Stunden, die er durch die Straßen irrte. Stunden, in denen er kaum bei Sinnen war und erst langsam das ganze Drama erfasste: Muttchen war tot – und Willy im Knast.

Auf seinem Irrgang durch den Kiez nahm er das Elend noch intensiver wahr als sonst: den Dreck, die Lumpen, die Pferdeäpfel, den Hundekot und die Zigarettenkippen; die Dirnen, die Bettler, die Obdachlosen; die schwarzen Füße der Kinder, die schmutzigen Schürzen der Frauen; die Männer mit ihren speckigen Dreitagesbärten und vom Tabak gelben Fingern.

Irgendwann fand er sich am Spreeufer wieder. Er ließ sich auf der Böschung fallen, ins winterlich braune, dreckige Gras. Muttchen. Armes Muttchen – dir war kein gutes Leben vergönnt. Und Willy – irgendwo bei der Sitte … Schrecklich, dass der arme Kerl für etwas büßen musste, für das er nichts konnte. Nicht auszudenken, was sie ihm antaten … Armes Muttchen, armer Willy. Nie waren sie aus dem Elend rausgekommen. Die Welt war so ungerecht.

Die Dämmerung brach herein. Der Himmel war bleiern grau, der Fluss wirkte von Minute zu Minute schwärzer. Fritz schaute dem Wasser nach, wie es zäh vorbeifloss, stetig, unaufhörlich. Frachtkähne zogen vorbei, unaufgeregt, beständig und zielgerichtet in die Nacht hinein. Irgendwann würden sie die Havel erreichen. Dann die Elbe. Und am Ende das große Meer.

Er verbrachte die ganze Nacht auf dieser Böschung. Es war kalt und stockfinster, und er kam sich vor wie ein Obdachloser auf Mutter Grün. Der Boden war hart und feucht, Grasstoppeln stachen durch den Hosenboden. Er weinte um Muttchen, auch um Willy, den armen Kerl.

Während er so auf der kalten Wiese am Spreeufer lag und weiter den Schiffen nachsah, die auch in der Dunkelheit keine Rast einlegten, keimte ein Entschluss in ihm.

Die Nebelschwaden über dem Wasser lichteten sich, Möwen folgten kreischend Fischerkähnen, eine Amsel zwitscherte in einem nahen Busch. Fritz erhob sich. Mit klammen Fingern klopfte er nasse Halme aus der Hose und erleichterte sich hinter einem Baum. Dann lief er zum Görlitzer Bahnhof und erwischte den ersten Morgenzug. Der war fast leer, denn die meisten Menschen pendelten morgens in die andere Richtung. So hatte er eine Bank für sich allein. Müde lehnte er in der Ecke und sah aus dem Fenster. Diese verkommenen Dörfer und elenden Katen, die die Strecke säumten. Diese Armut – für immer wollte er sie hinter sich lassen.

60

Der Gastraum war übervoll. Lotti, die soeben eine Bestellung aufgenommen hatte, richtete auf einem Teller ein Stück Schwarzwälder Kirschtorte an und bereitete eine Tasse mit heißer Schokolade zu.

»Gut machst du das«, lobte Emma hinter der Theke und ging näher zu ihr hin. »Das geborene Servierfräulein bist du.«

Lotti machte große Augen.

»Danke fürs Kompliment!« Verschämt sah sie sich um, als wollte sie sich vergewissern, dass niemand herschaute. Dann zupfte sie Emma am Ärmel und flüsterte:

»Schau, das hat der Postbote vorhin abgegeben.« Sie zog ein Kuvert aus der Schürzentasche. »Ich denke, du willst vielleicht nicht, dass die Patronin davon erfährt.« Sie warf noch einen verschwörerischen Blick in Richtung Küche, wo Mutter beschäftigt war, und steckte Emma einen Umschlag zu.

Emma prüfte den Absender. Max Kolte. Endlich! Er hatte geantwortet!

»Ich bin tatsächlich froh, dass du's entgegengenommen hast. Bitte auch kein Wort zu Fritz!«, sagte sie mit einem Frosch im Hals. Fritz war zwar unterwegs, aber auch wenn er wieder da war, wollte sie keinesfalls über diesen Brief diskutieren. Lotti nickte, stellte die Schwarzwälder Kirsch und die Schokolade auf ein kleines Tablett und ging damit zurück in den Gastraum.

Unauffällig befingerte Emma das Kuvert. Ob Max eine Lösung für die Dependance wusste? Ob sich vielleicht im Zuge dessen auch ein Treffen ergeben würde? Das alles war furchtbar aufregend, und den Brief wollte sie erst lesen, wenn sie allein war. Sie steckte ihn in die Rocktasche. Dann nahm sie den silbernen Tischbesen und beseitigte sorgfältig Krümel auf der Theke.

61

Nachdem endlich der letzte Gast die Konditorei verlassen hatte und alles gesäubert und aufgeräumt war, ging Emma in ihr Zimmer. Am Frisiertisch nahm sie das Kuvert aus der Tasche. Die Ebenmäßigkeit von Max' Handschrift stach ihr ins Auge. Sie weckte Erinnerungen an schöne Nachmittage, die sie und er zwischen antiken Büsten und Porträts berühmter Architekten verbracht hatten. Wie sorglos war sie da gewesen … Mit inzwischen schweißnassen Händen nahm sie den silbernen Öffner und schlitzte den Umschlag auf. Sie entnahm den einzelnen Briefbogen, entfaltete das Blatt, strich es glatt und begann zu lesen:

Verehrtes Fräulein Buchwald!

Das Blut schoss ihr in den Kopf, klopfte in den Schläfen. Diese Anrede. Warum so förmlich?! Sie waren doch so vertraut gewesen! Max hatte sie immer »Emma« genannt, mit dieser Betonung auf dem E, das ihren Namen so speziell klingen ließ. Sie hatte noch seine Stimme im Ohr, als wär's erst gestern gewesen. Der Brief zitterte in ihren Händen, als sie aufgeregt die nächsten Zeilen überflog.

Für Ihr Anliegen habe ich Verständnis. Aber obwohl ich inzwischen für die Terraingesellschaft meines Vaters arbeite, kann ich Ihnen nicht helfen. Ich habe lediglich die Funktion eines einfachen Zeichners, zusätzlich manchmal die eines Projektbetreuers inne und daher keinen Einfluss auf großflächige Planentwicklungen. Ihr Haus wird tatsächlich demnächst abgerissen, um laut neuer städtischer Straßenplanung Platz für einen Ausbau zu machen. Ich empfehle Ihnen daher, die vom Magistrat angebotene Entschädigungssumme anzunehmen.

Zu Ihrer bevorstehenden Eheschließung wünsche ich Ihnen alles Gute, viel Glück und Gottes Segen.

Mit vorzüglichen Grüßen
Ihr Max Kolte

Die Zeilen waren niederschmetternd. Und das war noch nicht alles:

PS: Übrigens werde auch ich demnächst heiraten. Fräulein von Hagen und ich sind einander ehrlich zugetan.

Das Wort »ehrlich« war in Druckbuchstaben geschrieben. Der Ton des Briefes sprach Bände, er hätte nicht kühler sein können. Er war ein Schlag ins Gesicht, Emma spürte den Schmerz fast körperlich. Offenbar hatte Max von ihrer Verlobung erfahren und nahm ihr übel, dass sie ihm nicht selbst davon erzählt hatte. Wegen der Dependance konnte – oder wollte – er nicht helfen.

Ihr Kopf fühlte sich an, als würde er zerbersten. Die Zeilen … sie waren eine Kündigung ihrer Freundschaft, eiskalt und endgültig. Und er war *verlobt.* Max gehörte einer anderen – das schmerzte auf einmal noch mehr als alles andere. Wie ungerecht von mir, ermahnte sich Emma gleich. Schließlich war sie auch vergeben, in festen Händen, die Hochzeit würde in wenigen Monaten stattfinden. Wenn sie nur frei wäre und Max … Sie verbat sich den Gedanken. Fritz … ihr Blick glitt auf den Opal an ihrem Finger, der in allen Farben schillerte. Solch eine Mühe hatte Fritz sich gegeben, ihn für sie auszusuchen. Da sah sie ihn wieder in einem anderen Licht, nämlich als wichtigen Pfeiler der Konditorei, der er immer schon gewesen war. Auf Fritz konnte sie sich in allen Dingen verlassen, in der Backstube, mit den Angestellten, mit den Bestellungen und Rechnungen. Wenn sie auch ab und zu – nein, es war doch oft, eigentlich allabendlich vor dem Einschlafen – insgeheim in ihrem tiefsten Inneren romantischen Fantasien nachhing und wunderschönes Garn spann. Es waren Träumereien, Hirngespinste. Einer erwachsenen Frau nicht würdig. Die Realität war Fritz. Er war der rechte Mann an ihrer Seite, zudem ihr Verlobter. Die dummen Zankereien wollte sie vergessen. Sie wollte mit ihm reden, so schnell wie möglich, am besten gleich. Und vielleicht würde ihnen gemeinsam auch noch ein Weg aus der Katastrophe einfallen.

Emma sah auf die Uhr: Es war fast neun. Sicherlich war Fritz von seinem freien Wochenende inzwischen zurückgekehrt. Sie sehnte sich nach seiner breiten Schulter und danach, sich daran anzulehnen. Auf einmal hatte sie das Bedürfnis, Fritz zu beweisen, dass sie nicht an ihrer Verlobung zweifelte. Obwohl es sich natürlich überhaupt nicht schickte, beschloss sie, ihn aufzusuchen, auch wenn es mitten in der Nacht war. Sie waren schließlich verlobt!

Sie nahm die Öllampe und ging in den Flur. Die knarrenden Stufen ließ sie aus – zum Glück wusste sie, welche es waren. Vorsichtig stieg sie hinunter ins Erdgeschoss, immer auf der Hut, dass weder Lotti noch Roswitha noch Benji sie hörten.

Und schon gar nicht Mutter. Gott behüte! Sie querte den Gastraum, dann stahl sie sich durch die hintere Tür in den Hof.

Die Abendluft war kalt, sie zog den Schlafrock fester zu. Der Brunnen und der noch kahle Kirschbaum lagen vor ihr. Dann erreichte sie den hölzernen Schuppen und die Tür, hinter der seine Kammer lag. Kein Licht drang aus dem Spalt. Hoffentlich schlief er noch nicht.

Sie klopfte. Nichts rührte sich, also rief sie leise seinen Namen. Immer noch kam kein Mucks aus der Kammer. Sie rief wieder, diesmal etwas lauter. Dann befürchtete sie, dass sie jemand hören könnte. Daher drückte sie kurzerhand die eiserne Klinke. Sie waren doch verlobt, sie durfte es sich erlauben.

Und dann lag die Kammer vor ihr, schwarz und still. Mit der Öllampe leuchtete sie hinein. Alles war fein säuberlich aufgeräumt. Das Bett war gemacht, das Kissen faltenlos. Seine Kappe hing am Haken, ebenso sein picobello sauberes Konditorhemd. Darunter standen die Schuhe, die er immer in der Backstube trug. Ansonsten war die Kammer leer. Fritz war nicht da. Es war Sonntag und spätabends, aber er war noch immer nicht nach Hause gekommen.

Enttäuscht schloss sie die Tür. Sie musste doch bis morgen warten, um mit ihm zu reden.

Zurück im Zimmer streifte ihr Blick den Brief von Max, der noch offen dalag. Gedankenverloren nahm sie ihn auf, faltete ihn zusammen und steckte ihn wieder ins Kuvert. Max … er war jetzt höchstens noch ein Bekannter, ein Kontakt, nicht mehr. Kein Freund, kein … ja, was denn eigentlich? Wie dumm war sie gewesen, je auch nur im tiefsten Winkel ihres Herzens an etwas anderes gedacht zu haben. Die Idee war nichts als verwegen gewesen, völlig ungeziemend. Wie hatte sie sich nur je dazu verleiten lassen können? Sie seufzte. Zusammen mit Max' und der Visitenkarte von Herrn von Haldersfelde lehnte sie das

Kuvert gegen den Spiegel. Dann ging sie zu Bett, aber ihr Herz war schwer.

Am nächsten Morgen wurde Emma von lautem Treppab- und Treppauflaufen geweckt. Irgendwas war draußen los. Sie kleidete sich an und lief hinunter. Schon auf der Treppe fragte sie sich, wo Fritz wohl war – denn der Duft von frischem Plunder, der sonst frühmorgens bis in die oberen Geschosse wehte, fehlte. Auch war die Luft kälter als sonst, offenbar hatte noch keiner die Öfen in Betrieb genommen. Kaum betrat sie den Gastraum, überfiel Gustl sie, ohne jeglichen Gutenmorgengruß.

»Weißt du, wo Fritz steckt?«

Emma schluckte, sie hatte eine seltsame Vorahnung. Sie schüttelte den Kopf. »Was sagt Felix?«

»Der weiß von nichts«, erwiderte Gustl schroff.

»Es ist tatsächlich sehr eigenartig, dass Fritz noch nicht da ist«, sagte Mutter, die mit Benji an der Theke stand. »Er ist sonst immer so pünktlich.«

»Es wird ihm doch nichts zugestoßen sein?« Emmas Vorahnung nahm immer düsterere Formen an. Ein Unfall, eine Notlage in seiner Familie, alles Mögliche kam ihr in den Sinn.

»Ich geh mal zu seiner Kammer.« Gustl machte sich auf in Richtung Scheune. Emma und Mutter folgten, dahinter auch noch Lotti, die mit hochrotem Kopf unablässig einen ihrer Schürzenzipfel malträtierte und kein Wort sagte.

Vor Fritz' Kammer angekommen blieben alle ratlos stehen. Gustl zögerte kurz, dann rüttelte er an der hölzernen Tür.

»Fritz?!«

Keine Antwort.

»Fritz! So mach schon auf! Ansonsten komm ich einfach rein!« Als sich nach wie vor nichts rührte, drückte er die wacklige Klinke.

Licht drang aus dem Hof in den bescheidenen Raum. Und da war, anders als am Vorabend, nichts als gähnende Leere. Das Bett war jetzt abgezogen, das Leintuch, das Kissen, die Decke lagen ordentlich gefaltet am Fußende der Matratze. Kein Hemd, kein Schuh, keine Kappe – nichts, das Fritz gehörte, war noch da. Emma wurde abwechselnd heiß und eisig kalt. Fritz war weg! Ihr Verlobter! Ihre wichtigste Stütze! Zwischen gestern Abend und heute früh musste er kurz da gewesen sein, um alles, was ihm gehörte, mitzunehmen und die Kammer so makellos zu hinterlassen, wie sie jetzt war. Kein Unfall, kein Missgeschick hatte ihn davon abgehalten, nach Hause zu kommen. Nein, er hatte das *Café Buchwald* aus eigenen Stücken und von einem Tag auf den anderen verlassen. Und sie – ohne ein Wort – zurückgelassen.

62

In jenem Moment, als sie alle – die Frau Patronin, der Juniorchef, Emma, Felix und sie selbst – vor der leeren Schuppenkammer standen, hatte Lotti kein Wort hervorgebracht. Ihr Hals war wie zugeschnürt. Hätte sie reden können, hätte sie den anderen erzählt, dass sie im Morgengrauen Fritz begegnet war.

Roswitha und sie waren gerade mit den Öfen beschäftigt gewesen, als er völlig unvermutet die Gaststube betrat. Er hatte so einen verstörten Ausdruck im Gesicht und sah aus, als wäre die Welt untergegangen.

»Wie ist dir?«, sprach Lotti ihn an. Er antwortete nicht, war wie weggetreten. Ohne sie auch nur eines Blickes zu würdigen, querte er zielstrebig die Gaststube in Richtung Straßentür. Sie packte ihn am Arm, fragte nochmals:

»Was ist los? Bist du krank?«

»Ich gehe. Für immer«, sagte er mit belegter Stimme.

Und dann geschah das Unglaubliche: Er umarmte sie, ganz fest drückte er sie an sich. Kurz war diese Umarmung nur, nicht länger als zwei Atemzüge lang. Aber, hach, was war das für ein traumhaftes, fantastisches Gefühl gewesen! So kräftig waren seine Arme, so herrlich duftete sein Hemd, so wunderbar fühlte sich sein Körper an! Diese eilige Umarmung genügte, um sie mit einem Satz ins Rosarote zu katapultieren, und wieder einmal schwebte sie auf Wolke sieben.

Dann ließ er sie los und wandte sich ab, mit gebeugtem Haupt und hängenden Schultern. Lotti war von der unerwarteten Umarmung noch ganz benommen, als er sich nach ein paar Schritten nochmals umdrehte.

»Grüß Emma von mir. Sag ihr, dass sie glücklich werden soll mit ihrem Studenten. Wir sind nicht füreinander geschaffen«, sagte er.

Endlich! Endlich war's geschehen, wovon sie im Geheimen so lange geträumt hatte: Fritz war wieder frei! Nicht mehr an Emma vergeben! Vielleicht hatte sie also doch noch eine Zukunft mit ihm?!

»Gehab dich wohl«, murmelte Fritz und klang ganz niedergeschlagen. »Bist ein gutes Mädchen.«

Erst da bemerkte Lotti das Bündel in seiner Hand. Sofort schwante es ihr: Er verließ nicht nur Emma, sondern alle. Gerade noch war sie im siebten Himmel auf der rosaroten Wolke geschwebt, schon stürzte sie wieder zu Boden.

»Wo gehst du hin?!«, rief sie ihm nach – mit brechender Stimme zwar, aber immerhin kamen die Worte aus ihrem Mund. Unbedingt musste sie das doch wissen!

»Weit weg … sehr weit«, murmelte Fritz in seine Jacke hinein.

Im nächsten Augenblick hatte schon das Glöckchen von der Straßentür geklingelt, und Fritz war draußen gewesen.

Jetzt war er wirklich weg, wie vom Erdboden verschluckt. Ohne Hinweis, ob und wie und wo sie ihn je finden könnte. Tränen liefen über Lottis Wangen.

Ach, es hatte ja doch alles keinen Sinn. Damals, nachdem sie bemerkt hatte, dass Emma und Fritz ein Paar waren, hätte sie sofort heimkehren sollen. Sie hatte es nicht übers Herz gebracht, und wegen ihm, dem Schwarm ihres Lebens, war sie geblieben, und da Emma und Fritz nie wie ein echtes Liebespaar gewirkt hatten, hatte sie die Hoffnung nicht aufgegeben und die ganze Zeit auf ebendieses Wunder gehofft: dass die Verlobung in die Brüche gehen würde. Jetzt war's zwar geschehen – aber auf gänzlich andere Weise, als sie es sich vorgestellt hatte.

Fritz war fort. Ganz und gar fort!

Die rosarote Wolke hatte sich in nichts aufgelöst, so schnell, wie sie gekommen war.

Da sie so furchtbar aufgeregt gewesen war, hatte sie vor der Schuppentür, als alle beieinanderstanden, kein Wort sagen können. Sie hatte nicht erzählen können, dass sie Fritz in der Morgendämmerung gesehen hatte, und auch die Grüße an Emma konnte sie nicht bestellen. Es war ihr einfach nicht über die Lippen gekommen.

63

Nachdem alle realisiert hatten, dass Fritz Hals über Kopf und ohne irgendjemandem Bescheid zu geben, fortgegangen war, verteilten sie in einer Krisensitzung seine Aufgaben. Vor allem Gustl und Felix mussten nun noch mehr anpacken, aber auch alle anderen, die einige von deren Aufgaben überantwortet bekamen. Der Betrieb musste weitergehen.

Am Abend saß Emma wieder einmal vor dem Spiegel und bürstete ihr Haar. Schwermütig blickten ihr ihre eigenen Augen entgegen, sie waren von dunklen Schatten umrandet. Aber wie konnte es auch anders sein, nach diesen Schicksalsschlägen der vergangenen Tage? Nach wenigen Strichen legte sie die Bürste ab und besah nachdenklich den Verlobungsring, der noch an ihrem Finger steckte. Das Gold wirkte auf einmal matt, der Opal glanzlos und die kleinen Tahitiperlen trübe. Als hätte der Ring an Pracht eingebüßt, weil sich Fritz aus dem Staub gemacht hatte. Einfach abzuhauen … Was für eine Art, eine Verlobung zu lösen. Sie war maßlos enttäuscht.

Schon richtig, in ihrer Liebe zu ihm war sie sich nie sicher gewesen. Im Gegenteil. Sie hatte immer gewusst, dass sie Fritz zwar mochte, aber die große Liebe – diese Liebe, die Sehnsucht, Verlangen, Träumen und Bauchkribbeln verursachte –, die empfand sie nicht für ihn. Vielleicht hatte er das gespürt. Aber dass er es nicht einmal für nötig gehalten hatte, ihr Aug in

Aug Adieu zu sagen?! Wie feige und charakterlos! Er hatte sich ihrer entledigt wie eines unbrauchbar gewordenen Kleidungsstücks!

Sie zog den Ring vom Finger und besah ihn nochmals von allen Seiten. Dann legte sie ihn in die Schublade, wo er neben dem goldenen Medaillon landete, das sie kürzlich aus lauter Wut über Mutter verstaut hatte. Alles brach über sie herein: Mutter hielt sie wie eine Gefangene; die Verlobung mit Fritz war zerbrochen; der Traum von der eigenen Konditorei im Hansaviertel schien zu zerplatzen. Und die Freundschaft mit Max – oder vielmehr: das, was sie heimlich, im tiefsten Inneren, gehofft hatte, was diese Freundschaft hätte werden können – existierte nicht mehr. Wieso hatte sie nicht früher gemerkt, dass er das Kribbeln in ihrem Bauch so heftig hervorrief, dass es wehtat?

Emma schob den Ring zum Medaillon in der hintersten Ecke der Lade. Beides wollte sie nicht mehr sehen. Ihr Blick fiel auf den unteren Rand des Spiegelrahmens, wo das Kuvert mit Max' Brief zusammen mit den Visitenkarten – seiner und der von Herrn von Haldersfelde – hinter dem Tintenfass lehnte. Seine Handschrift stach ihr wieder ins Auge. Wie gut sie zu ihm passte: geradlinig, ordentlich, vertrauenerweckend. Wie er. Diese Eigenschaften waren es, die sie an ihm so schätzte. Sie schluckte. Ein gewisses Fräulein von Hagen wollte er heiraten, hatte er geschrieben. Dass er mit einer anderen Frau glücklich war – es war diese Vorstellung, die schlimmer war als alles andere. Wie sehr sie diese Dame beneidete! Hoffentlich wusste sie seine Zuneigung zu schätzen, sie wünschte es ihm aus vollem Herzen, auch wenn's wehtat. Die Flamme der Öllampe flackerte, warf lodernde Schatten auf ihr Spiegelbild, den Rahmen, den Brief und die Tischplatte.

Mitten in ihrem Schmerz flackerte das Schreiben des Magistrats in ihrem Kopf auf. Der Mann, der das unselige Schriftstück unterzeichnet hatte … Das war doch ein Oberbaurat *von Hagen* gewesen! Auf einmal sah sie alles ganz klar und deutlich: Die Kolte'sche Terraingesellschaft, der Magistrat, Max und dieses Fräulein von Hagen … sie gehörten alle zusammen.

Alles deutete darauf hin, dass sie die Dependance aufgeben mussten. Ihr ganzes Leben lag in Trümmern. Die Konditorei, die Oase ihres Glücks, seit der Kindheit – wie lange war sie's noch? Emma wischte mit dem Handrücken über die Wange. Kuchenbacken ist das beste Mittel gegen Verzweiflung – sie meinte, die vertraute Stimme ihres Vaters zu hören. Auf einmal sehnte sie sich nach jenem Ort, wo sie immer glücklich gewesen war: die Backstube. Die lag ruhig und friedlich im Keller, nur einen Treppenabsatz entfernt.

Kurzerhand band sie ihr Haar zusammen, schlüpfte in den Morgenrock und die Pantoffeln, nahm die Öllampe und ging hinunter. Dort stellte sie die Lampe auf den Arbeitstisch. Obwohl sie sich der Schwierigkeit bewusst war, hatte sie beschlossen, einen Baumkuchen zu backen: den König aller Kuchen. Je schwieriger, desto besser, dachte sie. Die Anstrengung würde sie endlich auf andere Gedanken bringen.

Sie holte fünfzehn Eier aus der Vorratskammer, ebenso Mehl und Zucker sowie die nötigen Kupferschüsseln. Gewissenhaft baute sie alles vor sich auf, wie sie es bei Vater und Fritz gesehen hatte. Sie begann mit dem Eiertrennen. Konzentriert schlug sie die Eier auf und lauschte dem Glitschen des Eiweißes, dem Platschen des Dotters und dem Knacksen der Schalen: Glitsch, Platsch, Knacks. Fünfzehn Mal hallte es vertraut durch den leeren Raum. Während sie in die wohlbekannten Bewegungen versank, ging's ihr zunehmend besser. Behutsam rührte sie Dotter und Butter zusammen, wog Mehl und Zucker ab, vermengte alles. Die Masse duftete süß, ein herrliches Aroma war das. Zuletzt schlug sie das Eiweiß mit dem Besen, kräftig und ausdauernd, bis der Arm schmerzte. Gleichzeitig waren die monotonen Geräusche in der Blechschüssel Labsal für ihre Seelenpein. Als das Eiweiß feste Schneehügel formte, hob sie den Teig unter. Die Masse sah perfekt aus: luftig, gleichzeitig sämig und zart.

Nun fehlten nur noch die Gewürze.

Emma nahm die Lampe und ging in die Vorratskammer. Seit Jahr und Tag lagerte dort der blaue Tiegel mit der fertigen Mischung. Sie wusste genau, wo er sich befand: im zweiten Fach von oben, ganz links, zwischen Jamaikarum und Vanilleschoten. Sie leuchtete den Raum aus, dann das Regal, wo sie den Tiegel vermutete. Neben der halb vollen Rumflasche und der Dose mit den Vanilleschoten waren Schüsseln und Kupferformen, der Zuckerhut, Säcke mit speziellen Mehlsorten und Nüssen, Behälter mit Schokolade und Marzipan, leere Keramikschüsseln. Nur der Tiegel war unauffindbar.

Ein verstörender Gedanke kam ihr: Hatte Fritz ihn mitgenommen? Als Vorlage? Wollte er irgendwo eine Konditorei eröffnen – mit Baumkuchen, die schmeckten wie ihre? Sie bekam es mit der Angst zu tun: Wie könnten sie selbst als *Café Buchwald* weiterhin Baumkuchen backen, die ihrem Namen gerecht wurden, wenn sie die Geschmacksvorlage nicht mehr besaßen? Wie guten Gewissens das Schloss beliefern? Natürlich kannten Gustl, sie selbst und vermutlich auch Felix die einzelnen Zutaten zur Mischung: Kardamom, Zimt, ein Hauch von Muskatnuss, noch ein, zwei andere, seltene Gewürze, und eine Prise Salz, doch das Mengenverhältnis wussten sie nicht. Fritz hatte alles nach Gefühl zusammengeworfen, immer wieder daran gerochen, mit der Zungenspitze gekostet und die Mischung der im blauen Tiegel angepasst.

Obwohl sie inzwischen nicht mehr daran glaubte, dass der

Tiegel da war, suchte sie ihn noch ein allerletztes Mal, gleichzeitig verfluchte sie sich, dass sie sich nie ernsthaft mit der Gewürzmischung beschäftigt hatte. Es war ein fataler Fehler gewesen, wie sie sich jetzt eingestehen musste.

In diesem Moment fiel ihr Blick in die Ecke des obersten Fachs. Hinter selten gebrauchten Spirituosenflaschen befand sich auch das alte Rezeptbuch von Großvater. Eine Idee kam ihr, die möglicherweise Rettung versprach: Vielleicht war auch die geheime Gewürzrezeptur mit Mengenangaben darin vermerkt?

Emma schob den Trittschemel heran. Sie stieg hinauf und zog das Buch zu sich. Es war schwerer, als sie erwartet hatte. Sie stieg ab, trug es zum großen Tisch und legte es auf die Arbeitsfläche. Generationen war das Buch alt. Seit sie denken konnte, hatte es niemand in Händen gehalten. Ehrfürchtig strich sie über den brüchigen Ledereinband, befreite ihn von ein paar Spinnweben und einer mehligen Staubschicht.

Bitte, hab die Gewürzmischung für Baumkuchen aufgeschrieben, schickte sie einen Wunsch an den seligen Großvater Hermann im Himmel. Lass uns nicht im Stich! Sie schlug den schweren Buchdeckel auf. Und von der ersten Seite sprang ihr in altmodischer, schnörkeliger Handschrift ein kleiner Absatz entgegen:

Breslau, im Oktober 1847

Für Gustav und Konrad,
meine beiden Söhne
In Liebe, Euer Vater

Emma sah nochmals hin, traute ihren Augen kaum. Aber so stand es da: »Für Gustav und Konrad« … Sie tappte nach dem Hocker, ließ sich darauffallen. Die Sorge um die Gewürzmischung war auf einmal unbedeutend. Vielmehr starrte sie gebannt auf die vier Zeilen, die ihr eine neue Welt offenbarten. Sie versuchte, das Offensichtliche zu verdauen: Vater war kein Einzelkind gewesen, wie er, Mutter und die Großeltern immer, auch auf Nachfrage, behauptet hatten. Er hatte einen Bruder. Konrad. Warum hatte ihn nie jemand erwähnt? Wer war er? Warum hatten ihn alle totgeschwiegen? Instinktiv spürte sie, dass sie vielleicht gerade tief in eine Familiengeschichte tauchte, die sie gar nicht wissen wollte.

64

Nachdem sie sich vom ersten Schock erholt hatte, wurde sie wütend und immer wütender. Warum hatten Vater und Mutter sie belogen, seit sie denken konnte? Das wollte, musste sie aufklären. Sofort. Das elterliche Schlafzimmer war immer tabu gewesen. Als Kind war sie nur ein einziges Mal hineingeplatzt, doch an diesem Abend galten keine Konventionen. Sie musste wissen, was es mit einem vermeintlichen neu gewonnenen Onkel Konrad auf sich hatte.

Ohne zu klopfen oder sich sonst wie anzukündigen, stürmte sie hinein.

»Emma?!« Mutter lehnte im großen Bett mit einem Buch in den Händen. »Was tust du hier zu nachtschlafender Zeit? Ist etwas passiert?«

Noch nie hatte Emma ihre Mutter in diesem Bett liegen gesehen.

»Was passiert ist?!«, schäumte sie.

Mutter ließ ihren Lesestoff sinken, blass wie das Leintuch.

»Sag *du mir*, was los ist!« Emma schloss die Tür hinter sich. Schnaubend erzählte sie von dem alten Rezeptbuch. »Wer ist dieser *Konrad?*«

Mutters legendärer Orkan des Zorns, weil sie ohne Klopfen ins Schlafgemach gestürmt war, hätte Emma nicht überrascht, aber er kam nicht. Vielmehr sagte sie fast zärtlich:

»Setz dich zu mir, meine Tochter. Ich werde dir alles in Ruhe erklären.« Einladend strich sie über eine Stelle am Bettrand. Emma nahm Platz.

»Ja, es stimmt«, sagte Mutter lang gezogen, als würde sie jedes Wort auf die Waagschale legen. »Vater hatte einen älteren Bruder. Konrad. Er ist ein durch und durch schlechter Mensch, deshalb haben wir ihn nie erwähnt. Alle waren wir uns einig, Großvater Hermann, Großmutter Marie, dein Vater und ich: Seit dem Tag, an dem er wegen Betrugs und Körperverletzung verhaftet wurde, ist er für uns gestorben. Er ist Abschaum. Wir haben ihn aus unserem Leben verbannt und geschworen, nie mehr über ihn zu reden. Der Vorsatz war leicht durchzuziehen: Konrad begann nach dem Gefängnis ein neues Leben. Er nahm den Familiennamen seiner Frau an, noch bevor das neue Beurkundungsgesetz erlassen wurde, und ließ sich nie mehr bei uns blicken. Er heißt jetzt Kolte. Konrad Kolte.«

»*Konrad Kolte Terraingesellschaft?!*«

Mutter nickte.

»Max Kolte ist mein *Cousin?!*«

»So ist es.«

Emma sprang auf. »Das ist nicht wahr!«, stieß sie hervor. Obwohl sie allzu gut wusste, dass es so sein musste. *Deshalb* war Mutter so vehement gegen ihre Treffen gewesen … *Deshalb* hatte sie sie gehalten wie eine Gefangene. Max war der Sohn dieses schlechten Menschen. Mutter verachtete seinen Vater. Das Verhältnis zwischen den Familien war vergiftet, und das seit Jahrzehnten. Emma lief zur Tür. Die Klinke in der Hand und schon fast über der Schwelle wandte sie sich nochmals um: »Es ist … es ist Vaters Bruder, der die Dependance abreißen wird?!«

Mutter nickte wieder.

»Vielleicht können wir mit ihm reden? Ihn zum Umdenken bewegen?«

»Mitgefühl mit seinen Anverwandten einfordern?!« Sie lachte auf. »Schlag's dir aus dem Kopf. Er hasst uns. Das passiert nie.«

Mutter hatte bestimmt geklungen, und Emma hatte genug gehört. Die heile Welt – sie war in Wahrheit ein wilder Dschungel. Der Teig unten in der Backstube … Er war fertig gemischt. Aber diesen Baumkuchen sollten Gustl und Felix morgen backen. Sie war fertig mit Baumkuchen.

65

Adele atmete tief durch, nachdem Emma die Tür mit einem ohrenbetäubenden Knall zugeworfen hatte. Endlich war sie draußen. Wie auf Eierschalen hatte sie sich im Gespräch vorhin bewegt, voller Angst, ein falscher Satz könnte ihr entschlüpfen. Jedes einzelne Wort hatte sie auf die Waagschale gelegt. An alles hatten sie gedacht, Gustav und sie – nur das uralte Rezeptbuch in der Vorratskammer hatten sie vergessen. Jetzt war es also heraus: Emma wusste, dass es Konrad gab.

Adele legte die Lektüre beiseite, an Lesen war nicht mehr zu denken. An Schlaf sowieso nicht. Sie ließ das Gespräch Revue passieren. Konrad war jetzt kein Geheimnis mehr. Aber hatte sie noch etwas preisgegeben? Einen verräterischen Hinweis? Beim bloßen Gedanken brach sie in Schweiß aus, atmete schwer. Ach, Gustav, warum hast du mich verlassen? Warum ist unser Leben so unsäglich schwer?

Sie schwelgte in Erinnerungen an ihn, aber nach und nach kam der Albtraum wieder. Das Bett, der Paravent, der Schrank, der Teppich – alles verwandelte sich in die ewig gleiche, verdorrte Einöde, die ihre Kinder immer wieder verschlang. Fahlblau, mit zotteligem Haar und grausigen Augen zu hässlichen Fratzen verzerrt grienten sie, als verhöhnten sie ihre Mutter. Adele schrie, oder vielmehr wollte schreien: »Gustl! Emma! Benji! Es ist nicht, wie ihr denkt!«

Die Luft zum Atmen wurde immer dünner. Adele griff sich an den Hals. Sie wollte das Fenster öffnen, aber sie war zu schwach, sie musste bleiben, wo sie war. Die Fratzen wollte sie ihnen von den Gesichtern reißen, sie festhalten – aber wie angekettet saß sie im Bett, stumm, gelähmt, zur Untätigkeit verbannt, und sah hilflos zu, wie ihre eigenen Kinder, grausame Zerrbilder ihrer selbst, ins Weite liefen.

Endlich verblasste die Vision. Erschöpft lehnte sie sich in die Kissen. Gottlob, das war alles nicht die Wirklichkeit. Sondern nur dieser schreckliche, immer wiederkehrende Albtraum, der sie diesmal sogar im Wachzustand heimgesucht hatte. Das war bisher noch nie passiert. Reine Fantasie, nichts als ein Hirngespinst. Und doch hinterließ er sie immer so schwach, so schäbig und wertlos. Keuchend rang sie um Atem.

Irgendwann fühlte sie sich stark genug, die frische Luft einzulassen. Nein, sie war sich jetzt sicher: Das eigentliche, dunkelste Geheimnis, das Schreckgespenst ihrer Albträume, das hatte sie nicht verraten. Sie atmete wieder leichter, schloss das Fenster und legte sich nieder. Gottlob für die Tropfen, die Bleibtreu verschrieben hatte. Sie zählte fünf davon ins Wasserglas und nahm sie zu sich, und endlich, endlich fiel sie in tiefen Schlaf, der diesmal traumlos blieb.

FRÜHLING 1897

66

Endlich schien die Sonne mild vom Himmel und erweckte die Natur zu neuem Leben. Aus dürren Ästen sprossen Blätterknospen, Krokusse und Veilchen lugten aus dem vom Winter ausgehungerten Gras. Sogar die Nadeln der Kiefern wirkten saftiger grün als noch wenige Wochen zuvor, Holunder blühte in weißen Schirmrispen am Wegesrand.

Phoeby hetzte hechelnd voraus, kam schwanzwedelnd zurück, nur um wieder davonzulaufen. Sie kannte den Weg, oft schon waren sie hergekommen. Max spazierte langsamer als gewohnt. Er wollte mit Henriette Schritt halten, die nach zwei Stunden Marsch langsam müde wurde.

»Hinter der Kurve kann man den See schon sehen. Es sind nur noch wenige Schritte bis hin.«

»Wird ja auch endlich Zeit«, keuchte sie.

Max lachte. Immerhin hatte sie solide Treter angezogen und ihn auf diesen Ausflug begleitet, obwohl sie für die freie Natur wenig übrighatte. Sie wanderten noch ein Stück durch den Kiefernwald. Dann tat sich die Bucht auf, und der Wannsee lag wie ein Juwel vor ihnen.

»Ist er nicht wunderschön?« Max sog die frische Luft ein und schaute in die Weite. Das schimmernde Wasser des Sees, das Schilf am Ufer, der saftige Wald rundum – der Ort war eine Insel des Glücks für ihn.

»Komm, setzen wir uns.« Er nahm sie an der Hand und zog sie zu einem der Stämme, die am Wegesrand lagerten.

»Ja, sehr schön.« Sie legte den Kopf auf seine Schulter. »Wenn's nur nicht so lang zu gehen wäre!«

Sein Blick schweifte wieder über das Buschwerk ringsum und die Böschung hinunter zum See, über das sanft plätschernde Wasser hinweg in die Ferne, zum gegenüberliegenden Ufer. Auf einmal stutzte er. Etwas war anders als noch letzten Herbst.

»Dort drüben … siehst du's auch? Die leere Fläche?! Da haben sie über den Winter schon wieder massig Kiefern gerodet!« Verärgert schüttelte er den Kopf. Sie kamen immer näher, die Projektentwickler, in die bisher unberührte Natur, weil die Stadtverwaltung keine klaren Grenzen definierte.

»Mhm …«, sagte Henriette mit ihrer rauchigen Stimme. »Da ist ein kahler Flecken dort drüben.« Sie schmiegte sich enger an ihn.

»Neuer Wohnraum für Berliner wird das. Platz für teure Villen mit Gärten am Wasser. Hoffentlich passiert auf unserer Uferseite nicht dasselbe, es wäre jammerschade um Flora und Fauna. Biber und Otter gibt's jetzt schon kaum mehr.«

»Was bist du doch für ein ewiger Weltverbesserer! Wer braucht schon Biber und Otter?« Lachend drückte sie ihm einen Kuss auf die Wange. »Hier zu wohnen ist sicher recht lauschig, bestimmt angenehmer als in den engen Häuserschluchten im Zentrum. Wenn auch ein wenig weit vom gesellschaftlichen Geschehen für meine Begriffe.«

Max gab's auf, ihr die Implikationen des schwindenden Waldes zu erklären, sie hatte keinen Sinn dafür. Der herrliche Blick über den See ließ ihn den Ärger über die Dilettanten in der Stadtverwaltung vergessen: So friedlich lag er da, glitzernd in der Mittagssonne. Ein Eisvogel tauchte ein, schnappte nach etwas, und als er wieder davonflog, zeigte er sein buntes Gefieder.

Phoeby entdeckte einen Stecken. Sie stürzte ins Wasser und wirbelte es ordentlich auf. Ein Entenschwarm schreckte hoch, flog schnatternd davon. Verschreckt rannte sie zurück ans Land.

»Brav«, lobte Max und nahm den Stecken auf, den sie ihm schwanzwedelnd vor die Füße legte. Bevor er ihn wieder warf, schüttelte sie ihr nasses Fell aus und versprühte einen eiskalten Schauer.

Henriette sprang auf. »Halt sie ja fern von mir!« Zwei Zornesfalten verunzierten ihre glatte Stirn. »Sie macht mich noch ganz nass.« Sie mochte Phoeby nicht besonders, und die Abneigung war leider beidseitig.

»Schon gut, komm her zu mir.« Max zog Phoeby am Halsband zu sich. Henriette war ohnehin schon über ihren Schatten gesprungen, fand er, indem sie ihm zuliebe die festen Schuhe und eine bequeme Kostümjacke angezogen hatte. Jetzt wollte er ihren guten Willen nicht übermäßig strapazieren. Phoeby musste an die Leine.

Henriette ließ sich wieder neben ihm auf dem Baumstamm nieder, und eine Weile lang genossen sie Arm in Arm die frische Luft und die Sonne im Gesicht.

»Langsam wird's kühl, lass uns gehen«, sagte sie aber bald. »Um vier Uhr treffen wir meine Eltern im *Café Bauer* zu Kaffee und Kuchen.«

Max horchte auf.

»*Wir?* Davon wusste ich nichts. Ich habe eigentlich andere Pläne.«

»Ach ja?« Verführerisch klapperte sie mit ihren wunderschönen langen Wimpern. »Was denn?«

»Ich möchte arbeiten.«

»Ach, Liebster, es ist Sonntag! Dein Vater wird dich doch wohl nicht sogar sonntags verpflichten?!«

»Das nicht. Es ist etwas anderes, etwas Eigenes.« Er zögerte. »Etwas, von dem Vater nichts weiß. Es hat nichts mit meiner Arbeit im Kontor zu tun.« Sollte er Henriette von seinem geheimen Plan erzählen? Der so geheim war, dass bisher niemand davon wusste, schon gar nicht Vater? Schließlich konnte er dem Blick aus ihren wasserblauen Augen nicht widerstehen. »Vor ein paar Tagen bin ich zufällig meinem ehemaligen Professor über den Weg gelaufen. Professor Wehle ist Experte für Stadtentwicklung. Ich hatte in den letzten Semestern mehrere Vorlesungen bei ihm.« Sie schien interessiert, also fuhr er fort:

»Der Professor hat mir von einem Architekturwettbewerb für den Teil des Hansaviertels erzählt, der zwischen Spree, Bahn und Tiergarten liegt. Erstmals hat die Stadtverwaltung die Planung der Straßenzüge in einem Wettbewerb ausgeschrieben. Die mit der Entwicklung des Terrains beauftragte Gesellschaft – in diesem Falle ist es ausgerechnet die meines Vaters – soll diesmal nicht nach eigenen Plänen das Karree erbauen, sondern nach den Entwürfen des Gewinners gestalten.« Er grinste, er kam sich vor wie ein Schelm. »Herr Professor Wehle hat mich ermuntert, ein Konzept einzureichen. Ich werde es unter falschem Namen abgeben – vielleicht unter Emils oder Arthurs. Vater darf nichts erfahren, er wäre fuchsteufelswild.«

»Das willst du dir tatsächlich antun? So viele Stunden ohne Lohn investieren, alles in deiner Freizeit? Zudem weißt du nicht einmal, ob du gewinnen wirst, und dann wäre alles umsonst gewesen.« Henriette schmiegte sich wieder an ihn. Der nagelneue Diamantring, den er ihr zur Verlobung geschenkt hatte, glitzerte an ihrer Hand. »Viel lieber hätte ich doch, dass du heute Nachmittag mit mir ins *Café Bauer* gehst, Liebling.« Sie drückte ihm einen Kuss auf den Mund.

Max kamen Zweifel an seinem Vorhaben. Den weiteren Nachmittag bei Kaffee und Kuchen zu verbringen, klang allzu verlockend. Dennoch beschloss er, diesmal hart zu bleiben. In vielen Dingen gab er ihr nach, sie hatte einfach eine überzeugende Art.

»Diesmal muss ich dir deinen Wunsch leider abschlagen. Der Wettbewerb ist eine fabelhafte Herausforderung für mich, und ich bin froh über die Gelegenheit.«

»Ich verstehe dich nicht … Selbst wenn du gewinnen solltest, heimst dein Freund dann die Lorbeeren ein – was hättest du überhaupt davon?« Sie rückte ihren Hut zurecht und blinzelte ins Sonnenlicht.

»Um den Ruhm geht's mir doch nicht.«

»Was dann?«

»Um die Sache. Dass in dem Straßenzug einmal ordentliche, optisch ansprechende Gebäude stehen. Nicht diese kitschigen, historisierenden Bauwerke mit falschen Türmchen, überbordenden Erkern und kleinen Fensterchen, wie sie die Terraingesellschaften hundertfach planen. Sondern Häuser mit Ästhetik und schönen Proportionen. Und sinnvoller Nutzung auch für Klientel außerhalb der Reichen.«

»Du bist verrückt!« Sie wandte sich ab, und Max begriff einmal mehr, dass sie ihn nie verstehen würde. Er löste Phoebys Halsband, warf das Stöckchen ins Wasser und sah zu, wie die Hündin wieder aufgeregt hinpaddelte.

Zu Hause in der Villa tauschte Henriette Schuhe und Tweedjacke mit schickem Stadtkostüm.

»Bist du sicher, dass du nicht mitkommen willst?«, fragte sie noch einmal und klang ziemlich verschnupft.

»Ganz sicher.«

»Na, dann eben nicht …« Resignierend zuckte sie mit den

Schultern, verließ das Haus und bestieg Vaters Kutsche, die er ihr für die Fahrt in die Stadt zur Verfügung gestellt hatte.

Max ging in sein Zimmer. Wenig später saß er am Schreibtisch. Phoeby döste auf ihrem Plätzchen neben dem mit der Tagesdecke zugedeckten Bett, sie war wohl erschöpft vom vielen Stöckchenapportieren am See. Marie hatte eine Tasse Tee und ein paar frisch gebackene Plätzchen gebracht. Die gute Seele, immerzu verwöhnte sie ihn mit Süßem. Er steckte eins in den Mund.

Dann packte er die Ausschreibungsunterlagen aus dem Kuvert, das er von Professor Wehle bekommen hatte. Es war ein dicker Stoß, mit Plänen, Projektbeschreibungen und Grundbuchauszügen. Endlich wieder geistiges Futter, endlich wieder Nachdenken und kreatives Planen! Er breitete alles vor sich aus. Voller Konzentration besah er die Straßenpläne, las die Parzellierungen, vertiefte sich in die Vorgaben der Investoren und suchte nach versteckten Besonderheiten des Terrains. Ein herausragendes Merkmal war zweifellos, dass die Stadtverwaltung eine neue Gasleitung ins Karree verlegen würde, fiel ihm auf. Das war eine gute Voraussetzung nicht nur für individuelle Gaszähler und eigene Boiler in luxuriösen Wohneinheiten, sondern auch für energieintensive Gewerke, die in den Kellergeschossen angesiedelt werden könnten. Er nahm das billige Pauspapier, rollte es ein Stück weit aus und skizzierte in groben Umrissen einzelne Gebäude, in denen sowohl Wohnungen als auch Gewerke Platz finden könnten. Die Dimensionen gefielen ihm nicht gleich. Er riss das Rollenpapier ab, zerknüllte es, begann von Neuem. Schnörkellos sollten die Häuser sein, mit klaren Linien und möglichst großen Fenstern. Ebenmäßige, elegante Häuser, inmitten von Grün, schwebten ihm vor. Oben großzügige Wohneinheiten, unten viel Platz für solide Handwerksbetriebe, Vorgärten, breite Trottoirs, Bäume in den Straßen. Auch wenn die Investoren vielleicht anderes im Sinn hatten.

Nach einer Weile sah er aus dem Fenster, um sich einen kurzen Moment der Erholung zu gönnen. Holländische Tulpen und wilde Narzissen zeigten sich in den von Sebi sorgsam gepflegten Blumenbeeten als bunte Boten des Frühlings, und der Anblick der Kieferngruppe und der großen Zypresse flößte ihm Ruhe und Vertrauen ein. Wie anders war hier alles als in Vaters Kontor: Dort saß er im stickigen Saal inmitten von Dutzenden anderen Zeichnern. Wie auf dem Fließband zog er stur nach Vorgaben uninspirierte Linien und produzierte einen Bauplan nach dem anderen. Wie sehr er die Arbeit dort hasste!

Der Wettbewerb für die Stadtverwaltung führte ihm wieder vor Augen, was er wirklich machen wollte im Leben: mit Herz und Hirn etwas erschaffen. Etwas Schönes, Sinnvolles. Das war sein Elixier. Er lehnte sich zurück, nahm einen Schluck vom guten Tee und schob noch ein Plätzchen in den Mund.

Schließlich breitete er einen großen Bogen vom blütenweißen, hochwertigen Papier aus, nahm Bleistift, Lineal und Rechenstab zur Hand und begann ernsthaft mit der Planungsarbeit. Als er den letzten Strich zog, war es weit nach Mitternacht.

67

Die Dependance war niedergewalzt worden, kein Stein lag mehr auf dem anderen. Herr Quandt war nach Cottbus gekommen und hatte es erzählt, mit Tränen in den Augen. Wo über Jahrhunderte das alte Haus gestanden hatte, gähnte jetzt ein riesiges Loch in der Erde. Es wäre schrecklich anzusehen, hatte er gesagt.

Mutter trat daraufhin den unvermeidlichen Gang zum Magistrat an und unterschrieb alle Papiere, die man ihr vorlegte. Die fünftausend Mark Entschädigungssumme ließ sie auf das Kreditkonto bei der Bank einzahlen. Letztendlich hatte auch Emma begreifen müssen, dass die Dependance verloren war.

Wenige Tage später tauchte ein Beamter der Bank, Herr Rosenstingl, auf. Mutter ahnte sofort, dass das kein Höflichkeitsbesuch war.

»Gustl! Emma!«, herrschte sie durchs ganze Haus. »Bei diesem Gespräch möchte ich euch dabeihaben. Da geht's bestimmt um Geld. Diese Angelegenheit ist zu viel für mich allein!« Sie klang alarmierend, ein Orkan drohte, es fehlte nur noch der berühmte Blick, und sowohl Emma wie Gustl wussten, dass sie gehorchen mussten. Unverzüglich fanden sie sich im Gastraum ein.

Lotti nahm Herrn Rosenstingl Zylinder und Mantel ab.

»Bring noch zwei Tassen Kaffee!«, schickte Mutter sie in die Küche, auffällig beherrscht, dann setzte sie sich mit dem Bankbeamten an den runden Marmortisch beim Fenster. Emma und Gustl blieben sozusagen in zweiter Reihe stehen, es wäre für sie als »Junge« ungebührlich gewesen, sich zur geschäftlichen Besprechung dazuzusetzen, der Tisch war viel zu klein für vier Leute. Gustl hatte seine Mütze abgenommen und stand mit hängenden Schultern hinter dem leeren Stuhl, während Emma etwas auf den Akten zu entziffern suchte, die der schmächtige Herr Rosenstingl vor sich ausbreitete, vielleicht einen Hinweis, was sie erwartete, aber vergeblich.

»Ja … also … es ist nämlich so«, begann der Mann, während er geräuschvoll die Papiere ordnete. »Als wir den Kredit gewährten, dienten beide Immobilien, nämlich die Häuser in Berlin und hier in Cottbus, als Sicherheit. Wenn alles nach Plan gelaufen wäre, hätten Sie über die nächsten fünf Jahre mit zwei gut gehenden Betrieben die Schulden locker abzahlen können.« Nachdenklich strich er über seinen Spitzbart, während er weiter in die Papiere schaute. »Aber jetzt, wo die Berliner Dependance, für die wir hohe Einkünfte prognostiziert hatten, weggefallen ist …«, er kramte wieder in seinen Unterlagen, »… muss die Bank – so leid es mir tut – den Kredit fällig stellen.«

Mutter wich alles Blut aus dem Gesicht.

»Wir … wir haben Ihnen doch gerade fünftausend Mark Entschädigungszahlung überwiesen?!«

»Das ist korrekt. Fuffzehnhundert fehlen aber noch, wie Sie gut wissen«, blaffte Herr Rosenstingl auf einmal unerwartet bissig zurück.

»Die haben wir nicht.« Mutter rang nach Luft. »Wir mussten doch die Handwerksarbeiten bezahlen. Auch wenn nachher alles abgerissen worden ist, mussten wir unseren Verpflichtungen nachkommen.« Emma hatte sie noch nie so mitgenommen gesehen. Gustl knetete seine Konditormütze.

»Ich verstehe Sie ja«, sagte Herr Rosenstingl nun wieder etwas versöhnlicher und glättete weiter seinen Bart. »Es stimmt: Die Entschädigungszahlung, mit der man Ihnen den Wert der Immobilie abgegolten hat, war tatsächlich eher mager. Sie hat nur den Minimalwert abgedeckt, keinesfalls den reellen Wert, und schon gar nicht die Renovierungsarbeiten, die ja sogar noch in Gang gewesen waren. So gesehen ist das wahrlich ein sehr ungerechter Verlust für Sie. Einfach ein Unglück. Aber das passiert manchmal mit Immobilien.«

»Nicht den *reellen Wert?!* Ein *ungerechter* Verlust?!« Emma verstand auf einmal, dass sie mit der Bewertung des Hauses am Tiergarten über den Tisch gezogen worden waren. »Da stinkt doch was zum Himmel!«

»Möglicherweise, Fräulein Buchwald. Aber da haben wir als Bank keinen Einfluss drauf. Uns können Sie keinen Vorwurf machen.«

»Wem denn dann?!«

»Am ehesten vielleicht dem Magistrat, aber gegen den kommen Sie nicht an, das ist unmöglich.«

»Das werden wir noch sehen! Wir werden uns beschweren! Nicht wahr, Gustl?« Hilfe suchend wandte sich Emma an ihren Bruder, doch der knetete nur weiterhin stumm seine Mütze, als ginge ihn das alles nichts an.

»Das können Sie gern tun. Aber es wird Ihnen nichts nützen. Erfahrungsgemäß ist es zwar der Magistrat, der die Entschädigungen zuspricht und auszahlt, in Wahrheit stehen aber die Investoren dahinter. Sprich: Es ist das Geld der Terraingesellschaft, das der Magistrat als Entschädigung ausgezahlt hat.« Herr Rosenstingl striegelte unaufhörlich seinen Bart, er glänzte inzwischen.

»Die Terraingesellschaft steht hinter allem?! Das werden wir nicht akzeptieren, nie und nimmer. Haben Sie eine Idee, wie wir dagegen vorgehen können?«

»Nein, leider.«

Emma wurde das Gefühl nicht los, dass der Bankbeamte sein Verständnis nur vortäuschte.

»Und bedauerlicherweise …« Geschäftig blätterte er wieder in den Unterlagen. »Ja, bedauerlicherweise sieht die Bank keine Perspektive, dass Sie die noch ausstehende Summe von fuffzehnhundert Mark demnächst bedienen könnten. Daher, wie gesagt, müssen wir den Kredit fällig stellen.«

»Wenn wir's doch nicht haben«, hauchte Mutter wieder.

»Ja, eben!«, rief Herr Rosenstingl mit hochroten Ohren und stierte noch immer in seine Unterlagen. »Das wissen wir ja auch. Deshalb werden Sie einsehen, dass wir auf unsere Sicherheit zurückgreifen müssen.«

»Was soll das heißen?«, entfuhr es Emma.

»Die Immobilie hier in Cottbus … sie wird der Bank angeeignet.«

Bei Emma schrillten endgültig alle Alarmglocken.

»Sie wollen uns dieses Haus auch noch wegnehmen?!«

Herr Rosenstingl nickte verhalten. »Es wird versteigert. Wenn der erlöste Betrag höher ist als der, den Sie uns schulden, bekommen Sie den Rest natürlich ausgezahlt. Abzüglich aller Spesen, selbstverständlich.«

Mutter sagte nichts, sie war nicht mehr in der Lage dazu, Emma hatte Angst, dass sie ohnmächtig werden könnte. Gustl schaute weiterhin stumm ins Narrenkästchen.

»Denken Sie über alles in Ruhe nach«, sagte Herr Rosenstingl. »Die Bank gibt Ihnen Zeit bis Anfang nächsten Monats, um auszuziehen … Sagen Sie mir einfach Bescheid, wie Sie vorgehen wollen.«

Diese Scheinheiligkeit! Emma kochte. Kein Wort wollte sie mehr von diesem Lackaffen hören.

»Wir sagen jetzt gar nichts! Weder zu noch ab. Wir werden Ihnen dieses Haus aber sicher nicht ohne Weiteres überlassen, da können Sie Gift drauf nehmen!«

»Ähh … Fräulein Buchwald … mit Verlaub …«, Herr Rosenstingl unterbrach seine Bartpflege, »Sie haben keine Wahl: Dieses Haus gehört ab Juni der Bank. Und nur damit wir uns richtig verstehen …«, seine Stimme hatte jetzt einen honigsüßen Ton angenommen, »sollten Sie die Frist verstreichen lassen, ohne ausgezogen zu sein, müssten wir ein Exekutionsverfahren einreichen. Das würde dazu führen, dass Sie zwangsweise delogiert werden. Aber das wissen Sie ja sicherlich und werden es nicht so weit kommen lassen, nicht wahr?« Er kramte wieder in den Unterlagen. »Erklären Sie das bitte auch Ihrer Frau Mutter. Die scheint momentan etwas … nun ja, sagen wir: überfordert mit der Situation.«

»Raus!« Emma hatte genug gehört. »Verlassen Sie uns augenblicklich!« Sie lief zur Garderobe, brachte Mantel und Zylinder und hielt dem Bankbeamten beides hin.

»Ähh … Natürlich.« Er kippte noch den Rest Kaffee in sich hinein, packte seine Papiere in die Aktentasche und eilte mit wehendem Mantel aus der Konditorei.

»Das ist unser Todesstoß«, hauchte Mutter.

»Ein Desaster«, krächzte Gustl mit belegter Stimme. »Wir werden ausziehen müssen.«

»Das kommt überhaupt nicht infrage«, rief Emma. »*Ich* jedenfalls gebe die Konditorei nicht auf. Ich werde dieses Haus nicht räumen, und wenn mich die Leute von der Bank raustragen müssen. Wir werden uns nicht so einfach mir nichts, dir nichts die Erwerbsgrundlage, die Seele unserer Familie nehmen lassen!«

Mutter saß noch immer da, grau wie der Marmor.

»Ach, Kindchen, so, wie ich das sehe, haben wir keine Chance gegen die Mächtigen. Die Terraingesellschaften und der Magistrat – gegen die kommen wir nicht an.«

»Ich fahre nach Berlin. Zu Max Kolte. Und zwar sofort, ob's dir passt oder nicht.«

Max. Der Gedanke an ihn war aufregend, gleichzeitig beruhigend. Bestimmt würde er helfen in dieser schrecklichen, erbärmlichen Lage, auch wenn er kürzlich diesen kühlen Brief geschrieben hatte. Er hatte doch einen tiefen Sinn für Gerechtigkeit. Und es war sein Vater, der die verantwortliche Terraingesellschaft besaß, und sein zukünftiger Schwiegervater, der im Magistrat zuständig war. Wenn es auf der ganzen Welt einen Menschen gab, der helfen konnte, war es Max!

Emma machte auf dem Absatz kehrt, holte Mantel, Hut, Tasche und Regenschirm. Gustl drückte ihr noch schnell eine Baumkuchenlieferung für das Schloss in die Hand.

»Gib's ab, wenn du schon mal in Berlin bist. Die Leute warten drauf.«

Emma verließ die Konditorei, ohne dass Mutter auch nur ein Wort dagegen sagte. Das Glöckchen schepperte, anstatt zu klingeln, so forsch hatte sie die Tür hinter sich zugeworfen. Minimalwert. Reeller Wert. Sie waren betrogen worden um den wahren Wert der Dependance. Zudem um die Kosten der Renovierung, die sie umsonst beauftragt hatten. Die Entschädigungszahlung musste auf ein faires Niveau erhöht werden, ob von der Firma Kolte oder vom Oberbaurat. Wenigstens um den Betrag der Renovierungskosten, zumindest dieser stand ihnen eindeutig zu, und damit wäre wenigstens die Cottbusser Konditorei gerettet.

Deshalb musste sie zu Max. Egal, ob er sie sehen wollte oder nicht.

68

Ein paar Stunden später lief Emma mit der Menschenmenge durch die große Halle zum großen Platz vor dem Bahnhof. Es regnete in Strömen, zum Glück hatte sie den Schirm dabei. Sie winkte eine der bereitstehenden Mietkutschen zu sich:

»In die Straße 14 beim Schlesischen Bahnhof, bitte.«

Der Fuhrmann sah sie erstaunt an.

»Sind Sie sicher?«

»Hier ist die Adresse.« Sie zog Max' Visitenkarte hervor.

»Sehr wohl, Fräulein.«

Emma bestieg den Wagen.

Es goss wie aus Kübeln. Regentropfen trommelten auf das Dach, rannen die Fensterscheiben hinab und reinigten die Luft von Staub und allen stinkenden Ausdünstungen der Stadt. »Vom Himmel kommt's, zum Himmel steigt's«, hatte Vater immer gesagt. Sie öffnete das Wagenfenster einen winzigen Spalt und ließ die frische, regennasse Luft ein.

Sie war beseelt von ihrem Ziel, einen Zuschlag auf die Entschädigungssumme zu erhalten – vom Magistrat oder von Koltes. Wenn sie Max erst einmal gegenüberstand … bei dem Gedanken machte ihr Herz einen Aussetzer. Bestimmt würde er sie verstehen, wenn sie ihm erst einmal alles erklärte.

Vor lauter Grübeln hatte sie nicht bemerkt, dass die Luft, die von draußen ins Wageninnere drang, übel roch. Wasser stand zwischen den Pflastersteinen, aus dem Kanal quoll braune Gülle. Schnell hielt sie sich das Schultertuch vor die Nase und schloss den Fensterspalt.

Sie passierten Wohnblöcke, dann fuhren sie an einer Tischlerei und einem Ziegellagerplatz vorbei, die Räder versanken im Matsch. Schließlich lotste der Kutscher das Pferd in eine Seitengasse. Eine Remise mit Pferdeboxen war da, daneben eine Geflügelhandlung, gegenüber befand sich eine Kneipe. An der nächsten Straßenecke wartete eine blitzblank polierte Kutsche, die schien wie aus einer anderen Welt.

»Schöner Wagen, da drüben«, bemerkte auch der Fuhrmann. »Gehört wohl 'nem feinen Herrn.« Er hielt vor einer schmutzig schwarzen Fassade an.

»Da wären wir.«

Der Hauseingang war unscheinbar und schmucklos – für das Kontor der Terraingesellschaft Kolte hatte sie sich repräsentativere Räumlichkeiten vorgestellt.

»Was macht's aus?«

»Achtzig Pfennig.«

Emma bezahlte.

»Wollen Sie, dass ich warte?«

Dankend lehnte sie ab. Sicherlich würde sich Max um ihr Heimkommen kümmern, er war ein Gentleman. Sie stieg in den Regen. Nach einigem Suchen entdeckte sie das blinde Messingschild. Sie rückte den Hut zurecht, strich eine lose Haarsträhne hinters Ohr, glättete den Mantel – abermals, denn die ganze Zeit in der Kutsche hatte sie ihn schon glatt gestrichen …

Dann trat sie ein, aufgeregt wie ein junges Ding. Sie folgte dem Richtungsweiser in einen dunklen Gang. Wenigstens für die Renovierung der Backstube sollte die Firma Kolte eine Abfindung zahlen, sagte sie sich wieder vor, es wäre nur gerecht.

Sie baute auf Max' Sinn für Gerechtigkeit. Wenn sie ihm erst einmal gegenüberstand …

Sie betätigte den Klopfer. Nach einer Weile öffnete ein schmächtiger junger Mann die Tür.

»Ja bitte?«

»Ich möchte zu Herrn Kolte«, sagte Emma. »Herrn Max Kolte.«

Der junge Mann setzte ein bedauerndes Gesicht auf.

»Da muss ich Sie leider enttäuschen. Er ist nicht hier.«

Sie schluckte. Was jetzt?! Was sollte sie tun? Die ganze Aufregung umsonst? Und dabei … dabei hatte sie sich so sehr darauf gefreut, ihn zu sehen …

»Aber der Senior, Herr Konrad Kolte«, schlug der picklige Jüngling vor. »Vielleicht kann er Ihnen weiterhelfen?«

Konrad … der neu gewonnene Onkel. Der kriminelle Bruder ihres Vaters. Der »schlechte Mensch«, wie Mutter ihn beschrieben hatte, mit dem Vater und Mutter vor ewigen Zeiten gebrochen hatten. Wollte sie wirklich ausgerechnet mit *ihm* über die Höhe der Entschädigungszahlung reden? Mit einem Mann, der im Zuchthaus eingesessen hatte, der bestimmt gerissen und heimtückisch war und für den nur der eigene Vorteil zählte? Der Gedanke regte sie schon wieder auf, auf andere Weise. Aber sie musste Gerechtigkeit für das Café erreichen, sonst waren sie verloren.

»Auch gut. Vielleicht sogar besser«, sagte sie. Geh lieber zum Schmied als zum Schmiedl, hatte sie Vater im Ohr, und Konrad hatte ganz sicher das Sagen beim Geld. Sie würde schon zurechtkommen mit ihm. Ohne die Reaktion des Jünglings abzuwarten, trat sie in den Vorraum. »Melden Sie mich an. Emma Buchwald ist mein Name.«

»In welcher Angelegenheit, wenn ich fragen darf?«

»Privat.«

»Aha … privat.« Er besah sie genauer, sie wollte gar nicht wissen, was er dachte. Schließlich schlappte er mit gebeugtem Rücken davon, um nur wenig später zurückzukommen.

»Wenn Sie mir folgen wollen.«

In einem großen Saal saßen Dutzende Zeichner in endlosen Tischreihen. Wie Pinguine sahen sie aus, in weißen Hemden, schwarzen Hosen und Ärmelschonern, einer neben dem anderen. Alle waren mit Rechenstäben und Bleistiften in unförmige Papierbögen vertieft. Der Geruch von Zigarettenrauch, Tusche, Schweiß und Schinkenknacker waberte durch die Luft. Ob es Max hier gefiel? Irgendwie bezweifelte sie es. Er war viel zu geistreich, um sich inmitten dieser Pinguinkolonie zurechtzufinden.

Sie erreichten eine schwere Kassettentür. Der Jüngling öffnete und ließ sie ein.

»Guten Tag!«, dröhnte eine Stimme aus dicken Rauchschwaden. Es roch nach feuchter Erde, Moos, Humus und einem Hauch von Pfeffer – seltsam, fremdländisch, intensiv. Emma konnte kaum etwas erkennen. Die Augen tränten, erst nach ein paar Sekunden gewöhnten sie sich an die Umgebung. Da entdeckte sie den bulligen Mann hinter einem massiven Schreibtisch. Glatt rasiert und mit spiegelnder Glatze lehnte er hemdsärmelig im Lederfauteuil und hielt eine unglaublich dicke Zigarre in der Hand, die das Odeur und den Nebel verursachte. Sein Jackett hing am Ständer in der Ecke. Die Weste über dem Hemd war in auffälligem Orange, einer Farbe, die aus dem Rauch leuchtete wie eine reife Frucht im Laub, sie passte eher zu einem Damenabendkleid als einer Herrenweste. Beim Armloch schauten rostrote Hosenträger heraus, unter dem Schreibtisch braune Hosenbeine, dazu rostrote Stutzen.

Das war er also, ihr Onkel Konrad. Der Mann, den alle totgeschwiegen hatten. Gekleidet wie sie sich einen Unterweltbaron vorstellte. Vaters Bruder. Max' Vater. Ihr eigener Vater würde sich eher im Grab umdrehen, als dass er sich je wie dieser Gockel gekleidet hätte. Auch Max war grundanders. Kein Wunder, dass er immer wieder von Unstimmigkeiten berichtet hatte. Sie entdeckte keinerlei Ähnlichkeit zwischen den beiden.

Aber irgendwie kam er ihr bekannt vor. Sie schaute ihn noch näher an. Als sie die zweifärbig gearbeiteten Lederschuhe an seinen Füßen sah, fiel es ihr ein: Er war der Mann auf dem Friedhof, der Mutter am Tag von Vaters Begräbnis weithin sichtbar auf die Palme gebracht hatte.

»Was beschert mir das Vergnügen?«, donnerte er, unter buschigen Brauen aufschauend, und machte keinerlei Anstalten, sich zu erheben. Emma war nicht pingelig in Sachen Benimm, aber dass er sich zur Begrüßung nicht einmal vom Platz hinter dem Schreibtisch erhob, wie es jeder Dame gebührte, war ein ziemlicher Affront.

»Ich komme als Ihre …« Sie schluckte. Nein, besser das Verhältnis von Anfang an klarstellen. »Ich komme als *deine* Nichte.« Der dichte Rauch ließ sie husten.

»Als was?!«

»Als deine Nichte. Mutter hat mich darüber aufgeklärt.«

»Aha …« Er schien zu überlegen.

Emma hätte viel gegeben, seine Gedanken zu lesen.

»Ach sooo …«, murmelte er schließlich lang gezogen und schien perplex – aber das war ja auch kein Wunder, nach ihrem Auftauchen.

»Erstaunlich …«, knurrte er nach einer Weile, mehr zu sich selbst, und taxierte sie von oben bis unten.

»Nein, gar nicht erstaunlich!«, half Emma ihm auf die Sprünge. »Du bist der Bruder meines Vaters, also für mich mein Onkel Konrad. Mutter hat mir alles erzählt.«

»Alles? Wirklich alles?« Er stieß ein undefinierbares Geräusch aus. »Das bezweifle ich.«

»Ja, alles. Ich weiß, dass du mit unserer Familie gebrochen hast. Auch, dass dein Sohn Max mein Cousin ist.«

»Na denn …« Plötzlich schien er entspannter. »Dann hätten wir ja das Wichtigste geklärt«, murmelte er in Richtung Schreibtisch. Er lehnte sich in den ledernen Fauteuil zurück und paffte wieder, der Qualm war fast unerträglich. »Nimm doch Platz.« Er deutete auf einen kleinen Stuhl auf der anderen Seite des großen Schreibtisches. Im Gegensatz zum Chefsessel erschien er Emma karg und unbequem, dennoch setzte sie sich, den Baumkuchen stellte sie vorsichtig neben sich ab und ihre Tasche dazu – schließlich wollte sie auf Augenhöhe mit ihm reden.

»Was verschafft mir also die Ehre?«

»Unser Haus bei der Bärenbrücke … Es wurde abgerissen, wie du sicher weißt.« Die Luft reizte Rachen und Augen, wieder musste sie husten, bevor sie weiterreden konnte. »Ich möchte dich um Hilfe bitten. Oder vielmehr: um Gerechtigkeit.« Sie stützte sich auf ihren Schirm. »Uns wurde lediglich der Minimalbetrag des alten Hauses abgegolten anstatt des reellen Werts. Die Entschädigungssumme war katastrophal niedrig.«

»Sicherlich aber angemessen«, konterte Konrad mit neu gefundenem Elan.

»Keinesfalls. Der Betrag ist ein Witz und grenzt an Betrug.« Sie war dabei, sich in Rage zu reden. »Zudem waren bis kurz vor dem Abriss Renovierungsarbeiten im Gang. Wir haben die dortige Konditorei hergerichtet und wollten sie ab Herbst betreiben. Die Handwerker haben uns viel Geld gekostet. Dann kam auf einmal diese Enteignung, und alles war umsonst. Schlimm genug, dass wir das Haus verloren haben, dagegen kommen wir wohl nicht an, da gibt es dieses Gesetz. Aber wenn wir wenigstens für die unnützen Renovierungsarbeiten entschädigt werden würden, wäre das nur recht und billig.«

Konrad besah die dicke Zigarre, die gerade ausgegangen war, ein dicker Goldring prangte an seinem kleinen Finger.

»Schade«, murmelte er in sich hinein, Emma hörte ihn kaum. »Dabei sind die Dinger wegen dem kubanischen Krieg in letzter Zeit so schwer zu bekommen …« Er legte die Zigarre im Aschenbecher ab, lehnte sich wieder zurück in den ledernen Sessel.

»Jetzt will ich Ihnen … ähh … *dir, werte Nichte,* mal was sagen.« Er sah ihr geradewegs in die Augen, ohne mit der Wimper zu zucken. »Mit den Enteignungen haben wir nix zu tun. Gar nix. Um die kümmert sich einzig und allein der Magistrat. Da bist du bei mir an der falschen Adresse. Ich kann nichts für dich tun.« Ostentativ prüfte er die Zeit auf einer goldenen Taschenuhr. »Und jetzt auf Wiedersehen.«

Nein, dachte Emma. Nicht mit mir! So schnell wirst du mich nicht los, mein lieber Onkel Konrad.

»Der Herr von Hagen, ich weiß!«, sagte sie schnell und stützte sich wieder auf den Schirm. »Der Herr Oberbaurat mit seinem Magistrat hat den Bescheid unterschrieben. Aber er gibt nur seinen Namen her, damit wir glauben sollen, dass die Enteignung rechtmäßig abgelaufen und unbestreitbar ist. In Wahrheit steckt aber die Terraingesellschaft dahinter. Der Herr von der Bank hat mir den Ablauf erklärt. Die Terraingesellschaft mit den Investoren. Also du!«

»Dann hat dir dein Bankfritze was Falsches gesagt. Die fünftausend Mark Entschädigung, die der Magistrat pro Haus bezahlt hat, wurden von Amts wegen festgelegt. Die Rechtmäßigkeit hat sogar ein Gericht bestätigt.«

»Woher weißt du dann so genau, dass es gerade mal fünftausend Mark waren, wenn du angeblich nichts damit zu tun hattest?!« Emma spuckte ihm die Frage, die eigentlich eine Feststellung war, förmlich ins Gesicht. »Ein Gauner bist du, Onkel Konrad! Und das immer schon gewesen!«

»Pass uff, wie du mit mir sprichst!«, blaffte er zurück.

Emma bohrte vor Wut die Schirmspitze in den schwarzbraunen, öligen Parkettboden. Er war es, der sie betrogen hatte, sie wusste es jetzt so sicher, wie die Erde rund war. Ohne einen Funken schlechten Gewissens hatte er sie übervorteilt, mit seinem Einfluss und seinen guten Beziehungen. Er war an allem schuld. Kein Wunder, dass Vater und Mutter mit ihm gebrochen hatten.

»Lügner! Betrüger! Meinst du, dass ich nicht weiß, dass du's in deiner Jugend mit dem Gesetz nicht so genau genommen hast und sogar im Zuchthaus warst?!«

Konrad sah sie einen Augenblick lang an, als fiele er gerade aus allen Wolken. Dann murmelte er erstaunlich zahm:

»Stimmt: Zwei Jahre war ich im Knast. Dazu stehe ich.« Hämisch lachte er auf. »Ehrlich gesagt war's grade gut so.«

Emma war sprachlos. Was sollte das denn wieder heißen?! Breitbeinig saß er im Fauteuil, großkotzig streckte er die zweifarbigen Schuhe von sich, spielte mit den roten Hosenträgern und grinste. »Schau nicht so erstaunt!« Dass sie über seine Vergangenheit Bescheid wusste, schien ihm keineswegs peinlich zu sein. Er brummte mehr zu sich selbst als für ihre Ohren: »Zwei Jahre Knast, zwei lange Jahre … die braucht's für den Verein …«

Emma fehlten noch immer die Worte.

»Es ist besser, wenn du jetzt den Abgang machst«, polterte er. »Da ist die Tür!«

Recht so, dachte sie. Das lass ich mir nicht zweimal sagen von diesem Ekel. Der stinkende Qualm und die harte Stuhlkante waren inzwischen ohnehin unerträglich geworden. Emma ergriff Tasche und Baumkuchen und erhob sich. Bevor sie die Tür erreicht hatte, hörte sie ihn noch rufen:

»Vielleicht willst du das alles lieber für dich behalten, Mädel. Glaub mir, es wär besser so.« Und kurz bevor die schwere Kassettentür hinter ihr ins Schloss gefallen war, brummte er noch: »Für alle Beteiligten.« Er gab einen grunzenden Laut von sich. »Vor allem Adele und deinen seligen Vater.«

Emma schoss das Blut in den Kopf. Hatte sich dieser schreckliche Mensch gerade mit Vater und Mutter auf eine Stufe gestellt?! Das war doch einfach nur ungeheuerlich! Bei jedem Schritt beförderte sie vor Zorn nicht nur die Schirmspitze, sondern auch die Absätze ihrer Schuhe in den Parkettboden. Was nahm sich dieser Mann nur heraus?! Wutentbrannt marschierte sie am pickligen Jüngling vorbei, wortlos verließ sie das Kontor. Durch den langen dunklen Flur lief sie hinaus auf die Straße, mit zügigen, kräftigen Schritten.

Erst auf dem Bürgersteig hielt sie inne, unter dem aufgespannten Regenschirm. Es goss immer noch. In tiefen Atemzügen füllte sie die Lungen mit regenfrischer Luft. Sie gab neue Kraft. Nach einer Weile konnte sie wieder klar denken und den Tatsachen ins Auge sehen. Zutiefst unsympathisch war er, dieser Onkel Konrad, er war einfach nur grässlich. Gleichzeitig musste sie sich eingestehen: Die Unterredung mit ihm war schiefgelaufen, und zwar gründlich. Von der Kolte'schen Terraingesellschaft würden sie keinen Pfennig sehen. Und *Gerechtigkeit* … wie hatte sie nur denken können, dass *Gerechtigkeit* ihr zustand?! Dass sie, Emma Buchwald aus Cottbus, überhaupt das Recht hatte, Gerechtigkeit einzufordern? Auf wackligen Beinen ging sie das schmutzige Trottoir entlang, in Richtung Mietskasernen, und ihr Kopf platzte fast vor Sorgen: War das Haus ihrer Eltern, das *Café Buchwald*, die Oase ihres Glücks, ihr Ein und Alles gar nicht mehr zu retten?

Der Regen klatschte auf den Schirm, es tropfte vom Rand, die Schuhe waren schon ganz nass, aber den Baumkuchen konnte sie schützen. Hätte sie doch nur den Kutscher warten lassen … Mit jedem Schritt wuchsen die Sorgen zu einer Riesenlast an, die bald auf den Schultern drückte wie ein Riesensack Mehl. Und sich in ihrem Herzen ausbreitete wie der regennasse Matsch im Rinnstein.

69

Nachdem Emma sein Kontor verlassen hatte, wartete Konrad noch ein paar Minuten ab, um sicherzustellen, dass er ihr vor dem Haus nicht noch mal über den Weg laufen würde. Schließlich hielt er es nicht mehr aus. Er schlüpfte in sein Jackett, nahm Mantel und Hut vom Ständer und ging zur Straße, wo er seinen Wagen herbeiwinkte, der stets in der Nähe wartete.

»In die Villa«, befahl er Otto.

»Sie sind heute früh dran, Herr Direktor.« Der Kutscher trieb die Pferde an. »Da wird sich Frau Kolte freuen.«

»Wir erwarten Gäste zum Dinner, ich möchte pünktlich sein.« Aber das war nicht der eigentliche Grund, warum Konrad so dringend nach Hause wollte. In Wahrheit war es die Unterredung mit Emma Buchwald von soeben, die ihn derartig aufgewühlt hatte, dass er nicht mehr arbeiten konnte. Keine Minute länger hätte er im Kontor bleiben können. Unzählige Gedanken sausten durch seinen Kopf. Er war noch immer schrecklich aufgeregt. Die kleine Hexe war wie ihre Mutter in ihrer Jugend: schön und begehrenswert, dazu zielstrebig, unerschrocken und eigensinnig. Sie hatte ihn provoziert, ihm diese Dinge an den Kopf geworfen, die er gar nicht hatte hören wollen. Dann hatte er zurückgeschlagen. Und jetzt fragte er sich: Hatte er womöglich zu viel gesagt? Vor lauter Ärger zu viel vom Geheimnis verraten? So viele Fragen wirbelten in seinem Kopf herum. Er sehnte sich nach Gertrud. Denn Gertrud war weise und klug, wenn auch in dieser Sache nicht gerade unbefangen. Dennoch, sie brachte immer Ordnung in seinen Schädel. Und natürlich lechzte er nach einem guten Glas Whisky, das er genießen wollte, noch bevor die Gäste eintrafen.

»Mach hinne, Otto!«

»Sehr wohl, Herr Direktor.«

Otto schnalzte mit der Peitsche, und sie fuhren zügig durch Berlin, die nassen Straßen entlang, den weiten Weg in Richtung Grunewald, ohne allzu viel Rücksicht auf andere Verkehrsteilnehmer zu nehmen.

Fünfundvierzig Minuten später stand Konrad im Foyer seines Hauses. Marie nahm seinen Übermantel, den Spazierstock und den Hut entgegen.

»Pass ja auf!«, ermahnte er sie schroff. »Es ist ein teures Modell.« Dienstboten wussten nie, was gut war und was nicht, deshalb musste er dafür sorgen, dass sie achtgaben. »Und sag meiner Frau, dass ich sie im Rauchsalon erwarte.«

Glenmorangie oder Glenlivet?, fragte er sich vor dem Büfettschrank, während er eine Flasche nach der anderen öffnete und die Nase reinsteckte. Karamell, Honig und Vanille oder lieber Rosen, Lilien und Jasmin? Süßlich oder fruchtig? Letztendlich entschied er sich für den Glenlivet, denn das Bukett einer sommerlichen Blumenwiese versprach in dieser verzwickten Situation mehr Tröstung als der süßliche Glenmorangie. Aber wo blieb denn Gertrud nur? Er musste sich beratschlagen mit ihr. Seite an Seite hatten sie die Position in der gehobenen Berliner Gesellschaft erlangt, auf die sie jetzt so stolz waren, und mit ihrer bevorstehenden Verschwägerung mit den von Hagens stand ihre Einführung am Königshof kurz bevor. Gertrud und er hatten sich das seriöse Leben in Grunewald und der Welt der Terraingesellschaften und Immobilien gemeinsam aufgebaut, und sie passte auf wie ein Rottweiler, dass alles so blieb, wie es war.

Beim Vergleich mit dem Rottweiler huschte ein Schmunzeln über seine Lippen. So schön seine Gertrud auch war, aber ein bisschen hatte sie tatsächlich auch was von einem Rottweiler … Ein kurzer Lacher entfuhr ihm, doch gleich wurde er wieder ernst. Jedenfalls sorgte Gertrud dafür, dass er nicht mehr auf dumme Ideen kam, und bisher war alles gut gegangen. Unerschütterlich, wie Gertrud war, hoffte Konrad auch jetzt, dass sie seine Sorgen in den Wind schlagen und ihre Stärke und Zuversicht wieder einmal auf ihn abfärben würde. Er füllte noch ein kleines Kristallglas mit Sherry für sie.

Endlich rauschte sie herein, elegant wie immer. Für das bevorstehende Dinner hatte sie eine abendliche Seidenrobe angelegt.

»Schön, dass du schon zu Hause bist«, sagte sie süß lächelnd.

»Ich dachte, so haben wir noch ein wenig Zeit für einen Aperitif zu zweit, bevor die Gäste kommen.« Konrad reichte ihr das Sherryglas.

»Ganz recht so, mein Lieber.« Sie gab ihm einen Kuss. »Wie war denn dein Tag heute?«

»Gut … ganz gut.«

Inzwischen waren beide in die üppig gepolsterten Ledersessel gesunken. Behaglich lehnte er sich zurück und trank vom Glenlivet. Ahh … dieses Aromaspiel von Jasmin, Rosen und Wiesenkräutern … Wärmend breitete sich der Whisky im ganzen Körper aus, bis in die Zehenspitzen spürte er den Alkohol. Er entspannte sich. Wie schön es doch im Rauchsalon war, wie sehr er diesen Raum liebte! Die Möbel aus dunklem Palisanderholz und der schwere Perserteppich wirkten so heimelig, und das feine Odeur von Cohibas, Montecristos und Juliettas, das sich hier immer ausbreitete, trug auch dazu bei. Es erinnerte ihn an die Schenkel der karibischen Frauen, die sie rollten – allein diese Vorstellung flößte ihm noch ein wenig mehr Wohlgefühl ein.

»Ich muss mit dir sprechen.«

Gertrud sah ihn erwartungsvoll an. Konrad nahm noch einen großen Schluck vom Whisky.

»Emma Buchwald war heute bei mir«, sagte er schließlich.

»Emma wer?«

»Buchwald«, wiederholte er etwas gereizt. »Du weißt schon …!«

Auf einmal glich ihr Gesicht wieder dem Rottweiler.

»Ach ja, eins von Adeles Kindern. Jetzt erinnere ich mich«, sagte sie lang gezogen, mit hochgezogenen Brauen und einem bitteren Zug um die Lippen.

Er nickte.

»Was wollte sie denn?«

»Na, wat schon. Geld natürlich. Für das Haus im Hansaviertel. Sie meint, die Entschädigungszahlung wäre zu niedrig gewesen. Aber ich habe sie natürlich abblitzen lassen. Sonst könnten die anderen ja auch daherkommen, und dann hätten wir über kurz oder lang eine Flut an Regressansprüchen.«

»Gut gemacht, mein Lieber.« Gertrud musterte ihn gründlich. »Warum schaust du so besorgt?«

Ach, seine Gertrud! Sie sah es ihm immer gleich an, wenn ihn etwas bedrückte. Nach sechsundzwanzig Ehejahren konnte er ihr kein X für ein U vormachen.

»Provoziert hat se mich, die kleine Hexe«, erzählte er. »Und dann hat eins zum anderen geführt. Und … na ja … vielleicht habe ich zu viel gesagt. Aber ich hatte mich einfach nicht mehr unter Kontrolle.«

»Was genau hast du gesagt?« Mit einem lauten Klacken stellte Gertrud das Sherryglas auf den Tisch, ihre Stimme hatte einen noch frostigeren Ton als zuvor.

»Na ja, dass ich im Knast war, wusste sie schon.«

»Was?! Woher hatte sie das denn?!«

»Adele hat gesungen.«

»Das ist schlimm.«

»Es wäre furchtbar, wenn's herauskäme. Gerade jetzt, wo Max' Hochzeit bevorsteht. Ein Desaster wäre das.«

»Ich weiß. Aber ich denke, von dem Bäckermädel geht keine Gefahr aus. Wem sollte sie's schon erzählen?« Sie klang beruhigend.

»Und dann hat se mich so gereizt, dass mir auch noch was mit dem Verein rausgerutscht ist ...« – Gertrud hatte ihn immer gewarnt, auch nur ein Sterbenswörtchen über die Vergangenheit zu verraten, deshalb erwartete er jetzt eine Standpauke von ihr. Angespannt schaute er sie an.

»Ja und?«, fragte seine Frau aber stattdessen, Rauch kringelte von ihrer Zigarette zum Plafond. »Was hast du gesagt?« Ungeduldig klopfte sie die Asche von der Zigarette.

»Dass ich im Verein bin, ist mir irgendwie rausgerutscht. Und dass das eine gute Sache ist. Vielleicht habe ich sogar angedeutet, dass ich auch Gustav und Adele geholfen habe ...«

»Dass du nie deinen Mund halten kannst.« Vorwurfsvoll schüttelte sie den Kopf.

»Glaubst du, Emma könnte daraus etwas schließen?«

Sie machte eine wegwerfende Handbewegung. »Ach was. Das heißt nichts. Überhaupt nichts.«

»Ich war ja auch nicht so richtig direkt.«

»Eben. Mach dir mal keine Sorgen.«

»Meinst du wirklich? Es wäre aber schrecklich ...«, fuhr er nach einer Weile leise fort. »Ich könnte es nicht ertragen.« Begierig trank er noch einen großen Schluck, er brannte wieder den Hals hinunter. »Denk nur: Wie sie in der Branche über uns reden würden … der Oberbaurat. Wo wir doch so nah am ganz großen Reibach im Hansaviertel sind … und mit Max' Hochzeit unsere Einführung am Hof kurz bevorsteht.«

»Na, von dort hört man aber auch so einige Geschichten.« Gertrud nahm noch eine ihrer schlanken Zigaretten aus der silbernen Schatulle, die auf dem Tisch lag. »Aber ja: Für Neuankömmlinge wie uns wären solche Gerüchte gar nicht gut.«

Konrad saß in sich gesunken im weichen Fauteuil und starrte ins Whiskyglas, minutenlang. Endlich flüsterte er:

»Weißt du, ich habe Bammel, einen Riesenbammel. Nachts raubt es mir manchmal den Verstand. Was ist, wenn … wenn …« Er räusperte sich, dann hauchte er ganz, ganz leise, vor lauter Furcht, auch nur ein Geist könnte mithören: »Einfach unerträglich wäre es, wenn ganz Berlin wüsste …«, er stockte bei der Vorstellung, »dass sowohl ich als auch mein Bruder … *gesessen* haben?«

»Blödsinn!« Gertrud machte wieder die erlösende, wegwischende Handbewegung.

»Rede nicht weiter! Selbst wenn die Kleine eine Idee haben sollte, was der Verein ist und was er kann, und eins und eins zusammenzählt und viel Fantasie hat …« Gertrud klang, als würde sie laut überlegen. »Selbst dann müssten wir uns nicht fürchten. Im Grunde kann's uns egal sein, denn sie kann nichts ausrichten.«

»Im Grunde, ja«, stimmte ihr Konrad in diesem einen Punkt zu. Gedankenverloren nahm er noch einen Schluck vom Glenlivet. Konrad empfand ihn wie eine Erlösung.

»Es ist kaum anzunehmen, dass sie uns schaden könnte. Adeles Tochter hat keinen Zugang zur gehobenen Berliner Gesellschaft.« Spöttisch lachte sie auf. »Schon gar nicht zum Hof!«

Das leuchtete Konrad ein. Ach, Gertrud, seine Gertrud. Sie sah immer alles so klar und deutlich. Sie wusste einfach immer, was Sache war. Wie froh war er, dass sie seine Frau war. Eine Weile lang saßen sie wortlos da, und er genoss den Rest des Glenlivets in vollen Zügen. Alle Sorgen verschwanden im Nichts. Gertrud stieß beim Rauchen kleine Kringel aus, es war eine Angewohnheit von ihr.

Auf einmal lächelte sie kryptisch.

»Aber wenn wir schon bei Geheimniskrämereien sind ...« Wieder blies sie einen Kringel in die Luft. »Ich wollte dir schon länger etwas sagen.«

Konrad schaute auf, hellwach unter den buschigen Augenbrauen.

»Und zwar?«

»Zuerst musst du mir versprechen, dass du nicht böse wirst.«

Schlagartig fühlte er sich miserabel. Es war diese undefinierbare Angst, die ihn in der Nacht nicht schlafen ließ, sie saß ihm wieder in der Magengrube.

»Schon gut, ich versprech's! Leg los, Gertrud, mach keene Fisimatenten!«

70

Im strömenden Regen lief Emma von Koltes Kontor zum Schloss, um den Baumkuchen abzuliefern, den Gustl ihr vor der Abreise in die Hand gedrückt hatte. Wenigstens war sie zuversichtlich, dass er trotz Fritz' Verschwindens mitsamt dem blauen Gewürztiegel von derselben Qualität war wie eh und je. Sie hatten die Rezeptur im Buch des Großvaters gefunden, und Gustl hatte ihn mit einer Gewürzmischung nach dieser Rezeptur hergestellt.

Mit jedem Schritt sickerte die Katastrophe weiter ein: Konrad würde niemals auch nur einen Pfennig für die Renovierungskosten der Dependance hergeben. Und der Herr Oberbaurat von Hagen, der nur Handlanger der Firma Kolte war, ebenso wenig.

Vom Schirm tropfte es auf den Mantel, er war schon ziemlich durchnässt. Das war Emma egal, Hauptsache, der Baumkuchen blieb trocken. Ihre Gedanken kreisten um Onkel Konrad: Was für ein grauenhafter Mensch er war. Wie hart und unbarmherzig. Und wie anders, geradezu seltsam er war. Schon allein seine Kleidung! Mit Max wäre die Unterredung sicherlich anders verlaufen. Max … sie bedauerte sehr, ihn nicht angetroffen zu haben. Nicht nur deswegen …

Das Schloss tauchte in der grauen Regensuppe auf. Wenig später sah sie schon die Tür für die Lieferanten. Endlich konnte sie den Baumkuchen abgeben und nach Hause fahren. *Nach Hause* – wie lange würde die Café-Konditorei noch ihr Zuhause sein?! Sie sehnte sich nach der Backstube wie nie zuvor. Der süße Kuchenduft, die Schokoladenschwaden, die Wärme, die Behaglichkeit …

Aus jetzt mit dem Rumgeheule, dachte sie dann. Reiß dich am Riemen. Viel eher musst du Haltung bewahren, um den Herren im Schloss zu zeigen, dass das *Café Buchwald* ein verlässlicher Partner ist, der pünktlich und zuverlässig Baumkuchen in gleichbleibender Qualität liefert, egal was passiert.

Sie betätigte den Türklopfer.

»Wie schön, dass Sie wieder einmal zu uns finden!« Herr Krautwurm mit dem »Es-ist-erreicht-Bart« begrüßte sie wie eine alte Bekannte. »Und wie schön, dass Sie den Baumkuchen wieder einmal persönlich liefern. Wir haben Sie schon vermisst!« Er nahm die Spanschachtel entgegen.

»Guten Tag.« Emma zwang ein Lächeln auf die Lippen.

»So ein Wetter ist das heute!«, plapperte der freundliche Herr Krautwurm. »Treten Sie doch ein, und wärmen Sie sich ein wenig bei uns.«

Sie hatte sich nicht länger aufhalten wollen, aber inzwischen war sie durchnässt bis auf die Knochen.

»Her mit dem Mantel! Wir werden ihn am Ofen trocknen.« Herr Krautwurm half ihr heraus. »Darf ich Ihnen eine Tasse Tee anbieten?«

»Ein wenig Aufwärmen … und heißer Tee – da kann ich nicht Nein sagen.«

Sie stellte den triefenden Schirm in eine Ecke und folgte Krautwurm in den Nebenraum. Währenddessen nahm sie eins von diesen Geburtstags-Spitzentaschentüchern mit Monogramm aus der Tasche und trocknete ihren Nacken.

»Sie sehen aus, als hätten Sie es eilig.« Herr Krautwurm

zwinkerte jovial. »Aber ein wenig bleiben Sie heute noch bei uns. In einer halben Stunde wird der Mantel wieder trocken sein, erst dann lassen wir Sie gehen.« Er hing den Mantel über einen Stuhl, den er in die Nähe des Ofens rückte. »Nehmen Sie Platz.« Geschäftig deutete er auf einen zweiten. »Entschuldigen Sie mich für einen Augenblick. Ich gehe den Tee bestellen und werde auch Herrn von Haldersfelde Bescheid geben, dass Sie da sind.«

Emma ließ sich nieder. Wie liebenswürdig Krautwurm doch war.

Wenig später kam er wieder, ebenso ein Mädchen in weißer Schürze und Spitzenhäubchen, die Tee brachte und Emma so zuvorkommend bediente wie Lotti die Gäste in der Konditorei. Wie in der Konditorei! Die Katastrophe stand Emma wieder vor Augen wie ein Gespenst. Ein tiefer Seufzer entfuhr ihr, gleichzeitig ermahnte sie sich: nur nichts anmerken lassen.

»Soo lange sind Sie nicht bei uns gewesen!«, rief Herr von Haldersfelde, als er den Raum betrat. »Hoffentlich waren Sie nicht krank? Oder ist etwas Schlimmes passiert?« Mit ausgestreckten Armen kam er auf sie zu.

»N… nein …« Das hatte nicht gerade überzeugend geklungen, Emma wusste es. »Es ist alles in Ordnung«, bekräftigte sie. »Es geht mir gut.« Sie trank vom Tee, er wärmte. Herr Krautwurm zwirbelte die Spitzen seines Barts, Herr von Haldersfelde musterte sie von oben bis unten.

»Also, Fräulein Buchwald«, hob er dann mit ernster Stimme an, während er noch einen Stuhl an den kleinen Tisch zog, wo sie saß. »Jetzt arbeiten wir schon so lange mit Ihrer Familie zusammen, zuerst mit Ihrem Vater und jetzt mit Ihnen. Ich will Ihnen ja nicht zu nahe treten, aber dass Sie Sorgen haben – das sieht man Ihnen an.« Väterlich legte er seine Hand auf ihre. »Wenn Sie Schwierigkeiten haben, die das Geschäft betreffen …

Zögern Sie nicht, mich …«, er schaute kurz in Krautwurms Richtung und korrigierte sich, »… *uns* um Hilfe zu bitten.«

Zwischen zwei Schluck überlegte Emma, ob sie die beiden ins Vertrauen ziehen sollte. Aber was könnten sie schon ausrichten? Tausendfünfhundert Mark würden sie ihr niemals geben. Nein, kein Zweifel, das Hilfsangebot war zwar ehrlich gemeint, aber die Lösung des Problems überstieg deren Möglichkeiten, und sie wollte die beiden nicht in Verlegenheit bringen. Vielmehr musste sie Sorge tragen, dass sie das Schloss als Kunden behielt. Denn nach wie vor wollte sie die Hoffnung nicht aufgeben, dass es irgendwie für die Konditorei doch noch weitergehen würde.

»Danke, meine Herren«, antwortete sie mit fester Stimme. »Ich weiß Ihr Vertrauen ehrlich zu schätzen. Aber es ist nichts.« Sie trank wieder vom Tee, mit gesenktem Blick, damit die beiden nicht den Kummer in ihren Augen sehen konnten. »Jedenfalls nichts, wobei Sie mir helfen könnten«, murmelte sie noch ganz leise in sich hinein.

»Na, dann ist ja gut. Dann können wir ja getrost die Bestellungen von nächster Woche und bis zum Sommer durchgehen.«

Bis zum Sommer?! Bis nach Mai?! Konnte, durfte sie diese Bestellungen überhaupt guten Gewissens entgegennehmen? Die gute Porzellantasse schepperte, als Emma sie abstellte.

»Kommende Woche steht wieder ein Kindergeburtstag an«, sagte Herr von Haldersfelde ungerührt. »Vielleicht können Sie den Kuchen wieder so schön verzieren wie letztens?«

»Selbstverständlich.« Emma fingerte nach dem Auftragsbuch in der Tasche, sie hatte sich wieder gefangen. »Ist der Kuchen für ein Mädchen oder einen Jungen?«

»Diesmal feiert der jüngste Prinz.«

»Hellrot also. Wir werden uns mit der Verpackung Mühe geben.«

Mit beherrschter Miene nahm sie weitere Bestellungen entgegen: Für die bevorstehenden Feierlichkeiten wollte der Herr von Haldersfelde noch Kuchen, Torten und Konfekt. Emma schrieb alles ins Buch, mit zittrigen Fingern. Während sie eine Bestellung nach der anderen aufnahm, wurde ihr wieder bewusst: Den Menschen das Leben zu versüßen – das war ihr Leben, ihre Bestimmung, ihr ganzes Sein. Deshalb: Das Café der Bank überlassen – es war einfach unmöglich. Irgendetwas musste ihr zur Rettung noch einfallen.

»Fräulein Buchwald?! Hören Sie mich?«

»O ja … verzeihen Sie.« Sie kniff sich in den Arm, bis es schmerzte, verärgert, dass ihr dieser Fauxpas passiert war. »Ich war in Gedanken gerade woanders gewesen. Tut mir leid. Jetzt bin ich wieder ganz bei der Sache. Womit kann ich Ihnen sonst noch dienen?«

»Nächste Woche wird im Schloss auch ein Frühlingsfest stattfinden, zur Feier der ersten Blüten. Dafür bestellen wir noch einen Baumkuchen, und zwar einen großen. Und vier Schachteln von den guten Pralinen dazu.«

»Selbstverständlich, Herr von Haldersfelde. Sehr gern. Ich werde alles wieder persönlich vorbeibringen.«

»Dann ist ja gut. Und dann können wir auch die Bestellungen für Mai und Juni durchgehen.«

Juni! Emma bemühte sich wieder um ein beherrschtes Gesicht.

Als sich der elegante Sekretär von ihr verabschiedete, musterte er sie nochmals eindringlich. »Denken Sie dran: Wenn Sie etwas benötigen, stehen Krautwurm und ich stets zu Ihren Diensten.«

Emma hoffte, dass sie unverfänglich klang. »Danke. Auch für den Tee.«

Sie steckte das Auftragsbuch in die Tasche, nahm den Schirm

aus der Ecke sowie Hut und Mantel, der inzwischen tatsächlich beinahe trocken war. Dann verließ sie mit aufrechtem Gang das Schloss und ging endlich zum Bahnhof, wieder in strömendem Regen. Wo waren die Zeiten, in denen sie stattdessen voller Freude ins Museum gegangen war, bei herrlichem Sonnenschein? Wo waren die Zeiten, die sie und Max sorglos verbracht hatten?

71

Gertrud nahm noch einen Schluck vom Sherry, als hätte sie alle Zeit der Welt.

»Raus mit der Sprache!«, drängte Konrad. »Was gibt's für ein Geheimnis? Was hast du mir zu sagen?«

Gertrud setzte das Glas ab.

»Ja … also … dein, unser Sohn …« Gründlich dämpfte sie ihre Zigarette im schweren Aschenbecher aus, während Konrad wie auf Kohlen saß. Endlich redete sie weiter: »Max hat insgeheim am Architekturwettbewerb für das Hansaviertel teilgenommen.« Plötzlich schien sie voller Stolz. »In seiner Freizeit hat er die Pläne gezeichnet, hier, bei uns, unter diesem Dach. Und stell dir vor: Sein Entwurf hat den ersten Preis gewonnen! Ist das nicht großartig?!«

»Wat! *Er* soll dieser begabte junge Architekt sein, über den im Bauamt, im Klub und im Schloss alle reden?! Das gibt's doch gar nicht! Der Sieger des Wettbewerbs war doch ein Arthur Irgendwie gewesen?!«

»Nein, das prämierte Konzept kam von Max«, lachte Gertrud. »Er hat nur unter Arthurs Namen teilgenommen, weil er es vor dir geheim halten wollte.«

Konrad konnte es noch immer nicht fassen. Sein Sohn, der Bummelstudent. Er war doch nicht so ein Versager, wie er immer angenommen hatte.

»Unglaublich!« Alle Sorgen waren mit einem Schlag vergessen. »Das kommt gerade zur rechten Zeit!« Er sprang auf und lief zur Tür. »Das muss begossen werden!«

Seine donnernde Stimme hallte durchs ganze Haus.

»Max!«

»Ja, Vater?«, tönte es überrascht von oben.

»Sofort her mit dir, mein Junge!«, brüllte Konrad die Treppe hinauf. »Ich habe gerade von deinem Erfolg gehört! Wir müssen anstoßen, jetzt gleich, bevor die Gäste kommen!«

Als Max den Rauchsalon betrat, hatte Konrad schon drei Gläser mit dem gutem Glenlivet gefüllt, und er reichte seinem Sohn und Gertrud je eins. »Komm her zu mir, Junge! Das sind ja großartige Neuigkeiten, die mir deine Mutter erzählt hat!« Er drückte Max an sich. »Da kann ich ja mal stolz auf dich sein!«

Das Kristallglas klirrte beim Anstoßen. »Glenlivet, zwölf Jahre alt. Zu einer solchen Gelegenheit gibt's nur das Teuerste.« Konrad nahm einen großen Schluck. »Na, dass ich das erlebe!« Lachend ließ er sich wieder ins Lederfauteuil fallen. »Ich werde dich im Klub präsentieren, mein Lieber, gleich am Mittwoch beim wöchentlichen Treffen, wo die Leute vom Schloss, vom Magistrat, einfach alle da sind. Dann kannst du deinen Entwurf auf höchster Ebene vorstellen. Alle sollen wissen, dass das *mein Sohn* ist, der das prämierte Ding geliefert hat!«

»Gern, Vater.« Max grinste. »Ich freue mich, Vernünftiges zum Stadtbild beizutragen. Und auch, dass es dir gefällt.«

Von dieser unerwarteten Zuneigungsbekundung berührt, überlegte Konrad kurz, ob er weitergehen und Max tiefer in die Geschäftsgeheimnisse der Terraingesellschaft einweihen sollte. Aber ja, dachte er dann. Er ist mein Sohn, und es wird Zeit, dass er erwachsen wird. Er warf Gertrud noch einen fragenden Blick zu, und nachdem sie kaum merklich genickt hatte, fuhr er fort:

»Dann hätte ich auch gern, dass du dich in meinem Verein präsentierst.«

»Welcher Verein?«, fragte Max arglos.

»Der erste Reichsverein Ehemaliger … Amtlich eingetragenes Mitglied des Ringvereins. Ehrbaren Spielregeln folgend und sehr einflussreich, mein Sohn. Und sehr verschwiegen … Häng's also nicht an die große Glocke. Aber eins kann ich dir sagen: Ohne meine Vereinsbrüder wäre ich … und die Firma Kolte nicht da, wo wir heute sind. Edmund und du, ihr werdet eines Tages die Geschäfte übernehmen, deshalb werde ich euch nach und nach in diese Netzwerke einweihen.«

»Du bist Mitglied in einem Geheimverein?«

»Na, so geheim ist er auch wieder nicht. Die Mitglieder sind – nun ja, nicht gerade Unbekannte im Strafregister. Deshalb sollten die Leute beim Magistrat, unsere Geschäftskollegen, Auftraggeber und Investoren keinen Wind davon bekommen. Besonders natürlich dein zukünftiger Schwiegervater nicht. Wir haben eben auch Verbindungen zu Leuten, die für viele nicht gerade salonfähig sind. Aber auch die sind ehrbar, und ich kann mich auf sie verlassen.«

»Verstehe«, sagte Max, obwohl er weit davon entfernt schien.

Mit der Zeit wird er schon noch den Nutzen erkennen, dachte Konrad bei sich. Spätestens, wenn es darum geht, in einem neu erworbenen Lot die Drecksarbeiten zu erledigen. Wie die Müllabfuhr zu blockieren, Kohlenkeller auszuräumen, Polizeistreifen zu bestechen und den Kanal übergehen zu lassen …

»Jeden Donnerstagabend nach Dienstschluss treffen wir uns in der Kneipe gegenüber vom Kontor.«

»In der *Coco Labelle*, dieser Spelunke?«

»Der Ort ist ganz egal. Es sind die Mitglieder des Vereins,

die uns treu und unfehlbar immer die Stange halten«, antwortete Konrad. »Du wirst schon sehen.«

Noch immer meinte er, er müsse vor Stolz bersten. Auch Gertruds Augen glänzten vor Freude.

»Henriette ist bestimmt auch mächtig stolz auf dich, oder?«, sagte er schließlich und beobachtete aufmerksam Max' Miene.

»Wer?«, fragte der geistesabwesend.

Menschenskind! »Na, deine Verlobte!«

»Ach so«, antwortete Max, als würde Henriette von Hagen in seinem Leben gar keine Rolle spielen. »Sie weiß noch nichts«, kam es kühl. »Aber jetzt, da du eingeweiht bist, Vater, kann ich es ihr ja auch sagen.«

Wie nüchtern er über sie redet, stellte Konrad besorgt fest. Waren die beiden denn kein Liebespaar?! Nur angesichts dieses großartigen, wunderbaren Erfolgs wollte er über das Thema nicht weiter nachdenken.

72

Bedauerlicherweise muss ich Ihnen etwas mitteilen.« Emmas Stimme klang belegt, als sie eine Woche später Herrn Krautwurm vier Konfektschachteln und Herrn von Haldersfelde die Spanschachtel mit in Seidenpapier gebetteten Baumkuchen und hellroter Schleife für den kleinen Prinzen übergab. Sie konnte den beiden nicht in die Augen sehen. Seit ihrem letzten Treffen war die katastrophale Realität eingesickert, und sie hatte beschlossen, ihnen heute reinen Wein einzuschenken.

»Nur raus mit der Sprache!« Herr von Haldersfelde klang fast zärtlich vor lauter väterlichem Wohlwollen. »Damit wir dann gleich die Bestellungen für Mai und Juni durchgehen können.«

Emma schoss das Blut in den Kopf. »Das ist es ja gerade.« Sie schluckte.

»Was denn?«

»Ich kann leider nicht …«

»Was können Sie nicht? Was soll das heißen?« Krautwurm und Haldersfelde schauten sie mit fragenden Mienen an.

»Es ist nämlich so, dass wir …« Es tat zu weh. Emma holte noch einmal tief Luft. Sie hatte gewusst, dass es ihr schwerfallen würde, die beiden zu enttäuschen. Schließlich gab sie sich einen Ruck, und endlich kam es über ihre Lippen:

»Es ist so, dass wir Anfang Juni unseren Betrieb schließen müssen.«

Betretenes Schweigen folgte. Krautwurm zwirbelte eine Spitze seines Schnurrbarts, Herr von Haldersfelde trat von einem Bein aufs andere. Irgendwann durchbrach der Sekretär des Brotmeisters die peinliche Stille.

»Das sind ja schreckliche Neuigkeiten. Und Anfang Juni schon«, wiederholte er lang gezogen.

Emma nickte traurig. »Letzte Woche hegte ich noch die Hoffnung, dass ich das Schicksal irgendwie abwenden könnte, doch mittlerweile musste ich einsehen: Das Ende vom *Café Buchwald* ist besiegelt.« Dies laut auszusprechen fühlte sich an wie ein Todesstoß. »Es ist aus und vorbei. Ich kann es selbst noch kaum begreifen. Es ist wirklich schrecklich.« Sie schluckte wieder.

»Vielleicht können wir doch noch etwas tun? Um welchen Betrag geht's denn?«, wollte Herr von Haldersfelde wissen.

»Um tausendfünfhundert Mark, die wir unverschuldet verloren haben«, sagte Emma bitter. »Deshalb sind wir nicht mehr kreditwürdig und müssen der Bank deren Sicherheit, nämlich unser Haus in Cottbus mit der Backstube, überlassen.«

»Tausendfünfhundert Mark …« Haldersfelde schüttelte bedächtig den Kopf. »Das ist tatsächlich sehr viel Geld. Da können wir Ihnen leider nicht aushelfen. Schrecklich, einfach schreckliche Neuigkeiten sind das.« Die Herren Krautwurm und Haldersfelde, noch immer mit den Kuchen- und Konfektschachteln in den Händen, schauten Emma betroffen an.

»Es wird schwer werden, einen neuen Lieferanten zu finden, der unsere Qualitätskriterien erfüllt«, sagte Herr von Haldersfelde schließlich, stellte die Schachteln ab und reichte Emma das leere Tragetuch. »Die königliche Familie will nur Ihre Kuchen. Sie sind an den einzigartigen Geschmack gewöhnt.«

»Bestimmt gibt's andere, ebenso gute.« Ungelenk faltete sie das Tuch zusammen und verstaute es in ihrer Tasche.

»Natürlich, aber jeder hat so seine Präferenzen. Insbesondere die Kinder wissen genau, was sie wollen.«

Emma seufzte. »Ich weiß.« Es war einfach alles zu traurig.

»Ich danke Ihnen jedoch, dass Sie uns genügend Vorlaufzeit gegeben haben«, sagte Herr von Haldersfelde.

»Wirklich sehr anständig von Ihnen«, stimmte Herr Krautwurm zu. »Es ist ebendiese Handschlagqualität der Konditorei Buchwald, die wir seit jeher schätzen.«

Ein wenig freute sie sich über das Lob, aber es half ja nichts. Es war grausame Realität: Das *Café Buchwald* würde es bald nicht mehr geben. Es war, als würde ein Teil von ihr sterben.

»Wir werden Sie vermissen«, sagte Herr von Haldersfelde. »Sie auch, nicht wahr, Krautwurm?«

»Absolut«, brummte der.

»Auch mir wird's schwerfallen, nicht mehr hierherzukommen. Sie haben mir in der Zeit nach dem Tod meines Vaters sehr geholfen, und Sie sind mir seit damals richtig ans Herz gewachsen.« Zudem habe ich durch den Schlossbesuch auch Max kennengelernt ...

»Schauen Sie einfach hin und wieder vorbei.« Sorgsam strich Herr von Haldersfelde über die Spanholzschachtel mit dem Baumkuchen für den jüngsten Prinzen, als enthielte sie einen Schatz. »Wir sind doch einander inzwischen freundschaftlich verbunden.«

Emma wischte sich eine Träne von der Wange.

»Mach ich. Gehaben Sie sich wohl.«

Beim Abschied küsste ihr diesmal der Erste Sekretär des Kaiserlichen Brotmeisters sogar die Hand.

73

Mit feuchten Augen ging Emma den Kanal entlang. Fischerzillen und Transportkähne schaukelten auf dem Wasser, das zäh unter der Brücke vorbeifloss. Wie sorglos das Leben dort unten war. Aber oben, in der Straße, war alles grau und schrecklich. Wie könnte sie je ohne den Duft von Baumkuchen, Schokotorten und Plunder leben? Ohne die Schwaden von Zimt und Vanille? Ohne die Wärme der Backöfen im ganzen Haus? Ohne die Lieferfahrten nach Berlin.

Lärm dröhnte von der Baustelle, wo der neue Dom errichtet wurde – Hämmern, Bohren, Stampfen. Das Getöse tat in den Ohren weh, der Staub ließ sie husten. Ach, wenn nur dieses schreckliche Desaster abzuwenden wäre! Gustl wollte zurück nach Breslau, in die Konditorei am Stadtrand. Mutter war auf der Suche nach einer Bleibe, ab nächster Woche sollten sie zusammenpacken und umziehen. Aber sie?! Wie sollte sie den Rest des Lebens ohne die Backstube verbringen? Und dann war da auch noch dieser Schmerz wegen Max und Henriette von Hagen. Nie mehr würde sie mit ihm lachen, nie mehr sein spitzbübisches Grinsen sehen, nie mehr seine schlauen Erklärungen hören, nie mehr sich in seiner gradlinigen Sicherheit wiegen.

Zwei Bettler saßen in Lumpen gehüllt in einer Häuserecke, Menschen mit griesgrämigen Gesichtern hasteten vorbei.

Schnell durchs Gedränge über die Brücke, dachte sie, und ab zum Bahnhof, raus aus Berlin und nach Hause.

Auf einmal stand sie wieder vor dem Neuen Museum – ihre Füße hatten sie hergetragen. Schon hatte sie die paar Stufen genommen, war eingetreten, hatte den Eintrittspreis bezahlt und den Mantel an der Garderobe abgegeben.

Diese Ruhe. Still und steinern lag die Ägyptische Säulenhalle da, heilig und friedlich im Sonnenlicht, das durch die Glaskuppel leuchtete. Ein letztes Mal wollte sie in diesen heiligen Ort eintauchen und den schrecklich schweren Mehlsack an Sorgen vergessen, wenn auch nur für wenige Stunden. Der einzelne Mensch ist nur ein Staubkorn im riesigen Universum, hatte Max einmal erklärt. Und wirklich: So fühlte sie sich zwischen den mächtigen Pfeilern – wahrlich winzig. Je länger sie darüber nachdachte, fand sie darin aber in gewisser Weise auch Trost. Ihre eigene, kleine Welt stand vor dem Untergang, aber nicht das ganze Universum. Irgendwie würde auch für sie das Leben weitergehen.

Einsam ist der Mensch, wie im dichten Wald, und wir sind Irrende auf unklaren Pfaden auf unserer Reise durchs Leben. Sie sah Max vor dem inneren Auge, wie er alles verdeutlichte. Wie viel Sinn machten diese Worte nun. Irrend war sie, auf einem unklaren Pfad. Sie schlenderte unter dem Deckenfries hindurch, schritt von Säule zu Säule, die Malereien bewundernd. Himmelblau leuchteten sie und spiegelten die Farbe des Firmaments jenseits der gläsernen Decke wider. Dieses Himmelblau – es war das schönste Blau, das sie je gesehen hatte, die Schleifen von Kunze waren nur ein blasser Abklatsch dagegen.

»Fräulein Buchwald?!«, ertönte da eine vertraute Stimme. Im selben Moment tauchte er hinter einer der himmelblauen Säulen auf: Max! Niemals hatte sie hier und jetzt mit ihm gerechnet. Dass er gerade heute da war! Einerseits freute sie sich, andererseits durchfuhr es sie, legte sich als Schmerz in die Magengrube. *Fräulein Buchwald.* Wo war das vertraute *Ämma* geblieben?! Mit dieser kurzen, typischen Betonung des Es, die ihren Namen immer so speziell klingen ließ?!

»Bitte seien Sie nicht so förmlich«, kam es ohne zu überlegen aus ihrem Mund, wenn auch ein wenig schwächlich. »Ich weiß, dass ich Sie gekränkt habe. Dafür entschuldige ich mich aufrichtig. Bitte glauben Sie mir, es war mir nicht bewusst gewesen. Ich wollte das nicht.«

Er antwortete nicht, sah sie nur an, mit großen, dunklen Augen.

»Nennen Sie mich doch bitte weiterhin Emma«, bat sie leise, fast flehentlich.

Er sagte noch immer nichts, schien in Gedanken weit weg.

»Ich bin immer noch Emma. Überhaupt jetzt, wo Sie und ich …« Wusste er es denn nicht?! »Hat Ihnen Ihr Herr Vater nichts erzählt?«

»Was?«

Dieser Blick … Wie vertraut er war. Nur der Schalk war weg, das augenzwinkernde Schmunzeln war verschwunden. Abgekämpft wirkte er, um Jahre gealtert. Aber er sollte doch glücklich sein mit dem Fräulein von Hagen.

»Wissen Sie nicht, dass Sie und ich …, dass wir verwandt sind?«, fuhr sie mit fester Stimme fort.

»Wie bitte?!« Er lachte auf. »Das kann doch wohl nur ein Scherz sein?!«

»Glauben Sie mir. Ich habe in unserer Backstube ein Rezeptbuch mit einer Widmung gefunden. Für Gustav und Konrad, ist auf der ersten Seite gestanden, geschrieben von unserem gemeinsamen Großvater. Damit habe ich meine Mutter konfrontiert, und sie hat mir alles erklärt. Ihr … *dein* Vater hieß bei seiner Geburt Konrad Buchwald. Er hat es mir persönlich bestätigt. Als junger Mann hat er unseren Familiennamen abgelegt und sich Kolte genannt.«

»Das ist absurd! Warum sollte mein Vater das getan haben?!«

Wenigstens redete er jetzt mit ihr. Doch er war tatsächlich ahnungslos. Wie viel sollte sie über Konrads Vergangenheit preisgeben? »Warum dein Vater seinen Geburtsnamen abgelegt hat, weiß ich nicht, das musst du ihn selbst fragen. Aber es ist eine Tatsache: Wir beide, du und ich, wir sind blutsverwandt. Wir besitzen dieselben Großeltern.«

»Das glaube ich nicht.« Max ließ sich auf eine der Stufen, die in die Säulenhalle führte, fallen. So getroffen wirkte er, Emma hätte ihn am liebsten in den Arm genommen. Stattdessen ließ sie sich in angemessenem Abstand auf derselben Stufe nieder.

»Es war auch für mich ein Schock. Unsere Väter sind Brüder, als Söhne unseres gemeinsamen Großvaters Hermann aufgewachsen. Es ist kaum vorstellbar, aber es ist so.«

Max studierte die Steinquader auf dem Boden vor sich, und Emma folgte seinem Blick. Drei Quader waren es, jeder zwei Fuß breit, die sie trennten. Der Abstand zwischen ihnen war hier wohl noch nie so groß gewesen.

Emma ging das Herz über. Sie liebte diesen Mann, und zwar schon vom ersten Treffen in diesen Gemäuern an, sie hatte es nur nicht wahrhaben wollen. Jetzt wusste sie es, so gewiss wie Charlotte ihren Franz beanspruchte. Nichts mehr wollte sie, als über die Quader hinweg ihn in die Arme zu schließen. Aber er gehörte einer anderen.

»Die letzten Wochen waren schrecklich. Ich hatte erfahren, dass wir wegen der Enteignung der Dependance auch unser Haus in Cottbus verlieren und vor dem Ruin stehen«, sprach sie weiter. »Ich war deshalb bei euch im Kontor. Bei deinem Vater.«

»Du warst bei ihm? Er hat mir nichts davon erzählt.«

»Eigentlich wollte ich mit dir sprechen, um eine Erhöhung der Entschädigungszahlung zu erwirken. Aber du warst nicht da. So habe ich deinen Vater kennengelernt.«

Max lachte, es klang wieder spöttisch. »Und … zahlt er?«

»Nein. Natürlich nicht. Er hat es klipp und klar abgelehnt.«

»Das tut mir leid. Wundert mich aber nicht. So ist er nun mal.«

Sollte sie sich getrauen, ihn auch noch zu fragen? Sie hatte nichts zu verlieren. »Nächste Woche müssen wir unser Haus in Cottbus räumen. Außer es geschieht noch ein Wunder. Darf ich dich bitten … ich meine, ich will nicht impertinent sein, aber du bist mein Vetter, deshalb wage ich es doch: Glaubst du, du kannst bei deinem Vater noch etwas bewirken? Wir stehen mit dem Rücken zur Wand.«

»Keine Chance. Vater ist ein beinharter Geschäftsmann, durch und durch, er zahlt sicher nicht mehr. Mutter ist noch viel härter, obwohl man ihr das auf Anhieb nicht ansieht. Und ich selbst besitze grade mal hundertfünfzig Mark – das ist mein Monatslohn als Zeichner.«

»Verstehe.« Innerlich hatte Emma sich mit der schmerzlichen Realität schon fast abgefunden. Der Boden fühlte sich immer kälter an, dennoch blieben sie beide wie angeklebt auf der Stufe sitzen.

»Im Hansaviertel, nicht weit von eurer Dependance entfernt, soll übrigens ein Straßenzug nach meinen Plänen gebaut werden.« Endlich zeigte sich nun doch wieder dieses vertraute, schelmische Glänzen in seinen Augen, wenn auch nur flüchtig. »Das hilft dir nichts, aber mir ist es ein Trost. Vierstöckige Häuser werden das, mit großen Fenstern und viel Licht in den Wohnräumen. Da eine eigene Gasleitung hingelegt wird, habe ich in jedem Haus Platz für einen Handwerksbetrieb eingeplant. Die Häuser werden klare Linien haben und viel Grün davor.« Er war merklich stolz auf sein Werk. »Gestern Abend habe ich das Projekt im Gesellschaftsklub meines Vaters vorgestellt. Und heute nach Dienstschluss soll ich in seinem Verein darüber referieren. In so einer Kneipe bei unserem Kontor – *Coco Labelle*, was für ein Name.« Er zögerte. »Ein ominöser Verein … und ein merkwürdiger Ort«, setzte er nach.

»Wie schön für dich. Ich gratuliere dir.« Wenn sie auch selbst kurz vor der Katastrophe stand – Emma freute sich aufrichtig für ihn. Doch die Steinquader zwischen ihnen und die Kälte – sie hielt es nicht mehr aus.

»Ich muss gehen.« Es fiel ihr schwer, dennoch erhob sie sich. »Steht eigentlich dein Hochzeitstermin schon?«

»Noch nicht.«

»Es tut mir wirklich leid, dass ich dich wegen meiner Verlobung im Dunkeln gelassen habe.« Sie schluckte. »Damit du mir nicht noch einmal Unehrlichkeit vorwerfen kannst: Er hat mich übrigens verlassen.« Sie schluckte wieder, der Frosch im Hals war riesig.

»Wer?«

»Fritz. Mein Verlobter. Es ist vorbei.«

Seine Augen waren noch nie so schwarz gewesen, sein Blick so finster.

»Es ist gut so«, sagte sie. »Wir hätten nicht zusammengepasst.«

Sie sah ihn an, wie er in sich gesunken auf der Stufe saß. Ihre Gefühle musste sie für sich behalten, für immer. »Ich wünsche dir und deiner Verlobten alles Gute.« Zum Abschied reichte sie ihm die Hand. Jetzt, endlich, erhob er sich.

»Auch dir, Emma.« Da war sie wieder, diese Ausdrucksweise, die ihren Namen so speziell klingen ließ. *Ämma.*

»Adieu.«

Sie ging davon. Ihre Schritte hallten einsam auf dem Stein. Sie holte den Mantel, legte ihn an und verließ das Museum.

74

Nachdem sie gegangen war, sank Max neuerlich auf die Steinstufe. Was für eine Ironie des Schicksals: Endlich war sie wieder aufgetaucht, doch auf einmal gab's rätselhafte Familienbande?! Was schlug die Vorsehung doch für Volten! Wie ein Hase im Feld, unberechenbar und schicksalhaft im Zickzacklauf. Noch immer konnte er diese absurde Geschichte, die sie erzählt hatte, kaum glauben, doch im Innersten ahnte er, dass sie wohl wahr sein könnte. Vieles machte Sinn: dass Vater ihm bis ins Museum nachgeschnüffelt hatte; dass er gegen Emma, »dieses Mädel«, wie er sie verächtlich nannte, mit allen Mitteln gewettert hatte und dass es in der Vergangenheit etwas gab, das er versteckte.

Als er Emma zwischen den Säulen entdeckte, hatte er es zuerst nicht glauben können. Wie eine Erscheinung stand sie plötzlich da. Obwohl … es war Donnerstag. Eigentlich hätte er sich denken können, dass die Chance auf ein Treffen bestand, und vielleicht hatte diese Tatsache eine Rolle gespielt, als er seit Langem wieder ins Museum gegangen war.

Versunken in der Schönheit der altägyptischen Architektur fand er sie vor. Natürlich und stolz wie immer, im schlichten Kleid, das dichte Haar sorgfältig aufgesteckt unter dem Hut, in aufrechter, selbstbewusster Haltung. Sofort wusste er wieder, mit jeder Faser seines Wesens: Sie war es, mit der er Gipfel erklimmen und Tiefen durchkämpfen wollte. Sie verstand ihn wie keine andere. Sein ganzes Leben lang würde er nicht über sie hinwegkommen. Wenn Henriette ihn doch nur halb so gut wie sie verstünde … dann würde er sie wenigstens ein bisschen lieben können.

Emmas Antlitz erschien vor seinem inneren Auge. Wie grausam war doch das Schicksal mit seinen Volten.

75

Emma schlug den Weg zum Bahnhof ein. Die Füße waren schwer, sie fühlte sich niedergeschlagen und matt. Der Abschied von Krautwurm und Haldersfelde hatte sie schon jeglicher Energie beraubt, doch erst recht das unverhoffte Treffen mit Max. Voller Wehmut erinnerte sie sich an jenen verschneiten Nachmittag in der Vorweihnachtszeit, an dem er sie bis zum Bahnhof begleitet hatte. Sie war so glücklich gewesen – aber auch so unfassbar dumm, denn sie hatte die Quelle ihres Glücks nicht erkannt. Damals waren sie lachend zusammen diesen Weg gegangen – jetzt hallten nur ihre eigenen Schritte auf dem Pflaster.

Im Lustgarten glänzten das zarte Laub und die Rasenflächen in der zarten Frühlingssonne. Wunderschön sah alles aus. Ein Hohn angesichts der düsteren Zukunft. Um die große Granitschale tobten in paar Lausebengel, verfolgten einander im Spiel als Räuber und Gendarm. Der Fußweg führte zwischen noch kahlen Pappeln und immergrünen Buchsbäumen, eine Weile bummelte Emma dort entlang. Der Kies knirschte unter den Sohlen, ein paar Sperlinge zwitscherten im Geäst, und in der Ferne läuteten schwach hörbar ein paar Kirchenglocken. Kleine Kinder spielten im Staub hockend mit Steinchen. Auf den Parkbänken rasteten Ammen, Mütter und Großeltern, behaglich hielten sie die Gesichter in die nun schwächer werdende

Nachmittagssonne. Wie gern hätte Emma ebenso unbekümmert der Sonne entgegengeblinzelt wie diese Menschen auf den Parkbänken. Dann kam ihr auch noch ein verliebtes Pärchen entgegen, einträchtig und fröhlich lachend.

Max … er war für immer verloren. Und in Cottbus wartete nichts als trauriges Desaster.

Auf einer Parkbank war ein freier Platz. Nur einmal noch kurz innehalten, bevor ich den schrecklichen Mehlsack an Sorgen schultern werde.

»Darf ich?«, fragte Emma die Frau im dunklen Mantel und mit einem Spitzenhäubchen auf dem Kopf.

»Selbstverständlich, setzen Sie sich nur.«

Die Frau schob einen eleganten Kinderwagen zur Seite.

»Ich freue mich immer über eine Gelegenheit zum Reden. Ständig gurren und girren mit dem Baby … verstehen Sie mich nicht falsch: Ich liebe dieses Kind wie mein eigenes, aber manchmal fehlt mir die Ansprache.«

»Aahh«, sagte Emma etwas gequält. Eine redselige Säuglingsschwester, das hatte ihr gerade noch gefehlt.

»Ein kleiner Prinz ist das.« Sichtlich stolz wippte die Frau den Kinderwagen. »Von Adalm. Vielleicht kennen Sie den Namen?«

Emma schüttelte den Kopf in der Hoffnung, sie würde aufhören zu quatschen, aber der Wortschwall war nicht aufzuhalten.

»Eine noble Familie ist das. Vom Feinsten! Und die Eltern sind ständig bemüht, die juten Sitten hochzuhalten. Sogar die Dienerschaft wird auf Herz und Nieren geprüft, bevor wir den Dienst antreten dürfen.« Sie wippte wieder den Wagen. »Ja, eine wahrlich handverlesene Schar sind wir.«

»Aha«, sagte Emma. In Gedanken war sie noch immer bei Max. Und bei ihrem Mehlsack an Zukunftssorgen.

»Na, es ist aber auch verständlich in diesen Zeiten«, redete die Säuglingsschwester weiter. »Die vielen Skandale, die dann in den Gazetten breitgetreten werden. Und danach müssen die hohen Herrschaften ihre Ehre im Pistolenduell verteidigen. So wie der Hofzeremonienmeister von Kotze. Dabei soll der Arme angeblich ganz unschuldig gewesen sein, hat mir wer erzählt, der beim Duell gegen den Schrader zugeschaut hat.«

»Der war unschuldig?« Emma interessierte die Geschichte überhaupt nicht, sie wollte aber nicht unhöflich sein.

»Man hatte ihn beschuldigt, dass er die Orgien im Jagdschloss Grunewald verraten hätte. Solche Sauereien! Sogar ein Schwager und eine Schwester des Kaisers sollen dabei gewesen sein. Bis ins Detail ist über die letzten Jahre alles rausgekommen. Pfui Teufel! Nur dem Kotze konnte man die Indiskretionen nicht nachweisen. Aber trotzdem: Sein Ansehen ist futsch und dahin. Kein Wunder, dass die von Adalms streng kontrollieren, mit wem sie zusammentreffen. Nur Leute mit makellosem Leumund und tadellosen Manieren lassen sie in ihr Haus.«

Bisher hatte Emma kaum zugehört, aber in diesem Moment horchte sie auf.

»Was haben Sie da gerade gesagt?!«

»Die von Adalms wollen nur mit Leuten mit makellosem Leumund und tadellosen Manieren verkehren«, wiederholte die Frau.

Da ging Emma ein Licht auf. Kein trübes Licht war das. Sondern ein weithin leuchtender Kometenschweif. Plötzlich wusste sie, wie sie Konrad kriegen könnte. Wie sie von diesem grässlichen Menschen doch noch Gerechtigkeit für sich und ihre Familie erreichen könnte. Sie musste nur ein wenig gemein sein, ein wenig heimtückisch, selbstsüchtig und habgierig – dazu hart und unbarmherzig. Seine eigenen Waffen waren es, mit denen sie ihn schlagen musste.

Fürsorglich beugte sich die Säuglingsschwester über den Kinderwagen. »Dass diese Leute sehr wählerisch mit ihrem Umgang sind, ist klar. Wär ich doch ooch.« Sie strich eine Falte in der Überdecke glatt. »Na, so wat … Da dacht ick, ick pack den Kleenen ein und spazier bei dem schönen Wetter durch den Lustjarten … und jetzt verpennt er allet«, fiel sie kopfschüttelnd in ihren Berliner Dialekt.

Aber Emma hörte nicht mehr hin. Sie hatte es auf einmal eilig.

»War nett, mit Ihnen zu plauschen. Sie haben mich auf eine ausgezeichnete Idee gebracht, danke dafür. Schönen Spaziergang noch mit dem Kleinen«, rief sie der Frau zu und lief schon zur Straße vor, wo die Mietfuhrwerke in einer Schlange auf Kunden warteten.

»Zur Schnapsbar *Coco Labelle*«, wies sie einen Fahrer an, während sie schon die Stufen erklomm. Ein wenig ratlos schaute der Mann vom Kutschbock.

»Fahren Sie einfach zum Schlesischen Bahnhof, dann die Straße 14 entlang«, sagte Emma mit fester Stimme. »So flott wie möglich, bitte. Wir werden den Laden schon finden.«

Schon klapperten die Hufe über das Pflaster.

76

Als Emma sich in der Nähe des Wohnhauses, in dem sich die Kolte'sche Terraingesellschaft im Erdgeschoss befand, absetzen ließ, war die Sonne schon fast untergegangen. Die Straße war leer, auch die noble Kutsche, die bei ihrem letzten Besuch vor dem Kontor gestanden war, fehlte. Das war keine Gegend für einen netten Abendspaziergang, und sie wollte nicht entdeckt werden.

Zwei Häuser bildeten eine Nische, in die sie sich stellte. Im Souterrain des einen befand sich die Kneipe *Coco Labelle*, von der Max gesprochen hatte. Ein schäbiges Schild über einer verschlossenen, dreckigen Tür zeugte davon. Sie hatte sich doppelt versichert, denn es war tatsächlich ein merkwürdiger Ort für die Treffen eines Vereins, dem Konrad angehörte. Max hatte sich zu Recht gewundert.

Eine Droschke bog in die Straße und fuhr in die nahe Remise eines Fuhrgewerbes. Das Hantieren mit Zaumzeug war zu hören, Hufgeklapper, Pferde an der Tränke und in einem Stall. Ein Knecht entzündete Gaslampen seitlich der Einfahrt, widmete sich mit ruhiger Stimme den Rössern im Hof. Von nebenan drang leise und eintönig ein ständiges Gackern. Straßenseitig war das Schild »Geflügelhandlung« zu sehen. Ein Mädchen kam mit einem Einkaufskorb um die Ecke und starrte Emma an.

»Warten Sie auf jemanden?«

»Meinen Kutscher.«

»Ach so. Ich muss mich beeilen, das Geschäft sperrt gleich zu.« Das Mädchen lief mit wehenden Zöpfen weiter. Wenig später kam es mit vollem Korb wieder. Emma tat, als würde sie etwas vom Boden aufheben, sie wollte kein zweites Mal lügen.

Auf der gegenüberliegenden Straßenseite, aus dem Haus mit Koltes Kontor, tauchten Männer in dunklen Mänteln mit Aktentaschen auf. Murmelnd verabschiedeten sie sich voneinander, lüpften die Hüte, gingen schließlich in verschiedenen Richtungen davon. Dienstschluss für die Zeichner, dachte Emma. Bald würde Max sein Projekt im *Coco Labelle* präsentieren. Nicht nur er, auch Konrad würde sicherlich bald auftauchen. Diesmal konnte sie es kaum erwarten, ihm gegenüberzustehen.

Jetzt war die Gasse menschenleer. Hinter blinden Fensterscheiben gingen Lichter an. Droschken kamen keine mehr, auch das Hühnergegacker war nur mehr verhalten. Emma ging weiter auf und ab, möglichst an der Wand entlang. Eine kleine Laterne beleuchtete die abgetretenen Stufen nebenan, die zur Kneipe führten. Sie warf auch schummriges Licht in die Häusernische, wo Emma stand. Dreck hatte sich darin gefangen, altes Zeitungspapier, ein toter Vogel, modriges Laub vom letzten Herbst. Die Kälte der Nacht kroch langsam unter den Mantel, eine Ratte flitzte in den Abfluss beim Trottoir. Irgendwo bellte ein Hund. Ein Mann und eine Frau schrien einander an.

Emma wartete weiter. Die Minuten zogen sich.

Schritte hallten durch die Dunkelheit. Ein Mann kam näher, mit hochgestelltem Kragen, die Hände tief in den Manteltaschen. Nicht gerade vertrauenerweckend sah er aus mit seinen auffällig spitzen Schuhen, schräg aufgesetztem Hut und der Zigarette zwischen den Lippen. Ihre Blicke trafen sich. Er nahm die Zigarette aus dem Mund und pfiff durch die Zähne. Emma wollte sich am liebsten in Luft auflösen. Sie wandte sich ab und ging in die entgegengesetzte Richtung. Der Mann stieg die Treppen ins Souterrain hinab und verschwand in der Kneipe.

Nach und nach kamen weitere Männer, aus allen Richtungen strömten sie in die Straße. Manche waren spindeldürr, notdürftig gekleidet und die Köpfe kahl geschoren – als wären sie gerade dem Zuchthaus entlaufen. Andere wirkten halbseiden und unterweltlerisch, wieder andere wie Herrschaften auf der Schlossfreiheit. So unterschiedlich sie waren – sie begrüßten einander, als wären sie Freunde, und alle verschwanden in den Tiefen der Kneipe, womöglich waren sie Mitglieder in Konrads ominösem Verein.

Schließlich fuhr eine schwarze Kutsche vor. Die picobello polierte Kabine glänzte im Laternenlicht.

»Brrr …« Der Kutscher hielt an.

Da stieg er aus: Konrad. Mit englischer Melone, Kamelhaarmantel, braun-weißen Schuhen und grünen Stutzen, salopp den Spazierstock schwingend. Bestens gelaunt und unfein vor sich hin pfeifend näherte er sich der Kneipe.

»Onkel Konrad!« Emma trat vor ihn hin. »Wir müssen reden.«

»Du … hier?! Was willst du?«

»Gerechtigkeit.« Sie hob das Kinn und sah ihm fest in die Augen.

»Ach, du meine Jüte!«, lachte er auf, offenbar hatte er die Fassung wiedererlangt. »Ich will auch vieles im Leben!« Er grinste breit. Ja, er lachte sie aus. Aber Emma ließ sich nicht beirren. Mit beiden Beinen fest auf dem Boden fuhr sie fort:

»Du weißt, dass du uns das Haus in Moabit abgeluchst hast«, sagte sie, möglichst geschäftlich klingend, wie bei den Lieferungen im Schloss. »Um einen Spottpreis. Wenn du uns nicht fair entschädigst, werde ich mir Genugtuung verschaffen.« Nur nicht aufbrausen, dachte sie bei sich, sonst ist alles verloren.

Konrad schien belustigt. »Lächerlich! Du kannst mir nichts anhaben, *Bäckermädel!*« Es hätte wohl abwertend klingen sollen, aber damit konnte er sie nicht treffen, im Gegenteil: Emma war stolz darauf, ein *Bäckermädel* zu sein. *Konditorin* wäre noch zutreffender. Sie würde sich nicht unterkriegen lassen, sie war sich ihrer Sache sicher.

»Oh, das kann ich sehr wohl.« Ihre Stimme hatte genauso affig geklungen, wie er auftrat. Rechts war jetzt das Pferd, links der dreckige Rinnstein. Sie stellte sich breit in seinen Weg, ohne ihm eine Ausweichmöglichkeit zu lassen, und zuckte mit keiner Wimper. »Weil ich nämlich dein Geheimnis kenne: deine kriminellen Beziehungen aus der Vergangenheit. Da …« Sie deutete in Richtung Schnapskneipe. »Da trefft ihr euch – du und deinesgleichen. Alles halbseidene Leute. Männer aus der Unterwelt, mit Verbindungen zu Bordellen, zu Ganoven, ins Zuchthaus …« Sie holte Luft. »Der Oberbaurat von Hagen würde sich wohl niemals mit dir abgeben, wenn er davon wüsste. Die Verlobung zwischen Max und seiner Tochter wäre mit Sicherheit hinfällig.«

Konrads Grinsen kippte in eine Schieflage. Sein Spazierstock erfüllte auf einmal seinen Zweck, nämlich als Stütze.

»Das geht dich gar nix an!«, brach es aus ihm heraus. Er versuchte, sich zu fangen. »Hast du das verstanden! Davon wird niemand je erfahren! Merk dir das, du dumme Göre.«

Er versuchte, Emma mit der Spitze des Spazierstocks beiseitezuschieben. »Aus dem Weg!« Sie wich keine Handbreit.

»Da wäre ich mir an deiner Stelle nicht so sicher. Ich habe nämlich auch so meine Verbindungen«, sagte sie und klang ein wenig triumphierend. »Der Erste Sekretär des Kaiserlichen

Brotmeisters, Herr von Haldersfelde, ist mein guter Freund und bestens bekannt mit dem Herrn Oberbaurat.«

Sie schluckte. Der letzte Satz war zwar plausibel, aber frei erfunden. Eine Notlüge war das und im Kampf ums Überleben gerechtfertigt, fand sie. »Ich müsste ihm nur ein Wort stecken«, fuhr sie ungerührt fort und schaute ihn schief an. »Dann wüsste der ganze Berliner Magistrat, ja der ganze Kaiserhof von deinem Vorleben. Mein Herr von Haldersfelde kennt sie alle und tut gern was für mich.« Das allerdings war keine Erfindung, sondern Tatsache.

Konrads Gesicht erstarrte, seine Mundwinkel sanken in Richtung Kinn.

Offenbar hatte sie mit ihrer Drohung den Nagel auf den Kopf getroffen. Konrad sorgte sich um nichts mehr als seine Reputation.

»Unsere Baumkuchen …«, sagte Emma kühl lächelnd. »Wir beliefern die Schlossküche wöchentlich mit unseren Spezialitäten, und das seit eh und je. Die Herren Krautwurm und von Haldersfelde haben mir erst vor wenigen Stunden wieder einmal die Freundschaft ausgesprochen. Sie sind bereit, alles für mich zu tun. Geh und frag sie, wenn du's nicht glaubst!«

Seine Mundwinkel zuckten, was Emma ermutigte, endlich ihre Forderung auszusprechen:

»Wenn du uns gerecht behandelst, soll keiner von mir auch nur ein Wort erfahren. Weder die Leute im Schloss … noch Max. Auch ihm hast du noch nichts von dir erzählt, stimmt's?«

Der bullige Onkel war nun fast einen Hutbreit kleiner als wenige Minuten zuvor.

»Dachte ich mir's doch.«

»Was willst du?«, fragte er leise.

»Eine Backstube, eine Konditorei und eine Wohnung in einem der Häuser an der Spree, die deine Gesellschaft nach Max'

Plänen erbaut, wäre eine angemessene Entschädigung. Dort, wo die Stadt die Gasleitung verlegt, der Straßenzug wäre ideal für uns. Im Souterrain werden wir backen, im Erdgeschoss unsere Konditorei betreiben und oben wohnen. Wie jetzt in Cottbus.«

Konrad kickte ein Steinchen mit seinem Spazierstock fort, es landete in einer Rille zwischen zwei Pflastersteinen.

»Du sollst eine Konditorei im Hansaviertel haben«, presste er schließlich mit belegter Stimme hervor. Emma studierte seine Miene, suchte nach einem Hinweis in seinen Augen, ob er seine Zusage ernst meinte.

»Habe ich dein Wort?«

»Hand drauf«, kam es wieder fester.

Emma reichte ihm die Hand, im selben Moment war sie erstaunt, wie kräftig er zudrückte, hatte er doch nur Augenblicke zuvor noch recht wackelig gewirkt. Da bemerkte sie ein komisches Flackern in seinen Augen. Sie war sich nicht mehr sicher, ob sie wirklich gewonnen hatte. Was war der Handschlag eines Gauners wert? Konnte sie Konrad vertrauen?

Er ließ ihre Hand los, gleichzeitig hoben sich seine Mundwinkel in Richtung Ohren. Wie eine Karikatur im *Berliner Tageblatt* sah er aus, als er mit altbekannter Derbheit bellte:

»In unserer Jugend war Gustav Hermanns Liebkind. Aber du brauchst nicht glauben, dass der ein Unschuldslamm war. Ja, kiek nicht so dämlich!«, äffte er. »Im Knast hat er gesessen, genau wie ich! Weil er sich vor der Wehrpflicht gedrückt hat. Eine erbärmliche Kröte war er, dein Vater. Ein Hasenfuß, 'ne verdammte Memme. Aber ich war meinem Bruder trotz allem zugeneigt, ob du's glaubst oder nicht. Und mein Verein … *meine* Leute …« Mit dem Kinn deutete er in die Richtung *Coco Labelle*. »Wir waren es, die ihm nach seiner Entlassung geholfen haben, Fuß zu fassen. Mit deiner Mutter. Die hatte nämlich

’n Braten im Ofen. *Ich* war’s, der die beiden zusammengebracht hat: deine Mutter – mit einem Balg am Hals und ’nem zweiten unterwegs.« Er lachte wieder hämisch. »Und Gustav. Ein brillanter Schachzug. Ohne mich wäre der Weichling nach dem Knast in der Gosse gelandet. Wie Adele, mit den beiden Gören.«

Der Boden schwankte, ein tiefes Loch tat sich auf. Emma erreichte mit Mühe den Mauervorsprung.

»Was ist? Wirste ohnmächtig?!«, vernahm sie Konrads Stimme von sehr weit weg, bevor alles schwarz wurde. Wie in Trance nahm sie noch wahr, dass dieser schreckliche Mensch sie am Arm packte. Sie wollte sich wehren, hatte aber keine Kraft. Zusammen mit dem Kutscher hievte er sie in den Wagen.

»Bring sie nach Hause«, hörte sie ihn aus weiter Ferne.

Die Wagentür schloss sich, die Pferde trabten an. Und Emma versank in allumfassender, absoluter und unendlicher Finsternis.

77

Adele blickte zwischen den schweren Brokatvorhängen in die schwarze Nacht. Ihr war fast übel vor Sorge. Wo blieb Emma? Vor vielen Stunden war sie nach Berlin gefahren, um die letzte Lieferung ins Schloss zu bringen. Jetzt war es schon weit nach Mitternacht, und sie war noch immer nicht zurückgekehrt.

Gestern hatten sie Gustl verabschiedet, der in Breslau seine alte Stellung wieder aufgenommen hatte. Zum Ende des Monats mussten sie das gesamte Personal entlassen. Und in wenigen Tagen schon würden sie in die kleine Wohnung ziehen, die Adele für sich selbst, Emma und Benji in der Nähe der Sankt-Nikolai-Kirche angemietet hatte. Vom alten Leben Abschied zu nehmen, fiel ihr unglaublich schwer. Jetzt auch noch das: Emma war verschwunden. Ach, Gustav, unser Traum ist so schön gewesen, aber ohne dich ist alles furchtbar.

Sie schob die Gardinen zur Seite. Der Himmel war mondlos, die Straße vor dem Haus menschenleer. Emma … wo blieb sie nur?! Lieber Gott, lass sie nur heil wiederkommen! Noch eine Katastrophe könnte sie nicht ertragen, es wäre zu viel, sie würde zusammenbrechen unter der Last. Das ach so verhasste Bild erschien ihr wieder: ihre drei Kinder mit den grauenhaften Fratzen. Wenn sie die Vision nur verdrängen könnte … ins Bett wollte sie sich verkriechen. Welch grauenhaftes Schicksal, die Kinder zu verlieren, auf welche Weise auch immer. Das Korsett beengte sie, die Luft war so stickig. Hastig öffnete sie das Fenster, sog die Nachtluft ein. Dann schaute sie wieder in die Finsternis.

Eine Kutsche bog ein. Pferdehufe klapperten durch die Stille, die Wagenlaternen leuchteten aus der Dunkelheit. Elegant war sie, glänzend schwarz, und die Pferde waren kräftige Rösser. Verwundert lehnte Adele sich weiter aus dem Fenster, für einen besseren Blick.

Das Hufgeklapper wurde langsamer, der Wagen hielt vor der eigenen Haustür an. Der Fuhrmann sprang vom Bock, lief zur Kabinentür und half einer Dame beim Aussteigen. Adele umklammerte den Fenstersims. Das ist ja Emma! Dem Himmel sei Dank! Sie ist wieder da – und augenscheinlich unversehrt! Schon wollte Adele zur Tür laufen, um sie in Empfang zu nehmen, aber etwas hielt sie. Der Anblick ihrer Tochter. Etwas war anders an ihr. Gerade wies sie die helfende Hand des Kutschers ab, in einer barschen, bisher unbekannten Geste, und lief mit großen, energischen Schritten zur kleinen Treppe.

»Alles in Ordnung, Fräulein Buchwald?«, rief ihr der Fuhrmann noch nach, es klang liebenswürdig. Aber Emma antwortete nicht, würdigte den Fuhrmann keines Blickes. Nur das Bimmeln des Glöckchens am Eingang war zu hören, und noch bevor Adele darüber nachdenken konnte, ob sie ihrer Tochter entgegengehen sollte, polterte diese schon die Stiegen hoch. Die vorletzte Stufe krachte, wie immer.

Sekunden später stand Emma in der Tür, Adele sah ihre Umrisse im Schein der Öllampe: aufrecht und stolz, wenn auch bleich im Gesicht wie eine frisch gewaschene Bedienschürze. Und einen bisher noch nie bemerkten, harten Zug hatte sie um die Lippen.

»Vater … Gustav ist nicht mein Vater?!« Emmas Stimme

schnitt durch den Raum, kalt und unbarmherzig. Die Tür fiel ins Schloss, mit einem Knall. Noch nie hatte Adele ihre Tochter so reden gehört.

»Gustav … dein Vater …« Die Worte blieben ihr in der Kehle stecken. »Lass uns in Ruhe über alles reden …«

Emma warf sich auf die Chaiselongue.

Da saß sie nun – ausgerechnet auf diesem Möbel – und schaute fordernd wie eine Kriegerin. Umständlich schloss Adele das Fenster und zog die Vorhänge zu. Wie nur den Anfang finden?

»Es ist eine lange Geschichte …« Ihre Stimme klang hölzern, sie wusste es. Es war die Angst, diese unsägliche Angst, die den Ton gab. »Ich muss mit meiner Kindheit beginnen.« Sie holte wieder Luft, um sich zu stärken.

»Mein Vater war Offizier. Zu Hause galten dieselben Regeln wie in der Kaserne: Zucht, Ordnung, Disziplin. Das setzte er durch, wenn nötig mit dem Rohrstock. Furchterregend war er, besonders wenn er getrunken hatte.« Sogar Jahrzehnte später schmerzten die Erinnerungen. »Ich war jung, dumm und naiv, und mir war alles recht, um ihm zu entkommen. Eines Sonntags, beim Spazieren im Lustgarten mit meinem Pudel, kam ich ins Reden mit einer jungen Frau. Gertrud Kolte. Schmuck war sie, und vorgeschwärmt hat sie mir von ihrem aufregenden Leben in der großen, weiten Welt … Das hat mich beeindruckt, und ich wollte leben wie sie. Mit ihrer Hilfe bin ich ausgerissen, bei Nacht und Nebel. Sie hatte schon eine eigene Wohnung – das hat mich beeindruckt –, und sie hat mich aufgenommen. Gertrud und ich – an ihrer Seite fühlte ich mich großartig. Sie nahm mich mit in ihre Kneipen, Kaschemmen und in den *Coventgarden*, ein Tanzlokal für zwielichtige Besucher. Wie sie ihr Geld verdiente … das habe ich erst später begriffen. Auf dem Tanzboden lernte ich, wie ich damals meinte, die große Liebe kennen: Ein schöner Mann war er, besser gekleidet als die anderen und klüger. Alle hörten auf ihn.« Das Reden strengte an, Adele holte wieder Atem. Würde Emma Verständnis zeigen? Sie sah noch immer drein wie eine Kriegerin.

»Weiter … rede weiter!«, forderte sie ungeduldig, mit einem harten Zug um den Mund.

Adele gab sich einen Ruck. »Er hat mir den Himmel auf Erden versprochen. Und ich … wollte nur seine Liebe. Ich zog zu ihm, in eine kleine, schäbige Wohnung.« Ihr Blick streifte von der Chaiselongue zum Bett, zu den Brokatvorhängen am Fenster.

»Weiter … Was geschah weiter?!«, zischte Emma.

Adele wusste: Er stand jetzt kurz bevor, der alles entscheidende Augenblick, vor dem sie sich so lange schon gefürchtet hatte. Es gab kein Verschweigen, keine Ausrede, keine Notlüge mehr. Ob sie Emma behalten oder verlieren würde? Und Gustl und Benji? Noch zwei, drei tiefe Atemzüge. Schließlich nahm sie allen Mut zusammen.

»Und dann … bist du gekommen«, beichtete sie.

»Wer?«, hauchte Emma jetzt. »Wer ist mein Vater?«

Das Reden strengte Adele an. Und Emma schaute noch immer so unbarmherzig drein.

»Er hieß Alfred, alle nannten ihn Alfred den Schönen. Er ist dein Erzeuger«, sagte sie leise, voller Scham. »Er war ein Taugenichts, hat mich sitzen gelassen, noch bevor du da warst. Zu Gertrud konnte ich nicht mehr, da wohnte jetzt Konrad, ihr neuer Liebhaber, von dem sie wohl auch schwanger war. Doch er hat mir geholfen, mir ein Zimmer besorgt. Aus Dankbarkeit habe ich die von ihm erwünschten Gegenleistungen erfüllt. Ich dachte, er wäre besser als Alfred. Gustl ist sein Sohn.«

Emma wurde noch bleicher, wie die Wand war sie jetzt,

und alles an ihr zitterte: die Lippen, die Hände, der ganze Körper.

»Mir hast du damals nach dem Briefchen an Max vorgeworfen, ich sei eine Schlampe?!«, brach es aus Emma heraus, ihre Stimme nur mehr ein Hauch.

Adele konnte ihr nicht in die Augen sehen, vielmehr studierte sie den schönen, alten Teppich. »Damals hat Mutter mir, um mir das Leben ein wenig zu erleichtern, hinter Vaters Rücken den Teppich, die Spiegelkommode, den Schrank und die Chaiselongue, auf der du sitzt, versprochen.«

»Und warum bist du nicht bei Konrad geblieben?«, fragte Emma bissig.

»Das Leben, meine Liebe, hat mich viel gelehrt«, sagte sie nach einer Weile, ihre Stimme klang sanft. »Der Mann … die Männer … mit denen Gertrud mich zusammengebracht hat, waren allesamt Ganoven, Diebe und Betrüger. Und ich war viel zu jung, viel zu unbedarft, schlichtweg dumm. Als ich mit Gustl schwanger war, wollte auch Konrad mich loswerden. Gertrud war ihm wichtiger.« Sie schluckte. »So verkuppelte er mich an Gustav, der damals sein eigenes dunkles Geheimnis mit sich trug: Weil er sich vor der Rekrutierung gedrückt hat, hat auch er eingesessen. Versteckt hat er sich, weil er Krieg hasste.« Adele seufzte. »Er war so ein guter Mensch. Die Haft war schrecklich für ihn. Und danach … diese Schande!« Tränen kullerten jetzt über ihre Wangen, sie ließ sie laufen. »Er und ich, wir haben uns geliebt, auf ganz besondere Weise. Und euch liebte er über alles. Wie seine eigenen Kinder«, wisperte sie noch. »Vielleicht, weil er unfähig war, eigenen Nachwuchs zu zeugen. Eine Operation hätte womöglich geholfen, aber er hatte Angst davor.«

»Und Benji?«, wisperte Emma, die Augen weit.

Adele rang wieder nach Luft. Wie sollte sie ihre Schwäche,

ihre Idiotie erklären? Es half alles nichts, sie musste weiterreden:

»Fünfzehn Jahre später, als Gustav das Haus in Moabit kaufte, wollte ich Konrad um Unterstützung bitten. Ich bin zu ihm, ohne Gustavs Wissen. Konrad hat mir erst Honig ums Maul geschmiert, hat mich glauben lassen, dass er uns Geld vorstrecken würde. Aber dann hat er mich bedrängt, im Kontor, und schließlich gab's für mich kein Entkommen«, erzählte sie voller Scham und spürte, wie sie errötete. »Es war ein Fehler, dass ich zu ihm gegangen bin. Gustav hat ihn mir nie ganz vergeben und konnte Benji nie richtig annehmen. Aber ich bin dem Herrgott dankbar für Benji. Wie für dich und Gustl. Ihr seid mein Ein und Alles, werdet es immer bleiben.«

»Aber warum habt ihr Konrad von Anfang an totgeschwiegen? Er hatte euch doch zusammengebracht? Warum wart ihr verstritten mit ihm?« Emma strich jetzt nachdenklich über die samtene Oberfläche der Chaiselongue.

»Denkst du, Konrad hat Gustav und mich aus Selbstlosigkeit verkuppelt?!«, erklärte Adele. »Im Gegenteil: Teuer abgelten hat er sich's lassen!« Es regte sie immer noch auf, auch nach zwanzig Jahren. »Mit der Konditorei in Breslau, die Gustav von Hermann übernehmen sollte. Gustav, der beste Meisterkonditor weit und breit, musste das geliebte Elternhaus, die beste Konditorei der Stadt verkaufen und das ganze Geld auf Heller und Pfennig dem kriminellen Bruder geben. Konrad hat ihn erpresst und ausgenommen wie eine Weihnachtsgans! Dieses Geld war der Grundstock für seine verdammte Terraingesellschaft.«

Sie hielt inne. Dann setzte sie nach, um zu wiederholen, was ihr am allerwichtigsten war, mit Tränen in den Augen:

»Gustav hat dich so sehr geliebt! Er wollte keinesfalls, dass ihr Kinder von seiner Vergangenheit wisst. Vor allem nicht, dass er nicht euer leiblicher Vater ist. Das war ihm so unendlich wichtig. Am Totenbett musste ich ihm schwören, alles dafür zu geben.«

Ach, Gustav, mein Lieber. Allzu gern hätte Adele die Augen ihrer Tochter gesehen, um deren Reaktion darin zu lesen: Verachtung? Abscheu? Widerwillen? Würde Emma die vielen Lügen verzeihen? Doch sie studierte noch immer die samtene Oberfläche der Chaiselongue.

»Richte nicht zu hart über uns«, flehte Adele. »Gustav und ich, wir lieben euch.«

Es blieb still. Die Öllampe flackerte in der Finsternis.

78

Emma hörte zwar Mutters Worte, aber sie zogen vorbei. Sie strich über die samtene Oberfläche der Chaiselongue, diesem Relikt von der unbekannten mütterlichen Großmutter, und versuchte, Ordnung in die Erzählung zu bringen. Nur langsam sank alles ein. Das Foto im Medaillon: Mutter blutjung, neugierig, lebenslustig, gleichzeitig kokett; die Männerhand auf ihrer Schulter – es war vielleicht Konrads Hand, kräftig und beringt. Jetzt verstand sie Vaters … Gustavs … reserviertes Verhältnis zu Benji. Die unsichtbare Wand, die ihn und Benji trennte, weil er Adele diesen Fehltritt nicht verzeihen konnte. Dann ihr eigener Erzeuger – Alfred der Schöne, an den wollte sie keinen Gedanken verschwenden, nie.

Mutters Ehrfurcht gebietende Aura, die strenge Haltung, die undurchdringliche Fassade gab's nicht mehr. Sie weinte noch immer am Fensterbrett lehnend, wie Emma sie noch nie hatte weinen gesehen, sie konnte deren Elend fast körperlich spüren. Und da, im ganzen Chaos wusste sie eines auf einmal ganz und gar sicher: Mutter wie *Gustav* – nein: Vater! –, Gustav würde ewig ihr Vater bleiben, ganz gleich, welche Räubergeschichten sich auch auftaten, hatten ihr Bestes gegeben, ihnen allen eine Kindheit voller Liebe zu schenken. Schließlich konnte Emma nicht anders: Sie ging zum Fenster, auf Mutter zu. Zärtlich nahm sie den angespannten, eng ins Korsett geschnürten, vor lauter Schluchzen bebenden Körper in die Arme. Und Mutter, die nie körperliche Zuneigung gezeigt hatte, versank, als löste sich etwas in ihr.

Im Spalt zwischen den Brokatvorhängen glitt Emmas Blick in die Nacht hinaus, über die Straße hinweg, über die Dächer von Cottbus bis zum Himmel. Ein schaler Streifen Licht zeigte sich dort, zaghaft und schmal. Binnen weniger Minuten verbreiterte er sich, und im heller werdenden Licht nahm alles Gestalt an. Es wurde Morgen.

79

Der Handschlag eines Gauners – was war er wohl wert? Diese Frage stellte sich Emma, neben allen anderen, am dringlichsten. In jener Nacht, als sie Konrad am Trottoir neben dem *Coco Labelle* abgefangen und konfrontiert hatte, hatte sie auch das Flackern in seinem aufgeblasenen Ganovengesicht gesehen. Sie traute ihm nicht. Und nichts weniger als der Fortbestand der *Café-Konditorei Buchwald* stand noch immer auf der Kippe. Laut dem aalglatten Herrn Rosenstingl sollte ab Juni das Haus in Cottbus der Bank gehören. Es waren nur mehr wenige Wochen bis dahin.

Aber Emma hatte ein Ass im Ärmel: Die ausgezeichnete Beziehung zu den Herren vom Schloss, Krautwurm und von Haldersfelde. Da Konrads Zusage möglicherweise nichts wert war, setzte sie sich abermals in den Zug und fuhr nach Berlin, mit dem königlichen Auftragsbuch unter dem Arm. Der Sekretär des Königlichen Brotmeisters half gern: Er schrieb für die kommenden Monate Riesenaufträge hinein. Seitenweise bestellte er Baumkuchen, Torten, Süßgebäck, Konfekt und bestätigte alles mit dem imposanten königlichen Siegel.

Schon am nächsten Tag ging Emma in die Bank, das Auftragsbuch wieder unter dem Arm. Rosenstingl saß ihr mit pomadisiertem Spitzbart hinter seinem Schreibtisch gegenüber, zwischen Stapeln von Ordnern und Papieren.

»Fräulein Buchwald – was führt Sie her?«

»Unsere Lage«, sagte Emma sachlich, das Auftragsbuch vor sich auf dem Schoß. »Seit unserem letzten Zusammentreffen hat sie sich drastisch verändert.«

»Aha? Inwiefern?«

»Ich habe von der Terraingesellschaft, die eine der Straßen im Hansaviertel entwickelt, die Zusage für ein Haus, und zwar genau dort, wo die Stadt eine Gasleitung verlegt.«

Rosenstingl schaute von seinen Papieren auf, strich über seinen Bart und lachte.

»Wie wollen Sie dieses Haus denn bezahlen?«

»Müssen wir nicht. Wir bekommen es geschenkt, als Entschädigung für die Enteignung der alten Dependance.«

»Wertes Fräulein Buchwald, mit Verlaub! Kein Mensch verschenkt Immobilien, schon gar nicht so wertvolle. Haben Sie diese Zusage denn schriftlich?«

Emma schluckte. »Nein … das nicht. Aber den Handschlag von Herrn Kolte, dem Eigentümer dieser Gesellschaft.« Sie drückte das königliche Auftragsbuch wie einen Schutzschild an sich. »Ein glaubwürdiger Geschäftsmann«, unterstrich sie, wenn auch mit heftiger Überwindung.

»Und jetzt wollen Sie, dass ich Ihnen die Konditorei in Cottbus überlasse, bis sie in dieses Haus im Hansaviertel ziehen können?! In ein Haus, das Ihnen mit einem bloßen Handschlag zugesichert wurde und noch nicht einmal gebaut ist?!«

»So ist es.« Emma legte das königliche Auftragsbuch auf den Tisch. »Wir haben garantierte Aufträge aus dem Schloss bis in den Herbst hinein und Zusagen bis ins nächste Jahr. Wir sind voll ausgelastet.« Seite für Seite blätterte sie durch das Buch, zeigte Herrn Rosenstingl die dicht beschriebenen Blätter, wo auf jedem das königliche Siegel in der unteren Ecke prangte.

»Der Königliche Hofbrotmeister käme über Lieferunterbrechungen in eine äußerst missliche Lage, hat mir sein Sekretär versichert. Die Herrschaften mögen nämlich ausschließlich unsere Spezialitäten, sie wollen keine anderen. Deshalb wünscht das Schloss ausdrücklich …«, Emma räusperte sich, bevor sie mit fester Stimme fortfuhr, »… wünscht ausdrücklich, dass die Bank uns wohlwollend begegnet.«

Rosenstingl nahm das Buch an sich, blätterte selbst vor und zurück, studierte akribisch jede Seite, ganz besonders die vielen eindrucksvollen königlichen Siegel.

»Dennoch«, sagte er schließlich und schob das Buch über den Tisch. »Wir müssen auf unsere Rendite achten. Leider gehört dazu, dass wir Sicherheiten, wenn nötig, einziehen.«

»Davon will ich Sie auch gar nicht abhalten«, entgegnete Emma. »Sie sollen das Haus in Cottbus ja haben. Es geht nur um den Zeitpunkt. Sobald wir im Hansaviertel backen, ist unsere Situation ja wieder stabil.«

»Wofür Sie keine Garantie besitzen.«

»Dieses Risiko nehme ich gern auf mich«, sagte Emma lächelnd. »Geben Sie uns ein Jahr Zeit. Das würde den Herren im Schloss auch gefallen und dem Ruf Ihrer Bank zugutekommen.« Sie schluckte. »Dafür würde ich sorgen.«

Rosenstingl strich über seinen Spitzbart, schob ein paar Papiere auf dem Tisch hin und her und schien das Für und Wider abzuwägen. Der Ruf der Bank bei Hofe – da hatte er aufgehorcht.

»Also gut«, sagte er gedehnt. »Ich werde mich beim Direktor der Bank dafür einsetzen, dass wir die Konditorei in der Sandower Straße erst im Juni nächsten Jahres wieder überprüfen. Wenn dann allerdings der Kredit nicht bedient werden kann, ist es endgültig, ohne Rücksicht auf Ihre Situation.«

»Ich danke Ihnen.« Emma packte das Auftragsbuch und erhob sich. »Die Bank wird Ihre Entscheidung nicht bereuen«, sagte sie lächelnd.

Draußen, auf dem Marktplatz, atmete sie tief durch vor lauter Erleichterung. Was der Handschlag eines Ganoven wert war, das wusste sie nicht. Aber Zeit, das herauszufinden, hatten sie gewonnen, nämlich ein ganzes Jahr.

80

Roswitha hatte Bauchweh. Also hatte Lotti das Wäschewaschen allein übernommen. Mühsam war es gewesen, den Handkarren ohne deren Hilfe zur Waschbank zu zerren und dort die Tischtücher, die Servietten und vor allem diese riesigen, unförmigen Betttücher auf dem Waschbrett zu schrubben, bis die Hände ganz aufgeweicht waren. Wenigstens schien die Sonne, und das Wasser war nicht mehr so kalt wie noch wenige Wochen zuvor.

Sie zog das letzte Tischtuch durchs Wasser. Die Beine schmerzten vom Hocken. Endlich war die Seife draußen, das Wasser blieb klar. Sie wand das Tuch aus und hängte es zu den anderen auf die Leine.

Viele Wochen war Fritz nun schon weg, aber Lotti dachte tagtäglich an ihn. Im Hause Buchwald wusste noch immer keiner außer ihr, warum er so plötzlich verschwunden war. Nicht einmal Emma. Bei dem Gedanken überkam Lotti sofort wieder das schlechte Gewissen: »Grüße Emma von mir. Sag ihr, dass sie glücklich werden soll mit ihrem Studenten. Wir sind nicht füreinander geschaffen«, hätte sie ausrichten sollen. Sie hatte es nie getan. Zuerst war sie sprachlos vor Aufregung gewesen. Dann hatte sie es nicht übers Herz gebracht, und dann hatten die Sorgen wegen der Konditorei überhandgenommen, fast gekündigt wären sie alle worden. Die Gefahr schien gebannt, zumindest vorerst, aber noch immer hatte sie Emma die Nachricht von Fritz nicht überbracht.

Alle Wäscheteile wehten sauber auf der Leine in der Sonne. Lotti zerrte den Handwagen in Richtung Schuppen. Der Wäscheklopfer klapperte gegen den hölzernen Bottich, als sie ihn durch ein Schlagloch bugsierte. Ihr Magen knurrte, sie freute sich aufs Mittagessen. Bald hatte sie's geschafft, dachte sie, nur die Straße musste sie noch queren. Der Weidenkorb schwankte, mit der freien Hand hielt sie ihn fest, gleichzeitig zog sie den Karren weiter.

»Heda!«, rief ein Mann. Es war Jan, der Postbote, Lotti erkannte ihn an der Stimme.

»Was gibt es?«, rief sie zurück, eine Hand noch immer auf dem leeren Weidenkorb.

»Post für euch. Zwei Karten.« Jan zog sie aus der Umhängetasche und wedelte damit. Kurzerhand stellte Lotti den Korb auf den Boden, ließ den Handwagen stehen, lief hin und nahm sie entgegen.

Gleich zwei! Sie besah die bunten Bilder. Auf einer Karte waren zwei Kirchtürme abgebildet. Prächtig waren sie, aus rötlichem Ziegel mit emporragenden Spitzen. »Breslauer Dom« stand darunter. Sie drehte die Karte um. Rechts, zwischen den Linien unter »Adressat«, stand *Café Buchwald*. Und links, in der leeren Fläche, nur ein Satz:

Bin gut angekommen. Arbeit gibt's reichlich. Gruß Gustl

Die Frau Patronin, Emma und Benji würden sich bestimmt über die Nachricht freuen, dachte Lotti und steckte die Karte in die Schürzentasche.

Das Bild auf der zweiten Karte war mysteriöser: ein Schiff. Es war kein normaler Dampfer. *SMS Deutschland* stand darunter und »Der kleine Kreuzer *SMS Gefion*« unter einem zweiten, kleineren. Die Abbildungen waren blass eingefärbt, die Ränder verschwommen. Links, beim unteren Rand der Karte, waren noch seltsame Gebäude gezeichnet, mit Kränen, und so was wie ein Kai. Nicht, dass Lotti im Leben je einen Kai gesehen hätte, aber so stellte sie sich ein Hafenufer vor. Sie studierte das Bild, untersuchte jedes Detail. Diese riesigen Kräne ... ganz aus Eisen waren die wohl.

»Platz da!«, rief der Fahrer eines Rollwagens, beladen mit Bierfässern, und riss Lotti aus ihren Betrachtungen. »Der Karren!« Unwillig hielt er an.

»Ja, gleich ...« Sie steckte die zweite Karte zur anderen in die Schürzentasche und bugsierte den Handwagen in die Einfahrt zum Schuppen über die Straße. Auf dem Hof versorgte sie das Gerät.

Beim Brunnen, in der prallen Sonne, nahm sie die Karten wieder aus der Tasche. Die von Gustl mit dem Breslauer Dom drauf – die würde sie sogleich der Frau Patronin bringen.

Aber die zweite ... Staunend besah sie nochmals das befremdliche Bild. Das war wohl eine Hafeneinfahrt, mit diesen Dampfern beziehungsweise Ungetümen, die man vermutlich Panzerfregatten nannte. Für wen diese besondere Karte wohl bestimmt war? Sie warf einen Blick auf die dicht beschriebene Rückseite. Nur mit Mühe fand sie zwischen rundum gekritzelten Zeilen, unter einer abgestempelten Briefmarke, den Adressaten. Angestrengt entzifferte sie Buchstabe für Buchstabe. Dann rieb sie die Augen und sah nochmals hin. Doch nein, sie hatte sich nicht verlesen: Diese Postkarte – an sie war sie adressiert! Noch nie hatte sie eine Postkarte erhalten, es war die erste in ihrem Leben. Sie lehnte sich gegen den Brunnenrand und begann zu lesen:

Liebe Lotti!,

stand da.

Deutschlands Zukunft liegt auf dem Meer, sagt unser Kaiser. Und in Ostasien. Ich habe mich daher als Konditor dem Ostasiatischen Geschwader angeschlossen. In wenigen Tagen werden wir einschiffen und in die Bucht von Kiautschou fahren. Dort wird ein Flottenstützpunkt für die Marine errichtet, mit allem, was dazugehört: Lazarett, Schule, Kirche, Post, Bank, sogar ein E-Werk wird es geben. Dazu Bäcker, Metzger, Schuster, Schneider, alles, was man fürs tägliche Leben braucht. Ich werde meinen Teil beitragen: Baumkuchen, Torten, Kuchen und Konfekt. Seid also unbesorgt, mir wird's gut gehen. Vielleicht sehen wir uns ja eines Tages wieder.
Herzlichen Gruß, Fritz

China! So weit weg! Jetzt entschwand er sogar übers weite Meer! Lotti starrte aufs Bild, dann wieder auf die Rückseite der Karte. Hach, wie sehr sie sich nach ihm sehnte!

Wieder betrachtete sie die Karte. Liebe Lotti – da strahlte sie. Denn die Karte hatte etwas unglaublich Gutes: Fritz hatte an *sie* geschrieben! An sie, Lotti Knecht, und an niemand anderen! *Sie* war es, die ihm im Haus die Vertrauteste war. *Sie* war es, an der ihm gelegen war. Nicht Emma, nicht Gustl, auch nicht die Frau Patronin. Vielleicht sehen wir uns ja eines Tages wieder, hatte er geschrieben. Zärtlich strich sie über die Karte, bevor sie sie grinsend in die Schürzentasche steckte. Diese Karte mit dem schönen Bild … ganz allein ihr gehörte sie. Wie einen Schatz wollte sie diese hüten. Bis er vielleicht irgendwann einmal wiederkehrte.

81

Max rasierte sich besonders gründlich, legte ein neues Hemd und den besten Anzug an, den er besaß. Fünf Minuten vor der vereinbarten Zeit stieg er über die breiten Treppen in die Vorhalle, wo die anderen schon versammelt waren.

»Gut, dass du kommst«, rief ihm Vater entgegen. »Ausnahmsweise mal pünktlich. Otto wartet draußen.«

Mutter rückte ihren Hut vor dem Spiegel zurecht, Edmund zupfte am Stecktuch in der Brusttasche, und Marie war drauf und dran, die schwere Tür zu öffnen.

»Einen Moment noch!« Max war gerade auf halbem Weg. »Ich habe euch etwas zu sagen!«

Sie schauten auf, Vater halb zugewandt, Mutter mit großen Augen, Edmund eher behelligt.

»Der Zeitpunkt ist denkbar ungünstig! Wir müssen los!« Vater strich die Krempe seines Huts glatt. »Sonst kommst du womöglich noch zu deiner eigenen Ehrung zu spät«, sagte er lachend.

Bedächtig stieg Max die Treppe weiter hinab, nahm gelassen eine Stufe nach der anderen, unter den Augen der wartenden Schar. Seine für den Anlass besonders glänzend polierten Schuhe klackten auf dem Marmor.

»Jetzt«, sagte er, als er die letzte Stufe genommen hatte. Vater schnappte seinen Spazierstock aus dem Ständer in der Ecke.

»Was gibt's so Dringendes?! Spuck's aus, aber mach hinne.«

Max räusperte sich, er fasste allen Mut zusammen.

»Ich werde meine Verlobung lösen.«

Vater stützte sich auf den Spazierstock.

»Das ist nicht dein Ernst!«, rief Mutter, während Edmund amüsiert lächelnd mit dem Stecktuch in der Brusttasche spielte. Wenigstens gibt er nicht seinen Senf dazu. »Henriette ist nicht die Frau, mit der ich durchs Leben gehen werde«, fuhr Max fort. »Wir sind zu verschieden, wir verstehen einander nicht. Und ich liebe sie nicht. Lauter triftige Gründe, die mich von einer Ehe abhalten.«

»Gab's denn Streit?« Mutter klang plötzlich, als hätte sie Kreide gegessen.

»Nein.«

»Gibt's 'ne andere?«, fragte Vater.

Wie gern hätte Max diese Frage bejaht. Doch das war unmöglich, wegen einer grausamen Volte des Schicksals. So grausam, wie sie nur das wirkliche Leben nehmen konnte.

»Nein.«

»Das kannst du nicht tun!« Mutter schlüpfte in ihre Handschuhe. »Du hast eine Verpflichtung gegenüber deinem Vater, der Terraingesellschaft und der ganzen Familie. Die Verbindung mit Henriette und Herrn und Frau von Hagen ist ein Geschenk. Das wirft man nicht weg.«

»Ich werde nicht den Rest meines Lebens mit einer Frau verbringen, die ich nicht liebe.«

»Liebe – wenn ich das Wort nur höre! Da spricht deine Jugend! Wir, deine Eltern, wissen, was gut für dich ist, und ich sage dir: Henriette und du, ihr kommt gut miteinander aus und seid jetzt schon eins der begehrtesten Paare in der Berliner Gesellschaft. Alle Türen stehen euch offen. Das ist die beste Basis für eine Ehe und ein glückliches, erfolgreiches Leben.

Schluss also mit dem Unsinn. Lasst uns zur Preisverleihung gehen.« Sie ließ sich von Marie den Schirm geben und schickte sich an, das Haus zu verlassen.

Max hatte jedoch den Zeitpunkt seiner Ansage bewusst gewählt: Kurz vor seiner Ehrung im Rathaus. Es war dieser Augenblick, in dem er alles in der Hand hatte, später nicht mehr.

»Ich gehe erst, nachdem ihr meine Entscheidung akzeptiert habt.« Er setzte sich in den Fauteuil bei der Garderobe und wunderte sich selbst, wie bestimmt er gerade geklungen hatte. »Sonst komme ich nicht mit, und ihr sitzt allein beim Herrn Baurat im Festsaal, ohne euren Preisträger. Ganz schön peinlich wäre das.«

»Das … das kannst du uns nicht antun!« Vater wirkte auf einmal erstaunlich klein.

»Ich könnte mich beispielsweise darauf berufen, dass ich Mitglied der Kolte'schen Terraingesellschaft bin und es daher moralisch bedenklich war, überhaupt am Wettbewerb teilzunehmen. Das wäre ein ordentlicher Skandal. Und dem Ruf der Terraingesellschaft keinesfalls nützlich, ganz im Gegenteil.«

»Max …« Mutter nahm den Schirm in beide Hände. »Können wir diese Diskussion nicht auf später verschieben? Wir sind spät dran.«

»Ich möchte euer Einverständnis, dann gehe ich hin und erzähle die Wahrheit, nämlich dass ich unter Arthurs Namen teilgenommen habe und alles mit rechten Dingen zugegangen ist. Und gleich nach der Preisverleihung werde ich mit Henriette sprechen. Das wird schwer genug werden, dazu noch die Eltern von Hagen … Vorher möchte ich eurer Unterstützung gewiss sein.«

»Du nötigst uns?« Mutters Stimme klang härter als zuvor.

Max nickte, obwohl ihm nicht ganz wohl dabei war. Aber ja: Erpressung war eine Sprache, die seine Eltern verstanden. Sie holten sich immer alles, was sie wollten, ohne Rücksicht auf andere, auch nicht auf ihn. Die Heirat mit Henriette aus opportunistischen Gründen war falsch, sie durfte nicht stattfinden. Sie würde auch Henriette nicht gerecht werden.

Mutter und Vater tauschten Blicke, dann schaute Vater auf seine Taschenuhr und schluckte, mit hochrotem Kopf. Schließlich schwang er den Spazierstock und machte sich auf in Richtung Tür. Mutter nickte kaum merklich, stieß noch leise ein »Wir haben keine Wahl, Konrad« aus.

Da wusste Max, dass er sich durchgesetzt hatte – zum ersten Mal in seinem Leben. In sich hineinschmunzelnd schnippte er eine Fluse vom Jackett. Die Preisverleihung – sie war nur der Beginn. Von jetzt an würde er selbst sein Leben bestimmen. »Na dann, gehen wir.« Er folgte seiner Familie, während die schwere Eingangstür hinter ihm zufiel. Vielleicht könnten sich ja Edmund und Henriette füreinander erwärmen, sie wären bestimmt ein glücklicheres Paar, kam es ihm kurz in den Sinn, als er die Kutsche bestieg. Aber er selbst und die Society-Lady, wie die Engländer diese Frauen nannten – das wäre niemals gut gegangen.

82

Ein paar Wochen später inspizierte Max die Baustelle im Hansaviertel, wo der neue Straßenzug nach seinen Plänen entstehen sollte. Bauarbeiter schaufelten Gruben für die Keller der Wohnhäuser. Sie waren mehrere Schritte von der Straße zurückgesetzt und gaben Platz für Bäume, Vorgärten und viel Licht. Auf der nackten Erde waren Kreidelinien gezeichnet. Max zog ein Maßband aus der Hosentasche, kontrollierte die Abmessungen und verglich sie mit den Plänen. Wohnliche Häuser würden das werden, dachte er zufrieden. Schon der Grundriss bestimmte die Wohnqualität.

Der letzte Grund am Ende der Straße, an der Ecke zum Weg entlang der Spree, hatte es ihm besonders angetan. Der freie Blick aufs Wasser und grüne Ufer vermittelten Freizeitgefühl, und das in der Stadt – ein Hauch von Grunewaldsee war das hier, erbaulich wie die Natur. Das Eckhaus würde das schönste in der Häuserzeile werden. Es war prädestiniert, Mußestimmung einzufangen. Max schritt auch diese Grube ab und besah nochmals die Pläne. Der bisherige Entwurf war gut, doch im Innersten wusste er: Es ging noch besser. Sollte er den Eingang von der Allee weg in Richtung Spree legen? Oder doch belassen, wegen der Sonne? Er schaute über die Bärenbrücke, in Richtung Moabit. Erst wenige Jahre zuvor war sie erneuert worden, aus schwarzem Lavagestein. Mächtige Bronzebären an den Eckpfeilern schauten ihm entgegen. Da kam ihm eine Idee: Er würde die Ecke des Hauses abschrägen und den Eingang in Richtung Brücke verlegen, mit Blick auf die Bären. Eine ganz besondere Stätte würde das Gebäude werden.

Wenig später saß er im Zeichensaal der Terraingesellschaft Kolte, wo er seit einigen Wochen einen eigenen Schreibtisch abseits der langen Reihen hatte. Hier war er nicht mehr mit reiner Ingenieurarbeit, sondern mit gestalterischen Aufgaben beschäftigt. Gerade setzte er den Einfall mit dem Eckportal auf Skizzenpapier um, zeichnete ein schönes Tor und Stufen davor.

Da trat Vater auf ihn zu, wie immer umgeben von einer Wolke Zigarrenrauch.

»Wegen der Detailpläne fürs Hansaviertel«, sagte er mit merkwürdiger Stimme. »Ich habe vergessen, dich darauf aufmerksam zu machen: In eins der Häuser soll eine Backstube rein.«

»Eine Backstube?!« Max sah vom Skizzenpapier auf.

»Ins Kellergeschoss. Und oben eine Konditorei, mit Theke und großem Gastraum. Vielleicht ins Eckhaus beim Spreeufer«, setzte er hinzu, als wär's das Normalste der Welt.

»Das ist das schönste Haus in der Straße!«

»Eben. Rundum wäre auch viel Platz für einen Gastgarten, mit Blick auf die Spree und die Brücke. Es ist für Emma Buchwald. Ich hab's ihr versprochen.«

Max entglitt der Stift. Emma?! Das Bäckermädel, wie Vater sie nannte?! Wie hatte sie das geschafft?!

»Schau nicht so überrascht, mein Lieber. Sie ist bei mir gewesen und hat mich darum gebeten. Ich hab's ihr zugesagt.«

»Sie hat dich drum *gebeten?!* Und du hast *zugesagt?!* Einfach so?!«

»Einfach so.« Vater sog an seiner Zigarre und machte auf dem Absatz kehrt. »Und damit basta.«

Das waren ja erstaunliche Neuigkeiten. Emma – wusste sie Bescheid? Wie war es zu Vaters Sinneswandel gekommen? Max überlegte nicht lange. Er räumte die Zeichenutensilien in die Schreibtischlade, rollte die Pläne auf und verstaute sie im dafür vorgesehenen Fach. Schluss für heute. Diese Neuigkeit wollte er der hübschen Cousine persönlich überbringen. Vielleicht hatte sie ja auch spezielle Wünsche für die Konditorei, die er einplanen könnte. Geräuschvoll schob er den Stuhl zurück. Im Hinausgehen meldete er sich beim pickligen Jüngling ab. Er habe einen Auswärtstermin, sagte er und verließ das Kontor.

83

Die Café-Konditorei in Cottbus war vorläufig gerettet, aber die Zukunft nach wie vor ungewiss. Erst, wenn die Häuser im Hansaviertel bezugsfertig waren, würde man wissen, wie viel Konrads Handschlag wert war, und deshalb hatte Emma entschieden, Gustl vorläufig in Breslau zu lassen.

Sie war es jetzt, die morgens in der Backstube die Chefin gab. Gut, dass Vater ihr wie Gustl alles beigebracht hatte. Felix war ihre größte Stütze, ganz besonders an Liefertagen, wenn sie Baumkuchen, Obstkuchen, Gebäck, Torten und Konfekt ins Schloss brachte. Dann stand er mit einem neu eingestellten Lehrling am offenen Ofen, buk Baumkuchen nach hauseigenem Rezept, dirigierte die anderen Lehrlinge, Hilfskräfte und Spülfrauen. Wie eh und je zog der süßliche Duft von gebackener Butter und gebranntem Zucker durchs Haus. Aus den Öfen der Backstube kommend waberte er vom Keller über den Gastraum ins Obergeschoss und verbreitete überall wohliges Behagen.

Für Spaziergänge im Lustgarten oder Besuche im Neuen Museum war keine Zeit mehr. Emma hatte sich auch vorgenommen, keinen Gedanken daran zu verschwenden, obwohl es ihr schwerfiel. Ihr Platz war die Café-Konditorei. In der Backstube wie im Gastraum hinter der Theke. Menschen mit Süßem zu verwöhnen war alles, was zählte, und wie's aussah, würde sie eben als alte Jungfer sterben. Fritz und Max waren weit weg – Fritz im Nirgendwo, Max bei seiner Henriette.

Es war Nachmittag, Mutter war mit Benji zum Baden im nächstgelegenen Weiler gegangen. Wie in letzter Zeit immer öfter, nahm Emma deren Platz hinter der Theke ein. Hinter ihrem Rücken brühte Kaffee. Zwei Mädchen richteten die Tischtücher und Blumenvasen im Gastraum. Bald war Kaffeezeit, der Raum würde sich mit Gästen füllen.

»Ofenfrischer Rhabarberkuchen!«, rief Lotti, als sie mit einem großen Tablett von der Backstube kommend an die Theke trat. Sie lächelte, wie Emma freudig bemerkte. Seit einigen Wochen lächelte sie wieder öfter.

»Schichte die Schnitten in der Mitte ein, ganz vorn«, wies sie sie an. »Frisch sind sie nämlich am besten, und es wäre gut, wenn sie heute gleich alle weggehen.« Emma nahm die silberne Kuchenschaufel und half ihr.

Das Glöckchen klingelte, zum ersten Mal seit der Mittagspause.

»Charlotte!«, rief Emma erfreut, als sie die Freundin erblickte. »Dass du wieder einmal zu uns findest!«

Die Tür fiel zu, Charlotte trat an die Theke heran.

»Ich muss dir was erzählen.« Sie hatte einen seltsamen Zug um die Lippen, ihre Wangen waren leicht gerötet, und die Augen glänzten ungewöhnlich.

»Was denn?« Emma bugsierte das letzte Stück Rhabarberkuchen auf die Kuchenschaufel.

Ein breites Grinsen zeigte sich in Charlottes Gesicht.

»Du wirst Patentante!«

Der Kuchen rutschte von der Schaufel auf den Platz unter dem Thekenglas, ganz langsam, während Emma die Neuigkeit verdaute.

»Patin?! Nachwuchs für dich und Franz! Wie schön!« Nach kurzem Zögern ließ sie die Schaufel bei der Schnitte liegen, ging um die Theke herum. »Lass uns zur Feier zusammen eine Tasse Kaffee trinken!«

Sie freute sich für ihre Freundin. Aber irgendwo, ganz tief im Innersten ihres Herzens, tat's auch ein wenig weh.

84

Drei Stunden vor Dienstschluss trat Max aus dem Kontor auf die Straße. Die Sonne schien, doch er nahm das schöne Wetter kaum wahr, denn die Schatten der Häuser verdunkelten das Trottoir, Pfützen zeugten noch vom Regen der vergangenen Nacht. Das ratternde Verschieben der Wagen im Fuhrwerkshof und das ständige Gackern aus den Ställen des Geflügelhändlers waren zu hören. *Coco Labelle*, die Kaschemme, wo Vaters seltsamer Verein wöchentlich zusammenkam, war noch zu, die klapprige Holztür fest verriegelt.

In großen Schritten ging er in Richtung Görlitzer Bahnhof. Seit Emma ihm den Brief geschrieben hatte, wusste er, dass sie aus Cottbus kam. Einmal hatte er überlegt, sie einfach aufzusuchen, nur die Verbindung mit Henriette hatte ihn davon abgehalten. Je weiter er sich vom Kontor seines Vaters entfernte, desto hektischer wurde es um ihn herum: Fußgänger, Reiter wie Lieferwägen suchten ihre Wege zwischen Häuserschluchten.

»Tempo! Tempo!«, schrie ein Kutscher von seinem hohen Bock, als nichts mehr weiterzugehen schien. Die Eile war ansteckend. Auch Max wollte auf einmal so schnell wie möglich zum Zug. War es einfach die Vorfreude auf den Ausflug in die Kleinstadt? Oder auf ein Wiedersehen mit der hübschen Anverwandten? Wie ein Getriebener kam er sich vor, als er sich zwischen Passanten, Blumenmädchen und Geschäftsleuten hindurchschlängelte. Wenn kein Weiterkommen war, wich er auf die Straße aus und suchte zwischen Droschken und Rollwagen seinen Weg.

»*Berliner Tageblatt! Deutsche Zeitung! Die Post*«, rief eine Alte an der Ecke beim Bahnhof mit haufenweise Blättern im Arm. Max lief vorbei, er hatte keine Zeit zum Zeitunglesen. Drei Schritte weiter pries ein Junge Schnürsenkel an, daneben kauerte einer am Boden und spielte Harmonika. Eine schöne, schwermütige Melodie war's, vielleicht ein russisches Volkslied. Im Laufen kramte er ein paar Groschen aus dem Hosensack und warf sie in den Hut auf dem Trottoir.

Endlich erreichte Max den Bahnhof. Er durchlief die Halle und eilte zum Gleis. Er hatte Glück: Der Zug in Richtung Görlitz stand bereit. Er stieg ein.

Bald dampfte die Lokomotive los. Sie fuhren vorbei an Fabriken und Schloten, die mit schmutzig grauem Rauch den Himmel verdunkelten. Während der Zug durch die Landschaft ratterte, stellte Max sich vor, wie es sein würde, wenn er Emma gegenüberstand. Wie immer, wenn er an sie dachte, durchflutete ihn dieses warme, heile, erquickliche Gefühl. Durch eine Volte des Schicksals waren ihr Familien verwandt, wenn auch verfeindet und verstritten bis aufs Blut. Einmal hatte er seinen Vater auf den Namen Buchwald angesprochen – und nur heftiges Schnauben als Antwort erhalten. Mutters Reaktion war noch schlimmer gewesen, sie hätte sich nicht abfälliger über Buchwalds äußern können. Emmas Geschichte hatte also einen wahren Kern, wiewohl er sie noch immer nicht in allen Details erfasste. Und dass Vater ihr jetzt das Eckhaus im Hansaviertel geben wollte … was hatte das zu bedeuten?

Sie verließen die Vorstädte Berlins. Katen, Ställe und Schuppen sausten am Fenster vorbei. Max träumte weiter vom Wiedersehen mit Emma. Nur die Art und Weise, wie er sich dieses Wiedersehen wünschte, war wohl ein Traum.

In Cottbus angekommen bewunderte er die schmucken, bunten Häuser mit ihren Vorläden und Blumenkästen sowie den Brunnen in der Mitte des Hauptplatzes. Idyllisch war es hier, verglichen mit der Hektik in Berlin. Einem Bäckerjungen kaufte er ein Gebäckstück ab und vertilgte es im Weitergehen. Seit der Sache mit dem Briefchen kannte er auch die Adresse des Cafés: Sandower Straße – auswendig wusste er sie.

Das alte Haus mit dem Schild *Café Buchwald* über dem Treppenaufgang stach ihm ins Auge. In seiner Kindheit hatten solche Häuser auch in Berlin gestanden – inzwischen wurden sie immer weniger. Er erklomm die Stufen. Ein Glöckchen klingelte, silberhell und bezaubernd. Schon schlug ihm wohliger Duft entgegen, es war ein Gemisch aus Vanille, Zimt, Schokolade und Marzipan. Er sog ihn ein mit einem tiefen Atemzug. Alle Eile fiel ab, so plötzlich wie sie sich eingestellt hatte.

Der Verkaufsraum war leer. Auch hinter der Theke war niemand zu sehen. Max warf einen Blick auf die Spezialitäten unter dem Glas. Schokotorte, Cremeschnitten, Schwarzwälder Kirsch, Baumkuchenspitzen, reihenweise Konfekt … Das Wasser lief ihm im Mund zusammen. Aus der angrenzenden Gaststube tönten Gemurmel, das Klacken einer Porzellantasse, das Klirren eines Silberlöffels. Er ging hin. An einem Tisch in einer Ecke tarockierten Herren, an einem anderen plauderten Damen, am dritten blätterte einer in der Zeitung. Die Zeit – sie schien hier stehen geblieben.

Er fand einen Tisch beim Fenster. Während er noch die rosa Nelke in der Vase bewunderte, erschien ein Fräulein mit weißer Schürze und Häubchen und fragte nach seinem Wunsch.

»Eine Tasse Kaffee und eine Baumkuchenschnitte, bitte«, bestellte er.

Wenig später brachte das Fräulein den Kaffee und eine Schnitte vom Kuchen: Zartgelb, mit dünnen braunen Ringen lag sie appetitlich vor ihm. Der erste Bissen zerging auf der Zunge, süß, duftig und sämig.

Irgendwann hob er den Blick vom Teller. Da entdeckte er sie. Sie stand hinter der Theke und räumte Gebäck unters Glas. Das dichte Haar hatte sie lose aufgesteckt, die schlanke Figur war stolz und aufrecht. Sie war in die Arbeit vertieft, schlichtete Tortenstücke um, wischte Krümel von der Arbeitsfläche, füllte die Kaffeemühle mit Bohnen, mahlte sie, füllte das Pulver in einen Behälter. Endlich glitt ihr Blick durch den Gastraum, wohl um die Zufriedenheit der Gäste zu prüfen. Max beobachtete jede ihrer Bewegungen mit aufgeregtem Herzklopfen. Endlich – endlich blieben ihre Augen auch an ihm hängen.

85

Träume schlagen oft Schnippchen, dachte Emma. Insbesondere, wenn sie sich mit Erinnerungen vermischen. Sie kniff die Augen zusammen, öffnete sie wieder. Aber der Mann, der aussah wie Max, saß noch immer da, am Tisch in der Ecke, er verzog jetzt sogar das Gesicht zum spitzbübischen Grinsen. Sie kniff die Augen fester zusammen. Er grinste ihr noch immer entgegen.

Sie stellte die Kaffeedose beiseite und ging zu ihm hin. Er grinste noch breiter.

»Ich wollte mal die Cousine besuchen«, lachte er.

Emma stand jetzt vor seinem Tisch. Während er sich zur Begrüßung erhob, suchte sie unauffällig seine Finger nach dem Ehering ab.

»Ein Verwandtschaftsbesuch also«, sagte sie. Wenn's doch alles wäre, nur nicht das.

»Sozusagen. Außerdem habe ich Neuigkeiten.«

»Was für Neuigkeiten?«

»Vater baut im Hansaviertel eine Konditorei. Für dich. Ich soll die Detailpläne zeichnen.«

»Dann ist's ja gut«, kam es unaufgeregt über ihre Lippen, mit einem Anflug von Erleichterung. Konrad hatte doch Wort gehalten. Ich war meinem Bruder trotz allem zugeneigt, hallte es irgendwo in ihrem Gedächtnis.

»Du klingst so abgeklärt. Wusstest du etwa davon?«, fragte Max erstaunt.

»Ich? Wo denkst du hin?! Natürlich nicht!« Emma gab ihrer Stimme jetzt den Ton totaler Entrüstung. »Woher sollte ich?! Das ist tatsächlich eine großartige Neuigkeit!« Sie musste schleunigst ihre Anspannung überspielen.

»Wie geht's Henriette?«, fragte sie deshalb.

»Gut, denke ich. Willst du dich ein wenig zu mir setzen?«

Emma ließ sich nieder. Max nahm einen Bissen vom Kuchen.

»Wie war eure Hochzeit? Bestimmt war es ein rauschendes Fest …«

Er schob einen letzten Krümel auf die Gabel. »Wir sind nicht mehr zusammen. Ich habe die Verlobung gelöst«, sagte er.

War's Traum oder Wirklichkeit? Es brauchte ein paar Augenblicke, bis die Bedeutung dessen, was Max da gerade von sich gegeben hatte, einsank. Emma kniff nochmals die Augen zusammen. Sie holte tief Luft.

»Ich glaube, ich muss dir jetzt etwas sagen.« Sie flüsterte, ihre Stimme war fast tonlos, denn das, was kommen würde, war ihr persönlichstes, tiefstes Geheimnis. Keiner sollte es wissen. Nur er. »Meine Familiengeschichte ist noch viel verworrener, als ich bei unserem letzten Treffen im Museum wusste.« Die marmorne Tischplatte gab ihr Halt. »Mein Vater … Gustav … Konrads Bruder – er ist nicht mein leiblicher Vater. Und meine Mutter hat kein Recht mehr, mir den Umgang mit dir zu verbieten.«

Rundum waren die Leute murmelnd in ihre Gespräche vertieft, spielten lachend Karten, blätterten in Zeitungen. Max, umgeben von den Düften des süßen Baumkuchens und des würzigen Kaffees, stand die Verwirrung ins Gesicht geschrieben. Seine Augen suchten ihre. Dann langte er über den Tisch, umfasste ihr Gesicht und zog es sanft zu sich. Inmitten der Gäste drückte er ihr den zärtlichsten Kuss auf die Lippen.

86

Lieber Gustl!,

schrieb Emma wenige Tage später.

Frag nicht, wie es dazu gekommen ist – aber unser Traum wird Wirklichkeit werden: Wir werden das Vermächtnis unseres Vaters erfüllen. Denn wir bekommen unsere Konditorei in Berlin. Am Ufer der Spree, in einem Eckhaus, mitten im neuesten Teil des Hansaviertels. Es wird eine moderne Backstube im Keller gebaut (mit Gasanschluss!), ein heller Gastraum mit Fenstern an zwei Seiten und ein wunderschöner Garten davor. Gestern habe ich das Baulot besichtigt und bin begeistert! Aus lauter Dankbarkeit habe ich gleich einen Gärtner beauftragt, so bald wie möglich eine Silberpappel zu pflanzen. In einigen Jahren wird sie herrlichen Schatten spenden.

Herzallerliebster Bruder: Willst Du nach Berlin kommen und die Backstube übernehmen? Ich brauche Dich!

Innige Umarmung. Emma

PS: Ich werde im Oktober heiraten – Max Kolte. Wäre schön, wenn Du schon da wärst.

Sie steckte den Bogen in einen Umschlag und brachte ihn noch am selben Tag zur Post.

87

Zwei Wochen später erhielt sie eine Postkarte, mit Schiffen auf der Oder auf der Vorderseite. Rückseitig standen nur drei Worte:

Ich komme! Gustl

CHRONOLOGIE

1852: Gründung der *Café-Konditorei Buchwald* in Cottbus, durch Gustav Buchwald d. Ä.

1866: Eröffnung der Bahnstrecke Görlitz–Berlin, daher direkte Zugverbindung von Cottbus nach Berlin

1883: Gustav Buchwald wird Königlich Preußischer Hoflieferant

1893: Immobilienkauf in Berlin, Hansaviertel, durch Gustav Buchwald d. Ä.

1896: Tod von Gustav Buchwald d. Ä.

Um 1900: Verlegung des Unternehmenssitzes von Cottbus nach Berlin, Bartningallee (damals Brückenallee), durch Gustav Buchwald d. J. im Rahmen der Neuentwicklung des Hansaviertels mit moderner Gasleitung

Nach 1945: Weiterführung der *Café-Konditorei Buchwald* trotz teilweiser Zerstörung des Hauses während des Krieges

GLOSSAR

Aprikotur: Feine Aprikosenkonfitüre, trennt die Glasur vom Teig.

Barrackia: Obdachlose besetzten Anfang der 1860er-Jahre »auf den Schlächterwiesen beim Kottbusser Tor« brachliegendes Land und schlugen Holzhütten auf. Etwa zehn Jahre später riefen sie den autonomen »Freistaat Barrackia« aus, ein Jahr danach wurde das Gelände von der Polizei geräumt.

Baumkuchen: Deutsche Kuchenspezialität, möglicherweise aus Tschechien oder Ungarn stammend, berühmt vor allem in Dresden, Cottbus und Salzwedel: Dünnflüssiger Teig wird schichtweise auf eine sich drehende Walze aufgetragen und langsam gebacken.

Berliner Gewerbeausstellung: (1896) »Die verhinderte Weltausstellung« im Treptower Park.

Görlitzer Bahnhof: Ende des 19. Jahrhunderts einer von zwölf Bahnhöfen in der Nähe des Kottbusser Tors, Züge fuhren über Cottbus und Görlitz nach Breslau; Eröffnung 1866, Abriss nach 1951.

Villenkolonie Grunewald: Ehemalige sogenannte »Millionärskolonie« in Wilmersdorf, Bau hochherrschaftlicher Villen ab 1886 in ehemaligem Waldgebiet.

***Im Grunewald, im Grunewald ist Holzauktion*:** Berliner Gassenhauer: Auch damals war es unpopulär, für Wohnhäuser Bäume zu fällen.

Hansaviertel: Wohngebiet zwischen Spree und Tiergarten; 1874 gegründet, wurde ursprünglich erschlossen von der Berlin-Hamburger Immobiliengesellschaft »Hansa« (etwa 90 Prozent der Häuser wurden im 2. Weltkrieg zerstört).

Magnus Hirschfeld: (1868–1935) Arzt und Sexualforscher; gründete 1897 in Berlin das Wissenschaftlich-humanitäre Komitee mit dem Hauptziel, Unterschriften für die Abschaffung des Paragrafen 175 zu sammeln.

James Friedrich Ludolf Hobrecht: (1825–1902) Preußischer Stadtplaner, verantwortlich für Berlins ersten perspektivischen Bebauungsplan (1862), der bis heute die Grundlage der Berliner Bebauungs- und Verkehrsstruktur bildet.

Kiautschou: Gebiet im Süden der Shandong-Halbinsel an der chinesischen Ostküste, ab 1898 vom Kaiserreich China an das Deutsche Kaiserreich verpachtet, als Flottenstützpunkt für die kaiserliche Marine in Ostasien; Hauptstadt: Tsingtau.

Kotze-Affäre: Skandal um den Deutschen Kaiserhof, verursacht durch anonyme Briefe über sexuelle Ausschweifungen im Jagdschloss Grunewald. L. von Kotze, kaiserlicher Zeremonienmeister, wurde als Urheber beschuldigt, verhaftet, wegen Mangels an Beweisen freigelassen. Er duellierte sich zwei Mal, um seine verlorene Ehre wiederherzustellen.

Paragraf 175: Stellte von 1872 bis 1994 sexuelle Handlungen zwischen Personen männlichen Geschlechts unter Strafe.

Pfannkuchen: Berliner Version von Krapfen bzw. Berlinern, dem typischen Gebäck im Fasching bzw. Karneval und zu Sylvester.

Plundergebäck: In ganz Europa bis heute beliebtes Frühstücksgebäck, in diversen Variationen (Deutschland: Splitterbrötchen, Franzbrötchen; Frankreich: Croissants; Österreich: Kipferl).

Ringverein: Ab 1890 gründeten ehemalige Strafgefangene Vereine zur gegenseitigen Unterstützung nach der Entlassung. 1898 schlossen sich zwölf Vereine im Dachverband »Ring Berlin«, einem Hilfswerk mit Ehrbegriff und niedergeschriebenen Spielregeln, zusammen. Daraus entstanden später die berüchtigten Berliner Verbrechersyndikate.

Rosa Listen: »Urningslisten« bzw. »Rosa Listen« führten Personalnotizen über mehr als zweitausend in Berlin wohnende Homosexuelle.

Seidenpapier: Ende des 19. Jahrhunderts wurde Papier zum Produkt des täglichen Bedarfs, für Verpackungen, Toilettenpapier etc.

Friedrich Hermann Wölfert: (1850–1897) Erbauer von Luftschiffen; mithilfe eines von ihm entwickelten Benzinmotors steuerbar; erster Höhenrekord für Luftschiffe am 20. Mai 1896; Absturz am 12. Juni 1897 auf dem Tempelhofer Feld bei Berlin.

NACHWORT

Als ich einmal an einem heißen Junitag in Berlin Erholung suchte, landete ich im *Café Buchwald*. Das Haus stammt aus der Gründerzeit des 19. Jahrhunderts und liegt im gepflegten Hansaviertel an der Spree. Drinnen knarren alte Dielen, im Vorgarten wuchert wilder Wein, und davor steht eine mächtige Silberpappel, die vermutlich schon zu Kaiser Wilhelms Zeiten Wurzeln austrieb. Zum Kaffee bestellte ich eine Portion Baumkuchen – diese weltberühmte deutsche Spezialität, die es bei uns in Wien seltsamerweise kaum gibt. Köstlich war sie, die süße Schnitte!

Inmitten einer Schar von Sperlingen, die sich tschilpend um die Brösel riss, kam mir in den Sinn, dass sich die Gäste des Cafés vor hundertzwanzig Jahren wohl unter gänzlich anderen Umständen, doch an derselben Stelle an den gleichen Köstlichkeiten labten wie wir heute. Etwa drei bis vier Generationen liegen nur zwischen uns und den Menschen von damals, das Leben unserer Ur- oder Ururgroßeltern ist noch gar nicht so lange her, ich selbst besitze Andenken an meine Vorfahren aus jener Zeit. Da kam mir die Idee zu diesem Roman: Die Familiengeschichte frei erfunden, doch den örtlichen Spuren der Vergangenheit folgend.

Bei den Recherchen halfen mir vor allem alte Fotografien (Sammelbände wie *Berlin um 1900* von Richard Schneider, *Ber-*

lin-Grunewald in alten Aufnahmen von Peter-Alexander Bösel, *Berlin gestern und heute* von Michael Imhof, *Das historische Berlin* von Paul Wietzorek, um nur einige zu nennen). Besonders wertvoll fand ich zeitgenössische Fotos und Zeichnungen von Heinrich Zille. Auch Bücher wie *Berlin, Anfänge einer Großstadt, Szenen und Reportagen 1904–1908*, herausgegeben von Thomas Böhm, drei Aufsätze aus *Berlin: Von der Residenzstadt zur Industriemetropole*, herausgegeben von der Technischen Universität Berlin, oder *Berlin Alexanderplatz* von Alfred Döblin haben mich inspiriert, die Stadt um die Jahrhundertwende meiner Geschichte entsprechend wieder auferstehen zu lassen. Die damalige Kulinarik vermittelten mir beispielsweise die *Rezepte der vergangenen Jahrhunderte* von Werner Bartholomäus und *Det kleene Zille-Kochbuch*.

Mein ganz besonderer Dank gilt der Lektorin Christine Neumann. Mit akribischer Genauigkeit und viel Herzblut hat sie nicht nur Text und Örtlichkeiten geprüft, sondern auch einigen Figuren, ihrem Milieu entsprechend, »'ne waschechte Berliner Schnauze« angehängt.

Maria Wachter